늘 건강하세요!

한석

중증외상센터

GOLDEN
HOUR

골든 아워

한산이가
지음

중증외상센터

GOLDEN
HOUR

골든 아워

XIII

몬스터

차례

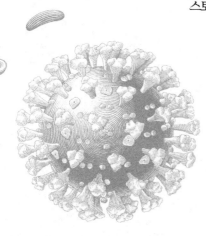

판단은 내가 해

아이는 중환자실로 잘 옮겨졌다. 이곳은 한구와는 달리 전기가 끊길 일도 없으니 당연한 일이었다. 누와라엘리야 전역에 전기 공급이 아주 원활한 것은 아니었으나, 병원은 아예 따로 발전기를 돌리고 있었고 동시에 기름 수급 또한 현지 로지스티션 직원들에 의해 빈틈없이 이루어지고 있었다.

"자, 오늘 새로 온 애들도 있고, 시스템도 바뀔 예정이니까 다 모여봐."

강혁은 경원의 도움을 받아 아이에 대한 처방을 정리한 후, 모든 의료진에게 병원 1층 응급실로 모일 것을 지시했다. 응급실은 병원에서 제일 넓은 공간이었다. 공지사항 전달하기에 제격이란 얘기였다.

"일단 인사부터 할까. 그……"

누와라엘리야 병원에서 강혁의 지시는 절대적이었다. 애초에 그의 자본으로 지어진 병원인 데다가 구성원도 하나같이 강혁이 모은 사람들이기에 그랬다. 일부 미군 장교들도 있기는 했으나, 그들도 리처드의 부하 직원들인 셈 아닌가. 대장인 리처드가 강혁의 꼬붕 노릇을 자처하고 있는 데다가 강혁의 미군 내에서의 위명이 자자한 참이라 그 누구도 거역할 생각은 못 했다. 그렇게 모인 모두가 강혁을 진중한 얼굴로 바라보았다. 그렇지 못한 것은 당사자 강혁뿐이었다.

'얘들 이름이 뭐지.'

방금 전 현장에 함께 출동도 하고 심지어 수술도 시켜먹었는데 이름을 몰랐다. 아마 군복에 쓰여 있었을 텐데, 하필 둘 다 여기 오느라 배낭을 메고 있어 확인도 못 했다. 아마 당당히 꺼내 놓고 있었다 해도 비슷했을 터였다. 한가롭게 남의 이름이나 들여다보고 있기에는 상황이 너무 급했다. 물론 당황스러움이 오래가지는 않았다. 이만한 일로 평정을 잃기엔 강혁은 지금까지 너무 많은 일을 겪었다. 그 덕에 전에 없이 뻔뻔한 사람이 되어 버린 참이었다.

"자기소개는 직접 해야지. 이름이랑 포부 같은 거 밝혀. 한 번에 둘씩 오게 되어서 그래도 한 두어 달은 있을 테니까."

"아, 네. 교수님."

자연스럽기 그지없는 진행에 잭과 노아는 각기 이름과 소속 그리고 여기 와서 열심히 배우겠다는 포부를 말했다. 병원 식구들의 박수가 이어졌고, 그사이에 강혁은 방금 장미가 기록한 내용을 전달받았다. 보자마자 헉 소리가 나왔다.

'이렇게 빡세게 굴려야 된다고?'

아무래도 장미는 적어도 4개월에 한 번씩은 같은 환자를 볼 수 있게 만들고 싶은 모양이었다. 그 덕에 오전 250명, 오후 250명 외래가 루틴으로 짜여 있었다. 이렇게 되면 주 5일 진료 본다고 했을 때, 한 달이면 만 명의 환자를 볼 수 있었다. 20만 인구 중

환자 비율이 4분의 1 정도 된다고 하면 대강 맞아떨어지는 숫자라 할 수 있었다.

'근데 어떻게 매일 500명을 채워서 보지? 일단 이거부터가…… . 아.'

모든 농장의 인원이 균일한 게 아닌데 어떻게 이게 되나 했는데, 생각해보니 간단한 일이었다. 어차피 농장 간 거리가 먼 것도 아닌 데다가 이제 모두 강혁의 손아귀 안에 들어오지 않았던가. 일부 리프 외에도 소유주가 다른 농장들이 있었지만, 거기 농장주들 또한 강혁의 눈치를 봐야 했다. 셔틀을 돌리라면 돌려야 한다는 얘기였다.

'초반엔 중증도가 굉장히 높을 텐데…… . 나나 리처드는 가끔 출동도 나가야 하고. 음…… . 그래도 이런 시스템으로 굴리면 되기는 하겠어. 확실히 조폭이 대단하긴 하다니까.'

원내 시스템도 별로 걱정할 필요는 없었다. 동선을 효율적으로 빼고, 초진 시작 시각을 조정하면 되는 일이었다. 학생들과 일부 간호사들이 고생하겠지만 어차피 이곳에 나오는 학생들이나 간호사들은 대부분이 순환 근무자들이었다. 단기 봉사라고 치면 그렇게 무리되는 일도 아니었다. 해서 강혁은 장미가 써놓은 것을 토대로 읊었다.

"이제부터 우리 병원은 하루 외래 환자 500명을 매일 보도록할 겁니다. 지금까지처럼 하루에 농장 하나를 정해서 환자를 받는 게 아니라, 농장 여러 개를 묶어서 환자 500명까지 버스를 보내 받아 오는 겁니다. 시작 시간이 좀 일러질 텐데…… . 이 점은 도로포장 공사가 진행되면 될수록 더 수월해지겠죠."

"500……?"

"300명도 뒤질 것 같은데……?"

당연하게도 여기저기서 웅성거림이 일었다. 얼토당토않다는 불만들은 아니었다. 실제로 지금까지는 이곳 누와라엘리야 병원에서 하루 300명 보는 것조차 힘겨웠다. 응급 수술이 안 터진다면 그럭저럭이었지만 수술이 있거나, 강혁과 리처드가 출동이라도 하게 되면 지옥이었다. 점심이나 저녁을 거르게 되는 건 예사였다. 강혁이 운동 후 먹으라고 비치해둔 단백질 보충제를 식사 대용으로 쓴 적도 많았다.

'우리야 그렇다 치더라도, 진료 지연되면……. 환자들은 집에도 못 가는데.'

농장 노동자들이 주를 이루고 있긴 하지만, 호텔 단지 또는 기타 상가에서 일하는 사람들 그리고 공무원들도 찾아오는 병원이었다. 개인적으로 오가는 외래객들도 병원이 신경 써줘야 하나 싶겠으나, 현장은 그렇지가 못했다. 이런 환자들은 대부분 걸어서 왔다. 걸어올 만한 거리라서가 아니라, 걸어서 올 수밖에 없어서였다. 노동자 환자를 제한한 상황에서조차 지연이 돼서 일반 환자를 보지 못하는 경우가 있는데, 일이 이렇게 되면 아예 일반 환자는 안 보겠다는 말 같았다.

"시스템을 이렇게 바꿀 거예요. 노동자 환자들은 6시까지 이곳에 오게 합니다. 그럼 학생들과 간호사들 중 당직 간호사들이 문진을 합니다. 그사이 우리는 빨리 밥을 먹고 8시부터 진료를 시작합니다. 1시간 당겨지는 거죠? 전원 문진도 되어 있을 테니 진료 속도도 빠를 겁니다. 수술이 필요한지 여부도 간호장교가 구분해줄 테니 우리가 오전 스케줄 잡는 것도 훨씬 수월하겠지."

그때 강혁이 말을 이었다. 헉 소리가 나올 만큼 빡빡한 일정이 었다. 6시까지 노동자들이 온다는 건 농장에서 차가 5시에는 출발해야 한다는 뜻이었다. 그 말은 곧 병원에서는 차가 4시에 가야 한다는 얘기이기도 했다. 이 험한 길을 해도 뜨기 전에 간다고? 한유림의 얼굴에 수심이 가득 찼고, 강혁은 그것을 눈치챘다.

'노인네…… 그걸 설마 조폭이 놓칠까.'

그러곤 장미 쪽을 돌아본 후 입을 열었다.

"이제부터는 거의 모든 농장이 우리에게 협조적일 거라…… 버스는 전날 농장에 가 있을 겁니다. 그렇게 되면 운행 시간이 훨씬 여유롭지."

"아."

한유림은 그런 방법이 있었구나 하고 중얼거렸다. 확실히 리프가 무릎을 꿇은 이후, 많은 것이 바뀌었다는 걸 온몸으로 느낄 수 있었다. 이제 이 지역의 거의 모든 것이 강혁에게 달려 있었다.

"오후도 마찬가지로 할 거야. 학생들하고 당직 간호사들은 오전 문진 끝나면 바로 밥 먹고 오후 문진 들어가고. 중간에 수술 있을 것 같으면 미리 우리한테 알려주고. 수술 스케줄은 여기 군의관 둘 보충 됐으니까 훨씬 여유롭지. 아직 마취과가 하나라 어지간한 건 국소 마취로 하긴 해야 하는데…… 그건 나나 내 제자들이 최대한 해주면 될 일이지."

강혁은 어느새 말을 편하게 하고 있었다. 하도 오래 본 사이들인 데다가, 워낙에 험한 현장에서 같이 있다보니 가족처럼 느껴져서였다. 한유림을 비롯한 누와라엘리야 식구들도 비슷한 감정이었던지라 눈치채지도 못했다. 해서 강혁은 손을 주머니에 넣은 채 한껏 이완된 얼굴로 말을 이어나갈 수 있었다.

"문제는 나나 리처드가 출동 나갈 때인데……. 이것도 이제 군의관들 와서 나랑 리처드 둘이 가는 일은 거의 없을 거야. 각각 하나씩 데리고 갈 거야. 그럼 뭐……. 괜찮겠지?"

"음, 둘 중 하나라도 있으면 훨씬 낫지."

"그러게요. 실력 좋은 두 명이 없어지면 타격이 좀 있었는데……. 특히 반이라도 교수님이 있으면 훨 낫죠."

한유림과 함께 재원도 고개를 끄덕였다. 아무리 둘의 실력이 일취월장했고 또 늘고 있다지만, 강혁에 비할 바는 아니지 않은가. 진심으로 최선을 다하는 강혁은 여전히 톱클래스 외과의에 해당하는 한유림과 재원 두 사람 몫을 해내고도 남았다. 강혁은 잠시 안도하는 이들을 돌아보다가 이내 말을 이었다.

"그럼 당장 내일부터 이렇게 해도 되겠지?"

"해야지, 뭐."

"네."

"알겠습니다."

"거봐요, 내 말대로 하니까 되죠?"

그러자 각기 다른 목소리가, 그러나 한마음 한뜻임을 느낄 수 있는 말투로 들려왔다. 병원 전체가 의기투합해서는 아니었다.

다른 생각을 하고 있는 이들은 아예 입도 벙긋하지 못해서였다. 특히 오늘 오자마자 짐도 못 풀고 수술에 투입되었던 잭과 노아가 그랬다.

"내일부터는 더 힘들 거라고 한 거 맞지?"

"대충…… 분위기는 그랬는데."

두려워서가 아니라 이해가 잘 안 가서였다. 병원 시스템을 하나도 모르는 상태에서 하루에 몇 명을 볼 거라고 해봐야 감이 오겠는가? 다만 사람들의 웅성거림을 보고 어느 정도 짐작만 할 뿐이었다. 뭔가 더 힘들어질 모양이었다. 문제는 지금도 힘들어 보인다는 점이었다.

"우리 아직 저녁 못 먹은 거 아닌가?"

노아가 주린 배를 움켜잡았다.

그러자 잭이 커다란 사실 하나를 깨달았다는 얼굴로 고개를 끄덕였다. 하도 바쁘게 뛰어다니다 보니 스트레스 호르몬이 돌아서 그런지 배고픈 줄도 몰랐다. 전장에서나 느껴보던 기분이었다.

"그러고 보니 그렇네. 아니……. 우리 아직도 군복이야. 옷도 못 갈아입었어."

"허……. 빡셀 거라고는 들었는데, 이 정도일 줄이야."

"근데 내일부터는 더할 거라고?"

"아니……. 우린 배우러…… 배우러 온 건데."

스산한 느낌. 그래, 스산한 느낌이 들었다는 게 딱 맞는 표현일 것 같았다.

"잭, 노아. 맞지?"

그때 누군가 둘의 어깨를 두드렸다. 고개를 돌려 보니 리처드 였다. 누와라엘리야 병원 내에서의 평가는 박했으나, 밖에서는 그렇지 않았다. 한구, 걸프만 그리고 소말리아 인근 해역에서의 활약이 부풀려져서였다.

"아, 리처드 중령님."

"대위 노아."

"너무 딱딱하게 굴지 말라고. 여긴 군 병원이 아니라 민간 병 원이니까."

리처드도 그러한 사실을 아주 잘 알았다. 그래서 상대가 군인 이라는 걸 알면 좀 거들먹거렸다. 강혁을 비롯한 다른 이들은 그 런 리처드가 꼴같잖았으나, 그냥 그대로 두었다. 현장에서는 뭐 가 되었건 남에게 해가 되지 않는 선에서의 즐거움을 찾는 게 중 요하기에 그랬다. 혼자 이상한 짓 하는 것보다는 잘난 척하는 게 훨 나았다.

'어차피 금방 뽀록날 거고…….'

게다가 리처드는 그렇게 치밀한 녀석이 못 되었다. 이미 간호 장교들은 그런 리처드를 알아보고 내외하고 있을 지경이었다.

"피곤할 텐데……."

지금도 그랬다. 리처드는 당연히 쉬라거나 혹은 밥 먹자는 말 이 나올 것이라 기대하는 둘을 데리고 다시 병원으로 들어갔다. 아까 다른 사람들은 다른 데로 가던데 왜 우리는 여기로 돌아가 지 하고 있으려니 리처드가 뒤늦게 말을 이었다.

"병원 소개부터 간단히 해줄게. 그래야 내일 일하는 게 수월하지."

"아, 네."

"네."

잭과 노아는 리처드가 소문과는 달리 약간 고문관일 수도 있겠단 생각이 들었다.

잭과 노아는 주린 배를 움켜쥐고 리처드의 뒤를 따랐다. 평소엔 허당인 놈이 오늘은 뭔가 별렀는지 나름 세심하게 병원을 안내하고 있었다.

"여기가 처치실이야. 우리 병원은 외래만큼이나 응급 처치가 메인이라, 바깥에 천막이 쳐져 있지? 거기서 간단한 처치는 하지만 심각한 상황이면 바로 이쪽으로 통하게 만들어놨어."

"아, 네."

"그렇군요……."

잭과 노아 입장에서는 환장할 노릇이었다. 가뜩이나 작은 비행기를 타기 전이라 점심도 거의 안 먹은 참이었다. 백강혁이나 리처드처럼 워낙에 많이 타본 사람들에게는 별 무리가 없겠지만, 그렇지 않은 사람들에게 경비행기의 흔들림은 지옥이었다. 오죽하면 뱃멀미도 안 하는 사람이 경비행기에서는 어지러워서 천장에 매달린 나일론 줄을 붙잡고 하염없이 구역질을 했다는 말이 전해져올까.

'배고파 죽겠는데?'

'차라리 환자 보느라 안 먹는 거면 버틸 만하겠는데…….'

물론 둘은 외상 외과 의사로서 끼니 거르는 것에 익숙한 사람들이긴 했다. 다치는 사람들이 식사 시간 피해서 다치거나 하지는 않았으니까. 게다가 수술 시간도 툭하면 길어져서 심심하면 끼니가 뒤로 밀리기 일쑤였다. 하지만 지금처럼 별 관심도 없는데 끌려다니는 게 아니니 참을 만했었다.

　"여기가 이제 외래. 복도가 좀 넓지? 한 번에 여러 명이 다녀야 해서 이래. 환자도 몰리지만, 통역도 있어야 되거든."

　"아……."

　"그렇군요."

　하지만 관심이 있는 척해야 한다는 게 더 고역이었다. 어찌 되었건 리처드는 그들의 상사였다. 아직 군 의료 정책에 영향력을 미치는 보직은 아니긴 하지만, 이곳에서의 작전이 끝나면 곧 워싱턴으로 가게 될 거란 소문이 파다했다.

　'하…….'

　'별이라도 달면 어쩌려고…….'

　아사 가까이 다가가던 둘을 구원한 건 다름 아닌 강혁이었다.

　"어디 갔나 했더니, 왜 밥도 안 먹이고 투어야. 이따 하면 되지."

　이런 곳에서는 저녁이 됐건 뭐가 됐건 딱 한 방에 먹고 치우는 게 좋았다. 인력이 한정적이다 보니 두 번, 세 번 차릴 여력이 없어서였다. 첫날부터 시리얼 따위를 먹일 생각은 없던 강혁인지라 리처드를 향해 눈을 부라렸다.

　"어……. 그래도 왔는데 병원을…… 이거 교수님이 심혈을 기울……."

"그건 그거고 인마, 밥은 먹여야지. 너네는 전투만 아니면 밥은 싹 챙겨준다며?"

"군인은 원래 잘 먹어야죠."

"그걸 아는 새끼가 이러고 앉았네. 다 와. 밥 먹어."

"이제 별로 안 남았는데."

"아직 1층인데 뭐가 안 남아!"

잭과 노아는 강혁과 논쟁을 벌이고 있는 리처드를 보며 저게 과연 사람 새낀가 싶었다. 그래도 같은 미군인 데다가, 나름 전설적인 수술들을 몇 차례 해서 리처드에 대한 소문이 엄청 좋게 나 있는 상황임에도 그랬다. 지금 이렇게 보니 누가 미군이고 누가 남인지 분간이 잘 안 될 지경이었다.

"따라와. 일단 먹어. 미친놈인가."

"아, 알았어요."

다행한 것은 강혁에게 리처드가 감히 더 개기지 못한다는 점이었다. 백강혁이란 존재는 그 실력도 실력이지만 풍기는 아우라도 장난이 아니지 않은가. 무엇보다 리처드는 강혁에게 개기기에는 이미 너무 많이 당한 참이었다. 게다가 아까 강혁이 자신에게 의지한다는 말까지 듣지 않나. 평소보다도 더 고분고분해질 수밖에 없었다.

'백 교수님······.'

'되게 따뜻하시네······.'

'그러니까. 괜히 이런 데 와서 봉사하시겠어? 얼마나 착한 분이면······.'

'누구는 악마라고 하던데……. 말이 안 되는데.'

'지가 리처드처럼 했겠지. 보니까 다른 사람 괴롭히는 거 두고 못 보시는 것 같은데.'

'아……. 부조리 걷어내느라 욕먹으셨구나.'

그런 둘의 뒤를 따르는 잭과 노아는 자기들만의 대화를 이어 나갔다. 가뜩이나 긴 비행시간에 시달린 데다가, 오자마자 수술에 투입됐고, 거기에 더해 밥까지 못 먹은 탓에 제정신들이 아니었다.

그래서 그런지 다소 사리 분별이 안 되었다. 강혁이 그걸 의도하고 있어서 그렇기도 했다.

"아이고, 둘 고생했는데. 잭이랑 노아라고 했지?"

아는 사람들에게는 다 티가 났다. 세상에 백강혁이 누군갈 알게 된 첫날부터 제대로 된 이름을 불러주다니. 이 안에서는 박경원 말고는 누구도 겪지 못한 특혜였다.

"아, 네."

"네."

"고기 좋아하나? 원래 여기가 고기 구하기가 아주 쉽지는 않은데……. 그래도 손님 온다고 준비했어."

완전 거짓은 아니었다. 스리랑카는 인도처럼 채식 문화가 압도적인 것은 아니었으나, 국교가 불교이니만큼 고기 구하는 게 다른 나라만큼 수월치는 않았다. 잭과 노아도 이곳에 오기 전에 대강 브리핑을 들어 알고 있던 터라 더더욱 감동한 얼굴이 되었다.

'원래 사람 속일 땐……. 8, 9의 진실에 거짓을 살짝 타야 효과

적인 법이지.'

처음부터 끝까지 거짓말인 사기에 걸려드는 경우를 본 적 있
는가. 물론 그런 경우도 있기는 하지만 대개는 아주 그럴싸한 사
기에 당하는 법이었다. 그런 사기의 특징은 무작정 다 거짓은 아
니란 것이었다.

"자, 그럼 한 잔씩들 하지."

"네? 술도 꺼냈어요?"

"꺼내지, 그럼. 두 달 동안 여기 있을 건데."

"와……. 이 양반…… 진짜 개……."

"이 양반? 개?"

"아뇨, 갑자기 한국에 있는 이씨 양반이 생각나서요. 있어요,
그, 한산 이씨인데. 그 새끼 진짜 양아치거든요."

재원은 한국에 남은 애먼 사람을 욕하면서 생명을 연장했다.
사실 강혁이 마음만 먹으면 이따위 변명쯤은 개의치 않고 조질
수 있지만, 지금은 참았다. 몇 가지 경험을 통해 사람을 조지는
것도 효과적이지만, 감화시키면 더 효과적이라는 걸 깨닫게 된
덕이었다.

'저걸 참으시네……'

'정말 좋은 분이시다.'

'누가 그런 음해를……'

'실력 질투한 거지. 아까 봤지? 말도 안 되는 수술하는 거.'

'하긴 나도 처음엔 그랬지. 믿음이 없었다……'

'그래, 그렇다니까?'

실제로도 그랬다. 둘은 강혁이 좋은 사람이라 확고히 믿으면서, 강혁이 준비해준 고기를 꾸역꾸역 먹었다. 거기에 와인까지 곁들이니, 이곳이 과연 현장이 맞나 싶을 지경이었다.

　"내가 원래는…… 프랑스 와인을 되게 좋아했는데, 신의 물방울인지 나발인지 유행하면서 다들 맛에 비해 너무 비싸졌어. 특히 중국 사람들이 좋아하는 라인은 이래도 되나 싶어. 그래서 신대륙 와인 파고 있는데 괜찮은 거 많더라."

　"아……."

　"어때?"

　"맛있네요. 약간 묵직하면서도……. 끝은 또 산뜻하게 끝나서요."

　"응. 기복이 없는 것도 장점이야. 얘네는 날씨가 좋아서 그런가 빈티지랄 게 없더라."

　강혁은 성질이 그래서 그런지 지식도 편식해서 쌓는 편이었다. 요즘 대세인 넓고 얇은 지식이 아니라, 좋아하는 쪽으로 깊숙이 파고드는 스타일이라고 보면 되었다. 그래서 원하는 방향으로만 대화 주제를 이끌어나갈 수 있을 때는 세상에서 제일 박학다식해 보였다. 지금이 그랬다.

　'와……. 아는 것도 많으셔.'

　시간이 갈수록 잭과 노아가 강혁에게 푹 빠져들게 된 것은 우연이 아니었다. 덕분에 아침에 일어났을 땐, 이미 둘 다 강혁의 충신이 되어 있었다. 리처드가 본의 아니게 악역을 자처하는 바람에 일이 수월해진 셈이었다.

"자 오늘부터 오전 250, 오후 250이야. 그냥 로컬 환자들도 오니까…… 결국 총 환자 수는 550은 될 거야."

해서 둘은 아침 먹고 브리핑 중인 강혁에게 집중했다.

"어제 말한 대로 당직 간호사들이랑 학생들이 이미 예진하고 있어."

그 말에 따라 고개를 돌려 보니, 과연 이미 병원 마당이 북적거렸다. 건조하면서 동시에 따가운 햇볕이 내리쬐는 한구였다면 힘들었을 텐데, 이곳의 날씨는 한국 가을 날씨라고 보면 되었다. 다행히 환자들이나 일하는 사람들이나 마당에 나와 있는 것이 그리 고생스럽지만은 않았다.

"여기, 수술 필요할 것 같은 사람 명단이요."

그때 솔선수범하기 위해 첫날 당직을 맡은 장미가 안으로 들어섰다. 종이 몇 장을 들고서였다.

"아……. 네가 본 거지?"

"네."

"그럼 확실하네."

총 세 장이었는데, 그 말은 곧 오전에 응급으로 수술해야 할 환자가 셋이나 있다는 얘기였다. 리프가 물러났다고는 하지만 여전히 이곳의 노동 환경은 그리 좋지 못했다. 근무 시간을 조정하긴 했지만, 원래 갖고 있던 질환들은 악화 일로를 걷고 있을 뿐이었다. 한동안은 이럴 터였다. 강혁은 좀 많다고 중얼거리며, 의료진을 돌아보았다.

"하나는…… 깊은 경부감염이야. 범위는 목 전체. 어쩌면 그

밑까지? 이건 전신 마취하는 게 좋겠고. 나머지 둘은 간단해. 탈장인데 아직 합병증 없어. 이건 로컬로도 되겠어."

강혁은 계속해서 혼잣말을 이어나갔다. 어차피 판단은 그의 몫이니 끼어들 여지도 없었다. 나머지 인원은 그저 강혁이 뭘 시키려나 하고 바라보고 있을 뿐이었다.

"그럼…… 내가 경원이랑 깊은 경부감염은 후딱 하지 뭐. 탈장은 어떻게…… 1호가 할래, 대장이 할래."

"음."

"대장이 해. 나머지는 외래. 그럼 넷이 시작이니까, 그렇게 무리스럽지는……. 아."

여느 때처럼 똑 부러지는 지시가 내려오던 중, 강혁이 인상을 쓰며 말을 멈추었다. 전화가 울려서였는데, 벨 소리가 특이했다. 이건 미군 측의 전화였다.

"백강혁입니다."

"환자 발생했습니다. 두 명입니다. 하나는 미군인데, 기동 중 넘어지면서 뇌진탕 발생했습니다. 이건 자체 해결 가능한데…….
나머지가."

"나머지는 어떤데?"

"RPG에 당했습니다."

"RPG……. 누구지? 용병인가?"

대체 어떤 새끼들이 그런 무기를 해적들에게 공급하는 것인지는 몰라도, 현재 소말리아 인근 해협을 위협하는 해적들 중 일부는 RPG를 떼로 장착한 경우도 있었다. 이걸 갖고 있다고 해서 군함에 덤비는 멍청이들은 드물었다. 하지만 상선이라면 얘기가 달랐다. 아무리 훈련이 된 용병들이 지키고 있다고 해도 RPG가 갑판으로 날아들면 한동안 아무것도 할 수 없었다. 그사이 배를 바짝 붙인 해적들이 승선해서 AK-47을 난사하면, 그걸로 끝이었다.

"네, 용병입니다. 한국 상선 호위하던……."

"알았어, 내가 가지. 잭, 따라와. 깊은 목은 1호가 맡고……. 외래 최대한 둘이 잘 봐봐. 금방 올게."

강혁의 말에 의료진들의 분위기가 달라졌다. 아까까지만 해도 오전 외래가 넷이니만큼 명당 60명에서 70명만 보면 됐었다. 이것도 물론 적지 않은 숫자긴 하지만, 수술이 끝나는 대로 또 외래 진료 인원이 충원될 테니 별로 우려스럽진 않았다. 하지만 여기서 둘이 빠지면 명당 120에서 140명이었다.

'말이 되나?'

'허…….'

그나마 한국 의료에 익숙한 사람들은 당황함이 덜했다. 일반적인 상황은 아니긴 하지만, 지금도 대학 병원의 갑상선 센터나 당뇨병 센터 등의 유명 교수의 경우, 외래를 오전 타임에 100명 가까이 보기도 해서였다. 그런 얘기를 옆에서 자주 접할 수 있었던 사람들, 그러니까 원래 한구 병원에 있다가 끌려온 이들 또한 절망에 빠지진 않았다. 리처드, 샘 등이 그랬다.

'어떻게 사람이 오전에 100명을 봐?'

'오전 오후 다해서도 어려울 것 같은데.'

하지만 미국에서만 일하다 온 잭과 노아는 그 몇 분의 일도 익숙지가 않았다. 심지어 둘은 외상 외과라 외래가 주된 업무도 아니지 않은가. 물론 야전에서는 이런 저런 간단한 외래를 봐야 하겠으나, 이렇게까지 본격적으로 부림을 당한 적은 없었다.

"노아."

"아, 네. 교수님."

그때 강혁이 나섰다. 어제까지만 해도 잭보다는 강혁에 대한 태도가 유보적이었던 노아였지만, 이제는 눈이 충심으로 빛났다. 강혁의 개인적인 매력 덕분이기도 했거니와, 어제의 연기 때문이기도 했다.

"잘 부탁해. 여기 사람들은 우리 아니면 아무도 없어."

"아⋯⋯. 네. 최선을 다하겠습니다."

강혁의 말은 거기에 불을 지핀 셈이었다. 그렇지 않아도 강혁은 참 훌륭한 사람이라 믿고 있는데, 여기서 또 훌륭한 말이 나오지 않았나. 노아는 분골쇄신 최선을 다하리라 다짐하고 또 다짐했다.

'아니⋯⋯. 사람을 하루 만에 홀렸네.'

'저 멍청한 놈⋯⋯. 좋단다.'

그걸 지켜보는 이들의 마음은 복잡했다. 대강 요약하자면, 저놈은 왜 저렇게까지 순진할까 정도가 될 터였다. 그들이 미처 모르는 사실이 하나 있다면 그들 또한 강혁에게 속아서 여기까지 왔다는 점이었다. 심지어 단기도 아니었다. 최소 1년이었다.

'아무튼⋯⋯ 신입이 최선을 다해주면 좋기는 하지.'

'잠자코 있어야겠다. 괜히 산통 깰 필요는 없지.'

'알아서 하겠다는데…….'

'허허, 다 늙어서 이게 뭐람.'

게다가 노아가 뼈가 부서져라 일하게 되었을 때 이득 볼 사람은, '노아 빼고 나머지 전부'였다. 환자에게도 좋을 일일뿐더러, 이곳에서 일하는 이들에게도 좋았다. 해서 모두 입을 다물기로 했다.

'그래, 그렇게 하라고.'

눈길 한번 주는 것만으로 분위기 파악을 끝낸 강혁은 얼떨떨한 얼굴을 하고 곁에 다가온 잭의 어깨를 두드렸다.

"우린 가자고. 어제 타고 온 비행기로 가면 되겠네. 따로 안 기다려도 되겠어."

"아……. 네."

그러고는 어느새 도착해 있는 미군 차량에 탑승했다. 차량은 오프로드건 어디건 다닐 수 있는 지프차였는데 당연히 승차감은 별로였다.

"어이구."

강혁이야 익숙하기도 하고, 어지간한 일로는 엄살을 피우지 않는 사람이기도 해서 조용했으나 잭은 자신도 모르게 신음을 흘렸다. 안 좋은 도로 사정 때문에 더 멀게 느껴지는 길을 달리자, 곧 비행장이 나왔다.

"탑승하시면 바로 가겠습니다!"

"어, 간만이네."

"간만은요. 지난주에도 봤는데."

"기분 좋아 보이네."

"여기 숙소가 경치가 진짜 좋거든요. 날씨도 시원하고. 수도랑은 영 딴판입니다."

"하긴, 그렇긴 하지. 여기가 참 좋은 곳이지."

비행기는 기장의 표정만큼이나 가볍게 비행장을 떠났다. 아직 안개가 자욱하게 끼어 있었으나, 별문제는 안 되었다. 애초에 비행기에 레이더가 있어서 지형지물 파악이 어렵지도 않았거니와 기장 또한 이곳에 여러 번 왔었기에 익숙해진 덕이었다. 비행기는 곧 스리랑카 섬을 벗어났다. 영해를 이토록 자유롭게 다닐 수 있는 건 다 스리랑카 정부의 배려 덕이었다. 배려라기보다는 대한민국 정부와의 경협에 대한 보답의 의미가 더 컸다. 덕분에 비행기는 아무 문제없이 몇 시간을 더 날아 구조 요청한 지점에 닿았다.

"환자는 어떻게 됐지?"

강혁을 불러야 했을 만큼 급한 환자이지 않은가. 충분히 잘못되고도 남을 수 있는 시간이었다. 강혁은 착륙하기 전 군함에 전화를 걸었다.

"네, 백 교수님. 일단 수혈하면서 버티고는 있는데……. 아까보다 소변량이 줄었습니다. 이거……."

"다발성 장기 부전으로 가고 있군……."

"네. 어렵겠습니다."

"흠. 그래도 일단 거의 다 왔으니……. 보기는 해야지."

"네."

다발성 장기 부전이란, 원인이 뭐가 되었건 간에 혈류량이 줄어들면서 결국 여러 장기가 한꺼번에 망가지는 상황을 뜻했다. 주로 패혈증이나 심각한 출혈이 있을 시에 발생했다. 한번 이 궤도에 접어들게 되면 되돌리는 게 아주 어려웠다. 가능한 한 빨리 원인을 교정하는 것만이 답이었다.

"벌써 다발성 장기 부전이면……."

힘겨운 얼굴로 옆에 타고 있던 잭이 물어왔다. 처음보다는 나아 보였으나, 지금 봐서는 딱히 내려서 도움이 될 것 같지는 않았다.

'상관없지.'

부려먹는 건 누와라엘리야에서만 해도 충분하긴 할 터였다. 애초에 이 녀석들을 받겠다고 한 건, 교육을 위해서 아닌가. 외상을 처치하는 강혁에게 도움이 되려면 리처드나, 재원 또는 한유림 정도는 되어야 했다. 나머지는 미안한 얘기지만 걸리적거릴 가능성이 훨씬 컸다.

"괜찮아. 판단은 내가 해. 오늘은 그냥 지켜보라고."

"아……. 네."

강혁은 괜찮다는 말을 하고는 입을 다물었다. 계획을 짜기 위해서였다. 대강 어디를 어떻게 다쳤는지는 노티를 받아 알고 있었다. 그 정보만으로 구체적인 상황 파악이나 이후의 계획을 짜는 건 거의 불가능한 일이었으나, 강혁은 가능했다. 압도적인 경험과 가히 폭력적이라 할 수 있는 재능 덕이었다.

'그래……. 지금 문제가 되는 건 화상하고…… 관통상인데. 아마도 관통상이 치명적이겠지. 화상 범위가 좁지 않은 편이지만 이것만으로 다발성 장기 부전이 올 정도는 아냐. 들어가자마자…… 여기부터 손봐야지.'

강혁이 머릿속으로 계획을 세우는 동안 비행기가 천천히 내려앉기 시작했다. 극도로 짧은 착륙장만 있어도 내려설 수 있는 기종이다 보니, 착륙 시간도 그리 길지 않았다.

"어우."

"음."

물론 급제동이 필요하기는 했다. 덕분에 강혁과 잭은 몸이 아무렇게나 흔들리는 경험을 해야만 했다.

"가자고."

그럼에도 불구하고 강혁은 곧 몸을 훌훌 털고 일어나 잭을 밖으로 끌어냈다. 벌써 이만한 흔들림은 지겹도록 겪은 탓이었다.

"아, 네."

그렇게 뚜벅뚜벅 걸어 밖으로 나가니, 피 칠갑을 한 간호장교와 군인들 그리고 용병 관계자들을 마주할 수 있었다. 용병 마크는 아주 익숙한 모양을 하고 있었다. 블랙 워터스였다.

"어."

"안녕하십니까, 백 교수님. 말씀 정말 많이 들었습니다."

그중 수염을 기른 용병 하나가 다가와 악수를 청했다. 강혁은 어차피 걷고 있는 길이기도 했고, 딱히 용병이 진로 방해를 한 것도 아닌데다가, 블랙 워터스 마크가 반갑기도 해서 악수를 받아 주었다.

"아⋯⋯. 처음 보는 얼굴인데?"

"네. 행크의 후임입니다."

"후임이라고? 행크는 어떻게 됐지?"

일반적인 회사와 달리 PMC, 즉 용병 집단은 죽음이 일상에 깔려 있었다. 최대한 안전하게 일을 한다고 하지만 고액 연봉을 괜히 주겠는가. 후임이라는 말을 들으면 지금껏 겪은 죽음들이 떠올라 긴장이 될 수밖에 없었다. 수염은 강혁의 얼굴을 보고는 급히 웃음을 터뜨렸다.

"이제 은퇴해서 텍사스로 돌아갔습니다. 농장으로 놀러 오라더군요."

"난 또⋯⋯ 소원 성취했네. 나한텐 말도 안 하고, 이 새끼가."

"엽서 보냈다던데요? 계시는 곳이 멀다 보니 시간이 걸리나봅니다. 간 지 얼마 안 됐어요."

"아, 그래. 그렇군. 하여간⋯⋯ 상태는 어떻지?"

"안 좋습니다."

수염의 얼굴에서 억지웃음이 사라졌다. 누가 봐도 좋지 못한 모양이었다. 하긴 RPG에 당했다지 않았는가. 지금 옆에 서 있는 수염도 자잘한 부상을 입었다. 애써 아무렇지 않은 척하고 있으나, 아마 꽤 아플 터였다.

"그래, 빨리 가지."

"네."

강혁의 말에 따라 앞장서서 걷던 간호장교의 발걸음이 빨라졌다. 강혁과 잭 그리고 나머지 인원도 보폭을 맞춰 좁다란 선실 복도를 부리나케 걸었다. 그나마 수술실로 향하는 곳이라 침대는 지날 수 있게 만들어져 있기는 했으나, 그래도 건장한 사내 둘이 어깨를 나란히 하고 걸을 수 있을 정도는 아니라 자연히 한 줄로 걷게 됐다. 강혁이 간호장교 뒤에 바짝 붙었기에 그가 제일 먼저 수술실 안을 들여다볼 수 있었다. 환자의 팔과 다리 그리고 목 쪽으로 모두 라인이 달려 있었다. 피가 벌써 꽤 들어갔는지, 빈 백이 보였다.

'이렇게 되면 파종성 혈관 내 응고 장애도 걱정해야 할 판인데.'

새로운 정보가 들어오고 있기는 한데, 그중 좋은 정보는 하나도 없었다. 간호장교는 시시각각 표정이 어두워지고 있는 강혁을 돌아보고는, 발을 수술실 문 옆에 있는 홈에 끼워 넣었다. 드르륵 소리를 내며 문이 열렸다.

"들어가시죠."

"아니, 손 닦고 들어가지."

"바로…… 수술하시려고요? 환자 상태 안 보시고요?"

"이미 봤어. 충분해."

"어……."

"잭, 너도 손 닦아. 시작하자고."

잭은 좀 얼떨떨한 기분이었다. 일단 비행기 타고 출장 수술을 온 것부터가 이상한 일 아닌가.

'이렇게 원정 수술을 하는 시스템을 만들 줄이야.'

잭은 손을 박박 닦으면서 옆에 있는 강혁을 올려다보았다. 강혁이 그보다 머리 하나는 더 커서 각도가 묘했다. 보통 이러면 못생겨 보여야 할 텐데, 그렇지도 않았다.

'실력에 인성에 외모까지……. 미쳤네.'

잭이 이런저런 생각을 하며 강혁에 대한 끝없는 감탄을 이어 나가고 있는 동안, 강혁은 계획을 완전히 정리했다.

"좋아."

강혁은 여느 때처럼 미소를 지은 채 수술실 안으로 들어섰다. 그와 동시에 안에 있던 군의관과 간호장교가 수술실 쪽을 향해 고개를 돌렸다. 간호장교의 눈에는 반가움이 가득했다. 왜 저러나 했더니만, 언젠가 한 번 본 적이 있는 얼굴이었다. 바로 파키스탄 과다르에서였다.

"교수님. 오랜만입니다."

"아……. 오랜만이네. 맞아, 여기 소속이라고 했지."

"네. 그래도 빨리 오셔서 다행입니다."

"빨리? 아, 다치자마자 연락한 거구나."

"네, 요새 시스템이 그렇게 되어 있습니다."

간호장교는 이제 환자가 살겠거니 하는 투였다. 옆에 있던 군의관은 황당하다는 얼굴이었으나, 그런 것 따위는 아랑곳도 하지 않았다. 아직까지 강혁의 말도 안 되는 수술 실력이 눈에 선해서였다. 아마 간호장교는 죽을 때까지 그날을 잊지 못하리라.

"하여간, 거기 계속 눌러 봐."

강혁은 대화를 나누면서 동시에 가우닝을 마치고 환부에 더 가까이 갔다. 아직 배가 열려 있지는 않았다. 최대한 강혁이 올 때까지 신체를 훼손하지 않으면서 동시에 버티는 쪽으로 방향을 잡은 모양이었다. 현명하다 할 수 있었다. 괜히 잘못 건드리는 것보다는 이게 훨씬 나았으니까. 뭐가 되었건 수술이란 결국, 몸에 칼을 대는 것이라 상처만 늘리는 경우도 많았다.

"아, 네."

군의관은 강혁의 실력을 직접 본 적은 없었다. 그래도 일단 시키는 대로 하기는 했다. 워낙 들은 게 있어서였다. 특히 여기 있는 간호장교의 말만 들어보면 괴물 수준이었다. 아마 말하는 사람이 미군 장교가 아니었다면 반도 믿기지 않았을 터였다.

"그래도 잘 버텼네. 소변량이 줄기는 했어도……. 아직 나오고 있고. 마취과가 누구지?"

"아, 접니다."

"잘하네. 잘해줬어."

강혁은 진심을 담아 칭찬을 해주었다. 지혈 말고는 딱히 한 게 없는 상황에서 환자를 지금까지 이승에 붙잡아둔 것은 분명 칭찬받아 마땅한 일이었다.

"그럼 이제 비킬까."

강혁은 엉덩이로 툭 하고 군의관을 밀었다. 군의관은 여전히 환자의 총상을 두 손으로 꽉 누르고 있었다. 아무리 강혁이 우수한 의사라 한들, 지혈하고 있던 것을 함부로 멈출 수는 없어서였다.

"손도 줘."

강혁은 필사적으로 붙잡고 있던 군의관의 손마저 잡아다 옆으로 비키게 했다. 상처 안쪽으로는 서지셀과 타코콤을 비롯한 여러 지혈용 소모품들이 들어가 있었다. 까맣게 변해 있었는데, 이미 피에 젖으면서 이런저런 화학 작용들이 일어났다는 얘기였다. 그럼에도 불구하고 손을 떼자마자 피가 왈칵하고 새어 나왔다.

"으."

군의관은 피에 젖은 장갑을 잠시 내려다보다, 피가 나오는 것을 보고 움찔했다. 아무리 피에 익숙해졌다고 해도 총알이 박힌 자리에서 흘러나오는 막대한 양의 출혈을 보면 초조해지기 마련이었다. 이것마저 극복하려면 정말이지 수없이 많은 경험이 필요했다. 반대로 말하면 강혁은 극복 가능하다는 얘기이기도 했다.

"이제 알았다. 자, 네가 눌러. 이렇게."

강혁은 흘러나오는 피의 패턴을 보고는 이 구멍 어디쯤 총알이 있을지 완벽하게 파악했다. 그에 따라 완성했던 계획도 조금 수정했다. 쉬운 일은 아니었으나, 강혁의 우수한 머리는 금세 미세한 조정을 해내었다. 손으로는 잭의 손가락 위치 및 모양까지 교정해서 보다 효율적으로 상처를 누를 수 있게 해주면서였다.

"메스."

"네!"

그러곤 손을 내밀어 칼을 받아 들었다. 한 치의 망설임도 없이 절개에 들어갔다. 두 개의 총알과 약간 떨어진 부위였는데, 당연하게도 일상적인 절개 방향이나 위치하고는 많이 달랐다. 그럼에도 잭과 다른 군의관은 절개가 자연스럽다는 느낌을 받았다.

'그래, 그렇게 들어가야지. 음?'

'어……. 원래 이렇게 하는 건가?'

둘이 자신들의 느낌에 당황하는 사이, 강혁은 벌써 근육을 가르고 복막마저 가른 채 복강 안으로 진입했다. 정신을 차려보니 어느새 칼이 아니라 보비를 들고 있었다. 혈압도 낮긴 했으나, 상처 부위에서의 출혈이 이상할 정도로 적었다. 그 말은 곧 수술 시야가 더럽혀질 가능성이 적다는 얘기가 되었다.

'일단 하나.'

강혁은 빠르게 총알이 박힌 곳을 확인했다. 여기 오기 전부터 예상했던 것과 같이 총알 하나는 대동맥에서 위로 올라가는 혈관 다발에 틀어박혀 있었다. 동맥이니만큼 피를 엄청나게 많이 흘려보냈을 터였다. 심지어 지혈제가 엄청나게 많이 들어가 있는데도 계속 흘러나오고 있을 지경이었다.

"핀셋."

"아, 네."

강혁은 아직 총알이 보이지도 않는데 핀셋부터 받았다.

'뭐지?'

'뭐야.'

군의관 둘의 얼굴에 의문이 떠올랐다. 절개가 왜 거기였는지는 좀 의아했어도 어찌 되었건 지금까지 이루어진 술기는 자연스럽기 그지없었다. 어쩌면 살려나, 하는 생각마저 들었을 지경이었다. 하지만 여기서 갑자기 핀셋? 대체 왜? 설마 지금 들어가 있는 지혈제, 그러니까 그나마 출혈을 절반 이상 줄이고 있는 지혈제를 냅다 빼고 시야를 확보하려는 건가 하는 생각도 들었다.

'그럼 죽을 텐데……'

'그거 하기 싫어서 당신 부른 거라고……'

현재 미 함대 그리고 국군 함대에서 백강혁 호출 프로토콜의 원칙은 다음과 같았다. 일단 부상 당시 현장에 있던 요원 또는 가장 먼저 환자를 상태를 확인한 의사의 판단상 지금 당장 죽지는 않았으나 현대 의학의 한계로 죽을 수밖에 없을 것 같을 경우, 별도의 처치를 시작하지 않은 상황에서도 강혁을 부를 수 있었다. 당연히 처치를 하던 도중 해당 의료진들의 역량을 벗어났다고 판단이 될 때도 그랬다. 지금 이 환자의 경우엔 전자에 해당했다. 아무래도 현장 의사가 보기에 죽을 가능성이 더 크다고 판단된 케이스이기에 사망 확률이 더 높았다.

'모, 못 보겠는데.'

'애초에 이 사람도 사람인데 기적을 바란 게 이상한 일이지……'

두 사람은 저도 모르게 눈을 질끈 감았다. 기적은 그들이 완전히 믿음을 잃었을 때 일어났다. 강혁은 핀셋을 든 손 말고, 나머지 손을 이용해 켜켜이 쌓여 있던 지혈제를 살짝 들어 올렸다. 그러자 지혈제에 의해 조금 위치가 틀어진 총알 끝이 보였다. 물론 총알이라고 생각하고 봐야 총알인 것을 인지할 수 있을 정도로 아주 미세한 부분만이 보일 정도였다. 강혁은 그걸 잡아 빼는 동시에 다른 손으로 살짝 들어 올리고 있던 지혈제의 위치를 조정해, 총알이 빠져나오면서 생긴 틈을 메웠다. 그 때문에 눈을 감왔다 뜬 사람들로서는 뭐가 바뀐 건지 즉시 눈치채지 못했을 지경이었다.

'뭐야.'

'뭐 한 거야.'

'아……. 그냥 눌러봤나?'

'근데…… 저건 뭐지.'

아무 변화가 없는 상황에서 총알만 하나 덜렁 튀어나와 있었다. 그마저도 강혁이 쇠로 된 바구니에 총알을 떨어뜨리면서 난 소리로 알게 된 상황이었다. 소리가 아니었다면 아마 뭐가 변했는지 이 둘은 인지하지 못했을 터였다.

"어?"

"어……."

"쉿. 이제부터가 더 중요해."

"아, 네. 죄송……."

쉿소리에 놀란 둘이 눈을 크게 뜨자, 강혁은 손을 흔들어 조용히 시켰다. 그러곤 모스키토를 집어 들었다.

'다친 혈관은 두 개. 위는…… 부분 절제술 들어가야 해.'

아직 빠져나오지 않은 총알은 위를 반파시킨 마당이었다. 사실 전투 손상에 있어서 그리 흔한 부위는 아니었다. 갱끼리의 전투였다면야 몰라도, 작전 중인 용병이나 군인들은 모두 방탄조끼를 입기에 그랬다. 강혁은 아마 RPG로 인한 화상으로 인해 방탄조끼를 벗어 던진 까닭일 거라 판단했다. 어차피 불붙은 방탄조끼는 방탄 능력을 상실할뿐더러, 불에 타기 시작하는 순간 화상의 원인이 되어 벗어 던지는 것이 원칙이기에 그랬다. 방탄조끼로 괜히 복부를 가리는 게 아닌 만큼, 환자의 부상은 심각하기 그지없었다.

"모스키토 하나 들고 대기. 내가 손 내밀면 바로 줘."

"아, 네."

해서 강혁은 그로서는 드물게 심호흡을 한 후, 심지어 간호장교를 보며 만반의 준비를 마치고 나서야 움직였다. 혈관 다발을 붙잡기 위해, 지혈제를 치우기 시작했다는 얘기였다. 지혈제의 위치가 무너지자 곧장 붉은 피가 새어 나왔다. 잘려나간 혈관은 이래서 무서웠다. 장기 같은 경우는 지혈제를 쏟아부으면 어느 정도 멈추기도 하지만, 혈관은 그렇지가 않았다. 혈액이 흐르는 길이니만큼 그럴 수밖에 없었다. 그럼에도 불구하고 혈관 하나는 순조롭게 잡혔다. 동시에 흘러나오는 피의 양이 현저히 줄었는데, 그 순간 실수가 있었다.

"아."

위에서 상처를 누르던 잭의 손에 힘이 좀 과도하게 들어가면서, 지혈제의 위치가 한 번 더 흔들린 것이다.

"아, 이런 시발."

덕분에 강혁은 바로 다른 혈관을 잡으려고 집어 들었던 모스키토를 내려놓아야만 했다. 이제부터 다시 혈관을 찾아야 했다.

"아, 이런."

잭은 당황했다. 당연한 일이었다. 당당한 외상 외과 전문의로서 지금 맡은 일이라고는 그저 환부를 적절한 강도로 누르는 것

뿐 아니었나. 너무 간단한 일이라 하품이 나올 정도라 해도 좋았다. 아마 환자 상태가 지금보다 조금만 더 좋았다면 틀림없이 그랬을 터였다.

'내가 이런 초보적인 실수를……'

한데 실수를 저지르고야 말았다. 금속으로 이루어진 총알이 빠져나가고 그 자리를 지혈제가 대체했다면 이를 고려해서 누르는 힘을 조절했어야 하는데, 아까와 같은 강도로 냅다 누르고 있었다. 게다가 지금은 강혁이 계속 처치를 하느라 지혈제의 위치도 조금씩 변하고, 무엇보다 공간이 생기고 있는 상황이라 더더욱 주의를 했어야 했다.

"힘, 힘 빼봐."

"아, 네."

"석션 주고!"

당연히 강혁은 화가 났다. 아마 정도로만 따지면 잭이 당황한 것과는 비교도 안 될 정도였을 터였다. 하지만 강혁은 당장 잭에게 소리 지르지 않았다. 마음은 시원해질지 몰라도, 이 상황을 해결하는 데 있어서는 아무 효용이 없을 거란 걸 알아서였다.

'시간은 많아.'

어차피 도망갈 수 있는 놈도 아니지 않은가. 두 달간은 꼼짝없이 곁에 있을 놈인데 뭐 하러 1분 1초가 시급한 지금 화를 낸단 말인가. 지금은 그저 해야 할 일을 하게끔 하는 것이 중요했다.

'와……. 침착한 거 봐. 이 사람은 정말.'

치밀한 계산하에 나온 반응이었으나, 잭은 이미 강혁을 신격

화하고 있는 중이었다. 이것조차 강혁의 인성이 좋아서 그냥 넘어가주는 것으로 여겼다. 아주 헛다리는 아니었다. 뭐가 되었건 성질부리는 것보다 환자의 생명 살리는 게 우선이라고 여기는 사람이었으니.

강혁은 지혈제에 대고 석션을 가동했다. 그러자 삽시간에 붉게 물들었을 뿐 아니라, 그것도 모자라 사방으로 흩뿌려지던 출혈의 기세가 점점 사그라들었다.

"음."

물론 석션이란 건 단순히 시야를 확보하기 위한 수단일 뿐 지혈은 하나도 안 되었다. 오히려 순간적으로는 출혈을 더 일으키기도 했다. 마취과 의사의 얼굴이 어두워지는 것도 무리는 아니었다. 다행히 미리 이런저런 라인을 많이 잡아두어서 망정이지, 그렇지 않았다면 툭 하고 떨어지는 혈압에 대응하지 못 할 뻔했다. 하지만 이것도 잠시일 뿐이었다. 환자에게 더 버텨달라고 하기엔 이미 너무 오래 지난 마당이었다. 제아무리 환자가 젊고 또 용병을 할 만큼 건강하다 해도 마찬가지였다.

"조금만, 조금만 기다려."

강혁은 그런 마취과 의사의 심정을 읽어내기라도 한 듯, 나지막한 목소리로 중얼거렸다. 방금 석션한 곳의 지혈제를 조금 치워내면서였다. 말과는 달리 피만 주르륵 흘러나왔다. 그럴수록 이 사태를 초래한 잭도 식은땀을 흘렸다. 이러다 환자가 잘못되면 어쩌지 하는 생각이 머릿속을 가득 채웠다. 온전히 자기 책임 같았다.

'내 책임이야.'

잭의 생각과는 달리, 강혁은 모두 자기 책임이라 여기고 있었다. 집도의로서의 권한을 갖는 동시에 그만한 책임이 생기는 거라 배워서였다. 그의 스승은 정말이지 단 한 번도 수술장에서 일어나는 일에 대한 책임을 미룬 적이 없었다.

'힘 조절하라고 했어야 했어.'

아마 재원이나 한유림 또는 리처드였다면 알아서 조절했을 터였다. 아니, 그 정도가 아니라 지금 이 술기도 보조했을 테지. 그가 키워낸 제자들의 실력은 이제 뛰어나다는 말도 좀 부족할 지경이니까. 그들과 수술에 들어가면 말 한마디 섞지 않고 오로지 술기에만 집중해도 되었다. 알아서 보조하고, 알아서 해야 할 일을 하고, 알아서 배울 실력이 되었다.

'얘는 초심자잖아.'

거기에 익숙해진 게 잘못이라면 잘못이었다. 잭도 어엿한 전문의지만, 강혁이 볼 땐 초심자이지 않은가. 미안하지만 강혁의 재능에 비하면 누구라도 이럴 수밖에 없었다. 강혁이 자책과 함께 지혈제 사이를 헤매는 사이, 계속해서 피가 흘러나왔다.

"음."

마취과 의사의 입에서 다시 한번 신음이 흘러나왔다. 이대로 1분, 2분만 더 지나도 어려울 것 같았다. 이제 환자 몸 안에 돌아다니는 혈액 중 원래 자기 피는 없다고 해도 좋을 만큼 많은 양의 혈액이 들어간 참이었다. 파종성 혈관 내 응고 장애가 없는 것만으로도 기적이라 여겨도 좋을 상황이라 이건데, 여기서 출혈량을 수혈량이 못 따라가는 상황이 더 지속된다면 어떻게 될까. 간신히 부여잡고 있던 생명을 잃게 될 것은 자명했다.

"아."

신음 소리에 고개를 돌린 잭 또한 탄식을 터뜨렸다. 아까까지만 해도 간신히 유지되고 있던 혈압이 무너지고 있었다. 출혈이 워낙에 오래 지속되어서 심장이 지친 탓도 있겠으나, 결정타는 아마도 지금 일어난 출혈일 터였다. 옆에 있던 군의관은 아예 CPR을 준비하고 있었다. 마취과 또한 에피네프린을 비롯해 CPR 시에 필요한 약물을 재기 시작했다.

"찾았다."

모두가 최악을 상정하고 준비하고 있을 때, 강혁이 한숨 같은 말을 흘렸다. 그러곤 모스키토를 움직여 보이지 않던, 순식간에 숨어버렸던 혈관을 잡았다. 간단하고도 단순한 동작이었다. 그러나 그 효과는 어마어마했다. 곧 미친 듯이 흘러나오던 출혈이 멈췄다.

"어……."

"잡았어. 지혈제 뺄 거니까 손 치워."

"아, 네."

어떻게 잡았냐는 말을 하려던 잭은, 일단 시키는 대로 손을 치웠다. 어찌나 긴장하고 있었는지, 손이 굳은 채로 부들부들 떨렸다. 이제 누르는 일이 끝났으니 뭐라도 해야 할 텐데……. 스스로가 한심할 지경이었다.

"잼잼 좀 하고 있어봐. 일단…… 아직은 할 일 없어."

"네, 교수님."

강혁은 그런 잭에게 가장 효율적인 조언을 해준 후, 지혈제를 모조리 제거했다. 그러자 비로소 위를 파괴한 총알이 확인되었다. 그쪽은 아무래도 지혈이 아직 안 되어서 그런지 피가 줄줄 흘러나오고 있었다. 혈관이 터진 건 아니라 새어 나오는 수준이었다. 그렇다고 해서 복구가 쉽냐 하면 그건 또 아니었다.

'고쳐주는 건 불가능해.'

이미 저쪽으로 가는 혈관이 죄 터지는 바람에 혈액 공급도 꽤 오랜 시간 끊긴 상황이지 않은가. 게다가 애초에 위는 파괴되어서 회복도 안 되어 있었다. 그걸 이어 붙인다? 말도 안 되는 얘기였다. 집도의가 강혁이라 해도 그랬다. 자잘한 출혈이 없고, 환자의 상태가 지금 같지 않다면 당연히 시도는 해볼 수 있을 터였다.

'바이털…… 흔들리고 있지.'

집도의가 같고, 심지어 부상의 정도가 같다고 해도 상황에 따라 술기를 조정해야 하는 것이 바로 외상 외과이기에 지금은 단념하는 것이 좋았다. 해서 강혁은 위에서 살릴 수 있는 부위가 얼마나 되는지부터 가늠했다. 다행히 이건 아까 강혁이 예상했던 것과 그리 큰 차이를 보이지 않았다. 그 말은 곧, 계획을 실행만 하면 된다는 얘기였다.

"일단 타이."

"네."

강혁은 실크 타이를 받아서 잘라낼 부위로 들어가는 혈관과 그 부위에서 나오는 혈관을 모조리 묶어버렸다.

"잡기만 하고 있어. 이제 그건 되지?"

"네, 물론입니다."

잼잼을 대강 마친 잭의 보조를 받으면서였다.

'와……. 진짜 빠르다.'

위 부분 절제술은, 그것만 놓고 보면 그리 특별할 것 없는 술기였다. 하지만 그건 절개가 딱 그걸 위한 방향으로 들어갔을 때의 얘기였다. 지금처럼 조금이라도 비틀린 상황에서는 굉장히 어려운 술기가 될 수 있었다. 무엇보다 해부학적인 위치가 헷갈릴 수 있어서였다. 하지만 강혁은 눈만 좋은 게 아니라, 그 눈을 통해 습득하는 정보를 모조리 재구성할 수 있는 두뇌의 소유자이지 않은가. 이까짓 기출 변형은 아무것도 아니었다.

"좋아. 멧잼."

"네."

순식간이라고 해도 좋을 만한 시간에 혈관을 다 묶어내더니, 이내 위를 잘라내기 시작했다. 불과 20분도 채 흐르기 전에 잘린 위가 튀어나왔을 지경이었다. 이때부터는 본격적으로 수혈되는 혈액의 양이 출혈보다 월등히 우세해지기 시작했다. 그 말은 곧 바이털 관리하기가 수월해졌다는 얘기였다.

"휴."

마취과 의사의 입에서도 안도의 한숨이 흘러나왔다. 고비를 넘겼단 뜻이었다. 물론 워낙에 심각했던 만큼 중환자실에서의 처치 또한 중요하긴 할 터였다. 하지만 마취과 의사나 외과 의사들의 책임은 여기까지라고 봐도 좋았다. 이다음부터는 내과 의사와 신에게 달려 있었다.

"실."

강혁은 그들이 더욱 쉽게 환자를 살릴 수 있게 최선을 다했다. 실제 외상 처치에서 환자 생환율에 가장 큰 영향을 미치는 요소가 바로 초기 처치이기 때문이었다. 물론 어디를 얼마나 다쳤느냐가 가장 중요하긴 했으나, 그건 사고 발생 당시에 이미 결정되는 일이었다. 의료진이 개입할 수 있는 요소 중에서는 지금 이 수술이 제일 중요했다.

강혁의 손이 움직일 때마다, 부분 절제술 때문에 넝마처럼 늘어져 있던 위가 점차 모양을 찾아갔다. 끝에 다다랐을 땐, 원래의 위보다 조금 작아지긴 했지만, 어찌 되었건 먹을 수는 있겠다 싶은 모양으로 돌아와 있었다. 위는 그 특성상 늘어나기도 하니, 이전만큼은 아니지만, 나중엔 적당한 양의 섭취는 가능할 터였다.

"흐음."

그렇게 계획했던 술기를 모두 마친 강혁은 다시 한번 환자의 몸 안을 들여다보았다. 자신이 낸 작은 창을 통해서였는데, 혹 더 필요한 것은 없는지 확인하기 위함이었다. 이것도 스승에게 배운 탓이라 할 수 있었다. 그는 완숙의 경지에 이른 사람임에도 불구하고 늘 점검하고 또 점검했다. 비록 강혁은 그의 실력을 아득히 넘어선 지 오래였으나, 습관은 그대로 남아 있었다.

"됐어. 닫지."

확인한 결과 실수는 없었다. 강혁은 만족한 얼굴로 고개를 끄덕였고, 그걸로 끝이었다. 피부를 닫는 건 지금까지 해온 술기에 비하면 난이도라고 할 것도 없는 수준이었다. 비록 상처와 때려 부은 수액들로 인해 내부 장기들이 붓기는 했으나, 복강은 원래 남는 공간이 좀 있는 곳인 데다가 일부 제거된 장기도 있어 그리 심각하지 않았다.

"나갈까?"

"네. 준비됐습니다."

"좋아."

수술은 곧 끝났다. 해서 강혁은 환자를 데리고 선내 병실로 향했다. 좁다란 복도를 따라 걷다 보니 이런 생각도 들었다.

'공간이 부족하다는 건 아는데……. 여기서 응급 터지면 뭘 어떻게 해야 하지?'

정말이지 딱 침대 하나 지날 만한 너비의 복도였다. 그래도 환자는 병실에 무사히 도착했다. 환자에게 배정된 자리 옆에는 이미 다른 병사 하나가 누워 있었다. 아마 고속 기동 시 넘어지면서 머리가 다친 그 병사일 터였다. 다행히 간단한 처치로 끝났다고 들었는데, 확실히 그리 나빠 보이지 않았다. 머리는 그랬다.

"교수님, 이렇게 보면 되겠죠?"

"아, 그래. 근데……."

강혁이 계속 옆 환자를 보고 있으니, 인계를 받고 있던 군의관이 답답함을 참지 못하고 말을 걸어왔다. 하지만 강혁은 군의관의 말에 집중하지 못했다. 그의 예민한 눈이 무언가 징후를 잡아낸 탓이었다.

"마취과, 수술방으로 뛰어가."

"네?"

"뛰어가서 준비해."

"네?"

마취과 군의관은 강혁이 당최 무슨 말을 하고 있는 건지 알 수가 없었다. 수술 다 끝났는데 왜 갑자기 다시 뛰어가라고 하는 걸까? 다른 놈 같았으면 확 무시하겠는데, 방금 강혁이 해낸 수술을 본 참이라 그러기도 애매했다. 게다가 강혁은 자신이 수술한 환자가 아니라, 한참 전에 수술을 끝내고 누워 있는 미군 환자를 보고 있었다.

'설마 그냥 이렇게 본 것만으로 뭘 알아냈나?'

영문을 모르겠다는 얼굴로 미군 환자를 돌아보고 있으려니, 강혁이 그의 멱살을 잡았다.

"어."

"어어."

"어어어?"

주변에 있던 모두가, 정말 모두가 당황한 얼굴이 되고야 말았다. 잭은 물론이거니와 파키스탄에서 함께 작전에 나섰던 이 또한 마찬가지였다. 그럴 수밖에 없었다. 멱살이라니? 군대라고 하면 폭력적인 집단 같아 보일 수도 있겠으나, 실상은 그렇지도 않았다. 특히 군의관 같은 특수 직군에 계급도 위관급의 장교라면 더더욱 익숙할 수가 없었다.

"가라면 가. 환자 죽어."

"아니, 무슨 환자가……."

"저 환자. 머리만 덜렁 해놨지? 영상은 찍었어?"

마취과 군의관은 이 새끼가 왜 수술한 사람한테 안 그러고 나한테 이러나 싶었지만, 일단 타깃이 된 게 자신인 데다가 전적으로 협조하라는 말까지 들은 참이라 일단 답을 하기로 마음먹었다. 돌이켜 생각해봐도 잘못한 건 없었다. 오히려 과하게 검사한 덕에 머리 수술도 빨리할 수 있었던 케이스였다.

"단순 뇌진탕으로 신고됐던 환자입니다. 어지럼증도 있어서…… 담당 군의관이 CT 찍도록 본선에 이송했고 그 덕에 뇌출혈 발견해서 급히 수술했습니다."

"머리 말고, 딴 데는?"

"딴 데는…… X-ray는 찍었죠."

전신마취를 하려면 흉부 X-ray 정도는 찍어봐야 했다. 혹 폐렴이 있거나, 다른 문제가 있는 경우엔 더 큰 일이 생길 수 있어서였다. 일반적인 케이스에서는 그것만 해도 충분할 터였다. 설마하니 다른 문제가 더 있지는 않을 테니까. 하지만 외상은 절대로 만만하게 여기면 안 됐다. 인체는 생각보다 강하지만, 또 어이없을 정도로 연약하기도 했다.

"흉부?"

"네."

"지금 다시 찍어보면 그런 말 안 나올걸."

"무슨……."

"이제 시간 더 없어졌어. 저 환자 복부 천공이야. 부딪히면서 구멍 났다고."

"네? 천공이면…… 흉부 X-ray에서도 확인이 되는데요?"

마취과 의사의 말은 사실이었다. 하지만 천공이 일어나고 시간이 얼마 지나지 않은 상황이거나, 장간막이 구멍을 교묘히 틀어막은 상황에서는 이러한 소견이 확실하지 않을 수 있었다.

"아니, 확신할 수는 없지. 장간막이 괜히 있어?"

"그……."

마취과 의사 또한 이러한 사실을 모르는 건 아니었다. 해서 강혁이 장간막을 언급하자 불안한 얼굴이 되었다. 게다가 그 순간 환자의 바이털이 조금씩 흔들리기 시작했다.

"어……. 심장박동 수가…… 오릅니다."

"천공만 있는 게 아냐. 출혈도 있어. 구멍이 그냥 나진 않으니까. 이래도 여기 서 있고 싶냐?"

"아……. 가, 가겠습니다."

"그래. 바로 수술 준비해. 담당 간호사! 나랑 같이 환자 옮기자고! 잭, 너도 멍하니 있지 말고 일로와!"

"네, 네!"

백 마디 말보단 모니터의 알람 소리가 병원에서는 훨씬 위력이 강한 법이었다. 복강 내부의 상태가 어느 임계점을 넘어갔는지, 심장박동 수가 오른다 싶더니만 곧 혈압도 조금씩 떨어지기 시작했다. 당연히 모니터 알람이 울리기 시작했다. 동시에 느슨해져 있던 중환자실 공기가 팽팽히 당겨졌다. 그나마 강혁이 아까부터 수술 타령을 해댄 덕에 얼 빼고 있는 인간은 없었다. 제대로 된 훈련을 받은 이들이라서 더더욱 그랬다. 곧 담당 간호장교는 환자의 모니터링 기기를 휴대용으로 갈아 끼웠고, 덕분에 강혁은 침대를 끌고 방금 걸어왔던 복도를 따라 달릴 수 있었다. 복도가 워낙 좁아서 마음이 더 급했다. 여기서 일이 벌어진다면, 대응이 어려울 테니까.

"잠깐!"

나쁜 생각은 잘 빗나가지 않는 법이었다. 특히 환자에 대해서는 더더욱 그랬다. 환자의 다리 쪽에서 침대를 밀던 강혁은 인상을 쓰며 발을 멈추었다.

"엇."

가공할 만큼의 완력을 소유한 자 아닌가. 그 순간 침대 전체가 멈췄다. 앰부를 짜고 있는 잭과 간호장교 둘이 침대 앞쪽에 있었음에도 그랬다.

"왜, 왜 그러세요?"

잭의 물음에 강혁은 주머니에 넣어두었던 주사기를 꺼내며 답했다. 다른 손은 환자의 발등 쪽에 가 있었다.

"다리 쪽 혈류가 줄어들었어."

"네? 혈압은……."

"혈압 다리로 재고 있냐? 지금 이 환자 피 어디서 나?"

"아……."

"그렇다고 해서 이만큼이나 복압이 올라가는 건 이상한 일인데."

강혁은 이불과 함께 환자복을 들췄다. 그러자 빵빵하게 부풀어 오른 배가 눈에 들어왔다. 워낙에 근육질이었던 터라 풍선만

해지지는 않았지만, 배가 퉁퉁해졌다는 것 정도는 한눈에 알아볼 수 있었다.

'이만큼 출혈이 있었으면…… 혈압이 이 정도로 유지될 수 없어.'

배가 부풀어 오를 정도의 내출혈이라면 일단 여기 있는 의료진들이 놓쳤을 리도 없었다. 세상에서 그 누구보다 빡빡하게 규정을 따르는 집단이지 않은가. 시간에 맞춰서 혈액검사니 뭐니 다 나갔을 텐데, 이걸 놓쳐? 말도 안 되는 일이었다. 그렇다면 범인은 뭘까.

"잭!"

"네, 네!"

"튜브, 발루닝(Ballooning) 제대로 되어 있는지 확인해!"

"네? 아, 네! 어……. 아, 이거."

"터진 거야? 아니면 바람만 빠졌어?"

"일단 바람 넣어보겠습니다!"

"빨리해!"

"네!"

기관 삽관을 할 때 튜브에 풍선이 없으면 밖에서 넣어주는 공기 중 상당량이 튜브와 기도 사이의 공간을 통해 밖으로 다 새어 나올 수밖에 없었다. 그래서 풍선을 다는데, 풍선에 바람을 가득 채우는 걸 발루닝이라 했다. 이렇게 하면 기계 호흡을 통해 공기를 마구 집어넣어도 밖으로 새어 나오지 않고 오로지 의료진이 타깃으로 하는 폐로만 공기가 가기 마련이었다. 이처럼 중요한 물건이기에 튜브의 풍선은 꽤 튼튼하게 만들어져 있는데, 그렇다고 항상 완벽한 건 아니었다. 불량품이 있을 수도 있고, 한편으로는 삽관 과정에서 환자의 이나 아니면 후두경 등에 걸려 찢기거나 약해지는 수도 있었다. 뭐가 되었건 지금은 그게 찢어지면서 새어 나온 공기가 위로 넘어가고, 위로 넘어간 공기가 이미 있는 천공을 통해 복강을 채우는 상황이 의심되었다.

"이런, 바람이 안 들어갑니다!"

"그럼 갈아 끼워!"

"네, 네! 튜브…… 튜브 줘요."

잭은 마취과를 불러야 된다는 등의 한심한 소리를 하진 않았다. 외상 외과 전문의로서 삽관 정도는 많이 해보지 않았겠는가. 게다가 여차하면 목을 째는 기관절개술도 할 수 있었다. 문제는 여기 튜브가 없다는 점이었다.

"가, 가져오겠습니다!"

담당 간호사는 혼비백산한 얼굴로 수술실을 향해 달렸다. 그 사이 강혁은 주삿바늘로 환자의 복강을 푹 하고 찔렀다. 저러다 내부 장기, 특히 배를 채우고 있는 소장 같은 것들이 다치면 어쩌나 싶겠지만, 이미 공기 등 이물질이 채우고 있는 상황에서는 그럴 가능성이 극히 적었다. 게다가 장은 가만히 있는 장기가 아니라 움직이는 장기 아닌가. 바늘 끝에 닿더라도 알아서 도망가기 마련이었다. 이걸 찔러서 구멍을 내려면 어지간히 재수가 없든지, 아니면 의도가 있든지 둘 중의 하나는 해야 했다.

그렇게 복강에 구멍이 나자마자 공기 빠져나오는 소리가 들

려왔다. 그와 함께 창백해져가고 있던 환자의 발등의 색도 돌아
왔다. 확실히 출혈 때문은 아니었던 모양이었다. 다행이라 할 수
있었다. 만약 출혈이었다면, 이 복도에서는 할 수 있는 게 거의
없었을 테니까. 아무리 강혁이 이 자리에 있다고 해도 그건 마찬
가지였다.

"후."

"휴."

잭은 강혁의 뒤를 따라 한숨을 쉬고는, 헐레벌떡 뛰어갔다 온
담당 간호사에게 튜브를 받아다 환자 목에 꽂았다. 시간은 그리
오래 걸리지 않았다. 군인, 그중에서도 현재 작전 중인 지역에
파병 나온 군인이지 않은가. 살집이라곤 찾아볼 수가 없었다.

"자, 다시 가자."

"네!"

덕분에 강혁과 일행은 빠른 시간 내에 재정비를 마치고 수술
실로 향할 수 있었다. 수술실에 있던 마취과 의사는 서둘러 준비
를 마친 상황이었다. 그렇지 않아도 바이털이 흔들리는 걸 본 참
이었다. 거기에 더해 담당 간호장교가 혼비백산해서 뛰어오는
꼴을 보고 있자니, 긴장이 될 수밖에 없었다.

"자, 옮기자."

"네."

해서 강혁은 준비가 한창인 수술실이 아니라, 어느 정도 정리
가 된 수술실에 들어설 수 있었다.

"바로 걸어."

"네."

강혁은 환자를 수술대 위로 옮기자마자 마취과 의사를 돌아보았다. 마취과 의사는 아까 강혁의 말을 안 믿으려고 했던 원죄가 있어 급히 고개를 끄덕였다. 원래도 시키는 대로 해야 하는 입장이었는데, 지금은 정말이지 마음에서 우러나오기까지 했다.

"잭, 너는 손 닦고."

"네, 네. 저, 근데……."

"근데 뭐."

잭은 손 닦으러 다시금 수술실 밖으로 향하는 강혁을 불렀다. 마침 급한 상황은 넘긴 참이었던지라, 강혁은 화를 내는 대신 잭을 돌아보았다. 잠시 친절한 의사를 연기하겠다는 다짐을 잊어서 말투는 퉁명스러웠지만, 이미 잭은 강혁에게 어느 정도 경도된 참이었다.

'이 와중에도 질문은 다 받아주시는구나.'

잭은 제멋대로 좋게 해석한 후, 말을 이었다.

"영상 검사는 안 해도 될까요? 구멍이…… 출혈이랑 어디서 나는지 대강이라도."

"아, 영상. 도움은 되겠지. 근데 그렇게 도움이 될까? 이 비슷한 케이스 겪어봤을 거 아냐. 도움이 되던?"

"딱히 그렇지는 않았죠."

구멍이 있는지 없는지, 출혈이 있는지 없는지 애매한 상황에서는 분명 커다란 도움이 되었다. 하지만 어디에 있는지를 찾는 건 또 다른 얘기였다. 영상 의학적 검사가 만능처럼 쓰이는 시절이 왔지만, 사실 영상 검사라는 게 우리 몸의 그림자를 보는 거 아닌가. 한계는 명확했다.

"그래, 이미 우리는 공기가 마구 새고 있다는 걸 확인했어. 이 상황에서 습관대로 영상 찍는 건 시간 낭비야."

"아……."

"그 시간 동안에도 환자는 죽어간다고. 명색이 외상 외과 의사고, 군의관인데 그래서야 되겠어? 이 환자들 놀다가 다친 것도 아니잖아."

"그것도 그렇습니다."

"그래, 그럼 흰소리 그만하고 따라 들어와."

"네!"

강혁은 잭과 함께 수술실 안으로 들어섰다. 갈색 베타딘 소독 액으로 급히 닦은 환자의 몸이 노랗게 물들어 있었다. 그나마 아까 튜브를 바꿔 낀 데다가 강혁이 주삿바늘을 찔러 넣어둬서 그런가 배가 더 부풀어 오르진 않았다. 다만 주삿바늘을 통해 검붉은 피가 조금씩 흘러나오기 시작했다. 양이 그리 많지는 않았으나, 당연히 좋은 소견은 아니었다.

"위치가 이런데 피가 나온다라……."

"아주 적은 출혈은 아닌 모양인데요?"

"원래 장기가 터지거나 하면 그럴 수 있지. 게다가 구멍 난 곳에서 위액이 흘러나오면 더 나빠질 테고."

"그럼……."

"뭐가 됐건 빨리 열어야 해."

"네."

해서 강혁은 급히 드랩을 마치고 손을 내밀었다. 아까부터 함께 수술실에 있던 간호장교가 메스를 건네주었다. 안정적이었던 환자가 갑자기 안 좋아진 상황인데도 나름 침착해 보였다. 배 타면서 워낙 이런저런 꼴을 많이 보기도 했겠거니와, 애초에 파병 오기 전에도 험한 병원에 있던 덕일 터였다. 산전수전 다 겪었단 얘기였다. 강혁은 그렇게 받은 메스로 환자의 배를 슥 하고 그었다. 아까와는 달리 정중앙에 그었다. 배꼽을 휘돌아 아래로 향하는 꽤나 긴 절개였다. 어디에 구멍이 있을지 모르는 상황에서야 자연스러운 절개였지만, 아마 강혁을 잘 아는 사람이 있었다면 왜 저러나 싶었을 터였다. 강혁은 그 어떤 상황에서도 최소 절개를 선호했으니까. 자기 실력에 대한 확신이 있기도 했고, 항상 수술 후의 환자 삶을 생각하기 때문이기도 했다.

'장기 손상이 문제야. 구멍이야…… 십이지장하고 위, 이 두 군데에 있을 거고.'

십이지장이야 장이니 터질 수 있다고 하지만 위는 꽤 두꺼운 장기 아니던가. 해부하다가 위를 보면 여기에 어떻게 구멍이 나고 또 터지기까지 하는지 의문이 들 정도였다. 하지만 위는 다른 복강 내 장기에 비해 안에 든 내용물이 공기를 포함해 꽤 많은 편이었다. 때문에 외부에서 둔탁한 충격이 갑자기 가해질 경우 손상을 받기도 더 쉬웠다. 거기에 위액이라는 산성 물질을 함유하고 있는 만큼 손상이 발생하고 나면 더 커다란 손상으로 이어지는 경우도 많았다.

"당겨."

"네."

게다가 강혁은 가공할 정도로 예민한 눈과 손의 감각으로 위 근처에서 꾸룩거리는 공기 움직임을 감지한 참이었다. 대체 언제 그랬냐고 한다면, 바로 튜브가 터지면서 갑자기 공기가 구멍 사이로 뿜어져 나올 때였다. 실제로 배를 열고 난 후, 구멍 난 곳을 찾을 때 쓰는 방법이기도 했다. 복강을 물로 채우고 공기를 주입하면 구멍 난 곳에서 공기 방울이 보글거렸다.

"거기, 거기 더 당겨봐."

"네."

그러니 문제는 구멍의 위치가 아니라, 스멀스멀 새어 나오는 출혈의 원인인 광범위한 장기 손상이었다. 그것만큼은 강혁도 어디가 어떻게 되었을 거라 정확히 파악하는 게 어려웠다. 그래서 배를 쭉 갈라 연 것이었다. 덕분에 시야는 시원하게 확보할 수 있었다. 마침 잭도 강혁에게 경도된 데다가, 갑작스러운 돌발 상황에 오히려 머리가 활성화되어 평소보다 더 좋은 기량을 발휘하고 있었다. 전문의답게 말도 안 했는데 이미 석션으로 흘러나온 피를 빨아들이고 있었다. 장기 손상은 최대한 피하면서였다. 좀 애매한 부위는 젖은 거즈로 살며시 눌러 닦아 시야를 계속해서 확보해주었다. 강혁으로서는 잘된 일이었다.

"일단 간…… 간이 약간 찢겼네."

"봉합할 정도는…….."

"응. 눌러두자."

"네."

우선 확인해야 하는 장기는 간이었다. 핏덩이 그 자체라 할 수 있는 장기인 데다가, 단단한 장기라 타박상에 의해 찢어지는 경우가 많아서였다. 이번에도 그렇지 않은가. 대략 3cm가량이 찢겨 있었다. 그렇다고 호들갑을 떨 필요는 없었다. 간은 회복력이 강할뿐더러, 이런 종류의 출혈은 혈관 손상이 아니라 그저 눌러두는 것만으로 충분히 회복할 수 있었다.

"일단 여기가 주된 출혈 부위였네."

"네."

강혁은 젖은 거즈로 눌러주자마자 출혈량이 현격히 줄어드는 것을 보며 중얼거렸다. 잭 또한 고개를 끄덕였다. 그사이 강혁의 손은 십이지장 쪽으로 이동했다. 예상대로 작지 않은 구멍이 나 있었다. 단면을 살펴보니, 원래도 상태가 그리 좋지 못했던 모양이었다.

'수병으로 사는 게 쉬운 일은 아니지.'

배 위에서 생활하는 건 제아무리 건장한 청년이라도 고된 일이었다. 워낙에 힘든 데다가, 이처럼 자칫 잘못하면 사고가 나기도 했다. 군대 중에서도 규율이 가장 엄격한 곳이 배 위인 게 무리도 아니었다. 나이에 비해 심각한 위궤양을 앓고 있는 것도 자연스러운 일이었다. 강혁은 잠시 환자의 기저 질환을 생각하다가, 이내 다시 손을 내밀었다.

"실."

"아, 네."

간호장교도 스트레스 상황 때문에 확 각성이 된 참이라 요구에 즉각 응할 수 있었다. 장미의 보조처럼 물 흐르듯 자연스럽지는 않아도 굼뜬 느낌은 아니란 얘기였다. 강혁은 터진 십이지장을 봉합하기 시작했다. 말이 구멍이지, 사실상 찢어진 상처라 보면 되었다. 상처 주변이 궤양 때문에 약해져 있어 그것까지 보강하는 방식으로 봉합했다. 가히 순식간이라고 해도 좋을 만큼 단시간 내에 십이지장이 붙었다.

'와······. 구멍을 한 번에 찾은 것도 신기한데······ 이렇게 빨리 봉합을 해? 이건 마치······.'

아는 만큼 보인다는 말이 있지 않은가. 잭은 강혁이나 그가 이끄는 팀원들에 비하면야 당연히 한참 달리는 실력이었으나, 그래도 외상 외과 전문의 중에서 상위에 걸칠 수 있는 사람이었다. 당연히 이 비슷한 수술을 한 적도 있고, 이런 수술이 얼만큼 어려운지도 알았다.

'마치······ 미리 보고 계획대로 하는 느낌이잖아.'

실력이 아무리 좋다고 해도 이렇게 자연스레 수술을 이끌어나가는 건 불가능했다. 적어도 잭이 생각하기엔 그랬다. 인간의 반사 신경에는 한계가 있기 마련이니까. 그런데 강혁은 앞으로 무슨 일이 벌어질지 다 아는 것처럼 너무 유연하게 대처하고 있었다.

"자, 다시 실."

심지어 십이지장에 났던 구멍을 메우자마자 위에 난 구멍을 찾았을 지경이었다. 아니, 찾지도 않았다. 당연히 거기 있을 거라는 듯 손을 움직였다.

'뭐야? 이거 뭐야.'

강혁은 잭의 눈이 동그랗게 변하는 것을 놓치지 않았다. 상황이 급했으면 그냥 무시했을 터였다. 태어날 때부터 남들보다 보이는 게 많았던 강혁은 무시하는 데 익숙하기도 했다. 하지만 지금은 얼추 정리되어가는 상황이었다.

"어떻게 찾았나, 그 생각하고 있지?"

"아……. 아, 네. 교수님. 고견을……."

"별거 아냐."

"네?"

이게 별게 아니면 세상에 특별할 일이 있을까. 잭은 그런 생각을 하면서도 고개를 조아렸다. 모든 의사는 보다 뛰어난 실력을 꿈꾸기 마련이었다. 그만큼 노력을 기울이냐는 또 다른 얘기이지만, 하여간 잭의 위치까지 왔다면 어느 정도 노력을 겸비하고 있다는 뜻이었다.

"일단 아까 배가 부풀어 오를 때, 그때가 중요해."

"배가…… 아, 공기가 새고 있으니까……."

"그래. 그때 소리가 어디서 나고 있는지 복강 내 공기의 대류는 어떻게 일어나고 있는지……. 보고 들을 수 있지."

"그게, 되나요?"

소리가 들렸던가 싶었다. 배에 귀를 대거나 청진기를 가져다 댔다면 들렸겠지만, 그럴 시간도 경황도 없었다. 복강 안의 공기가 어떻게 움직이는지는 대체 무슨 기구를 써야 알 수 있는지 감도 잡히지 않았다. 예전 같았으면 왜 그걸 못하냐고 타박했겠지만, 강혁도 이제는 다년간의 교습을 통해 자신이 얼마나 특별한 능력을 가지고 있는지 깨달은 참이었다. 남에게 설명할 때는 참 많이 참아야 한다는 걸 알게 되었다.

"보이는 건 어렵지. 하지만 듣는 건 청진기 늘 가지고 다니면 되잖아. 나 봐."

강혁은 아까 벗어둔 가운을 턱으로 가리켰다. 주머니에는 들고만 다니지 쓰지는 않는 청진기가 들어 있었다.

"아."

"그리고 더 중요한 거."

"네."

잭은 잠시 뭔가 알겠다는 얼굴을 하고 있다가 강혁의 말에 귀를 기울였다. 정말이지 금과옥조와 같은 말들이지 않은가. 이만한 대가의 말 한마디는 때에 따라 그 어떤 책이나 논문보다 더 소중했다. 잭이 보기엔 지금이 그때였다.

"내가 아까 발에 손대고 있다가 압 사라지는 거 느끼자마자 뭐 했지?"

"어…… 배를…… 배를 보셨어요."

"그리고?"

"다른 손으로 배를…… 아."

"그래. 배를 만져보면 압력이 확 올라올 때 어디서 올라오는지 더 잘 느껴져. 그래서 일부러 앰부 멈추라고 안 한 거야."

"그렇군요. 아……. 그럼 그때 이미."

"그래."

강혁은 고개를 끄덕이며 봉합 기구를 내려놓았다. 어느새 위에 난 구멍은 봉합이 끝난 상황이었다. 그렇다고 수술이 끝났다고 하기엔 일렀다. 아직 간 외의 다른 장기에서 흘러나오는 피가 복강을 찰랑찰랑 채우고 있었다. 저도 모르게 마취과 쪽, 그러니까 모니터를 바라보았는데 다행히 바이털은 안정적이었다. 문제가 터지기 전에 수술실로 밀고 들어온 덕이었다.

"어디서 피가 나는지 볼까."

"네."

덕분에 피에 젖은 장을 헤치면서도 강혁이나 잭은 여유로울 수 있었다. 일단 피가 나오는 속도가 그리 빠르지 않았고, 바이털도 극히 안정적이어서였다. 게다가 제일 중요한 천공도 다 막은 참 아닌가.

"옳지, 여깄네."

머지않아 강혁은 장으로 들어가는 혈관 일부가 손상된 것을 확인했다. 크기가 크지 않아서 그대로 묶으면 될 일이었다.

"여기도…… 이건 지지고 누르겠습니다."

"그래."

그사이 잭도 한 건 올렸다. 그렇게 몇 개를 지지고 묶고 하다 보니 어느새 피가 거의 멎었다. 강혁은 거즈로 누르기만 한 곳은 서지셀 등의 지혈제로 대체하고 배를 닫았다. 하나 살리러 와서 둘을 살리게 된 순간이었다.

'개멋지네.'

동시에 추종자 하나를 만들게 된 순간이기도 했다.

*

"와……. 파도 엄청 치네."

강혁은 수술을 완전히 끝마치고 환자를 병실에 넣고는 갑판에 나왔다. 거대한 배 위에서도 출렁임이 느껴질 만큼 바다가 거칠었다. 그의 말에 방금 전까지 수술방에 함께 있었던 마취과 군의관이 고개를 끄덕였다.

"네, 이맘때쯤 여기 바다가 이렇다고 들었습니다."

"비행기 못 뜨겠지?"

"무리하면 띄울 수도 있을 텐데……. 작전 나가는 것도 아니고 굳이 위험 감수할 필요는 없지 않을까요?"

"음."

강혁은 잠시 너울거리는 파도 너머, 스리랑카가 있는 방향을 바라보았다. 당연히 보이는 건 아무것도 없었다. 비행기를 타고도 몇 시간을 가야 할 만큼이나 먼 나라였다.

'나 혼자면 가겠지만…….'

그곳에 있는 의료진들을 떠올리면 서두르는 게 옳았다. 이제야 시스템이 제대로 돌아가기 시작했다고 떠들어댔지만, 그렇다고 하기엔 인력이 너무 부족했다. 슬슬 군의관들 외에 다른 인력도 보충해야 했다.

'혹시 가다가 떨어지면 나머지는 무슨 죄야.'

강혁은 기장과 잭 등을 떠올렸다. 마취과 군의관의 말대로 급한 일이 있는 것도 아닌데 위험을 감수하는 건 좀 아닌 듯했다. 바다 위에 떠 있는 배마저 속도를 늦추는 마당 아닌가. 이 상황에서 비행기를 띄우는 건 자살행위였다. 조금 기다렸다가 바다가 잠잠해지면 출발해도 늦지 않았다.

블랙 워터스의 일원인 수염 난 사내도 강혁을 배웅하러 나온 참이었다.

"여러모로…… 신세를 많이 지는군요."

"뭘, 용병은 돈 다 청구하게 되어 있는데."

"돈으로 생명을 살 수 있나요."

이런저런 대화를 나누다 보니 바다가 조금 잠잠해져 비행기가 뜰 수 있을 정도가 되었다. 강혁은 군의관들과 수염 사내에게 감사 인사를 거듭 받고는 비행기에 오를 수 있었다. 이미 깜깜해진 후였으나, 기장은 별로 긴장도 하지 않았다. 날씨만 괜찮으면 문제가 없다는 투였다. 원체 안정성으로 유명한 기체이기도 해서, 강혁과 잭도 걱정 없이 비행기에 올랐다.

"그럼 돌아갑니다."

"네."

곧 비행기는 스리랑카 누와라엘리야를 향해 날아올랐다.

위대한 계획

그사이 누와라엘리야 병원도 눈코 뜰 새 없이 바빴다. 강혁이 본 환자만큼 심각한 환자야 없었지만, 그렇다고 중증도가 없냐고 하면 그건 아니었다. 애초에 경증 환자만 본다고 해도 수가 많아서 힘들 텐데, 중간중간 수술이 필요한 케이스들이 섞여 있다보니 정말이지 거칠기 짝이 없었다.

"칼."

재원은 다소 지친 얼굴로 손을 내밀었다.

"여기요."

장미도 비슷한 얼굴로, 그러나 지체 없이 메스를 건넸다. 여유를 부리기엔 환자가 너무 좋지 않았다.

"아니 어떻게 딥넥이 하루에 두 명이 와?"

딥넥(Deep neck). 깊은 경부감염이란 뜻인데, 제때 치료하지 않을 시 사망률이 50퍼센트가 넘어가는 아주 무서운 병이었다. 주로 나이 든 사람에게서 발생해서 더더욱 위험했다. 이 환자도 그랬다. 이 지역에서는 드물게 60세를 넘긴 사람인데, 워낙 고생을 했기에 검사를 해보니 당뇨와 고혈압은 기본으로 앓고 있었다. 그 상황에서 목에 낀 이물이 염증을 일으켜 아래로 번진 상황이었다.

"그러니까요. 아까 그 환자보다 더하네, 이분은."

"일단 튜브 교체할게, 경원아. 이거 밑으로 연결 가능?"

도저히 기관 절개를 하지 않고서는 버틸 수 없을 지경이었다. 수술로 끝이 아니라, 수술이 시작인 상황이었다. 해서 재원은 순식간에 기관절개술을 한 후, 새로 연결한 관을 경원 쪽으로 건네주었다.

"네, 물론이죠."

"좋아, 그나마 믿을 수 있는 마취과가 있어서 망정이지…….너 없으면 이거 어떻게 하냐."

"자꾸 그렇게 말해서 제가 여기 끌려온 게 아닐까, 그런 생각을 해요, 저는."

"아."

평소처럼 경원을 칭찬해주던 재원은 잠시 숙연한 표정이 되었다. 그렇다고 손이 멈추거나 하는 건 아니었다. 오래된 염증 탓에 썩어버린 근육이나 결체 조직은 모두 제거하지 않으면 계속 문제를 일으킬 터였다. 재원은 그런 조직들을 제거해나가며 말을 이었다.

"이제 우리 여기 온 지 얼마나 됐지."

"무서운 게…… 3개월도 안 됐어요."

"9개월이 남았네?"

"그러니까요. 근데 이제 시작이라잖아요."

"시작은…… 시작이지."

재원은 시작한 날부터 죽을 것 같은 육신을 돌아보았다. 솔직히 말하면 육체적 고생은 얼마든지 해도 견딜 수 있을 거란 자신이 있었다. 중증외상센터에서 있으면서 얼마나 힘들었나. 봉사라해봐야 거기보다 힘들 순 없을 거라 믿었다. 실제로 처음엔 그랬다. 하지만 거의 모든 농장이 진료 대상이 된 지금에 이르러서는얘기가 달라졌다. 지금 누와라엘리야 병원은 인구 20만이 넘는도시에 있는 유일한 병원이었다.

"교수님이 또 어떻게 방법 찾으실 거예요."

경원과 재원이 믿음을 잃고 한숨을 푹 쉬고 있자, 장미가 큐렛을 건네며 입을 열었다. 이제 가위로 자를 만한 구간은 넘어 보여서였다. 마침 재원도 그 생각을 하고 있었기에 큐렛을 받아 남은 조직을 긁기 시작했다. 여전히 악취를 동반한 누런 농이 조직사이로 새어 나왔지만, 확실히 죽은 조직 밑으로 비쳐 보이는 근육들은 색이 선명해 보였다. 이제 갈 길이 얼마 남지 않은 셈이었다.

"방법이라…… 누굴 잡아 올 거라 이거지?"

"그렇죠."

"하긴, 그런 거 잘하시지."

재원도 경원도 다 강혁에게 잡혀서 여기까지 온 참 아닌가. 단순히 한국대학교 병원에서 누와라엘리야에 왔다는 얘기가 아니었다. 아예 중증외상센터에 남게 된 것 자체가 다 백강혁 때문이었다.

'생각해보니까 열 받네? 아니, 아니지……. 백 교수님이 나한테만큼은 의지하잖아. 이놈들하고는 좀 다르지.'

재원은 저도 모르게 이를 으득 갈다가 강혁이 했던 말을 떠올렸다. 명색이 세계 최고의 의사라는 사람에게 그런 말을 들었다고 생각하니 기분이 좋아졌다.

"됐고……. 음. 아무래도 배큠 드레싱 해야겠지?"

"네. 이대로 그냥 닫으면 안 될 것 같아요."

"그래. 고생스럽겠지만……. 이왕 하는 거 제대로 하자고."

"네."

"아, 근데 노아? 그 사람은 지금 어딨지?"

"단기 노예요?"

"어……. 그렇게 불러도 돼? 사람을?"

"1호라고 몇 년을 불린 사람이 할 소리예요?"

"아."

재원은 수술이 끝나갈 무렵이 되어서야 노아를 떠올렸다. 강혁이 떠나기 전에 혹 배회하고 있으면 잘 가르쳐주라고 했기에 그랬다. 자기만큼은 아니더라도 비슷한 가르침을 줄 수 있는 사람은 너뿐이라고 하면서. 강혁의 실력을 누구보다 잘 아는 사람으로서 뽕 갈 수밖에 없는 대사이지 않은가. 해서 재원은 피곤한 와중에도 몸을 움직일 수 있었다.

"그렇지 않아도 연락 오긴 했어요. 관광객 하나가 하이킹 도중에 미끄러져 넘어진 모양인데……. 이송이 도저히 안 되나봐요. 손 비는 사람이 없어서 닥터 노예…… 아니, 노아가 갔다고 들었어요."

그때 경원이 그의 행방을 알렸다. 또 수술이라 이건데, 재원은 오히려 마침 잘됐다 느꼈다.

'이 기회에 백강혁 수제자의 실력을 보여줄 수 있겠군.'

재원은 우선 밖으로 향했다. 피에 젖은 수술복을 죽 찢어다 벗어 던지면서였다. 보통 외상 수술이 아닌 한 수술복에 피가 이렇게까지 튈 일은 드문데, 깊은 경부감염 수술은 조금 얘기가 다를 수 있었다. 수술 범위 결정 자체를 피날 때까지 긁는 것으로 내리지 않는가. 그렇다보니 어쩔 수 없이 여기저기 약간의 피가 묻을 수밖에 없었다.

"흠."

수술실을 빠져나온 재원은 습관처럼, 강혁이 주로 쓰는 진료실 안으로 들어갔다. 아무래도 차밭이 지천에 깔려 있는 지역이니만큼 이곳 사람들은 대개 차를 마셨다. 그중에서도 홍차를 마셨는데, 그냥 홍차만 마시는 게 아니라 우유를 탔다. 그뿐만 아니라 이래도 되나 싶을 만큼의 설탕도 탔는데, 이 지역의 높은 당뇨 유병율과 무관하지 않을 터였다. 물론 재원은 강혁에게 길들여진 지 오래라 그런 식의 단맛은 즐길 수가 없었다.

'어딨어. 아, 여기 있네.'

해서 재원은 습관처럼 강혁이 블렌딩 해둔 원두를 뒤적거렸다. 다른 감각이 예민한 만큼 미각도 예민한 강혁이라 그런가, 이 인간이 먹는 건 한결같이 맛이 있었다. 그냥 얄팍한 맛이 아니라 어딘지 모르게 품위가 있다고 해야 할까? 그런 느낌마저 있었다. 당연히 기호 식품에 있어서는 더더욱 대단했다. 강혁이 즐겨 먹는 커피, 즐겨 마시는 와인은 가격이랑 상관없이 맛이 좋왔다. 재원은 언젠가 강혁이 이 원두는 97도 물에 우려야 맛있다고 했던 것을 기억하며 커피를 내린 후 홀짝였다.

"음."

저도 모르게 감탄이 새어 나왔다. 더 놀라운 일은, 강혁이 직접 내릴 땐 이보다 훨씬 더 맛있단 것이었다. 재원은 이제 해가 넘어가는 시간임에도 불구하고 커피를 급히 들이켜며 응급실을 통해 밖으로 빠져나갔다.

"아, 양 선생님."

대기하고 있던 건 샘이었다. 전화기를 귄 채였는데, 아직 통화 중인 모양이었다.

"네. 어디래요?"

"다행히 돌아오는 길에 다친 모양입니다. 진입로에서 그렇게 멀진 않아요."

"아, 그래도 통화는 가능한 모양이네요?"

"혼자가 아니라서요. 다친 사람은 신음만 내고 있는데, 상태가 어떤지 정확한 파악은 어렵습니다."

"음…⋯. 차가 진입이 가능할까요?"

"최대한 가까이 가볼 수는 있는데…⋯. 글쎄요. 거기 가본 적은 없어서요. 선생님은 가보셨어요?"

"아뇨."

다들 여기 온 지 수 개월이 지났지만, 또 강혁이 주말에 놀러 다니는 것까지 막아서지는 않았지만, 그럼에도 여기저기 다녀본 사람은 드물었다. 당연한 일이었다. 주말에 뭘 하기엔 너무 힘들었다. 게다가 재원이나 샘이나 아직 등산에 취미를 붙이기엔 나이가 어렸다.

"난 가봤는데."

그때 한유림이 앞으로 나섰다. 확실히 한유림은 많이 가봤을 것 같았다. 재원이 기억하기에 한유림은 한국에 있을 때도 등산을 퍽 좋아하지 않았던가. 여기에서도 예외는 아니어서, 등산복 차림으로 주말에 병원을 나서는 모습을 몇 번인가 본 적이 있었다.

"아, 교수님."

"일단 가자고. 해 완전히 져버리면……. 골 아파, 거기."

"네. 근데 노예, 아니 노아도 데려가죠."

"노아? 아……. 그 군의관."

"네. 백 교수님이 티칭 하라고 해서요."

"그래, 좋지. 방송 때려. 어차피 차 점검하고 가려면 몇 분 걸리니까."

"네."

사실 처치만 위해서라면 한유림이 갈 이유는 없을 터였다. 하지만 이곳은 대한민국이 아니지 않은가. 현장에서 환자를 구조하고 병원으로 옮겨줄 인원이 없다고 봐도 무방했다. 물론 어딘가에는 여기도 구급대원이 있기는 하겠지만, 강혁과 함께 파악한 바에 따르면 제대로 된 앰뷸런스 하나 구비하지 못한 수준이었다. 그런데 인력은 훈련이 되어 있을까?

'그럴 리가 없지.'

대한민국에서야 소방관이 불 끄는 능력이 있고, 구급대원이 응급 처치 및 구조에 대한 능력이 있는 게 당연할 터였다. 하지만 사회가 그런 인프라를 갖추게 되려면 꽤 많은 시간과 돈이 필요했다. 이곳엔 둘 중 어느 것 하나도 없지 않았나. 기대하는 게 더 이상한 일이었다.

"저 왔습니다."

해서 한유림같이 건장한 노인이라면 데려가는 게 좋았다. 재원이 옛 은사님을 어떻게 부려먹을까 골몰하고 있으려니, 닥터 노아가 다가왔다. 꼴을 보아하니, 잠깐 누워 있던 모양이었다. 뭐라 할 만한 일은 아니었다. 모름지기 외상 외과 의사라면 쉴 수 있을 때 쉬어야 하는 법이었다. 그래야 정작 힘을 써야 할 때 움직일 수 있었다.

"아, 네. 타요. 출동입니다."

"어……. 네. 알겠습니다."

노아는 잠시 얼떨떨한 얼굴이 되었다가 이내 고개를 끄덕였다. 아무리 외상 외과 전문의이고, 군의관이라 해도 현장에 이렇게까지 자주 출동한 적은 없었다.

'911이 없나…….'

의아하긴 했으나, 뭐 어쩌겠는가. 원래 있던 사람들이 아무렇지 않다는 듯 출발하는데. 해서 예의 그 거대한 앰뷸런스에 올랐다. 앞에 앉아 있던 로지스티션, 그러니까 강혁이 국정원의 협력을 통해 현지에서 조달한 직원이 모두 탑승한 것을 확인하자마자 시동을 걸었다. 앰뷸런스가 아니라 전차에서나 날 법한 소리가 들려왔다.

"와……."

"저도 아직 적응 안 되네요."

"그러니까. 백 교수는 이런 괴물을 어디서 구한 거야."

비단 노아뿐 아니라, 타고 있는 모두의 입에서 감탄이 흘러나왔다. 크기가 워낙 육중한 차체임에도 불구하고 어마어마한 마력을 이용해 앞으로 달려나갔다. 재원은 그 앞에 가만히 앉은 채, 저 멀리 위치한 산등성이를 바라보았다. 하루 종일 뙤약볕을 내리쬐던 해가 이제 붉게 변한 채 꼴깍꼴깍 넘어가고 있었다.

'경치는 좋네.'

누와라엘리야의 풍경이야 워낙 유명한 것이지만, 재원은 그중에서도 특히 이 시간대의 풍경을 좋아했다. 한낮에는 황금빛으로 보일 정도로 환히 빛나던 녹차밭이 주황빛에서 점점 붉게 물들어가는 모습은 신호등의 노란 불처럼 지속 시간이 짧아서 더 애틋했다.

"호텔 단지 진입합니다."

"얼마나 남았죠? 해가 빨리 떨어지는 느낌인데."

"진입로까지는 10km 정도 남았습니다."

"음. 속도 내기도 그렇고……."

호텔 단지는 누와라엘리야 내에서는 그나마 평지이기는 했다. 하지만 워낙 오래전에 개발된 곳이라 그런지, 길이 좁고 구불구불했다. 오가는 차가 있으나 없으나 속도를 내긴 어려웠다. 로지스티션 직원은 될 수 있는 대로 속도를 냈지만, 차량이 하이킹 코스 진입로에 도달했을 땐 사위가 캄캄해진 지 오래였다.

"이런."

"죄송합니다."

"아뇨, 아뇨. 사과할 일이 아니죠. 애초에 시간이······."

재원은 어느새 산 너머로 숨어버린 해를 야속하다는 듯 바라보다가, 이내 차에서 내렸다. 누가 봐도 서두르는 기색이 역력했다. 이렇게 되면 구조하는 입장에서도 힘들겠지만 구조 요청자 입장에서는 지옥이 되기에 그랬다. 한유림 또한 산에서의 구조가 얼마나 어려운지 알기에 배낭부터 멨다. 나이를 고려하면 너무 무거운 거 아닌가 싶었으나, 체격을 보면 딱히 그렇지도 않았다. 이미 강혁에게 혹독하게 훈련받은 지도 수년째라 그런지 어지간한 장정보다 더 건장했다.

"들어가죠."

샘은 다시 통화를 시도하며 앞으로 나섰다. 머리엔 헤드라이트를 쓰고 있었는데, 강혁이 광산에서나 쓸 법한 물건을 사둔 덕분에 가시거리는 썩 괜찮았다. 다른 이들도 머리에 헤드라이트를 쓰고 뒤를 따랐다.

"슬슬 길 좁아지네요. 음."

"괜찮아, 이 정도면 갈 만해."

강혁과 산에서 구조에 나선 경험이 있다 보니 한유림은 샘의 앓는 소리를 들으면서도 태연할 수 있었다.

"너무 걱정 마세요. 다행히 진입로 근처라니까, 뭐······. 어렵지는 않을 겁니다."

재원 또한 목소리만 들으면 태연하기 그지없었다. 당연히 한유림과는 다른 이유에서였는데, 서술하면 다음과 같았다.

'나는 백강혁의 수제자……. 백 교수님이 없으면 내가 가장이야.'

뭐 이런 말도 안 되는 생각을 하고 있었다. 효과가 아주 없지는 않았다. 강혁은 그런 존재이지 않은가. 그저 떠올리는 것만으로 마음가짐이 달라지는, 그런 인간이었다.

"아……. 네."

노아는 역시 이 팀은 다르다고 생각하면서 연신 발걸음을 옮겼다.

"아, 잠깐."

"응?"

그때 한유림이 발걸음을 멈추었다.

'백 교수가 그때…… 바닥을 잘 보라고 했지. 아니면 나뭇가지 같은 거…….'

그 역시 오는 내내, 그리고 와서도 강혁 생각만 하고 있던 덕에 흔적 하나를 발견할 수 있었다.

"여기 뭐 미끄러진 흔적 같은데."

"어디요? 어, 진짜."

"저기 보면 나뭇가지 꺾여 있고."

"아……. 네, 네."

한유림의 손가락을 따라 고개를 돌려보니 과연 미끄러진 흔적과 함께 나뭇가지가 꺾인 곳 등등이 보였다. 무엇보다 그 밑으로는 딱 미끄러져 넘어지기 좋아 보이는 지점도 있었다.

"거기 누구 없습니까!"

그렇다고 곧장 내려가진 않았다. 모두 소리 높여 외칠 뿐이었다.

"여기, 여기 있습니다! 살려주세요!"

그 즉시 답이 있었다. 잘된 일이었다. 여기서 더 안으로 들어가야 했다면, 백강혁이 없는 지금으로서는 좀 위험했을 터였다. 일행 모두 뛰어난 인력들이긴 하지만 제대로 된 구조 훈련을 받아 본 적은 없었기 때문이다.

"좋아. 음."

그나마 한유림이 있어 다행이었다. 그는 강혁이 했던 것을 떠올리며, 단단한 나무 둥치에 로프를 걸어 묶고는 천천히 아래로 향했다. 나머지 일행 또한 그를 따라 구조 요청자가 있을 법한 지점을 향해 내려갔다. 스리랑카는 더운 나라이지만, 누와라엘리야는 해발 고도 때문에 수목이 조금 다른 게 화근이었다. 로프를 묶고 내려가는데도 바닥에 깔린 낙엽들 때문에 미끌거렸다.

"자, 휴대폰 있으면 흔들어주세요!"

제일 앞장서 내려간 한유림이 외치자, 구조 요청자 둘 중 그나마 운신이 가능한 하나가 휴대폰을 흔들었다. 워낙 깜깜한 와중이다 보니 미약한 불빛인데도 불구하고 꽤 잘 보였다. 해서 한유림은 그리 오래지 않아 방향을 확인하고, 헤드라이트로 그쪽을 비추었다. 그러곤 탄식을 내뱉었다.

"아, 백 교수······.'

부러진 나뭇가지가 환자의 배에 틀어박혀 있었다.

"왜 그러세요?"

한유림 뒤를 바짝 따라온 샘이 물었다. 한유림은 별말 없이, 구조 요청자들을 향해 걸으며 턱짓을 했다. 샘은 자연히 그쪽으로 시선을 돌렸고 그 또한 탄식을 터뜨렸다.

"아."

굵직한 나뭇가지가 환자의 배에 틀어박혀 있어서였다. 주변으로는 붉은 피가 흘러나와 있었고, 눈이 반쯤 감긴 환자의 입에서까지 핏물이 흘러나오고 있었다.

"이런."

"일단 가죠."

뒤따라온 재원과 노아도 비슷한 반응이었다. 나무가 박힌 경우는 철골 구조물 같은 것들이 박힌 것보다 훨씬 안 좋았다. 박히면서 동시에 부서지는 경우도 많거니와, 조각조각이 주변에 파고들면서 2차 손상을 주기 때문이었다. 일단 틀어박힌 것의 모양이 유지되지 않는다는 게 가장 큰 일이었다.

"환자분은 좀 어때요?"

한유림은 재원이 자연스레 심각한 쪽으로 나서는 것을 보고는, 여태 연락을 취해온 환자에게 물었다. 그 또한 식은땀을 흘리고 있었는데 다행히 바이털이 흔들리는 것 같진 않았다.

'통증이 심한가. 아.'

외상 외과 의사로 일하다보면 좋든 싫든 아픈 사람에게 익숙해지기 마련이었다. 한유림은 습관적으로 어디를 어떻게 다쳤나 살피다가, 잔뜩 부어오른 발목을 발견했다. 삔 정도가 아니라 아

예 부러져버린 모양이었다. 이러니 다시 올라갈 엄두를 못 냈을
터였다.

'우리가 아니었으면……'

아마 호텔에서도 찾아 나서긴 했을 터였다. 하지만 전문 장비
를 갖추고 있는 누와라엘리야 병원 사람들과는 달리, 그쪽은 그
냥 호텔 직원들일 뿐이었다. 필연적으로 발견은 늦어질 수밖에
없었을 텐데, 일교차가 큰 누와라엘리야에서는 치명적일 수 있
었다. 게다가 이 지역은 아직 야생동물이 꽤 많은 곳이지 않은
가. 아직 병원 사람들은 겪어본 적이 없었지만, 농장 사람들과
얘기해보면 들짐승에게 당했다는 이야기를 심심치 않게 전해 들
을 수 있었다.

"일단 올라가시죠."

"아, 네. 근데 제가…… 발을……."

"괜찮아요. 저에게 기대시면 됩니다."

"네, 네."

한유림은 발목 외에는 다른 부상이 없는지 살펴보고는 이내
환자를 부축해 일으켜 세웠다. 그러곤 샘과 함께 천천히 위로 향
했다.

"일단 이 환자분부터 차로!"

"네!"

위에 대기 중이던 로지스티션 직원에게 올라가고 있다는 걸
알리면서였다. 그사이 재원은 긴박하게 움직였다.

"닥터 노아."

"네? 아, 네."

"혈압이 낮아……. 80에 60, 심장박동 수는 131회, 호흡수가 24회, 체온은 38도……."

무엇 하나 좋은 소견이 없었다. 이미 감염이 발생하고 있는 건지 뭔지는 몰라도 열도 나고, 호흡수도 가빴다. 단순히 피가 흘러나가면서 발생한 탈수 때문일 수도 있긴 했지만, 박힌 게 하필 나무이기에 고려해야 할 것이 무척 많았다.

"일단 라인."

"네."

"우측에 넣어요. 나는 여기 할 테니."

"네."

재원은 라인부터 박아 넣었다. 그러곤 배낭에 있던 수액을 달았다. 이럴수록 데리고 올라가기는 힘들겠지만, 그런 걸 따질 상황이 아니었다. 주변으로 끈적하게 흘러나온 피만 봐도 양이 장난이 아니었다. 오로지 출혈만으로 죽을 수도 있었다. 그때 짐승이 울었다. 느낌 탓인지 몰라도, 아까보다 훨씬 가까워진 느낌이었다. 아니, 실제로 그랬다. 노아는 저도 모르게 바지 허리춤을 손으로 짚었다. 그러곤 잡히는 게 없다는 걸 자각하고는 한숨을 쉬었다.

"아, 맞아."

작전지였다면 당연히 권총 정도는 가져왔을 터였다. 의무 요원은 안전지대에서만 움직이는 게 원칙이라지만, 중동 지역에서 안전 운운하는 건 우스운 일이었다. 오죽하면 일반 기업 사람들조차 용병을 대동하고 다니겠는가. 특히 미국인이라면 언제든 공격의 대상이 될 수 있었다.

'백 교수님이라면 맨손으로도…….'

재원은 당황하는 노아를 보면서 강혁을 떠올렸다. 그 인간이면 곰 같은 게 아닌 이상에야 별문제 없을 터였다. 하지만 여기 있는 인간들 중엔 강혁 같은 이가 없지 않은가. 빨리 올라가야 했다. 시간을 더 끌었다가는 피 냄새를 맡고 몰려온 야생 짐승들의 먹잇감이 될 수 있었다.

"자, 슬슬 올라갈까?"

그때 한유림이 다시 내려왔다. 방금 샘과 둘이서 환자 하나를 위로 올려보낸 직후인데도, 힘들어 보이지 않았다. 강혁과 함께 한 세월은 무시무시하기 그지없었다.

"끙."

"흔들리지 않게. 지금 애매하게 나무 빠지면 큰일 나요."

"나도 알지."

"교수님 말고요."

"노예? 얘도 알겠지."

"노예라고 그냥 불러요?"

"뭐 어때, 알아듣지도 못할 텐데."

"음."

재원은 여상한 듯 말하는 한유림의 말투에 그런가 하는 생각이 들었다. 그러고 보니 노아의 표정은 그저 진중하기만 했다. 눈앞에서 노예 어쩌고 하면서 떠드는 걸 알아먹는 눈치는 아니었다. 게다가 엄밀히 따져 보면 맞는 말이기도 하지 않은가. 월급도 병원에서 주는 게 아닌데 와서 개고생을 하고 있고, 또 할 예정이니 노예란 단어만큼 어울리는 말도 없을 것 같았다.

"닥터 노예, 데리고 올라갑시다."

"아, 네."

노아는 이 인간이 노아란 발음이 어렵나 보다 생각했다. 그저 고개를 끄덕이며 환자를 위로 옮겼다. 첫 번째 환자와 비교하면 훨씬 어렵고 힘든 작업이었다. 그럼에도 사람이 네 명이라 어떻게든 올라가기는 했다. 그러면서도 동시에 환자의 상처는 안정적으로 유지하고 있었다.

"이거 경추나 허리 나가 있으면 어쩌죠?"

"그건 어쩔 수 없어. 헬기도 없는데……."

"하긴."

"그래도 봐서는 괜찮은 것 같아. 다리 움직거리잖아."

"네. 일단 올리죠."

"어. 힘드니까 너무 말 시키지 말라고."

"네, 네."

대략 20여 분 정도 지나고 나서야 일행은 하이킹 코스로 되돌아올 수 있었다. 여기서부터 차까지 거리도 만만치 않았으나, 여기서는 들것에 실은 채 이동할 수 있으니 훨씬 수월했다.

"이제 해가 아예 없네. 하여간 산은 해가 빨리 진다니까."

한유림은 인상을 쓴 채, 들것을 잡았다. 샘은 반대편을 잡고 신호와 함께 일어섰다. 그렇게 다리 다쳤던 환자를 먼저 차로 옮겼다. 다음은 재원과 샘 차례였다. 둘은 배에 박힌 채 덜렁이는 나뭇가지에서 시선을 억지로 떼어내며, 한유림과 샘의 뒤를 따랐다. 낙엽이 미끄러웠으나 넘어질 정도는 아니었다. 다행히 강혁이 구비해둔 장비들이 우수한 탓이었다.

"바로 가죠."

"네."

환자 둘을 싣자마자 차는 바로 출발했다. 주변에 도착해 있던 호텔 측 차량들 또한 마찬가지였다. 감히 와서 환자 상태가 어떠냐고 묻는 사람도 없었다. 그러기엔 나뭇가지가 너무 인상적이었다.

"뭐였지, 그거."

"하……. 돌아가시는 거 아냐?"

"재수 없는 소리 하지 마."

"그러게 여기 시간제한 둬야 한다니까."

"이제 와서 그런 말 하는 게 무슨 소용이야."

"아무튼, 따라가자."

대신 뒤에서는 말이 많았다. 그렇지 않아도 노후화된 호텔 단지 시설 때문에 점점 휴양객이 줄고 있는데, 이런 사고까지 자꾸 나면 더욱 메리트가 없어질 것이었다. 세상은 정말이지 빠르게 발전하고 있고, 그만큼 좋은 관광지 또한 늘어나고 있었다.

그들과는 대조적으로 앰뷸런스에서는 딱 필요한 말만 오갔다.

"이 환자는 내가 처치실에서 볼게."

"하실 수 있겠어요?"

"로컬로 되지. 정강이뼈만 살짝 나간 거라……. 이 정도는 뭐."

"네, 그럼 이 환자는 제가 볼게요. 대신 샘은 저 줘요."

"샘? 알았어."

그나마도 주로 대화를 이끌어가는 건 재원과 한유림 둘이었다. 나머지는 입을 꾹 다문 채, 차가 흔들릴 때마다 같이 덜덜거리는 나뭇가지를 바라보고 있었다. 샘이나 노아 모두 경험이 꽤 많은 군의관들인데도 눈을 떼기가 어려웠다. 그만큼 희귀한 광경이었다. 재원이나 한유림도 강혁과 함께 봤던 케이스가 전부였으니, 말 다 한 셈이었다.

"일단 톱."

"네. 아, 네?"

그러니 재원이 잘 가다 말고 톱을 달라고 할 땐 당황스러울 수밖에 없었다. 하지만 재원은 흔들림이 없었다. 적어도 겉으로 봐서는 그랬다.

'교수님이 이런 건 일단 밖에서 잘랐어.'

냅다 뽑는 건 최악이었다. 특히 내부 손상이 어떤지, 얼마나 파고 들어갔는지조차 알 수 없는 상황에서는 절대 그래선 안 되었다. CT라도 찍어봐야 했다. 하지만 나무가 박힌 상황에서는 기계에 들어가지도 않을 거 아닌가. 그러니 잘라야 했다. 재원은 아직도 강혁이 어떻게 했는지 선명히 기억하고 있었다.

"여, 여깄습니다."

"응. 노예, 여기 잡아요."

"아, 네."

"흔들리면 안 됩니다."

"네."

해서 노아에게 나뭇가지를 잡으라고 한 후, 톱으로 그 위쪽을 잘라내었다. 그냥 톱이었으면 흔들려서 사고가 날 수도 있었겠지만, 이 앰뷸런스엔 무려 전기톱이 있었다. 뼈 가르라고 갖다둔 의료용 톱이긴 했지만 나무도 쉽게 자를 수 있었다.

"도착합니다!"

"네."

그사이 차량은 응급실 쪽 입구로 들어섰다. 차가 멈추자마자 재원은 노아, 샘과 함께 환자를 내렸다. 반면 한유림은 조금 기다렸다. 이 환자가 급한 게 아니라는 것 정도는 너무 잘 알고 있어서였다. 외상 외과에서 환자의 순서는 담당하는 의사가 누군지, 환자가 누군지가 아닌 '어디를 어떻게 다쳤는지'가 결정했다. 재원은 곧 환자를 내려 병원 침대에 옮겨 싣고는 엘리베이터를 향해 달렸다. 그러고는 지하 1층에 있는 CT실로 지체 없이 달렸다. 환자가 아직 기관 삽관이 필요한 상황은 아니었지만, 그럼에도 옆을 지켜야만 했다. 이런 환자는 어떻게 될지 아무도 모르는 일이었다. 노아가 따라 들어갔다.

"좋아, 노아. 영상 나오고 있으니까 좀만 더 있어요."

"네."

재원은 전송되어 오는 영상을 확인했다. 어쩐지 나무가 굵다 싶더니만 꽤 깊이 박혀 있었다. 그중 일부는 혈관도 건드렸는데, 이물 때문에 잘 보이진 않아도 복강 내 차 있는 혈액이 확인됐다. 또 우측 신장이 다쳤다는 것도 알 수 있었다. 좋지 않았다.

'백 교수님은 언제 오시지?'

이제 자부심이 있는 대로 높아진 재원이 저도 모르게 강혁을 떠올릴 지경이었다. 하지만 그는 노아와 눈이 마주치자마자 고개를 가로저었다.

'아냐, 이 정도는 나 혼자서도 볼 수 있어. 노예에게 보여줘야지. 내가 포스트 백강혁이다.'

마음을 다잡은 재원은 마치 강혁처럼 심호흡을 내쉬었다. 샘처럼 강혁에게 익숙한 사람들에게는 소름 돋게 할 만큼 익숙한 모습이었다.

'백강혁인 줄?'

단순히 이런 상황에 심호흡을 해서 그런 게 아니었다. 심호흡하는 자세부터 해서 숨을 들이마시는 시간, 내쉬는 시간까지 모두 강혁과 같았다. 제자로서 옆에서 많이 봤다고 가능한 일이 아니었다.

'녹화해서 연습이라도 했나.'

분명 따로 연습한 게 틀림없었다.

"자, 가지."

재원은 그렇게 심호흡을 하고는 엘리베이터에 올랐다. 환자를 데리고서였는데, 여전히 환자의 배에는 나뭇가지가 박혀 있었다. 아까보다 숨이 더 가빠 보였다. 산소 포화도는 95퍼센트 선에서 유지되고 있으나, 이제 얼마 남지 않았다고 봐야 했다. 원래 숨이라는 건 이러다 갑자기 툭 하고 끊겨버리기도 하니까. 신고 접

수된 시간을 생각하면 이 환자가 이렇게 된 게 벌써 2시간 정도
되었다.

"수술방 들어가자마자 바로 삽입해야겠네."

"네. 근데 바로 될까요?"

"바로 되지. 경원이가 준비하고 있는 거지?"

재원은 노아의 말에 무슨 그런 걱정을 다 하느냔 얼굴을 한 채
샘을 돌아보았다. 샘은 재원이 영상 확인하는 사이에 경원과 전
화로 연락을 주고받은 참이었다.

"네. 박경원 선생님 계십니다."

"좋아. 경원이가 하면 뭐……."

"보조는 제가 들어갈 건데, 괜찮나요?"

"음, 장미가 오늘 너무 많이 해서…… 무리야."

"네."

샘은 수술실 상황을 자세히 알고 있었다. 그걸 전해 들은 재원
은 고개를 한번 크게 끄덕였다. 환자 상태와 자신의 실력 그리고
수술실 인원을 점검하면서였다.

'최악이라고 할 정도는 아냐. 신장까지 다친 게 좀 그렇긴 한
데……. 수술하는 동안에는 경원이가 어떻게 버텨주겠지.'

박경원이 키맨이라 할 수 있었다. 허당기가 다분한 녀석이지
만, 수술방에서만큼은 대단한 능력을 발휘했다. 그 누구보다 칭
찬에 인색한 강혁마저도 경원이라고 하면 인정해줄 지경이니 말
다 한 셈이었다. 반면에 샘은 장미에 비하면 처지는 편이었다.
사실 장미의 실력이 거의 반칙이기는 했다. 장미 또한 강혁이 가

장 신뢰하는 간호사이지 않은가. 물론 강혁이 장미를 평가할 때 떠올리는 '실력'이라는 건 수술실에서의 능력에만 국한된 것이 아니었다. 전반적인 운영 및 교육을 포함하는 것이었으나, 어쨌든 수술실 간호사로서의 장미 역시 완벽하다고 할 수 있었다.

'괜찮아. 샘이랑도 이제는 나름 합을 많이 맞춰봤어.'

어느새 침대가 수술실 안으로 들어섰다.

"셋에 옮길게요."

"안 흔들리게 조심하고."

"하나, 둘, 셋!"

재원은 다른 이들의 도움을 받아 환자를 옮기면서도 생각을 이어나갔다.

'노예는…….'

닥터 노아를 돌아보면서였다. 잭에 비하면 누와라엘리야 병원과 강혁에 대해 미온적인 태도를 보이던 그였으나, 이제는 많이 달라져 있었다. 일단 어제 본 강혁의 실력이 충격적이지 않았나. 말로만 듣는 것과 실제로 보는 건 천지 차이였다. 심지어 오늘은 놀라운 구조 현장까지 본 참이었다.

'이 녀석은 내가 실력을 모르겠네.'

재원은 노아가 군의관이라는 사실에 주목했다. 그가 실력을 아는 유일한 군의관인 리처드를 생각하면서였다.

'또라인데, 걔는.'

일상에서의 리처드는 또라이라는 평을 들어도 별로 할 말이 없는 녀석이다. 하지만 수술 실력은 또 다른 차원의 이야기였다.

수술실에서 녀석은 괜히 강혁 밑에 있는 게 아니라는 걸 보여주었다.

'그거 반만 해줘도 땡큐지.'

재원은 마침내 점검을 마쳤다. 그리고 환자를 내려다보았다. 삽관이 되어 있었다. 정말이지 눈 깜짝할 새에 박경원이 박아 넣은 것이었다.

'좋아. 할 수 있어.'

하여간 재원의 눈에는 다르게 보였다. 여전히 어려운 난도의 수술이고 또 아까보다 시간이 흐른 만큼 당연히 상태도 안 좋았지만, 그럼에도 자신감이 생겼다. 자신이 사용할 수 있는 인력과 본인의 실력을 점검한 결과 충분히 할 수 있겠단 확신이 서서였다.

"닦자고."

"네."

재원은 노아와 함께 환자의 배를 베타딘으로 문질러 닦았다. 나뭇가지에 너무 강한 압력이 가해지지 않도록 주의를 기울이면서였다. 괜히 그러다 흔들리기라도 하면 수술 시작하기도 전에 큰 사단이 일어날 수 있었다. 다행히 여기 있는 둘은 나름 일류였기에 불상사는 없었다.

"자, 그럼 닦고 들어올까."

"네."

다만 재원의 말투에 의문을 갖는 사람은 있었다.

"방금…… 백강혁 같지 않았어요?"

"아, 샘도 느꼈어요? 네, 진짜 백 교수님 같은데."

"원래도 흉내를 좀 내긴 하는데⋯⋯. 지금은 거의 빙의 같은 데?"

"음⋯⋯."

샘이 저 새끼가 뭐 하는 건가 하는 얼굴로 이미 닫혀버린 수술실 문을 바라보는 동안, 경원은 재원의 지난날을 떠올렸다. 이제 둘이 함께한 세월이 짧지 않은 만큼 추억도 많았다. 하지만 가장 기억에 선명한 건, 강혁이 떠난 다음 날이었다. 갑자기 백강혁의 부재를 온전히 책임지게 된, 그러니까 한국대학교 중증외상센터장이 되어버린 재원은 한참 동안 멍하니 서 있더니만 갑자기 소리쳤다.

'노예, 할 수 있다!'

그 바람에 장미는 아티반(안정제)을 들고 뛰어와야만 했다. 부담감에 정신줄을 놔버렸구나 싶어서였다. 하지만 전혀 그럴 필요가 없었다. 그날 재원은 정말이지 잘 해냈다. 센터에 있는 어느 누구도 강혁의 부재를 눈치채지 못했을 지경이었다. 이유는 명확했다. 재원은 강혁이 빙의한 것처럼 행동했다.

'저 형이⋯⋯ 뭔가 어려울 것 같으면 저러지.'

단순히 흉내만 내는 거라면 그 이상의 의미는 없을 터였다. 하지만 정말 이상하게, 그럴 때마다 재원은 자기 역량을 뛰어넘는 실력을 보여주었다.

"칼."

재원은 손을 닦고, 가우닝을 하고, 드랩을 하고 난 후에도 계속 강혁이었다.

'어째 이 병원엔 정상이 없냐.'

샘은 이 사람이 진짜 돌았구나 하면서도 일단 메스를 쥐여주었다. 뭐가 되었건 간에 수술이 시작된 이상 집도의는 수술실의 왕이지 않은가. 최대한 도와야만 했다.

"여기 이렇게 당기고."

"네."

반면 노아는 별생각이 없었다.

"노예, 거기가 아니라 여기."

"아, 네."

이름 대신 노예라는 호칭으로 부르는 게 좀 이상할 뿐이었다.

재원은 정말이지 일말의 망설임도 없이 칼을 그었다. 나뭇가지가 박힌 부위 바로 아래에서 배꼽을 휘돌아 수직으로 내려긋는, 아주 긴 절개선이었음에도 그랬다.

"보비."

"네."

"석션 잘하고, 연기 나면 성가셔."

"네."

덕분에 재원은 아주 빠르게 절개선을 완성했다. 보비로 그 절개선의 깊이를 더해, 복막까지 절개하는 작업 또한 순식간이었다. 그와 함께 안에 고여 있던 피가 왈칵 터져 나왔으나, 당황하는 기색은 없었다. 재원은 다 알고 있었다는 듯, 마치 강혁처럼 출혈에 대응했다.

"석션 해, 석션."

"네."

"클램프."

"여기."

강혁과 같이 뭐가 보이는 건 아니었다. 이처럼 심한 출혈 상황에서 정확한 출혈 부위를 잡아내는 건 강혁 외의 사람에게는 불가능한 일이었다. 하지만 재원은 곧 혈관 하나를 잡았다. 그와 함께 출혈이 줄어들었다. 덕분에 노아의 석션이 더욱 의미를 갖게 되었다. 방금까지만 해도 새로운 출혈이 끊임없이 흘러나와 시야를 방해했다면, 지금은 빨아들이는 대로 시야를 확보할 수 있었다. 그 결과 노아는 얼마 지나지 않아 재원이 문 곳을 확인할 수 있었다.

"아."

"CT에서 보니까 여기가 메인 출혈점일 것 같더라고."

"근데…… 그거 그냥 묶어버리기에는……."

"오, 노예. 판단 좋은데."

"그, 당연한 얘기죠, 이 정도는."

"하여간 맞아. 이거 묶어버리면 안 되지. 그랬다간 장이 죽겠지."

나뭇가지는 다행히 대동맥을 찌르진 않은 상황이었다. 만약 그랬다면 사실 살아서 여기까지 오지도 못했을 터였다. 정말 운이 좋았다고 할 만했으나, 지금 나뭇가지가 박힌 곳도 만만치는 않은 곳이었다. 소장을 먹여 살리는 동맥 일부가 다쳐 있었다.

재원이 클램프로 문 것이 바로 그 부위였다.

"일단 장을 잘 보자고. 못 버틸 만한 곳은 지금 잘라야 해."

"네."

"그건 네가 좀 보고 있어. 나는 이거…… 혈관을 이대로 두면 안 되니까."

"아……. 네."

재원은 장 점검하는 건 노아에게 맡긴 후, 혈관을 살폈다. 이대로 계속 클램프로 물고 있으면 장 괴사는 점점 더 진행할 것이 뻔해서였다. 최대한 빠른 시간 내에 어떻게든 피가 흐르도록 해 줘야 했다. 그러기 위해서는 뭘 끊고 뭘 이을지 판단해야 했다. 백강혁이었다면 싹 다 이어도 시간이 충분하겠지만, 애석하게도 재원은 강혁이 아니었다.

'그래, 이건 안 이어도 딴 데도 돌아가. 그럼 묶어.'

하지만 재원도 일류는 일류였다. 아니, 일류란 말도 부족했다. 강혁이 없었다면 세계 최고라 자부해도 좋을 지경이었으니까. 게다가 여기 와서도 계속 강혁에게 배우고 있지 않았나. 그 덕에 판단의 속도는 물론이거니와 임기응변의 수준 또한 엄청나게 진보해 있었다.

"모스키토. 내가 손 내밀 때마다 줘."

"아, 네."

샘은 역시나 백강혁 같다고 생각하며 모스키토를 주었다. 그때마다 재원은 쓸모없다고 판단했거나, 어차피 옆에서 통할 거라 생각이 드는 부위를 모스키토로 다시 물었다. 그렇게 몇 분이

지나자, 남은 혈관은 몇 없었다. 만약 노아가 보기에 장에 문제가 없다고 하면 이건 다 이어줘야 했다. 재원은 일단 노아를 돌아보았다.

"어때?"

"괜찮습니다. 아직 썩지 않았어요."

"그래?"

"네. 어떻게든 버틴 모양입니다."

"음, 그래. 너 그거 틀렸으면 이따 뒤진다?"

"네……?"

"아무튼, 일로 붙어. 이거부터 잇는다."

"어……. 네. 어……."

노아는 얼떨떨했다. 자기가 제대로 들은 게 맞나 싶었다.

'뒤진다고……?'

순간 신임 장교 훈련 캠프로 돌아간 줄 알았다. 아니, 거기서도 윽박지르는 놈은 있었을지언정 '죽을래'라고 하는 놈은 없었다. 명색이 군의관 아닌가. 어차피 전투 지휘에 나설 게 아니라는 거 정도는 다들 알고 있었다. 그저 다른 군인들이 어떤 훈련을 받고, 얼마나 고생하는지 알라는 차원에서 하는 훈련이라고 보면 되었다.

'뒤진다고 한 거 맞지?'

그렇다 보니 뒤질래라는 말은 처음 들어 보는 단어였다. 그만큼 충격적이란 얘긴데, 그래서 그런지 손이 좀 굼떠졌다. 자연히 재원은 더 날카로워졌다. 다른 부위라면 조금 느려도 괜찮았다.

하지만 혈관은 그러면 안 되었다. 특히 지금처럼 나뭇가지가 박힌 상황이라면 굼뜨기는커녕 최대한 빠릿빠릿하게 나서줘야 일이 될까 말까였다.

"야, 거긴 잘라! 안 보이잖아!"

"어…… . 네, 네."

해서 재원의 짜증이 늘었다. 소름 끼치도록 강혁과 닮은 말투와 표정은 덤이었다. 그 덕에 샘은 자기가 혼나는 것도 아닌데 소름이 오소소 돋았다. 옆을 돌아보니 경원도 별반 다르지 않아 보였다. 차마 이쪽을 보지도 못하고 모니터만 쩌려보고 있지 않은가.

'성깔 더럽네……? 백 교수님은 안 그러던데.'

당사자인 노아는 죽을 맛이었다. 수술이라도 못 하면 여기서 그냥 내가 한다고 너 비키라고 할 텐데, 그럴 수도 없는 상황이지 않은가. 성질을 부리건 뭘 하건 재원은 지금 노아로서는 생각지 못할 정도로 빠르게 수술을 진행하고 있었다. 게다가 환자 상태가 심상치 않았다. 방금도 마취과 의사가 승압제를 주입했다. 여기서 시간을 끌었다간 아마 죽고 말 터였다. 해서 노아는 일단 고개를 조아린 채, 하라는 대로 했다. 튀어나온 나뭇가지를 날랐단 얘기였다. 그러자 나뭇가지에 손상된 혈관에서 피가 죽 하고 나왔다. 재원이 이미 모스키토 등으로 물어놔서 망정이지 그렇지 않으면 대참사로 이어졌을 터였다. 그렇다고 질책이 이어지진 않았다. 어차피 다 보고 자른 것일 테니. 재원은 소리치는 대신 묵묵히 혈관을 이어나갔다. 나뭇가지로 인해 보이지 않던 부위가 보이자마자 손을 움직이기 시작했다.

'와……..'

노아도 쉬지 않았다. 물을 뿌려서 시야를 확보해줬을 뿐 아니라, 잔가지들은 잘라서 제거해주었다. 중간중간 봉합사를 잘라주기도 했다. 그래봐야 직접 혈관을 이어주는 사람보다 바쁠 수는 없는 법인데, 심적으로는 더한 듯했다. 그만큼 재원이 빨랐다.

'성깔 더러울 만한데?'

"자, 이제 여기."

"네."

해서 노아는 군말 없이 하라는 대로 했다. 이런 인간이 또 수술 잘 끝나면 칭찬 한마디쯤 던져주기도 하는데, 실력이 워낙 좋아서 그런가 그 칭찬을 들을 때 기분이 남달랐다. 게다가 자세히 보는 것만으로도 배우는 것이 있었다. 노아도 기본이 있는 사람 아닌가. 아니, 기본 정도가 아니라 나름 한 끗이 있는 외과의였다. 그렇다 보니 같은 것을 봐도 흡수 능력이 달랐다.

'그래……. 시간이 없으니까 살릴 수 있는 것만 딱 살렸어. 왜 묶나 했더니……. 다 순환 동맥이 있는 쪽이야. 이렇게 하면……. 음, 시간 좀 지나면 대개는 다 회복되겠지.'

재원의 술기를 보며 와 잘한다가 아니라, 왜 저렇게 하는지를 꿰뚫어 볼 수 있다는 얘기였다. 게다가 이 환자는 전투 손상에 대입해서 생각하기도 쉬웠다. 나뭇가지가 아니라 다른 것들이 틀어박히는 경우야 쌔고 쌔지 않았나. 심지어 일부러 체내에서 파괴되면서 더 많은 손상을 입히는 무기도 꽤 있었다. 전쟁법상 그따위 종류의 총탄은 금지되어 있지만, 전쟁터만큼 법이 무상한 곳도 없었다.

"좋아. 여긴 대강 됐고……. 흠……. 이걸 뽑아야 할 텐데."

"바로요?"

"아니, 미쳤어?"

"아…….."

재원의 모든 것을 빨아들이겠다는 생각으로 보조를 하다 보니 어느새 혈관이 싹 이어졌다. 나머지 혈관은 묶였기에 모스키토와 클램프를 풀고 나서도 더 이상의 동맥 출혈은 없었다. 그렇다 해서 수술이 끝난 건 아니었다. 뭉개진, 그래서 피와 소변이 흘러내리는 우측 신장과 여전히 박혀 있는 나뭇가지가 남아 있었다. 어떻게 보면 이제 시작이라 할 수 있었다. 그중 재원은 나뭇가지부터 어떻게 하고자 했다.

'이런 거……. 백 교수님은…… 그래, 그렇게 해야지.'

교과서나 논문 따위를 떠올리진 않았다. 이미 그런 건 체화한 지 오래지 않은가. 굳이 생각하지 않아도 손끝에서 발현된다는 얘기였다. 그보다 더 현실적이면서 혁신적인 방법이 필요할 땐 늘 강혁을 떠올려야만 했다.

"실. 굵은 거."

"굵은……?"

"2호 이상. 1호 있어?"

"아……. 2호는 나와 있습니다."

"그럼 그거라도 줘. 계속 줘."

"아……. 네."

놀랍게도 늘 소용이 있었다. 재원은 언젠가 강혁이 해냈던 술기를 떠올리며 나뭇가지가 박힌 환자의 복부 근처를 바늘로 찔렀다. 그러곤 나뭇가지가 박힌 곳을 입구로 하는 주머니 모양이 되게끔 살가죽을 둥그렇게 꿰었다. 처음엔 이 술기를 몇 번인가 보아온 경원을 제외하고는 다들 뭐 하는 건가 싶었다. 특히 바로 옆에서 제일 집중하고 있던 노아가 그랬다.

'의미가 없을 수는 없는데……. 뭐지.'

정말이지 처음 보는 술기여서 그랬다. 하지만 재원이 손을 움직이고 또 움직일수록 왜 이러는지가 보였다. 이 인간은 일시적으로나마 나뭇가지로 인해 뚫린 구멍을 막아보려 하는 것이었다. 말이 되나 싶은데, 모양을 보아하니 될 것 같았다.

"잡아."

"네, 네."

"미리 당기고 있으면 실에 잡혀서 나무가 안 나가. 그러니까 이거 뽑으면 그때 당겨. 너무 빨리 당기지 말고. 아무리 실이 두꺼워도 끊어지면 낭패다, 이거."

"네, 알겠습니다."

"대답은 잘하는데……."

"정말 할 수 있습니다."

재원은 주머니 입구를 오므려 줄 실을 노아에게 맡겼다.

"잘해야 해. 안 그러면 뒤져."

"네, 네."

노아는 이 사람이 참 생긴 거에 비해 입이 거칠다고 생각하며 고개를 끄덕였다. 같은 말이라도 강혁의 입에서 나왔다면 모골이 송연해졌을 테지만, 재원에게는 그 비슷한 느낌을 받기 어려웠다. 애초에 그랬다면 한국대학교 중증외상센터가 짠한 카리스마로 인해 돌아가게 되지 않았으리라. 하여간 노아는 조금 다른 이유이기는 해도 최선을 다하겠다 마음먹었다. 재원은 그의 눈에 깃든 어떤 각오를 확인하고는 나뭇가지에 거즈를 대고 잡았다. 표면이 워낙 거칠다보니 장갑만 대고 잡았다간 찢어질 것 같아서였다. 그렇게 되면 다치기도 하겠지만, 무엇보다 다시 손을 닦고 들어와야 하니 시간을 허비하게 될 터였다.

"웃차."

재원은 거즈를 덧댄 손에 힘을 주었다. 아무래도 강혁과 떨어져 있던 동안 운동이라고는 아예 안 했더니 힘이 좀 달렸다. 그나마 최근에 강혁의 강요에 의해 이거저거 들어서 망정이지, 그러지 않았다면 이거 뽑아달라고 한유림이나 리처드를 불러야 했을 터였다. 다행히 그럴 필요는 없었다. 곧 나뭇가지는 환자의 배에서 천천히 뽑혀 나왔다. 그와 동시에 거칠게 찢긴 배의 단면에서 피가 왈칵 쏟아져 나왔으나, 노아가 실을 당겨 살을 오므리자 거의 멎었다. 실들에 의해 작은 혈관들이 장력을 받아 눌린 탓이었다.

"휴."

충격에 대비하고 있던 경원은 안도의 한숨과 함께 손에 들고 있던 승압제를 내려놓았다. 이미 몇 번 들어간 마당이라 더 효과가 있을지도 미지수였는데, 안 쓸 수 있다면 이보다 좋기도 어려웠다.

"이거 샘이 좀 잡고."

"네."

"이제 신장인데……. 흠…….."

재원은 기적처럼 막대한 출혈을 일시적으로나마 틀어막은 채, 기쁜 기색도 없이 신장을 내려다보았다. 나뭇가지가 완전히 나가서 그런가, 더 참혹해 보였다. 보통 어지간한 충격에 의해선 다치기 어려운 위치에 있는 장기라서 더 그랬다. 하지만 이미 다친 이상 어떻게든 대응을 해야만 했다.

"이건 살리기 어렵겠는데요?"

차마 입이 떨어지지 않는 재원을 대신해 노아가 의견을 말했다. 호통은 없었다. 재원도 마찬가지 생각이었으니까. 어떻게 하면 살릴 수도 있을 것 같기는 했다. 용케 신장의 입구는 살아 있어서였다. 요관은 조금 찢긴 상태긴 했지만, 저것만 살릴 수 있다면 어떻게 될 것 같았다.

'아냐, 무리하다가…… 시간을 더 끌면 환자가 죽어.'

하지만 재원이 지금 눈앞에 두고 있는 건 사람이지, 기계가 아니었다. 제한 시간이 있다는 얘기였다. 괜히 욕심부리다가 목숨을 잃는 경우가 어디 한두 번이던가.

'그래, 이건 떼자.'

해서 재원은 신장절제술로 가닥을 잡았다. 별말이 없었음에도 불구하고, 샘 또한 그의 뜻을 알아차리곤 클램프부터 쥐여주었다. 이런 장기를 떼어내려면 우선 혈관부터 물어야 해서였다. 노아도 자연스레 신장절제술을 위한 보조를 시작했다. 신장으로 들어가는 동맥과 정맥을 잘 보이게끔 조작했다.

"좋아."

재원이 여러 보조를 받아 막 혈관을 물려는 순간 소란이 일었다. 더 정확히 말하면, 수술실 문이 열렸다. 그와 함께 저벅거리는 발걸음 소리도 들렸다. 대체 어떤 개념 없는 새끼가 이런 결정적인 순간에 수술실에 들어올까. 재원은 모난 눈이 되어 고개를 돌렸다. 그리고 결심과는 달리 바람 빠지는 소리를 내었다.

"교수님?"

*

강혁은 오는 비행기에서 꽤 잠을 잘 잔 참이었다. 그럴 만한 환경이었냐고 하면, 잭의 상태를 보여주면 될 것 같았다.

"흐어."

무려 당일치기로 아라비아해를 가로질러 다녀온 참이지 않은가. 가서 놀다 온 것도 아니고 수술을 무려 두 개나 했다. 힘든게 당연했다. 게다가 비행기라는 곳이 잠들기에 그렇게 녹록한 환경인 것도 아니었다.

"으어……."

"앓는 소리 하지 말고. 힘들면 들어가 쉬라니까?"

"아니, 아뇨. 근데 대체 어떻게 그렇게 주무시는 거예요?"

"눈 감으면 잠이 오지."

"그런……."

잭도 외상 외과를 택해 세부 전문의가 되었을 만큼 체력에는 자신 있는 사람이지만, 강혁에 비할 바는 결코 아니었다. 대체 어떻게 비행기에 타자마자 여기 도착할 때까지 잘 수 있었을까. 당최 이해가 가지 않았다.

'힘들어 죽겠는데…….'

솔직한 심정은 발 닦고 들어가 자고 싶었다. 하지만 강혁이 도착하자마자 한유림에게 환자 얘기를 듣더니만 수술실로 향하는 바람에 타이밍을 놓쳐버렸다. 그렇더라도 오늘 강혁의 수술을 보지 않았다면 슬쩍 발을 뺄 수도 있었을 터였다. 하지만 여기까지 오는 동안 잠들지 못한 데에는 험악한 비행 환경이 주된 이유긴 했지만, 강혁의 놀라운 수술이 자꾸 눈앞에서 아른거린 것도 한몫했다.

'수술에 참여하는 건 무리야. 어차피 그럴 필요도 없을 거고……. 옆에서 보기나 하자.'

잭은 수술실에 들어오자마자 발판을 끌고 와 뒤에 자리했다. 강혁은 그런 잭을 물끄러미 바라보더니, 좋을 대로 하란 식으로 어깨를 툭 쳤다. 그러곤 여전히 자기 얼굴에서 눈을 떼지 못하고 있는 재원의 뒤로 가 섰다. 발판 따위는 필요 없었다. 재원이 작은 키라서는 아니었다. 강혁이 월등히 큰 편이라서 그랬다.

"오……. 이거 잘 응용했네."

"아, 이거요? 네, 교수님한테 배웠죠."

강혁이 들어오자마자 강혁 빙의 모드가 풀려버린 재원은 평소 그의 말투로 답했다. 강혁은 딱히 답을 듣고자 했던 말이 아니었기에 그저 환자의 환부만을 살폈다. 이미 어느 정도 처치가 되어가던 중이었기에, 원래 어땠는지 완전히 파악하는 건 불가능하다고 봐도 좋았다. 하지만 강혁은 그게 되는 인간이었다.

'죽을 사람 살렸네. 뭐……. 박힌 게 나무라 이제부터도 중요하긴 한데……. 그거야 경원이가 어떻게든 해줄 테지.'

나무가 어떻게 박혀 있었고, 어디를 손상시키고 있었는지 한눈에 보였다. 아마 재원이 아니라 다른 의사가 이 환자를 치료했다면 이미 죽었을 터였다. 다소 광오한 말일 수도 있겠지만, 지금 세상에서 이런 종류의 손상을 입은 사람을 살릴 수 있는 사람은 오직 백강혁 사단뿐이었다.

'신장은…… 절제하려고 했구나.'

요새 좀 건방지다 싶었는데, 그래도 중요한 순간에는 주제 파악이 되는 모양이었다. 만용을 부리는 대신 안전한 길을 택하지 않았나. 하지만 강혁이 들어온 이상 안전한 길은 더 이상 의미가 없었다. 그저 환자에게 제일 좋은 길을 선택할 뿐이었다.

"신장 떼지 말자."

"네? 어……. 이거 봉합하려면 몇 시간 날아갈 텐데……."

"네가 하면 그렇지. 샘. 가운 하나 더 준비해줘. 장갑은 8."

강혁은 재원의 당황한 얼굴을 뒤로 하고 수술실 밖으로 향했다. 손을 씻기 위함이었다. 재원은 잠시 그 뒷모습을 바라보다가, 이내 한숨을 내쉬었다. 복잡한 감정이 담긴, 그런 숨이었다.

'그래, 교수님은 할 수 있지. 아마 내가 절제하는 시간 정도면……'

안도의 뜻도 있고, 한편으로는 아직도 멀었구나 하는 감정도 있었다. 재원은 집도의로서의 책임과 권한을 내려놓고 살짝 옆으로 비켜섰다. 노아로서는 잘 이해가 가지 않는 일이었다. 물론 그가 본 백강혁은 괴물이긴 했다. 하지만 재원 또한 그에게 결코 뒤처지지 않는 느낌이었다. 적어도 오늘 이 환자의 수술에 대해서라면, 백강혁 아니라 그 누가 와도 이보다 잘할 수 있을 것 같지 않았다.

"잘 봐."

그때 뒤에 발판을 딛고 서 있던 잭이 입을 열었다. 동료의 불신을 읽어낸 까닭이었다. 사실 못 믿는 것도 무리는 아니었다. 그가 들은 바에 따르면 이 환자는 거의 죽어서 왔다고 해도 과언이 아니었으니. 그걸 이렇게 해냈다면 누구라도 끝 모를 자부심을 품어도 좋을 정도였다. 하지만 강혁이 대신 해준다고 하면 얘기가 달랐다.

"뭔 소리야?"

"기적을 보여줄 거야, 아마."

"아마?"

"응. 나도 가서 기적을 보고 왔거든."

"뭔……."

노아는 잭이 원래 이렇게 낯간지러운 소리를 아무렇지도 않게 늘어놓는 놈이었나 싶었다. 노아가 잭이 한 말 때문에 잠시 고개를 갸웃거리고 있는 사이, 강혁이 안으로 들어왔다. 샘은 아주 자연스레 강혁의 가우닝을 도와주었다. 덕분에 순식간에 강혁은 준비를 마치고 환자 앞에 설 수 있었다.

"그래, 절제술이 최악의 선택은 아니지."

그러곤 신장으로 들어가고 나오는 혈관을 슬쩍 가렸다. 다시 한번 '나는 이걸 자를 생각이 없다'는 뜻을 피력한 셈이었다. 대신 신장은 조금 전보다 더 잘 노출시켰다. 전면에서 들어간 만큼, 시야가 그리 좋지 않았는데 별로 개의치는 않았다. 어차피 대강만 보여도 완벽히 파악할 수 있는 게 강혁이었으니까.

"노아라고 했나?"

"아, 네."

"여기 이렇게 잡아."

"네."

노아는 같은 한국 사람인데 재원과 달리 강혁에겐 노아란 발음이 편한가 싶었다.

'닥터 양이 좀 혀가 짧은가?'

어쩌면 재원 혼자만의 문제일 수도 있겠다, 하면서 기구를 받아 들고는 강혁이 하란 대로 걸어당겼다. 그러자 아까보다 아주 조금 더 신장이 노출되었다. 있는 힘껏 당기고 있는 데도 이 지경이라니. 괜히 재원이 신장을 떼어내려고 했던 게 아니라는 걸 다시금 깨달을 수 있는 순간이었다. 적어도 노아는 그렇게 생각했다.

"좋아, 실."

그러나 강혁은 정말 노아와 같은 걸 보고 있는 게 맞나 싶을 정도로 밝은 얼굴로 고개를 끄덕였다. 샘은 그런 강혁에게 봉합 기구를 건네주었는데, 그 역시나 추호의 의심도 없어 보였다. 당연히 제1 보조의가 된 재원은 강혁을 보조하는 데 여념이 없었다.

"잘하네. 그래, 그렇게."

"네."

강혁은 그런 재원에게 한마디 칭찬을 던지곤 즉시 봉합에 들어갔다. 나뭇가지에 의해 형편없이 망가져 있던 신장에 바늘을 들이댔다는 얘기였다. 상식적으로 볼 때, 정말 의미 없어 보이는 짓이기도 했다. 이미 한번 망가진 장기에 바늘을 꽂는 건 대부분 또 다른 손상으로 끝나기에 그랬다.

바늘이 곧 신장 껍질을 뚫고 안으로 들어갔다. 그다음에는 반대편 껍질을 뚫고 밖으로 나왔다. 강혁은 그걸 당겨서 찢어져 있던 신장을 서로 붙게 하는 대신 또 다른 부위를 뚫었다.

'뭐 하는 거야?'

용케 첫 번째 바늘이 조직을 파괴시키는 대신 의미 있어 보이는 봉합을 하지 않았나. 그럼 당겨서 매듭을 지어야 할 텐데, 그걸 그냥 두고 다른 데를 뚫다니. 이렇게 되면 그냥 또 하나의 손상으로 끝나게 될 확률만 높아질 뿐이었다. 하지만 강혁이 쥔 바늘이 신장을 뚫고 나오는 것이 반복될수록 노아의 의심은 옅어져갈 수밖에 없었다.

'뭐야, 이게?'

의심 대신 놀라움이 자리했다. 단 한 번의 바느질도 조직을 손상시키지 않았다. 이미 망가져서 약해져 있는 장기임에도 불구하고, 부스러지는 조각 하나 없었다. 그렇게 스무 번의 바느질이 이어진 후에야, 강혁은 슬며시 실을 잡아당기기 시작했다. 봉합을 시작한 지 불과 20여 분밖에 지나지 않은 때였다. 그제야 노아는 자신이 너무 빨리 놀랐다는 걸 깨달았다. 강혁이 바느질한 부분은 실을 당기자 서로 완전히 맞닿게 되었다. 다시 말하면, 망가지기 전의 신장 모습으로 돌아가고 있다는 뜻이었다. 이미 나뭇가지 때문에 떨어져 나간 조각이야 어쩔 수 없다지만, 그 외에는 정말이지 완벽한 원형이었다.

'어떻게…… 어떻게 이게…….'

다시는 기능을 되찾지 못할 거라 여겼던 신장이 완전히 돌아온 셈이었다. 그럼에도 강혁은 만족스럽다는 얼굴이 아니었다.

"요관으로 피떡이 졌네."

"네. 출혈이 그 안으로 들어갔을 거예요."

"이거 절대로 그냥 뚫리진 않겠는데."

"네. 애초에 요관이 좀 찢겨 있어요."

옆에 있던 재원 또한 강혁이 들어온 이상 이런 일은 당연하다고 여기는 듯했다. 그래서 그런가 감탄은커녕 문제점만 짚어주고 있었다. 이렇게까지 잘했는데 보조의가 이따위 소리나 하고 있으면 화가 날 법도 할 텐데, 강혁은 그저 고개를 끄덕이며 재원이 가리킨 부위를 살폈다.

"좋아. 칼."

"칼이요?"

"피떡 제거하고 다시 봉합해야지."

"아……. 근데……."

"괜찮아. 기능에 최대한 손상 안 줄 거야."

"네."

칼로 쩬다고 하면서 손상을 안 주겠다고 하는 건 아무리 좋은 마음으로 들어도 거짓부렁이었다. 보호자나 환자에게나 할 법한 소리였다. 적어도 같은 의사에게 할 만한 소리는 아니라는 뜻이었다. 하지만 재원은 진심으로 믿는 듯했다. 강혁 또한 방금 자신이 한 말이 거짓이 아니라는 걸 증명이라도 하겠다는 듯 진중한 얼굴로 칼을 받아 들었다. 그러곤 별 망설임 없이, 대체 무슨 기준으로 고른 건지 모를 부위에 칼을 댔다. 동시에 안에 걸려 있던 혈전이 왈칵 하고 밖으로 쏟아져 나왔다. 재원은 그걸 예상했는지 석션으로 후루룩 빨아들였다. 그사이 강혁은 지체없이 식염수가 담긴 주사기를 이용해 요관에 물을 뿌렸다. 모르는 사람이 보면 뭔 짓인가 싶겠지만, 이렇게 하면 즉각 요관이 막혔는지 아닌지 확인할 수 있었다. 안 막혔으면 물이 내려갈 것이고 그게 아니라면 역류할 터였다.

"됐어. 실."

"네."

물은 역류하지 않았다. 그걸 확인한 강혁은 즉시 봉합에 들어갔다. 아까와는 달리 바로바로 당겨 매듭을 지었다. 이건 나뭇가지에 의한 손상처럼 불규칙적인 게 아니라, 강혁의 절개에 의한 상처라 가능한 일이었다. 순식간에 벌어졌던 상처가 확 다물어졌다.

"음."

강혁은 그렇게 요관까지 닫고, 심지어 상처가 있던 부위까지 닫고는 다시금 상처를 살폈다. 신장, 혈관, 요관 그리고 나머지 장기들까지 빈틈없이 살폈다. 설마하니 뭔가 놓쳤을 리는 없다고 생각하면서도 그랬다. 실수의 결과가 누군가의 죽음이라면 당연히 이래야 한다고 믿어서였다.

"좋아, 여기는 끝."

강혁은 유심히 환부를 살피곤 고개를 끄덕였다. 몇 번을 다시 본다고 해도 결론이 바뀔 것 같진 않았다. 갈라져 있던 신장은 이제 다시 붙었다. 당연히 이전과 같은 기능을 해내진 못하겠지만 적어도 반 정도는 유지할 수 있을 터였다.

'뭐……. 신장은 하나만 있어도 괜찮으니까, 보통은.'

그렇단 얘기는 앞으로의 삶도 크게 망가지진 않을 거란 말이었다. 물론 정신적인 트라우마로 인해 하이킹은 못 하게 될 수도 있겠지만. 이런 오지에서 이만한 부상을 입었는데 이만큼 회복된다는 건, 정말이지 대단한 일이라 할 수 있었다. 잭과 노아는 그렇게 생각했다.

'이게 가능하다고?'

특히 노아는 아직도 입을 다물지 못하고 있었다. 마스크를 끼고 있기에 망정이지, 그렇지 않았다면 침이 뚝뚝 떨어져도 몰랐을 터였다. 그 어디에서도 이런 식의 장기 봉합은 볼 수 없었으니까.

'어떻게…… 이럴 수가 있지.'

노아는 계속해서 나름 이 불가사의한 술기를 이해해보려 애를 썼다. 하지만 아무리 머리를 굴려봐도 그게 잘 안 됐다. 말이 안 되는 술기이니 그럴 수밖에 없었다.

"뭘 멍하니 보고 있어. 수술 안 끝낼 거야?"

"네? 아……. 아, 네."

강혁은 그런 노아를 툭 하고 쳤다. 아직 수술이 끝난 건 아니었다. 주요 술기만이 끝났을 뿐, 이대로 닫을 수는 없단 얘기였다.

"여기…… 여기 하실 거죠?"

"몰라서 묻는 건 아니지? 하고 있잖아. 빨랑 붙어."

사실 강혁은 이미 재원과 함께 뱃가죽을 닫고 있었다. 나뭇가지에 푹 하고 뚫렸던 만큼 단면이 지저분하기 그지없었다. 눈에 띄는 건 핀셋으로 제거하고, 나머지는 물로 씻어내는 작업과 봉합을 함께 진행해야 했기에 진행은 무척 더뎠다. 그 와중에 손 하나가 놀고 있으니 짜증이 날 수밖에 없었다. 게다가 재원은 조금 전까지만 해도 강혁에 빙의되어 있던 상태라 평소보다 훨씬 성질이 더러워진 상태였다.

"노예, 빨랑 붙으라고. 귓구녕 막혔어?"

"네, 네."

"응?"

재원의 호통에 노아가 슥 하고 붙었다. 최선을 다하겠다는 얼굴을 하고서였다. 강혁은 그런 둘을 보며 이게 뭐지 싶었다.

'노예라고 한 거야?'

재원이 많이 크긴 했다. 실력도 썩 괜찮아졌고. 멀리 갈 것도 없이 오늘 수술만 봐도 알 수 있었다. 이제 양재원은 어디 가서 세계 최고라 해도 욕 들어 먹지 않을 수준의 외과의였다.

'그렇다고 사람한테 노예라고…… 부를 정도인가?'

강혁은 처음 몇 년간 끊임없이 노예라 불렸던 재원이 듣는다면 통곡할 의문을 품었다.

"교수님?"

"어? 어어."

재원의 말에 어찌나 놀랐는지 손을 다 멈췄을 지경이었다. 별의별 일을 다 하면서도 수술은 진행했던 그가 아닌가. 재원은 이제 이 양반도 늙기는 했구나 싶었다.

"그래, 끝내자."

당사자인 강혁은 자신의 놀라움을 숨기기 위해 부리나케 손을 놀렸다. 그러면서도 재원과 노아를 주시했는데, 확실히 이렇게 보니 뭔가 좀 이상했다.

"여기. 컷."

"네."

"노예, 거기가 아니야."

"아, 네. 죄송합니다."

재원의 하대가 이토록 자연스러울 수 있다니. 재원이 벌써 이렇게 큰 걸까, 아니면 그냥 노아라는 놈이 이상한 걸까. 강혁은 그것이 궁금했다.

"음, 끝."

그러면서도 손을 쉬지는 않았기 때문에 수술은 곧 끝이 났다. 아무래도 평소 강혁의 수술에 비하면 상처가 엉망이란 생각이 들 정도로 지저분했다. 그럴 수밖에 없기는 했다. 애초에 모양이 불규칙하기 이를 데 없는 나무가 박힌 참이었으니까. 심지어 안에서 부러지기까지 해서, 더더욱 지저분해 보였다. 하지만 그와는 반대로 불안해 보이진 않았다. 여느 때와 마찬가지로 상처는 단단하게 봉합되어 있었다. 강혁이 세심하기 이를 데 없는 손길로 마무리를 해준 덕이었다.

*

"야, 너는 스승한테 문안 인사 안 하냐?"

"네? 갑자기 뭔……."

재원은 영문도 모르겠다는 얼굴로 한참 강혁에게 갈굼을 당해야만 했다. 그렇게 힘들지는 않았다. 강혁이 난리 치는 게 하루 이틀 일은 아니었으니까. 게다가 지금은 아랫사람들도 있지 않은가. 심정적으로 훨씬 나았다.

"노예."

"네, 닥터 양."

"환자 보러 갈까요?"

"네, 선생님."

어차피 한쪽 귀로 듣고 나머지 귀로 흘리는 기술은 강혁과 함께 중증외상센터에 있을 때 마스터한 지 오래라, 재원은 전혀 타격받지 않은 얼굴로 식당을 나설 수 있었다. 강혁 역시 빠르게 정신을 차리고 수술실을 나섰다. 나가자마자 데니스를 찾으면서였다.

"그래, 어떻게 돼가고 있냐?"

"시간 좀 있어요? 원래 어제 말씀드리려고 했는데, 하루 종일 나가 계셔가지고."

"음……. 아마? 오늘은 비행기도 못 뜰 거야."

"네, 그렇겠죠. 그럼 시간 좀 내요. 일이 복잡해요. 아니, 많다고 해야지."

보통의 여객기라 해도 바다를 가로지르는 장거리를 뛰고 나면 반드시 점검을 받아야 했다. 한데 강혁이 타고 다니는 비행기는 그보다 훨씬 크기가 작지 않은가. 그러다보니 한번 왕복 비행을 하고 나면 반드시 점검에 들어가야 했고, 점검하면 거의 항상 수리할 곳이 있었다. 이런 날은 다치는 사람이 있어도 함대에서 자체적으로 해결해야 한다는 뜻이었다.

"외래…… 오전에는 외래야. 오후는 비어."

"그래요? 알겠어요. 회의를 그 시간으로 밀게요."

"좋아. 근데 뭔 회의?"

"거참."

데니스는 강혁을 보며 어이가 없다는 표정을 지어 보였다. 일이란 일은 지가 다 벌여놓고 이제 와서 모르쇠를 칠 줄이야.

'하긴 나한테 의지 많이 한다고 했지.'

하지만 언젠가 강혁이 했던 말을 떠올리자, 저도 모르게 마음이 좀 푸근해졌다. 병원 것들이야 죄다 강혁 기준에 차지 않는 이들이라 하지 않았나. 그럴 수밖에 없어 보였다. 누굴 갖다 대야 의사 백강혁의 마음에 들겠는가. 하지만 데니스가 하는 일은 강혁조차 범접할 수 없는 일이었다. 적어도 데니스는 그렇게 생각했다.

"이제 여기 호텔 단지 들어서잖아요. 도로포장도 해야 하고, 근처 나무도 정리해야 하고, 할 거 엄청 많죠."

"아……. 그럼?"

"스리랑카 쪽이랑 태화물산이랑 올 거예요. 그리고 차도 원래 있던 판로도 사용하긴 하는데……. 이제 원가가 올라서 공정 무역 쪽으로 돌려야 해요. 그쪽 사람들도 왔어요."

"좋네. 음, 알았어."

"알았다고 하면 준비가 돼요?"

"대충은 되지."

강혁은 그렇게 말하곤, 시계를 보았다. 이제 겨우 6시 50분이 되어가고 있을 뿐이었다. 다른 병원 같았으면 이제 출근해도 별 문제가 없을 시간이었다. 하지만 당분간 이 병원은 타이트하게 돌아갈 예정이었다. 인력은 꼴랑 둘 늘어난 데 비해, 환자 수는 폭발적으로 늘어버린 탓이었다.

"하여간 이따 보자고."

"아……. 네."

강혁은 진료실로 향했다. 대기 중인 환자들을 돌아보면서였다. 장미가 예진을 위해 나와 있는 학생들과 간호장교를 진두지

휘하고 있었다. 덕분에 예진은 아주 빠른 속도로 진행되었다. 동시에 믿을 수도 있었다. 적어도 장미의 손을 탄 판단이라면 그래도 되었다.

"진료 볼까."

강혁은 흐뭇한 미소와 함께 진료실로 들어섰다.

"네."

곧 진료가 시작되었다. 여느 때처럼 신속 정확한 진료였다.

"여기가 아프셔?"

"네."

"이렇게 하면."

"으아아아."

"어깨가 나갔는데."

옆에 보조를 하기 위해 들어와 있던 학생은 지금 나갔다는 건지, 아니면 나간 걸 진단했다는 건지 헷갈렸다. 그만큼 환자는 괴로워하고 있었다.

"옳지, 알겠다. 주사기 줘봐."

"네?"

"주사기 줘봐."

"아……. 네."

강혁은 울부짖는 환자를 침대에 반강제로 눕힌 후, 아파하는 어깨를 획 하고 노출시켰다. 힘 조절이 기가 막혀서 그런가, 옷이 찢어지지는 않았는데 찢어졌다고 해도 믿을 만큼이나 거칠어 보였다.

'이상한 짓을 해도 진료니까 말리지 말라고 했지.'

학생은 여기 들어 오기 전에 인계받았던 사안을 떠올렸다. 아무리 환자를 괴롭히는 것 같아도 가만히 있으라고 들었다. 그럼 신기하게 환자가 좋아진다고. 오히려 별거 없이 인상을 쓰고 있으면, 그게 더 안 좋은 거라고 했다. 수술이나 오랜 약물 치료가 필요하다는 뜻이니까.

'이렇게 하면 환자가 바로 좋아진다고 했는데…… 아무리 봐도 이게…….'

학생이 고뇌하는 동안 환자는 발버둥 치고 있었다.

"가만히 있으라니까? 어차피 발버둥 쳐봐야 힘만 빠져. 지금 움직여져? 그럼 힘줘보시고."

"으아."

별 소용은 없어 보였다. 강혁이 한 손으로 짓누르고 있는 어깨 부위는 정말이지 미동도 없었다.

"자, 찌른다."

"으어, 뭘. 왜?"

"아픈 거 나으라고."

"으으."

강혁은 그렇게 어깨를 고정시켜놓고는 주삿바늘을 찔렀다. 당연히 초음파를 보면서 해야 하는 술기이지만, 그냥 찔렀다. 강혁은 그냥 바늘로 찌르기만 한 게 아니라 바늘을 이리저리 돌려 어깨 통증을 유발하고 있는 석회화된 부위를 부쉈다.

"으, 으으으으!"

이건 강혁이 아무리 세심하게 한다고 해도 어느 정도의 통증이 있을 수밖에 없었다. 당연한 일이었다. 어깨에 쇠꼬챙이가 들어가 휘적거리는데 안 아프면 그게 더 이상한 일이었다. 하지만 강혁은 어깨의 근육이나 인대는 조금도 손상시키지 않았다. 그 상태에서 부순 석회를 주사기로 하나하나 빨아들이기 시작했다. 여기서부터는 초음파를 보고 있다고 해도 불가능한 영역이었다. 불가사의라고 할 수 있는데, 결과는 놀라웠다.

"다, 당신!"

"어깨 내리고."

"어, 어……?"

"안 아프죠? 근데 안심하면 안 돼. 진통 소염제 줄 테니까 잘 먹고, 다음 주에 와."

"어…….”

"감사 인사는 하셔야지."

"아, 네. 감사…… 합니다."

어깨가 하나도 안 아팠다. 그뿐만 아니라 올라가지 않던 팔이 올라가기까지 했다. 환자는 화를 내려다 말고 고개를 숙이고 나갔고, 학생은 비로소 인계 사항이 어떤 의미였는지 깨달았다.

"다음 들어오라고 해."

"네."

강혁의 말에 학생이 밖으로 뛰어나갔다. 한구 병원에서는 좁다란 복도에 환자들이 줄지어 서 있어야만 했다. 하지만 이곳 누와라엘리야 병원은 현장의 병원이 어떤 식으로 굴러가는지 직접 경험한 강혁이 설계한 곳이지 않은가. 진료실 앞의 복도는 대기실이라고 생각해도 좋을 만큼이나 널찍했다. 사람이 최대한 많이 앉을 수 있도록 의자도 줄지어 놓여 있었다. 서서 기다릴 필요가 없어 좋았지만, 단점도 있었다.

"저, 저요?"

너무 많은 사람들이 진료실 안에서 들려오는 소리를 들을 수 있다는 것이었다. 순번을 기다리던 환자는 의자에 앉은 채 겁먹은 얼굴로 학생을 올려다보았다. 다른 사람 외래면 그리 문제가 되지 않을 터였다. 처치가 필요하다 판단이 되면 처치실로 가니까. 하지만 강혁의 진료실은 예외였다. 그는 시간 내에 최대한 많은 환자를 보기를 원했고, 따라서 어지간한 술기는 다 진료실에서 했다.

"네, 환자분."

"허."

"괜찮아요. 금방 나으니까."

학생은 불안한 기색을 숨기지 못하는 환자를 바라보며, 턱으로 아까 나간 환자를 가리켰다. 분명 들어가기 전까지만 해도 어깨를 움직이지 못하는 것은 물론이거니와 다른 자세도 영 어색해 보였는데 지금은 아니었다. 안 아픈 것이 신기한지 이리저리 어깨를 휘두르고 있었다.

"알, 알겠습니다."

"따라오세요."

환자는 앞 환자를 잠시 바라보다가 이내 진료실로 들어섰다.

그사이 강혁은 예진 팀이 작성한 예진 서류를 보며 어떤 식으로 치료할지 계획을 세우고 있었다. 아무래도 강혁의 처치 속도가 다른 의사들에 비해 압도적으로 빠른 만큼, 장미는 의도적으로 강혁에게 이런 환자를 보내고 있었다.

진료가 이런 식이다 보니 아무리 처치를 완벽히 했어도 평균 진료 시간이 3분을 채 넘기지 않았다. 덕분에 강혁은 오전에만 혼자 거의 80명 가까운 환자를 보고 밖으로 나올 수 있었다. 데니스는 어딘지 후련해 보이는 강혁을 보며 인사했다.

"충분히 보셨어요?"

"응, 오후 거까지 다 봤지."

"갈까요?"

"그래. 가자."

데니스와 함께 강혁이 향한 곳은 다름 아닌 가버너 하우스였다. 호텔 단지에서도 꽤 높은 곳에 위치한 이곳은 한때 영국에서 임명한 총독이 살았고, 다니엘 러셀도 살았었다. 하지만 이곳은 이제 한석준과 데니스가 사용하는 사무실이 되어 있었다.

"어, 한씨."

"아, 안녕하십니까."

병원 잡무를 도맡아 하다가, 일이 벌어지면서 이곳으로 탈출하게 된 한석준이 강혁에게 인사를 건네왔다. 여기 온 지 불과 며칠 되지도 않은 것 같은데 벌써 안색이 좋아져 있었다. 강혁은 그게 좀 마음에 안 들었다.

"일 거의 없나봐? 다시 병원 일 할래? 우리 바쁜데."

"네? 무슨……. 제가 지금 스리랑카 정부랑 협력하는 거 다 하고 있는데요."

"근데 체중이 불었어. 한 500g?"

"어……."

아닌 게 아니라 한석준은 본인 체중에 꽤 민감한 편이었다. 한 때 100kg이 넘어간 적이 있었는데, 그때 다이어트한 이후로 특별한 일이 없어도 매일 체중을 재고 있었다. 근데 그걸 한눈에 알아본다고? 놀랍다기보다는 소름이 돋았다.

"뭐 인마, 내 눈 속일 생각은 마."

"그……."

"뭐, 오늘 이후로 여기도 더 바빠지겠지."

강혁은 그냥 해본 소리였기에 어깨를 툭툭 쳐주고는 회의실 쪽으로 향했다. 아직 회의 시간이 꽤 남았음에도 불구하고 벌써 와 있는 사람들이 있었다. 태화물산과 대한민국 정부 측 사람들 그리고 호텔 단지 측 연합에서 온 사람들이었다. 전자는 반가운 얼굴들이었고, 후자는 정반대라고 보면 되었다.

"안녕하십니까."

"안녕하세요, 백 교수님."

늘 그렇듯 강혁은 보기 싫은 인간은 무시하고 나머지 사람들에게만 인사를 건넸다. 덕분에 외롭게 된 호텔 단지 측 사람들은 잠시 입맛을 다시다가, 강혁에게로 다가왔다. 어찌 되었든 강혁과 얘기를 나누어야만 했다. 이미 늦은 감이 있기는 해도 그래야만 했다. 지금 강혁이 계획 중인 호텔이 차질없이 들어서게 되면, 나머지 호텔들은 경쟁력을 모조리 잃게 되기에 그랬다.

"저, 백 교수님? 안녕하십니까. 누와라엘리야 관광 진흥회 회장 엘리야입니다."

"응? 아, 왜요."

"그…….."

엘리야는 잠시 입을 다물었다. 설마하니 이쪽에서는 인사로 다가갔는데 왜냐는 말이 나올 줄을 몰라서였다.

'그 새끼, 아주 개새낍니다.'

다행히 대화가 안 될 정도로 당황하지는 않았다. 이미 다니엘을 비롯해 농장주 연합 사람들에게 들은 말이 있어서였다. 물론 그들처럼 강혁을 물로 볼 생각은 전혀 없었다. 당하는 걸 보지 않았나. 성처럼 견고할 것이라 믿었던 '그들'이 한순간에 휩쓸려 역사의 뒤안길로 사라져버린 참이었다. 결코 전철을 밟을 생각은 없었다.

"계획에 따르면…… 태화물산이 짓게 될 호텔이 단일 호텔로는 이 지역 최대의 호텔이 되지 않겠습니까? 저희 진흥회에서도 관심이 많아서요."

"관심이라."

관심은 많을 터였다. 다 망하게 생겼으니 그럴 수밖에 없었다. 이들은 오랜 시간 독점 체제를 통해 이 유명한 휴양지에서 발생하는 부를 향유하지 않았나. 그러면서도 시설을 보수할 생각도 하지 않았다. 굳이 안 그래도 알아서 와서 돈을 쓰는데 뭐 하러 그런단 말인가. 진흥회라는 게 말만 진흥회였지, 그저 사교 모임의 다른 이름이었을 뿐이었다.

"네, 관심이 많습니다."

"지금 있는 호텔 단지와 다른 곳에 지어질 텐데요? 성격도 다르고."

"아……. 네, 그렇게 들었습니다."

호텔 단지 측에서 땅을 내어줄 리가 없지 않은가. 호텔 태화는 스리랑카 정부가 확보하고 있던 유휴지에 들어설 예정이었다. 들어가는 길부터가 달랐다. 엮일 일이 없다, 이 말이었다.

"하지만…… 같은 관광업이지 않습니까?"

"같은? 아닌데."

"네?"

"우리는 현지인 우대 정책을 쓸 거예요. 여기 사람들을 우선적으로 뽑을 거라고. 그리고 손님들도 니들처럼 자국민들 우선으로 받지도 않을 거고. 차별 없이 운영할 거라고."

"차별은 무슨……."

강혁은 피식 웃고는 데니스를 돌아보았다. 그러자 데니스는 고개를 크게 끄덕이며 회의실 안에 있던 빔프로젝터를 켰다. 곧 새하얀 화면에 문서 하나가 떴다. 환경 평가 자료였다.

"니들 벌써 수작질 벌이고 있는 거 다 알아. 환경 보호 단체랑 짝짜꿍해서 개발 반대하려고 하지?"

"어……."

"지역 주민들도 아닌 사람들 동원해서 언론 쇼하려고 하는 것도 다 알아."

"그……."

"근데 우리 이미 스리랑카 정부로부터 인증을 받았어. 게다가 그 근처 주민들도 다 개발에 동의하고 있고."

당연한 일이었다. 개발로 인해 발생한 부를 일부 지역과 나누기로 하지 않았나. 지금까지 호텔 단지에서 꿀 빨던 이들은 전혀 하지 않던 일이었다. 그들의 독점적 권리가 식민 통지 시절 강탈한 것이기에 가능한 일이었다. 이미 세상이 뒤집어진 후에도 유지가 된 게 더 이상한 일이었다.

"그렇더라도…… 환경을 망가뜨리는 건 사실 아닙니까? 이 고지대에…… 8층짜리 건물이라니요?"

"8층이 뭐 어때서?"

"그러려면 얼마나 많은 나무를……."

"애초에 여기 있는 차밭이랑 너네 호텔 있는 곳 다 정글이었는데?"

"오래전에 있던 일 아닙니까?"

"그래, 오래전 일이지. 그때부터 지금까지 너네는 쭉 이 지역을 갉아먹고 있고. 뭐라고 해야 하나……. 기생충이야, 너네는."

"기생충이라니 무슨 그런……."

사실 호텔 단지 측 사람들은 이번 호텔 설립을 완전히 엎을 자신까지는 없었다. 하지만 축소시킬 자신은 차고 넘쳤다. 환경 단체의 입김이 날로 대단해져가고 있지 않은가. NGO 단체로 기관의 공정성을 획득한 이들의 외침은 결코 공허하진 않을 터였다. 아무리 강혁이 정부와 협조하고 지역 사회의 동의를 구했다고 해도 마찬가지였다. 스리랑카의 폐와 같은 지역이라고 하면서 개발을 반대하고 나서면, 시간을 질질 끌 수 있을 터였다. 실제로 그런 사례가 없었던 것도 아니었다. 괜히 대형 호텔 체인이 단 하나도 들어오지 못한 게 아니었다.

"이렇게 나오시면 저희도 어쩔 수 없습니다. 강경 노선을 따를 수밖에요."

"어차피 시위할 예정 아니었나? 직원들 동원해서?"

"뭐라고 떠들어도 어쩔 수 없습니다."

"뭐……. 그래?"

한데 이렇게까지 얘기하는 데도 강혁이나 다른 이들의 표정이 너무 태연했다.

'쟤들까지……?'

강혁이나 한석준, 데니스 등은 그럴 수 있었다. 이들은 어차피 농장이라는 어마어마한 캐시 카우를 손에 쥔 상태니까. 하지만 태화물산은 여기까지 오기 위해 엄청난 로비를 했을 게 뻔했다. 그게 다 엎어질 수 있는 상황인데 태연해? 호텔 측 입장에서는 이상하다 못해 불안한 일이었다.

"우리도 그럼 강경하게 나가야지."

강혁은 그들의 의문을 바로 종식시켜 주었다. 그가 말을 마치자마자, 빔프로젝터에 떠 있던 화면이 바뀌었다. 어떤 영상이었는데, 길이가 그리 짧지 않았다. 한유림이 식당에서 쫓겨나는 장면으로 시작되었다.

"너네가 환경 단체로 달려가면, 우리는 인권 단체를 끌어들일 거야."

"아니, 이건…… 이건 모함……!"

"모함? 뭔 개소리야. 너네 실제로 방 개수도 왔다 갔다 하잖아. 유색 인종 대놓고 안 받는 호텔도 많고."

"그건…… 오해……."

"오해라고? 이거 봐. 이거 보면서도 그 말을 계속할 수 있을지."

말 그대로 일부 호텔의 행태이기는 했다. 하지만 분명한 건 실제로 벌어지고 있는 일이란 점이었다. 호텔 단지의 호텔 중 일부는 정말로 유색 인종을 차별하고 있었다. 공공연한 비밀도 아니었다. 거의 대놓고 그렇게 영업을 했다. 예전부터 그렇게 했었다는 핑계에서였는데, 21세기에 이르러서도 그러고 있다는 건 사실상 미친 짓이었다.

"이건……."

호텔 단지 측 사람도 이런 모습들이 남들 눈에 어떻게 비칠지에 대해서 잘 알고 있었다. 가뜩이나 인종 차별에 대해서는 관용이 점점 없어지고 있는 요즈음 아닌가. 게다가 이곳에서는 벌써 타밀족에 대한 말도 안 되는 탄압이 한차례 밝혀진 바 있었다.

"어때, 이러고도 진흙탕 싸움을 원하나."

강혁은 어느새 그의 뒤로 돌아서 있었다. 커다란 손으로 어깨를 툭툭 치면서였는데, 친근감의 표시는 아니었다. 엄청난 고통이 수반되었다.

"윽."

함부로 뿌리치기도 어려웠다. 언제, 어떻게 저런 영상을 준비했는지도 궁금했지만, 그게 중요한 상황이 아니었다. 만약 저게 퍼진다면 어떻게 될까? 환경 단체고 나발이고 일단 호텔 단지 전체가 홍역을 치러야 할 터였다.

"어떻게 할 거냐고."

"그…… 제가 생각이 짧았습니다."

당연하게도 고개를 숙일 수밖에 없었다.

"그래, 짧았지?"

"저건…… 저 영상은…….'"

"사과했으니까 지워달라고? 말이 되나.'"

"아니, 그럼……!"

"일단 내가 요구하는 바대로 잘해봐. 그럼 고려해볼 테니."

강혁은 후후 웃고는 시계를 들여다보았다. 예정됐던 시간이 가까워져 오고 있었다. 초청받지 않은 사람들, 그러니까 호텔 단지 쪽 인간들은 나가야 할 시간이라는 뜻이었다. 하지만 지금은 이러지도 저러지도 못하고 있었다. 강혁과의 대화가 너무 찝찝하게 이어졌을뿐더러, 아직 강혁이 움켜쥔 어깨를 놓아주지 않아서였다.

"으…….'"

신음조차 흘리기 어려울 정도로 아팠다. 강혁은 고통과 걱정으로 일그러진 얼굴을 내려다보며 말을 이었다. 표정 변화가 단 하나도 없어서, 옆에 있던 데니스마저 소름이 돋을 지경이었다.

'역시 이 인간은 요원이 되었어야 해.'

그랬다면 얼마나 대단한 공작을, 얼마나 많이 해냈을까.

"어딜 나가려고. 여기 있어."

강혁은 무려 CIA 요원의 감탄을 들어가면서 말을 이었다.

"왜…… 왜요?"

"저 영상 퍼지길 원해?"

"아, 아닙니다."

더 원조차 여론전에서 밀려 개박살이 난 참이었다. 리프에서 번져나간 반(反) 더 원 여론은 불세출의 기자 크리스토퍼의 활약에 힘입어 날이 가면 갈수록 거세져만 가고 있었다. 그런데 일개 개인의 집합인 호텔 단지가 강혁을 이길 수 있을까? 다니엘 러셀이 어떤 꼴이 되었는지 너무도 잘 아는 입장에서는 설설 기는 수밖에 없었다.

"그럼 여기 앉아서 도로포장 하는 데 돈 보태기로 하지."

"네? 그건……."

"도로포장 되면 너네 호텔은 안 써?"

"그…… 그건……."

"지금까지 공짜로 휴양지 점거하고 돈 벌었으면 좀 풀 줄도 알아야지."

"그럼 이거 하면…… 저 영상은……."

"조건 중 하나일 뿐이야. 저렇게 큰 잘못을 저질렀는데, 고작해야 도로포장 하는 거 정도로 입 닦으려고? 말이 돼? 돌았어?"

"아……."

회의는 스리랑카 측 인원까지 다 오고 나서 시작되었다. 강혁이 이미 한국 측 입장과 태화 측 입장까지 다 정해준 후였기 때문에, 회의는 그리 오래 걸리지 않았다. 스리랑카 입장에서도 손해 볼 게 거의 없어서이기도 했다.

"도로포장이 완료되면 운송 속도가 최대 2배 이상 빨라집니다. 소모되는 기름의 양도 그만큼 줄어들 것이고요. 사고의 위험이 줄어드는 것 또한 말할 것도 없죠."

"저희도 동의합니다. 다만……."

"비용이 걱정이겠죠."

"사실 그렇습니다."

물론 논의할 것이 아예 없는 건 아니었다. 대단위 예산이 필요한 일이어서 그랬다. 아마 이곳이 대한민국이라 해도 마찬가지였을 터였다. 누와라엘리야까지 오르는 길은 정말이지 가파르기 짝이 없었다. 게다가 제대로 된 정비도 이루어진 적이 없었다. 리프가 포장도로의 이점을 몰라서는 아니었다.

'그 새끼들이야……. 여기서 세금도 삥땅치고 별짓 다 했지.'

회계 장부를 대조해보니, 세금도 제대로 낸 적이 없었다. 대신 이런저런 뒷돈을 댔는데 아무리 그래도 세금보다 많을 수는 없었다. 거의 없다시피 한 인건비에 터무니없을 만큼이나 후려친 세금까지. 리프는 그야말로 더 원에 있어 황금알을 낳는 거위였단 뜻이었다.

"여기, 포장도로가 완성될 경우 예상되는 농장의 수입입니다."

"음."

스리랑카 측 사람은 대수롭지 않다는 얼굴로 강혁이 내민 서류를 받아 들었다. 별다른 기대는 없었다. 그 또한 대강의 보고를 들어서였다.

'듣자니…… 임금 정상화를 꾀하고 있다고 들었어. 시민권 획득도 추진 중이고.'

무조건 좋은 일이라 할 수 있었다. 한국으로 치면 문화관광부 차관급인 이 사람은 시야가 넓은 편이었다. 만약 돈을 벌지 못하는 상황, 그러니까 이전 리프의 노동자였던 때 대규모 시민권 획득을 추진했다면 어떻게든 훼방을 놓았을 터였다. 돈 한 푼 없는 시민이 늘어난다는 것은 곧 나라의 재정 부담으로 이어지기 마련이니까.

'적어도 스리랑카 평균 임금 수준을 상회해.'

하지만 어지간히 돈을 버는 시민은 언제든지 환영이었다. 그들이 내는 세금은 나라 운영에 큰 보탬이 되어줄 테니까. 포장도로에 호의적으로 나오게 된 데에는 이런 배경이 있었다. 하지만 그렇게 임금을 주게 되면 당연히 농장의 수익은 줄어들 터였다. 즉 법인세는 줄어들 거란 얘기였다. 도로를 깔게 되면 수입 자체가 좀 늘기야 하겠지만 과연 그 효과가 대단할까에 대한 의문이 있었다.

"음?"

해서 강혁이 들이민 서류에서 농장 총 순익을 확인했을 때 소스라치게 놀랐다. 너무 많았다. 그가 파악하고 있던 것의 몇 배에 달할 정도였다. 도로만으로 이렇게 된다고? 그럴 리는 없었다. 만약 그랬다면 그 악독한 리프가 벌써 도로를 포장했을 터였다. 놈들이 그 대신 간간이 발생하는 사고를 감수했다는 건, 그 편이 경제적으로 더 도움이 되어서일 터였다.

"이전 리프에서 수입을 의도적으로 숨기고 있었어요."

"그게…… 어떻게……."

"몇 명의 눈만 가리면 될 거라 생각한 모양입니다."

어차피 농장에서 생산되는 홍차 중 스리랑카 내에서 소비되는 양은 극히 일부에 불과했고, 그마저도 하품이었다. 대부분은 유럽에서 소비되었다. 그 말은 곧 수출입 관할 부처에만 손을 써두면 문제가 없다는 얘기였다.

'부끄럽지만…… 가능했겠지.'

개발도상국의 부패지수가 높은 건 필연이었다. 정상적인 방법으로 얻을 수 있는 수입과 뇌물로 얻을 수 있는 수입의 격차가 심대하기 때문이었다. 심지어 적발되었을 경우 겪게 될 어려움도 현저히 적었다. 앞선 이유로 너무도 많은 공직자들이 부패했기 때문이었다.

"우리는 그렇게 할 생각이 없어요."

"감사…… 인사를 드려야겠군요."

"네. 정상적으로 세금을 낸다면 포장도로에 투입되는 자원은 불과 수년 내에 뽑아낼 수 있을 겁니다. 노동자들이 내는 세금까지 고려하면 더 짧을 수도 있고요."

"그렇군요. 잘 알겠습니다. 도로포장은 적극 협조하도록 하겠습니다."

"네."

가장 예민한 것이 돈 문제였는데, 그것이 해결되자 얘기는 일사천리였다. 스리랑카 측 인원은 심지어 껄껄 웃기까지 하면서 호텔 안건으로 넘어갔다. 그러곤 호텔 단지에서 나온 이를 슥 하고 바라보았다. 당연히 반발이 있어야 하기에 그랬다. 지금껏 독점적 지위를 활용해 어마어마한 이득을 편취하지 않았나. 새로운 호텔이 들어선다면, 그 호텔의 규모와 설비가 압도적이라면 대번에 피해를 보게 될 터였다.

'음.'

근데 조용했다. 이상하다 싶어서 주변을 살피니, 강혁 또한 단지에서 나온 사람을 바라보고 있었다. 한 가지 차이가 있다면 빙글빙글 웃고 있다는 점이었다. 무언가 약점을 틀어쥐고 있는 게 뻔했다.

'하긴 리프도 박살이 났는데……. 거기에 비하면 호텔 단지는 조무래기지.'

누와라엘리야가 무척 아름다운 곳이긴 했다. 세계적인 유적지인 시기리야와도 가까웠고. 하지만 정비가 개판이었다. 와서 할 만한 것이라고는 녹차밭 좀 구경 다니고 질에 비해 턱없이 비싼 음식 먹는 것, 그리고 풍경에 감탄하는 것뿐이었다. 느린 여행에 익숙한, 그리고 환율 차이로 느긋이 즐길 수 있는 유럽인들이나 찾을 만한 휴양지란 뜻이었다. 당연히 차밭에 비하면 벌어들이는 돈이 턱없이 적었다.

'근데 새로운 호텔이 들어선다고 해서······. 과연 장사가 될까?'

스리랑카 측은 잠시 이 생각을 하다가 고개를 내저었다. 손해를 본다면 태화물산과 호텔 태화가 볼 거 아닌가. 대한민국에서도 손에 꼽힐 만한 대기업이라고 들었다. 그에 대한 걱정은 주제넘는 짓이란 생각이 들었다.

"낙찰된 부지에 대한 건축 허가는 문제없이 났습니다. 환경 단체 측의 반발을 우려했는데······. 다행히 아직은 그런 움직임이 없습니다."

"앞으로도 없을 겁니다."

강혁은 확신에 찬 얼굴로 답했다. 태화물산 측 사람들 또한 마찬가지였다.

"그럼 다행이고요."

스리랑카 측 공무원은 진심을 담아 고개를 끄덕였다. 지금 콜롬보 주변에서 진행 중인 신도시 개발에서 시달렸던 탓이었다.

'환경이라······.'

환경 생각하자는 사람들이 스리랑카에 쓰나미가 몰아쳐 기반시설이 무너졌을 땐 어디서 뭐 하다가, 그거 좀 거둬내고 새로운 도시를 짓겠다고 하니까 몰려왔는지 이해할 수 없었다. 더 이해할 수 없는 건, 대한민국 정부와 기업이 나서서 로비를 하자 뒤로 물러섰다는 점이었다.

"공사는 언제부터 가능할까요?"

잠시 입을 다물고 있으려니 물산 측 사람이 입을 열었다. 눈에 열의가 있었는데, 허가만 있으면 지금 당장이라도 삽 들고 나갈 것 같았다. 아무래도 이쪽 호텔에 기대가 있는 모양이었다.

"이미 제반 서류는 다 승인이 됐습니다. 법적으로는 내일 당장이라도 가능합니다."

"그렇군요. 감사합니다."

그렇게 회의는 전반적으로 원만하게 진행이 되었다. 리프를 쪼개 서로에게 윈윈 할 수 있는 방향으로 써먹고 있으니 당연한 일이었다. 일부 불만이 있는 집단도 있었지만, 그들의 입은 강혁이 틀어막은 참이었다. 해서 회의는 예정했던 시간보다도 더 일찍 끝이 났다. 꽤 대규모 사업이라는 걸 생각해보면 실로 대단한 일이었다.

"아, 교수님. 잠시."

"음. 여기서?"

"네."

"그럼 음식 좀 시켜야겠네. 야, 석준아."

스리랑카 측 인원과 호텔 단지 측 사람들은 모두 나갔음에도 불구하고, 대한민국 측 인원은 나갈 생각을 하지 않았다. 뭔가 더 나눌 얘기가 있어서였다. 그러자면 뭔가 먹어야 했다. 벌써 저녁 시간이 가까워져 오고 있었다.

"네."

"좀 사 와."

"제가요? 저 4급 공무원인데."

"4급 공무원은 발이 없냐, 손이 없냐."

"아니……."

"사 와, 네가. 너 여기 근처 잘 알 거 아냐. 빨랑."

"하."

해서 한석준이 심부름차 밖으로 나갔다.

"다녀오는 동안 얘기하죠."

"아, 네. 우선…… 차부터 얘기할까요?"

"뭐든 좋죠. 데니스."

"네."

정장 차림의 데니스가 앞으로 나섰다. 실질적인 농장 주인은 강혁이지만, 운영에 대해서는 데니스가 전담하고 있기에 그랬다. 대가로 상당히 많은 연봉을 받게 되었는데 받는 입장에서는 그렇게 많다는 생각이 들지 않았다. 할 게 너무 많아서였다.

"임금이 오르면서 찻값도 필연적으로 오르게 됐어요."

"그렇겠죠, 아무래도. 가격 인상에 저항이 있을 겁니다."

"기존의 고객들은 그렇죠. 새로운 판로를 뚫어야 합니다."

"그중 하나가 대한민국이군요."

"네. 공정 무역이 일종의 트렌드가 되지 않았습니까?"

"데니스가 어느 정도 판로를 뚫었다고 들었는데요."

"파키스탄에서 생산하는 커피 정도는 충분히 팔 수 있습니다. 하지만 여긴 차원이 달라요. 양이 엄청나게 많죠."

데니스의 말에 태화 측과 정부 측 인원 모두 고개를 끄덕였다. 이곳에서 지내는 동안 무수히 많은 차밭을 본 탓이었다. 보성 녹차밭도 대단하지만, 여기에 비하면 댈 것도 아니었다. 괜히 세계 최대의 홍차 산지가 아니란 얘기였다. 여기서 문제가 되는 것은 바로 '홍차' 산지란 점이었다.

"그렇죠. 저희도 새로운 판매처가 생기면 좋기는 한데……. 홍차는 아직 대한민국에서 기호품으로 자리 잡지 못했습니다."

"그렇다고 들었습니다. 지금 이대로는 어렵겠죠."

"뭔가 뾰족한 수가 없겠습니까?"

"그건…… 교수님?"

데니스는 강혁을 돌아보았다. 마침 강혁은 벽에 기댄 채 홍차를 마시고 있었는데, 워낙 태가 좋아서 그런지 그림 같았다.

'저걸로 CF 찍으면 좀 팔리려나.'

모두가 그런 생각을 할 때쯤, 강혁이 찻잔을 내려놓았다.

"아마 차뿐만이 아니라, 호텔 측도 고민이 좀 있을 텐데……. 장기적으로 보면 몰라도, 단기적으로는 장사 안 될 것 같아서 걱정일 거예요. 그렇죠?"

"아……. 그렇습니다. 건축비 자체는 문제가 안 됩니다만, 그렇다 해도 몇 년은 적자 볼 각오는 하고 있습니다."

"방송을 이용하면 어떨까요?"

"방송이요?"

"여기 나름 힙하잖아요. 노년 배우 몇 명 모시고 관광도 시켜드리고……. 식당도 하나 열어서 홍차 이용한 한식 레시피 소개도 하고요. 홍차가 건장에 미치는 이점 정도는 백 교수가 얘기해줄 수 있을걸요."

"쇼…… 쇼닥까지 해주시겠다고요?"

"아, 아아아!"

쇼닥터 얘기를 꺼냈던 데니스는 양쪽 관자놀이가 쪼개지는 듯한 고통을 느껴야만 했다. 강혁이 그의 단단한 두 주먹으로 꾹꾹 눌러 젖혔기 때문이다. 덕분에 태화 측 인원과 공무원들은 진귀한 구경을 할 수 있었다.

'와……. 다 커서 저런 걸 당하네.'

'근데 진짜 아프겠다…….'

'그러게 왜 쇼닥 같은 단어를 입에 담냐고.'

'그런다고 사람을 저렇게 패? 의사가?'

'백 교수 성질 알지 않습니까. 한국에서는 유명하잖아요.'

'헛소문이라고도 들었는데…….'

'그거야…… 언론 플레이 하신 거고.'

'진짜 쇼닥은 쇼닥이네.'

심지어 이렇게 대화를 나눌 동안에도 데니스는 강혁의 손아귀에서 헤어나오지 못했다.

"밥 왔습…… 뭐지."

그를 구원한 것은 한석준이었다. 그는 근처 식당에서 제일 한국인 입맛에 맞는 음식을 양손 가득 쥐고 있었다. 케밥이었다. 한식 비슷한 것은 때려죽여도 구할 수가 없고, 다른 식당에서는 무조건 카레를 먹어야 했다. 안 그래도 다들 여기 온 지 한참 지난 참이라 카레는 제발 그만이라고 외치고 있던 중이었다.

"아, 왔네. 먹으면서 하죠."

강혁은 그런 한석준을 보고 나서야 데니스를 풀어주었다. 그럼에도 데니스는 잠시 어지러움을 이기지 못하고 비틀거리다 겨우 의자에 앉을 수 있었다.

"음."

태화 측 임원이 그 모습을 잠시 더 보고 있다가, 아주 조심스레 입을 열었다.

"백 교수님."

"네."

"홍차에 대한 이점도 설명해주실 거라 했는데……. 그럼 뭐 홈 쇼핑 같은 곳에 나가실 거라 이건가요?"

"한국 갈 일이 없을 텐데 어떻게 나가요."

"그럼……?"

"그냥 식당 가서 얘기해주지 뭐."

"식당……?"

방금 질문을 던진 임원은 물산 사람이기는 하지만, 마케팅 부서에서 잔뼈가 굵은 인간이었다. 애초에 태화에서 사장단으로 끌어올리기 위해 키운 임원이기에 가능한 일이었다.

"그럼 그 식당 예능…… 예능이 되겠죠."

"그렇죠. 맨날 하는 거 있잖아요, 그거."

"자주 보십니까?"

"자주 볼 수는 없는데…… 쉴 때는 가끔 보죠."

"거기에 아예 백 교수님이 하루나 이틀 나와주시면 어떻습니까? 전에 보니까 제육볶음도 정말 잘하시던데."

"음?"

요리를 하라고? 쇼닥이라고 불렸을 때처럼 화를 내야 하나. 강혁은 잠시 고민했다. 임원은 그런 강혁을 보며 말을 이었다. 아까처럼 매우 조심스러운 태도였다.

"어차피 저희 호텔 태화의 수익금 일부는 병원에 기부할 예정입니다. 알고 계시죠?"

"그거야, 뭐……그렇죠."

"만약 이 예능이 터지면 확실히 관광객이 늘 겁니다. 홍차에 대한 바이럴도 가능하겠죠."

"네, 저도 그거 생각하고 꺼낸 말이긴 한데……. 그 PD 양반이 여길 와주냐는 다른 얘기겠지만."

"저희가 스폰하고, 백 교수님이 나와준다고 하면 100퍼센트 성사됩니다."

"100퍼센트?"

기업 하는 사람들은, 그중에서도 임원은 원래 장담하지 않는 법이었다. 임원 회의에 한 번이라도 들어가본 사람은 알 터였다. 이 사람들이 책임을 회피하기 위해 얼마나 두루뭉술하게 얘기하는지. 강혁은 그 비슷한 경험을 병원 과장 회의에서 겪은 바 있었다. 또 한유림을 통해 책임질 일이 많은 사람들이 대개 어떻게 행동하는지 들은 바 있었다. 그래서 놀라웠다.

'이 양반 봐라? 나도 이건 그냥 해본 얘기였는데?'

계획이 다 있는 건 맞았다. 하지만 100퍼센트 확신하고 있던 건 아니었다. 강혁은 누군갈 무너뜨리는 건 자신이 있어도, 무언가 만들어내는 건 좀 자신 없었으니까. 의사가 할 소린가 싶겠지만, 어쩔 수 없었다. 강혁의 본성과 연관된 일이었다.

"어떻습니까? 제가…… 이런 말 하면 자랑 같지만 태화물산이 지금처럼 고급 건설사 이미지를 얻게 된 건 거의 제 덕이라고 보시면 됩니다."

"맞습니다, 교수님. 신 이사님 마케팅 실력은…….."

"자네는 가만히 있고."

"아, 네."

신 이사는 놀라고 있는 강혁을 향해 입을 열었다. 그렇게 기분 나쁘지 않게 자기 어필까지 하면서였다.

"그런 제가 듣기에도 그 방송, 괜찮아 보입니다. 나 PD 연출력이야……. 자타공인하는 것이고, 중요한 건 출연진인데 거기에 백 교수님까지 나와주시면 뭐 화룡점정이죠."

"그렇습니까?"

"네. 아마 방송 직후 바로 적자에서 흑자 전환도 가능할 겁니다. 우리나라뿐만의 얘기가 아니라……. 한류가 통하는 전 지역에 해당하는 얘깁니다."

"흠."

잠시 홍차 얘기는 괜히 했나 싶었다. 의사가 되어가지고 방송에 나간다니. 그것도 명의 같은 다큐가 아니라 예능이라니. 아마 옛날의 강혁이었다면 단숨에 거절했을 터였다. 하지만 지금의 강혁은 많이 달라져 있었다. 유연해진 것이 아니라, 오히려 더 절박해져서였다. 목표를 위해서라면 뭐든지 할 수 있었다.

'시간이 지나면 어떻게든 입소문은 날 거야. 하지만……..'

대체 얼마나 기다려야 할까. 이곳 사람들은 이미 100년간 고통받았다. 여기서 더 기다리라는 말을 하는 게 온당할까? 강혁은 하루빨리 이들에게 다른 삶을 선사해주고 싶었다. 그래서 다소 무리한 방법까지 동원해 리프를 내쫓지 않았나. 그런데 고작해야 방송 출연이 부담돼서 고사한다니, 앞뒤가 안 맞는 얘기였다.

"나가죠."

"아, 이렇게 바로요?"

"네. 더 질질 끌 거 있습니까?"

"알겠습니다. 돌아가는 대로 바로 추진하죠. 호텔 완공되면 바로 방송 나갈 수 있게……."

"완공까지는 얼마나 걸릴까요?"

"최신 공법을 이용할 예정입니다. 넉넉잡아 3개월이면 됩니다."

"그만한 장비는 있고요?"

"바로 이 근처에서 태화물산이 도시를 만들고 있습니다."

"아, 그렇지. 맞네."

강혁은 신도시 부지를 떠올렸다. 국내 유수의 건설사들은 다 나와 있었다. 그럴 수밖에 없는 규모의 개발이었고, 그걸 따내서 지지율이 더 오른 것이 박성민 대통령이었다. 하여간에 먹거리 찾는 데는 도가 튼 대통령이라 할 수 있었다.

"그럼 그렇게 하죠."

"알겠습니다. 바빠지겠군요."

해서 강혁은 흔쾌히 웃으며 케밥을 마저 해치울 수 있었다. 꽤 맛있었기에 한석준에게 칭찬까지 건네주었다. 한석준은 대한민국 외교부 4급 공무원이 고작 밥 잘 사 와서 칭찬을 들어야 되나 하는 생각이 들었지만, 한편으로는 조금 뿌듯했다. 상대가 백강 혁이어서였다.

'아냐, 아냐. 이러다 한유림 꼴 난다.'

뒤늦게 후회하긴 했지만, 이미 늦은 참이었다. 그에게 백강혁 은 단순히 나쁜 놈도 아니고 단순히 뛰어난 사람도 아닌, 달리 설명할 수 없는 무언가가 되어가고 있었다.

"돌아가지."

"네."

마지막 회의까지 다 마친 강혁은 데니스와 함께 병원으로 돌 아왔다. 해가 진 다음이었기에 환자들은 다 가고 없었다. 수가 정 말 많았는데 어떻게 또 다 본 모양이었다. 마른오징어도 쥐어짜 면 물이 나온다더니, 과연 한국대학교 출신들은 달라도 달랐다.

"교수님, 또 나쁜 생각 했죠."

"뭔 소리야, 인마. 뒤질래?"

"뒤진다뇨. 왜 갑자기 급발진이에요."

"쇼닥이라고 한 거……. 난 잊지 않는다."

"나쁜 뜻이에요? 쇼 잘하는 의사가 나쁜가?"

"말하면서도 나빠 보이지 않냐?"

강혁은 얘를 한 대 더 칠까 말까 고민하다가, 이내 숙소동으로 향했다. 제아무리 강혁이 강철 같은 사람이라고 해도 오늘은 좀 바쁘지 않았나. 수술이라고 해도 좋을 만한 시술을 열 개도 넘게 했을뿐더러, 그 후론 회의에도 참석했다. 수월한 회의였다고는 해도 돈 얘기가 오갔고, 그전에는 협박이 오갔다. 피곤하지 않을 수가 없었다.

"후."

강혁은 한숨과 함께 숙소동에 들어섰다. 거실엔 나머지 의료진들이 다 모여 있었다. 맥주를 한 캔씩 들고서였는데, 어찌 보면 당연한 일이었다. 너무 고단한 하루를 보내고 나면 휴식이 고프기 마련이니까.

"어, 왔어? 어떻게 됐어?"

늘어져 있던 한유림이 몸을 일으키며 물었다. 그래도 한 나라의 장관이었어서 그런가, 진료 외적인 일에도 관심이 가는 모양이었다. 재원이나 장미, 경원이 그저 더 편하게 누우려고 애쓰는 것과는 대조적이었다.

"잘됐죠. 포장 공사도 바로 시작할 것 같은데."

"그래? 잘됐네. 확장까지는 어렵겠지?"

"그거 하려면……. 이 나라는 기둥뿌리 뽑힐걸."

"하긴, 굳이 필요 없겠지."

"그렇죠, 뭐……. 얼마나 아래 내려간다고."

한유림은 잘될 거라 예상하고 있었는지, 별로 놀라지도 않았다. 그저 여상한 얼굴로 고개를 끄덕이고 있다가 뭔가 떠오른 듯 다시 강혁을 돌아보았다.

"아, 맞아. 아까 전화 왔는데."

"전화?"

"응. 무안대 의대 동기라던데? 동기들이랑 연락하고 살았어?"

"하기는 하죠. 거의 안 해서 그렇지."

"하여간 전화 왔어."

"음. 뭐지?"

"여기 번호."

한유림은 적어둔 번호를 강혁에게 보여주었다. 그러자 강혁의 얼굴이 묘해졌다. 아무래도 아는 번호인 듯했다.

'이 새끼가…… 웬일이지?'

아마 강혁을 잘 알지 못했을 때 이 얼굴을 봤다면 도망갔을 터였다. 강혁 같은 사람이 얼굴을 일그러뜨리면 정말 무서우니까. 하지만 한유림은 이제 충분한 경험이 쌓인 참이었다.

'반가워해? 친군가?'

그렇다고 놀랍지 않다는 건 아니었다. 강혁에게 여기 있는 사람 말고 또 친구가 있을 거라 생각하진 않았으니까. 성격이 모나도 너무 모나지 않았나. 지금이야 그나마 사회화가 조금 되었다곤 하지만 예전엔 정말 죽이고 싶었던 적도 많았다. 무슨 뜻이 달라서가 아니라, 그냥 싸가지가 없어서였다. 그보다 어릴 땐 더 싸가지가 없었을 텐데, 친구가 있어?

'교수님, 뭐예요, 이거.'

'그러니까, 나도 영문을 모르겠네.'

'엿듣죠.'

'어떻게 엿들어, 나갔는데.'

'데니스 있잖아요.'

'데니스……?'

'저도 궁금하네요. 도울게요.'

단지 한유림뿐만 아니라 나머지 모두가 눈치챘다. 다들 강혁에게 시달린 세월이 워낙 긴 탓이었다. 그사이 강혁은 밖으로 나가 전화를 걸었다. 상대는 신호가 몇 번 울리기도 전에 전화를 받았다. 아주 반가운 목소리로 이렇게 외치면서였다.

"야, 1호! 오랜만이다!"

'1호? 1호라고 한 거야?'

'그런 것 같은데요?'

'아니, 데니스. 자네가 듣기에도 그래? 이거 기계가 이상한 건 아냐?'

강혁의 수화기 너머에서 들려온 단어는 분명 '1호'였다. 한유림과 재원 그리고 경원은 거의 기절할 듯한 기분이 되어 있었다. 심지어 언제 들어가서 혼자만의 시간을 가질까 고민하고 있던 리처드 또한 흥분을 감추지 못했다. 대부분 강혁에게 노예 또는 그에 준하는 이름으로 불렸던 이들이기에 그랬다.

'음.'

그에 반해 데니스는 심각한 얼굴이었다. 아주 경직된 표정으로 몇 번인가 기기를 조작했다. 하도 급하게 유리창 진동을 통한 도청을 시도한데다가, 강혁이 지금 안이 아닌 밖에 있다보니 노이즈가 심해서였다.

"야, 1호! 왜 답이 없어?"

다행인 것은 상대의 목소리가 꽤 큰 편이라는 점이었다. 또 강혁이 평소와 달리 잔뜩 당황한 채, 주변에서 서성이고 있는 것도 한몫했다. 원래 같았으면 다 눈치채고 멀리 사라졌을 텐데 아직도 건물 바로 근처에 있었다. 덕분에 데니스는 확신할 수 있었다. 그는 고개를 끄덕이며, 개운하다는 표정까지 지은 채 입을 열었다.

"맞아요. 1호라고 하네요. 감도 올릴 테니까……. 이제 잘 들릴 겁니다."

"오……."

"백 교수한테 1호라고 하다니 대체 누구야."

"목숨이 여러 갠가."

각기 다른 추측을 늘어놓는 동안 강혁과 이름 모를 누군가와의 대화가 이어졌다.

"오랜만이네, 2호."

"그래, 진짜 오랜만이야."

"너 아직도 노인네 모시고 있냐?"

"모시고 있지. 어쩌다 코 꿰가지고……."

"건강은 어떠셔?"

"알잖냐. 자기 몸 끔찍이 챙기시는 거. 앞으로 수십 년은 걱정 없을걸."

상대의 말에 강혁은 흡족한 미소를 띠었다. 정말 기분이 좋아 보였는데, 한유림이나 재원과 같은 이들은 몇 번인가 본 적이 있는 미소이기도 했다. 죽어가던 환자가 겨우 살아났을 때, 그리고 그것을 확신했을 때 짓는 표정이었다. 노인네와의 정서적 교감이 꽤 대단한 모양이었다.

"그렇군……. 근데 웬일이야? 아무리 전화해도 안 받더니."

"아……. 받을 수가 있어야지. 전화 통하는 곳은 오지가 아니라는 게 노인네 좌우명이잖아. 좌우명이라고 하는 게 맞냐? 한국어를 하도 안 쓰다 보니까 헷갈리네."

"어쩐지 너 지금 발음 좀 이상해. 외국인 같아."

"그렇게 됐다, 야. 너도 노인네 따라서 다녀봐. 돌아버려."

"아니, 나는 일 벌이는 게 좋아서."

"하긴, 야……. 몰랐는데. 너 진짜 대단하더라?"

2호라 불린 사내는 한동안 강혁이 여태 해낸 일들을 떠벌렸다. 노인네조차 포기하고 떠난 한국을 완전히 변화시킨 것부터 해서 한구 그리고 누와라엘리야까지. 그중 일부는 검색만으로는 쉽게 찾을 수 없는 내용도 섞여 있었다. 아무래도 연락만 안 되었을 뿐, 종종 관심을 가지고 눈여겨보았던 모양이었다.

"나야 원래 대단하지."

"여전하구나. 뭐, 대단하지. 네가 노인네 실력 역전한 게……. 2년 차냐?"

"2년 차로 알고 있으면 내가 의도한 대로 된 거야."

"와……. 이 새끼."

2호는 잠시 할 말을 잃었다. 그럴 수밖에 없었다. 둘이 노인네라고 지칭하는 이는 무안대학교 의과대학 외과 교실의 상징적인 교수였으니까. 벌써 30년 전에 한국대학교 병원에서 전문의를 따고 자비를 들여 홀로 미국까지 외상 외과를 배우러 갔다 돌아온 바 있는 입지전적인 인물이었다. 당시만 해도 아직 주요 선진국에서조차 외상 외과에 대한 개념이 명확히 자리 잡지 못했던 때라는 것을 감안하면 대단하다는 말로도 부족한 일이었다.

'뭐…… 강혁이는 인턴 때부터 다르긴 했지.'

노인네는 한국에도 중증외상센터 시스템을 구축하려 애썼으나 그게 잘 안 되었다. 정치인들이나 국민을 탓할 만한 일은 아니었다. 외상 외과 시스템이 한두 푼 드는 일은 아니지 않은가. 80년대 후반 그리고 90년대 초반엔 그 외에도 돈 들어갈 일이 너무도 많았다. 그리고 오히려 그런 사회 인프라를 구성하는 일이 더 많은 생명과 연관이 있었다. 해서 노인네는 방향을 후학 양성으로 틀었다. 그 결과 걸출한 인물을 키워내는 데 성공했으나, 그 사람마저 홀로 중증외상센터를 살리려다가 스러졌다.

"아무튼, 노인네가 진짜 기분이 좋으셔. 그때 그 선배님."

"응, 이제 의사 안 하시지."

"어……. 그분 그렇게 되고 한국에 미련 버리셨었잖아."

"갑자기 뜨셨지."

"그러고 보니까 기억나네. 난 네가 아무리 성깔 더러워도 노인네한테 개길 줄은 몰랐다."

"난 노인네가 중증외상센터 시스템 만들어질 때까지는 죽지도 않을 줄 알았으니까."

그때 노인네, 즉 최윤섭의 머릿속에 있던 무언가가 끊어졌던 모양이었다. 본인 대에서는 안 되었을지 몰라도 후대에는 반드시 될 거라 믿었기에 그랬을까? 거기까지는 모를 일이지만, 하여간 최 교수는 그 후로 도망치듯 한국을 떠났다. 뜻을 같이하는 제자 2호 강성지와 함께였다. 하지만 1호이자 수제자였던 강혁은 그와 함께하는 대신 블랙 워터스로 가 돈을 벌었고 동시에 외상 외과 스킬을 더 연마했다. 강혁과 강성지는 잠시 그때를 떠올리다가 말을 이었다.

"아무튼 포기한 일이 현실이 됐잖아. 기분 진짜 좋으시지."

"지금 어딘데? 마지막에 들었을 땐…… 피지였나?"

"아……. 야 그것도 몇 년 전이네. 아프리카 쪽 있다가, 지금은 한국이야."

"한국? 한국에 돌아가셨어?"

"어. 너 얘기 듣자마자 계속 고민하시다가……. 이번에 들어왔지. 어떻게 됐나 궁금하기도 하고, 거짓말하는 거면 어쩌나 뭐, 그런 걱정했지."

"가보니까 어떻디."

강혁은 은근히 자부심 묻어나는 목소리로 물었다. 아직 대한민국의 중증외상 시스템이 완벽한 건 아니었다. 하지만 여느 선진국과 비교해도 부족함이 없기도 했다. 그 이유는 애초에 대한민국 의료 시스템 자체가 다른 나라에 비해 우수하기 때문이었다. 여러 가지를 꼽을 수 있겠으나, 가장 큰 차이는 바로 전문의 비율이었다. 대한민국처럼 의사들이 자발적으로 그 고생을 해가며 전문의 따는 나라가 또 있을까. 그렇다 보니 협진 시스템의 질이 차원이 다를 수밖에 없었다.

"대단하던데. 네 제자도 만났어."

"제자?"

"이강행 교수라고……."

"아, 2호를 만났구나. 2호라 그런가."

"이 새꺄."

윗대의 2호는 잠시 숨을 고르고는 후 하고 한숨을 쉬었다.

"아무튼, 와……. 시스템 잘되어 있더라."

"잘되어 있지. 이송부터 센터까지."

"응, 무엇보다 인력이 장난 아니야. 이거 적자 엄청 보는 시스템일 텐데……. 병원들이 어떻게 감당하는 거냐?"

"국고에서 보전해주고 있지. 그거 대학 병원에 전가하면 누가 버티냐. 아무리 보조금 들어온다고 해봐야……. 언제 끊길 줄 알고? 돈 잡아먹는 하마가 있는 셈인데."

"나라에서는 그걸 계속한대?"

"응. 같이 와 있는 한유림 교수님이 장관 시절에 이거 행정부에서 틀 짜느라 고생했지. 없으니까 하는 얘긴데 그때 머리가 엄청 빠졌어."

강혁의 말에 한유림은 자신도 모르게 머리에 손을 가져갔다. 나머지는 슬금슬금 눈을 피했다.

"하……."

"괜찮아요, 교수님은 그래도 결혼 한 번 했잖아요."

"너는 그게 할 소리냐?"

"여기 다 미혼이거든요? 자발적 미혼은 없거든요?"

"아……. 그래, 미안해. 미안하다."

상처만 남는 순간이었다. 그래서 데니스는 헷갈렸다.

'이 인간이 도청하는 걸 알고 있나?'

처음에는 몰랐던 것 같았다. 누가 봐도 당황한 기색이 역력했으니까. 하지만 지금은 어떤가. 강혁은 평소와 다름없는, 그러니까 아주 뻔뻔한 얼굴을 하고 있었다. 저 상태의 강혁은 상상을 초월하는 위력을 지니고 있었다.

"그리고 1호. 나랑은 급이 다르긴 하지만 1호를 2호라 부를 수 없어서 1호라 해주는 애가 있는데, 걔는 알어?"

"알지, 양재원이라고……. 실력 좋은 것 같던데."

"일반인급에서는 견줄 사람이 없지. 근데……. 아직 멀었어."

"너한테 대면 노인네도 멀었지."

"하여간 걔가 한국대학교 중증외상센터에 있으면서 고생했지. 이것도 없으니까 하는 말인데……. 원래도 없는 인물이 이제는…… 결혼하고 싶어 하는 것 같은데 그거 어떻게 단념시키냐. 너는 어떻게 단념했어?"

"나 아직 안 했는데."

"어려운 일이로구만. 왜들 이렇게 주제 파악을 못 할까."

"이 자식아."

데니스는 확신했다.

'알고 있구나. 이 새끼 알고 있어.'

고개를 돌려 보니 이번엔 양재원이 침울해하고 있고, 나머지가 눈을 피하고 있었다. 강혁은 일타이피로 전화하던 상대방까지 침울하게 만들고는 낄낄 웃었다.

"아무튼, 왜 전화했냐?"

"노인네가 너 있는 데로 가야겠대."

"응? 여기로?"

"왜, 싫어? 아직도 좀 껄끄럽냐?"

"아니, 뭐……. 나는 그럴 건 없는데."

껄끄럽다니. 강혁에게 노인네는 어찌 되었건 스승이었다. 단지 교수가 아니라, 인생의 스승이라는 얘기였다. 이런 말 하는 게 좀 미안하기는 하지만, 수술 외의 모든 행동에 영향을 받았다고도 할 수 있었다. 외과 교수한테 수술은 배울 게 없었다고 하면 상처가 되겠지만, 그의 스승은 지나치게 뛰어난 제자에게 독심을 품기는커녕 진심으로 부러워하며 날개가 꺾이지 않도록 도와주었다.

"나중에 알았는데, 나 블랙 워터스에 추천해준 사람이 노인네더라고."

"아……. 그럴 것 같긴 했어. 노인네가 진짜 대단한…… 억, 때리지 마요. 노교수라고 한 거…… 억. 야, 나 끊는…… 끊는."

수화기 너머에서 갑자기 소란이 일었다. 영상 통화가 아니었지만, 강혁은 무슨 일이 벌어졌는지 알 것 같았다. 아마도 2호가 두들겨 맞고 있을 터였다. 원래 자신의 스승은 성질이 불같을 때가 있으니까.

"여보세요."

"아, 교수님."

"너도 노인네라고 했지?"

"그 뭐…… 나이 많이 자신 거는 사실 아닙니까."

"역시 넌 인턴 때부터 싸가지가 없었어."

"알고 뽑아주셨잖아요."

"하."

잠시 후 통화가 이어졌다. 상대는 달라져 있었다. 한유림보다도 더 나이가 많은 사람임에도 불구하고, 목소리에 힘이 넘쳤다. 혈기 왕성하다는 말이 딱 어울렸다. 그러니 혈혈단신으로 미국에 가서 배워 올 생각도 하지 않았겠는가. 은퇴하고 난 후에는 제자 하나 달랑 데리고 오지를 전전하고 있는 것도 괴상하고.

"아무튼, 나 갈 거니까…… 그렇게 알고 있어."

"뭐 준비해드릴 건 없어요?"

"뭘 준비해?"

"노인네시니까……."

"죽을 준비만 하고 있으면 되겠다, 너는."

"여전하시네. 보기 좋아요."

"너만 아니면 이런 모습 보일 사람도 없어!"

"그럼 나중에 뵙시다."

강혁은 허허 웃으면 전화를 끊었다. 원래도 젊다 못해 어려 보이는 그였으나, 지금은 대학생 같은 느낌이 일었다. 눈빛도 표정도 태도도 그랬다. 그 시절 함께했던 사람들이 온다고 해서일 터였다. 그는 그렇게 한참을 웃다가, 조금 다른 미소를 지어 보였다.

'노인네, 2호……. 실력 얼마나 늘었으려나?'

스승이고 동기도 다 필요 없었다. 마침 인력이 부족한 참에 잘 됐다 싶었다.

천재의 스승

"스승님이 온다고?"

"백 교수님의 스승님……?"

강혁은 전화를 끊고도 잠시 안으로 들어오지 않았다. 해 질 무렵 누와라엘리야를 즐기고 있는 모양이었다. 충분히 그럴 만한 곳이긴 했다. 붉게 물들어가는 차밭도 그렇지만 무엇보다도 시원한 바람이 기분 좋았다. 한유림은 잠시 창을 통해 그림처럼 서서 바람을 맞고 있는 강혁을 바라보다가, 이내 다른 일행을 돌아보았다. 모두들 한마음 한뜻인지 눈을 동그랗게 뜨고 있었다.

"스승님이라……?"

한유림도 마찬가지였다. 백강혁의 스승이라. 있기야 했을 터였다. 저놈이라고 해서 날 때부터 메스 쥐고 나오진 않았을 테니까. 하지만 상상이 안 되는 게 사실이었다.

"백 교수님이 1호였다니."

게다가 그 스승이 강혁을 감히 1호라고 불렀다니, 이건 그야말로 엄청난 일 아닌가. 실력이야 달랐던 듯했다. 당연한 일이긴 했다. 백강혁이 레지던트 때라고 해서 못했을 리는 없었을 테니까.

'치질 수술도 하루도 안 지나서 나보다 잘했단 말이지.'

그래도 한유림이 대장항문외과에서 명의로 분류되는 실력자인데 그걸 단 하루 만에 이긴다는 게 말이나 되는가. 하지만 실제로 벌어진 일이기도 했다. 비록 치질 수술이 많은 외과 수술 중 그리 난도가 높은 수술은 아니기도 하고, 또 지금의 강혁과 그때의 강혁은 천지 차이긴 하겠지만. 어떻게 생각해도 강혁이 누군가에게 혼나면서 일을 배우는 모습은 상상이 가지 않았다.

"여기에 오신다 이거잖아요."

"응, 그렇지."

"음……. 백 교수님 고생하는 모습 볼 수도 있겠네요?"

반면 재원은 한유림과는 조금 다른 생각을 품은 듯했다. 일단 미소부터가 수상쩍었다. 어딘지 모르게 고소해 보이는 미소. 이렇게 말하면 좀 너무하다 싶을 수도 있겠지만, 비열한 느낌마저 들었다. 문제가 있다면 그 말을 듣자마자 한유림을 비롯한 나머지도 비슷한 표정이 되었다는 점이었다.

"오……. 그런가?"

"빨리 오셨으면 좋겠네요."

리처드는 아예 두 손 모아 기도하고 있었다. 강혁이 자신에게 의지한다는 말을 듣기는 했으나, 아무리 그래도 당한 걸 다 잊을 수는 없어서였다.

"나도 그랬으면 좋겠다……."

"나도."

"주여."

다른 이들도 하나둘 동참하기 시작했다. 분위기가 거의 어디 부흥회 비슷하게 되었을 때쯤에서야 강혁은 다시 숙소동으로 들어왔다. 마침 '주여!' 삼창을 하려던 한유림은 강혁이 들어오는 소리에 멋쩍은 얼굴로, 그러나 재빠르게 딴청을 피웠다. 하필 보이는 게 맥주 캔이라 술 마시는 척을 해야 했는데 상대가 백강혁인 만큼 주님도 이해해주실 거라 믿었다.

"쥐새끼들처럼 모여서 뭐 해?"

물론 별 소용은 없었다. 강혁은 도청을 다 알고 있었으니까.

"쥐, 쥐라니."

"낮말은 새가 듣고 밤말은 쥐가 듣는다는 말이 있지. 지금 밤이니까, 남의 말 엿듣는 건 쥐지."

"어……."

그게 그런 식으로 인용하라고 만든 속담은 아닌 것 같은데. 한유림은 잠시 고개를 갸웃거리다가, 지금 중요한 것은 그런 게 아니라는 걸 깨달았다.

'어떻게 안 거여?'

강혁이 눈치가 빠르려고 작정했을 땐 누구보다 빠르다는 걸 알고 있었다. 하지만 집 안에서 밖을 도청한 사실까지 안다고?

"왜 얼빠진 얼굴을 하고 있지?"

강혁은 그런 한유림이 어이가 없었다. 사방이 어둑해지는 시점에 불 켜놓고 창 가까이에 모여 있으면 밖에서 잘 보이는 건 상식이 아닌가. 처음에 눈치채지 못했던 게 오히려 이상한 일이라 할 수 있었다. 강혁으로서는 드물게 당황한 탓이었다.

'스승님이 온다고 했으니, 당연한가.'

강혁은 잠시 자신의 스승을 떠올렸다. 강혁이 처음 봤을 때 이미 환갑이 넘은 노교수였다.

"어, 얼빠지긴."

한유림의 대꾸에 강혁은 다시 한유림을 바라보았다.

'그래, 얼추 이런 느낌이었지.'

지금 한유림이 그때 스승과 나이도 비슷했고, 생김새도 비슷했다. 물론 스승은 자신의 외모가 한유림보다야 훨씬 낫다고 주장하겠지만, 강혁이 볼 때는 사실 다 비슷했다.

"다 들었잖아."

"뭐, 뭘."

"시치미 떼지 마시고. 인력이 곧 더 온다니까, 좀만 힘내자고."

"어? 인력? 우리가 들은 건…… 아니, 그게."

"들은 게 뭐 대수라고. 나도 맨날 엿듣는데."

강혁은 당황한 얼굴의 한유림과 그 비슷한 얼굴이 된 나머지를 돌아보면서 말을 이었다.

"나 레지던트 때 주임 교수셨던 분이랑 동기랑 온대. 아마 둘만 달랑 오진 않을 거야. 둘이 나름…… 그래도 거의 10년간 오지 떠돌면서 의료 봉사했거든. 팀이 있기야 하겠지."

어떤 팀일까. 형편없지는 않을 터였다. 스승이 그리 만만한 사람은 아니니까. 아마 오면 픽 도움이 될 거란 얘기였다.

"어, 그러니까. 스승님 오신다며. 우리 뭐 준비할 거 없나?"

오로지 일 시킬 생각밖에 없는 강혁과는 달리 한유림은 지극히 상식적인 얘기를 꺼냈다. 강혁에게 스승이라고 해봐야 한유림하고는 연배 차이가 거의 없거나 오히려 한유림이 위일 수도 있었다. 맨날 한유림을 갈궈대서 그렇지, 한유림이 사실 강혁보다 20년은 위지 않은가. 하지만 손님으로 온다면 나이가 무슨 상관이란 말인가. 한유림은 강혁과 그 오랜 시간을 보내놓고도 여전히 친절함을 잃지 않았을 만큼이나 친절한 사람이었고, 동시에 열린 사람이었다.

"준비요? 아……. 외래를 늘릴까."

"아니, 이 미친."

"왜 욕을 해요?"

"욕먹을 얘기를 하니까 그렇지! 스승님이라며. 아, 혹시 나이가 아주 젊으신가?"

한유림은 계속 부려먹을 생각만 하는 강혁에게 욕을 하다가 잠시 멈추었다. 아무리 강혁이 미친놈이라고 해도, 노교수에게까지 그렇게 하겠는가. 그러고 보니 아까 노인네, 노인네 하던 것도 이상했다.

'그래, 진짜 노(老)교수한테 노인네라고 하겠어? 젊은데 노안이거나, 뭐 그렇겠지. 그래 이렇게 연락하는 거 보면…… 나름 친했다는 건데, 백 교수 저 싸가지 받아주려면 그래도 우리 세대는 아닐 거야.'

한유림은 나름의 논리로 50대 교수를 기대하며 강혁을 바라보았다. 강혁은 그런 한유림을 똑바로 마주한 채 기대를 짓밟았다.

"이제 일흔 넘었을걸요."

"야, 이 개새끼야."

일흔? 지금 환갑 조금 지난 자신도 힘들어 뒤지겠는데, 일흔?

한유림은 강혁이 장유유서 같은 말 따위는 아예 모르고 사는 야인이라는 것 정도야 익히 알고 있었지만, 그래도 일흔 넘은 노인한테 일 시키려고 안달 낼 줄은 꿈에도 몰랐다.

"개새끼라니. 이 양반이 미쳤나."

"미친 건…… 인마, 아니. 백 교수. 일흔 넘은 교수를 일만 시키려고 해? 여기 온다는데……. 관광이라도 좀 시켜드리고 해야지. 공항 오시면 차도 보내고, 어? 인도양도 좀 보시고."

"음……. 그래야 되나?"

"그래야 되나라니! 그게 상식이야!"

"이참에 댁도 좀 놀아보려고 하는 말은 아니고?"

"뭐, 뭐?"

급기야 한유림의 얼굴이 새빨갛게 달아올랐다. 화가 나서만은 아니었다. 약간이나마 정곡을 찔려서였다. 아마 한유림 혼자였다면 여기서 침몰했을 터였다. 하지만 그는 혼자가 아니었다.

"말이 나와서 말인데요."

영원한 반골 재원이 있었다.

"말이 나와서?"

"네. 우리 여기 와서 두 달 넘게 진짜 개고생했잖아요. 일반 회사도 이만하면 휴가 하루 이틀은 주지."

"휴가?"

"네. 부려먹기만 하고."

"허."

그런 재원은 리처드와 샘에게 그야말로 영웅처럼 보였다.

'미쳤다. 진짜 용기 하나는 특수부대다.'

'네이비씰도 저 앞에서는…… 와…….'

대체 어떻게 강혁한테 그렇게 당하면서도 바락바락 대들 수 있을까. 둘은 강혁이 재원에게 다가가는 것을 보았다.

"뭐요, 뭐."

"와……. 얘 봐라?"

곧 죽을 수도 있겠다 싶었다. 일촉즉발의 상황이라고 해야 할까? 혼자 탈레반 소굴에 떨어져도 지금처럼 겁이 나지는 않을 것 같았다.

'저 사람이 돌았나. 아무리 용기가 있어도…….'

'그거 마시고 취했나.'

하지만 양재원은 다 믿는 구석이 있었다. 녀석은 강혁이 너무 가까이 다가오기 전에, 누군가의 뒤로 숨었다.

"교수님."

재원의 옆구리를 찌른 장본인이었고, 동시에 강혁이 어려워하는 유일한 인물 장미였다.

"아씨. 너 치사하게."

"우리도 좀 쉬어봅시다."

"진료 밀리는 거 생각 안 해?"

"어차피 그 사람들 오면 진료하긴 할 거 아니에요. 주말 껴서 하루 이틀만 좀 쉬어봐요. 여기까지 와서 바다를 딱 하루 본 게 말이나 돼요? 섬나란데?"

"음……."

"제가 책임지고 스케줄 벌충 할게요. 정 안 되면 그 두 분 꼬셔다가 오래 있게 하든지."

"그게 나보다 더 나쁜 짓 아니냐?"

"강제로 잡아두나? 설득하는 건데."

"음."

강혁은 장미 앞에 선 채 잠시 생각에 잠겼다.

'어차피 하루 이틀 있다가 갈 사람들은 아니지.'

아마 당장은 별 계획도 없을 터였다. 평소에는 정글이나 아프리카에 있지만, 어딘가 가장 도움이 필요한 곳이 생기면 짐 챙겨서 떠나는, 일종의 구원팀으로 일하고 있다고 들었으니까. 실제로 그 둘은 벌써 스리랑카에도 와본 적이 있었다. 콜롬보에 폭탄 테러가 터져서 수없이 많은 사람들이 죽었을 때였다.

"그래, 생각해보지."

"오, 그럼 계획 짜야지. 예산은 상관없죠?"

"예산이 왜 상관이 없어. 우리 병원 돈 없어."

"교수님은 부자잖아요."

"아, 이거 내 돈 쓰는 거야?"

"교수님 스승님 오시는 건데 그럼 개인 돈 써야죠."

"어……."

이상하게 장미랑 대화하다보면 말리는 느낌이었다. 다른 놈들이랑 얘기하면 주먹을 쓰든 협박을 하든 무조건 자기 뜻대로 이어갈 수 있는데.

'듣다 보니까 맞는 말 같긴 하네.'

장미랑 얘기하다보면 오히려 강혁이 고개를 끄덕이고 있었다. 이번에도 그랬다. 생각해보니까 강혁은 돈이 정말 많기는 했다. 여기저기 묻어둔 돈이 불어나기도 했고, 특히 출동 다니고 할 때 주워듣는 정보로 석유 선물 옵션 사두는 게 이윤이 아주 컸다.

"남아돌긴 해."

"와……. 그 정도예요? 봉사하러 와서 그렇게 벌어도 돼요?"

"내가 돈이 많아서 아무 사심 없는 봉사가 가능한 거야. 안 그러면 당장 차밭부터 욕심나지."

"그럴싸하네요. 그럼 예산 아무렇게나 잡아도 돼요?"

"어. 싹 다 잡아. 대신 오는 날까지 불평 없이 일해."

"알았어요, 알았어. 돈 쓸 생각 하니까 없던 기운도 생기네."

매일 일만 하기엔 환자는 너무 많고, 의료진은 너무 적었다. 험악한 일상이라는 말이 딱 어울릴 지경이었는데, 다들 오래전부터 고생을 해와서 그런가 어떻게든 버텨내기는 했다.

"일단 우리 스승님 팀 오면 잘 꼬셔 봐. 둘이라도 오면 훨씬 낫지."

강혁의 스승이 이끄는 팀을 마중하면서 휴가를 보내기로 했다. 덕분에 누와라엘리야 의료진은 당직을 맡게 된 잭과 노예 아니, 노아 그리고 일부 간호장교들을 제외한 전부가 낙오 없이 휴가를 떠날 수 있게 되었다.

"스승님 일흔도 넘었다면서……. 어떻게 여기서 일을 해요. 고산병 오는 거 아닌가?"

"나이가 대수인가."

"그 말도 그분이 해야 의미가 있지……. 새파랗게 젊은 사람이 그딴 얘기 하고 돌아다니면 욕먹어요."

"욕이야, 뭐."

강혁은 재원의 말을 웃어넘기고는 차에 올라탔다. 포장 공사를 시작하기는 했으나 진척은 형편없이 느렸기에 사륜구동 차량을 준비했다. 이 지역에 의료진들이라고 이들뿐인데 내려가거나 올라오다 다치면 큰일 아닌가.

"다 타셨죠?"

조수석에 타 있던 재원이 뒤를 돌아보았다.

"어, 우리 차는 내가 마지막. 앞차는?"

"거긴 벌써 다 탔죠. 설레서 어제는 잠도 잘 안 오던데."

"일 더 시켜도 되겠네."

"하."

재원은 단박에 기분이 잡치려는 걸 애써 부여잡고는 앞을 돌아보았다. 그러곤 열린 창문을 통해 손을 올려 차 천장을 쿵쿵 두드렸다. 그러자 앞차부터 천천히 앞으로 나아가기 시작했다. 다들 마력이 꽤 대단한 차들이다 보니, 소리가 육중했다. 오프로드임에도 불구하고 속도도 낼 수 있을 정도였다. 그렇게 잠시 달리자, 상습 사고 구간이 나왔다. 구불거리는 길을 따라 아이들이 꽃 팔러 나오던 바로 그곳이었다. 지금은 그랬던 적이 있나 싶을 만큼 한산하기 그지없었다. 법적 제재가 생겨서는 아니었다.

"애들 다 거기 갔나?"

강혁의 말에 재원이 고개를 끄덕였다.

"네? 아, 네. 공사장 갔죠. 거기가 완전……. 뭐 핫플이죠."

"방해는 안 된대?"

"아예 안 된다고 하면 거짓말인데…… 어찌 됐건 건설사 측에서도 로컬이랑 사이가 좋아지면 좋은 일이니까요. 아예 몇몇 직원들이 풍선 불어주고 축구공도 주고 그러고 있던데요?"

"잘하네?"

"들어보니까, 원래 태화물산이 워낙 해외 수주를 많이 따서 노하우가 있나보더라고요."

"으음……. 더 오르려나."

"네?"

재원은 의미심장한 말에 뒤를 돌아보았다. 강혁은 그런 재원을 마주 보는 대신 휴대폰을 내려다보고 있었다. 원래 이런 길에서는 인터넷이 안 되었는데, 스마트폰 없이는 못 사는 사람들의 나라 대한민국이 공사를 시작하면서 일단 통신부터 싹 깐 덕에 잘만 됐다.

"뭐야, 주식창 봐요?"

"어? 어. 보지. 니들 이거 누구 돈으로 가는 건데. 벌기는 벌어야 될 거 아냐."

"태화물산 산 거예요? 얼마나…… 와, 왜 이렇게 올랐지?"

"원래 호재가 있으면 올라. 주식은."

"호재가…… 이거예요?"

"그렇지. 여기만이 아니라 시기리야에도 들어가잖아. 나라 하나를 아예 새로 개척하는 건데 호재지."

"와……. 이런 건 얘기를 해줘야지."

"얘기? 다 같이 있을 때 한 일인데 알아서 사면 되지."

"와……."

재원이 강혁과는 다르게 푸른색만 가득한 자신의 주식창을 보며 뾰로통해 있는 동안에도 차는 계속 비탈길을 따라 내려갔다. 제아무리 차가 사륜구동이고 마력이 높다고는 하지만 그렇다고 속도를 낼 수는 없는 상황이었다. 길이 험해도 너무 험해서였다. 비포장이다 보니 미끌거리는 것도 문제고 애초에 경사도 가팔랐다.

"어우."

오죽하면 각종 험악한 길에 익숙해진 지 오래인 강혁마저 신음을 흘릴 지경이었다. 그가 이러고 있으니 나머지야 말할 것도 없었다.

"와……. 이거 포장한다고 달라지기는 할까요?"

부하들, 그러니까 잭과 노아가 남으니 같이 남으라 했으나 말을 듣지 않고 따라온 리처드가 고개를 흔들었다. '너는 사실 소속이 미군이라 내가 사줄 이유가 하나도 없다'는 소리를 했음에도 별 소용은 없었다. 도리어 성을 내면서, 자신은 뼛속까지 백강혁파라는 이상한 말만 했다.

"달라지겠지. 운전하기는 좀 어때요?"

강혁은 리처드에게 쏘아붙이는 대신 운전대를 잡은 기사에게 물었다. 기사는 나름 농장에서 잔뼈가 굵은 사람이었다. 원래는 차 나르는 트럭 운전수였는데, 그중 운전 실력이 제일 좋다고 하여 강혁이 병원으로 스카우트했다. 연봉이나 대우나 지금이 훨씬 나았기에, 적어도 기사에게는 강혁이 은인이었다.

"아이구, 훨씬 낫습니다. 차만 좋아도 이렇게 휙휙 나가네요."

"으어어."

"이거 봐요, 붕 나가네."

"떨어…… 떨어지지는 않겠지?"

강혁은 그로서는 실로 드물게 겁을 먹었다. 생각보다 소심한 거 아니냐는 말을 하고 싶다면, 이 차에 타보면 알게 될 터였다. 강혁 정도면 아주 양호한 반응이라는 걸. 왔다 갔다 할 때마다 한쪽 창으로는 절벽이, 다른 쪽 창으로는 아득히 먼 바닥이 보였다. 절벽이야 절벽이지만, 바닥 쪽으로는 나무나 계곡 등의 자연 구조물만 보이는 게 아니라서 더 무서웠다. 군데군데 떨어진 채 녹슬어 가는 차량이 보였다.

'떨어지면 뼈도 못 추리겠네.'

정말이지 뼈도 못 추리겠다는 말이 왜 생겼는지 딱 알겠단 느낌이 들었다.

"저기?"

"네?"

"아니, 앞에 보고!"

"네."

"좀 천천히 가죠. 우리 지금 앞에 가던 차 추월한 거 아닌가?"

"아, 네. 하하, 차가 좋아서요."

"급한 거 아니니까……."

"네, 교수님. 교수님 말씀이라면 들어야죠."

아닌 게 아니라 앞서가던 차는 이제 보이지도 않았다. 길 자체가 구불구불하다보니 조금만 뒤처져도 그렇게 되기야 하겠지만, 이런 길에서 추월을 했다는 것 자체가 미친 짓이었다. 기사도 슬그머니 그런 생각이 들었는지 속도를 확 줄였다. 그럼에도 강혁을 제외한 일행은 공포에 떨어야만 했다.

"후."

내내 주식 문제로 투덜대던 재원도 고개를 아래로 하고 있다보니 어지러운지 슬그머니 창문을 내렸다. 멀미가 오는 모양이었다. 그나마 다행인 것은, 이렇게 창문을 열자마자 눈에 보이는 절경이 그야말로 끝내준다는 점이었다.

"후아."

강혁은 그 절경 쪽을 향해 연신 가쁜 숨을 내쉬고 있는 재원을 보며 피식 웃었다. 어느새 떨어질 것 같다는 공포는 간 곳 없이 사라져 있었다. 이 정도 속도에 어지간한 운전 실력이 있으면 괜찮을 거란 확신이 들어서였다.

"멋있지?"

"저게 지금 눈에 들어올 것 같아요?"

"돈 생각이나 하고 있나?"

"아니, 토할 것 같아서요."

"너는 스승님 돈 번 게 그렇게 싫어?"

"아니, 그런 게 아니라."

재원은 한숨과 함께 강혁을 돌아보았다. 어떻게 된 게 이 인간이랑은 말을 제대로 섞을 수가 없었다. 딱 목적을 가지고 있을 땐, 그러니까 남 설득하거나 사기 치려고 할 때는 그렇게 논리적일 수가 없는데 이럴 땐 정말이지 천치 같았다.

"뭐, 새꺄?"

"네? 제가 뭐라고……."

"얼굴에 써 있는데. 아주 불경스러운 생각을 했어."

"아니, 아닌데요."

"아니긴, 확 던져버릴라."

"여기서 던지면 죽어요."

"그러니까."

"와."

재원은 어이가 없기도 하고 진짜로 던질까봐 무섭기도 해서 고개를 앞쪽으로 틀었다. 잠시 내려가고 있었단 사실을 잊어서 그런가, 아니면 강혁이 비탈보다 무섭단 생각이 들어서 그런가, 아까보다는 한결 나았다.

"자, 이제 곧 길 평탄해집니다."

알고 보니 둘 다 아니었다. 그냥 비탈이 훨씬 덜해져서 그런 것이었다. 덕분에 리처드도 재잘거리기 시작했다.

"휴, 죽는 줄 알았네."

"넌 그러니까 그냥 있으라는데 왜 따라와."

"남은 놈들이야 두 달만 있으면 갈 텐데 전 기약도 없잖아요. 쉴 수 있을 때 쉬어야지."

"위에서 쉬면 되잖아?"

"두 놈이 뭐 하다 잘 안 되면 저 부를 거 아니에요. 그게 뭘 쉬는 거야."

"내가 항상 너 백 볼 때 그랬다는 생각은 안 드냐?"

"그니까 도망친…… 억."

그래봐야 버는 건 매뿐이었다. 아주 세게 맞지는 않았다. 강혁이 딴생각을 하고 있어서였다.

'어째 이 새끼들이 죄다 양재원을 닮아가는 것 같네.'

리처드야 원래 싹수가 노란 놈이기는 했다. 그냥 놔둬도 양재원화될 거란 얘기. 하지만 박경원까지 그럴 줄은 꿈에도 몰랐다. 슬금슬금 개기기 시작하는데, 안 그러던 놈이 그러니까 강혁으로서도 좀 당황스러웠다.

"아!"

"왜, 왜."

그 경원이 갑자기 소리를 지르는 바람에 강혁은 뒤를 돌아보았다. 안 그래도 조금은 미안해하던 참이었다. 지금 경원이 타 있는 곳은 원래 짐칸이지, 사람 타는 곳은 아니니까. 평지라면야 별 상관없겠지만 이런 비탈길에서는 아마 죽을 맛일 터였다.

'예전 같았으면 군말 없이 갈 텐데.'

머리가 크니까 이런 식으로 불만을 표출하는구나, 뭐 이런 생각을 하고 있으려니 경원이 말을 이었다. 뭐라 말로 표현하기 어려운 표정을 지어가면서였다.

"가방……."

"가방?"

그 말을 들은 강혁도 비슷한 표정이 되었다. 갑자기 웬 가방?

"가방 두고 왔어요."

"아…….."

이어지는 말을 듣고 나서는 그러려니 하는 얼굴이 되었다. 한국대학교 병원에 있을 땐 정말이지 든든한 모습만, 그러니까 마취과 의사로서의 모습만 봤었는데 여기 와서 보니 이 자식은 허당이라는 말도 좀 모자랄 지경이었다. 맨날 뭐 두고 오는 건 예사고, 심지어 잘하는 게 뭔가 싶었다.

"옷은 그게 다야?"

"네. 아……. 어쩌지?"

"뒤돌아보지 말고. 다시 돌아갈 수는 없어."

"아……. 지갑도 안 들고 왔는데."

돈도 안 들고 왔다는 얘기를 듣자, 이 새끼가 혹시 일부러 이러나 싶기도 했다.

'지 돈 안 쓰고 새 옷 사려고……?'

하지만 곰곰이 생각해보니 그럴 만한 깜냥이 있는 놈은 아니었다. 게다가 스리랑카 쇼핑센터에서는 비싼 옷 찾기가 그렇지 않은 옷 찾기보다 어려웠다. 그나마 중국이 항구 하나를 점거하고, 한국에서 신도시 개발에 착수하면서 경제가 많이 좋아지고 있다지만 바닥이 너무 낮았다. 그렇지 않아도 영국 식민지에서 겨우 벗어나 회복하려는 찰나에 덮친 쓰나미가 너무 결정적이었던 탓이었다.

"화상……."

"네? 불은 없는데."

"어휴. 단어 뜻도 잘 모르네."

"알아요. 화상. 불 화에 상은…… 상은……."

"넌 진짜 마취과 의사해서 다행이야. 안 그랬으면 어쩔 뻔했냐?"

"글쎄요."

"멀쩡하게 생겨서 왜 연애를 못 하나 했는데."

"왜 갑자기 남의 아픈 곳을 후벼요?"

경원뿐만이 아니라 재원, 리처드 그리고 샘까지 다 강혁을 노려보았다. 일부러 노린 건 아닌데, 어찌 된 게 죄다 이 모양 요 꼴이었다. 오죽하면 한 번 가기라도 한 한유림이 제일 잘났다고 주름을 잡을까.

"아니야. 옷 사줄게."

"오."

"오, 는 새끼가."

해서 강혁은 그냥 다 사주기로 했다. 불쌍하기도 하거니와 어차피 이번 태화물산에 박은 주식 덕에 번 돈이 어마어마했기 때문이었다. 시드 머니가 크다보니 이처럼 정보가 확실할 때 들어가서 먹는 돈이 적지가 않았다. 이번 여행비는 고사하고 남은 돈으로 의료 기기 몇 개는 살 수 있을 지경이었다.

"이제 곧 공항입니다."

강혁이 동정하는 사이 차는 어느새 공항에 도착했다. 공항이라고 해서 인천 공항 같은 거대한 공항을 기대하면 오산이었다.

그쪽이 고속 터미널이라면 여긴 간이역 수준 정도 되었다. 작기도 하고 허름하기도 했다.

"오면 전화 주기로…… 아, 오네. 하여간 양반은 못돼."

강혁은 평소 스승에 대한 존경심을 강조한 사람치고는 퍽 불경한 태도로 전화를 받았다. 전화를 건 사람이 노교수가 아니라 2호인 탓도 있었다.

"어, 우리 도착했는데…… 너 시원한 곳이라고 하지 않았나?"

"누와라엘리야는 그렇지."

"여긴 덥네?"

"콜롬보는 덥지."

"그럼 그것도 얘기를 했어야지. 긴팔 입고 왔잖아."

"손가락 없냐? 네이버에 검색하면 되지."

"너는 정말 변한 게 없구나."

"한결같은 소나무, 그게 나지."

"칭찬 아닌데."

"나도 그냥 한 말이야."

"후."

강혁은 동기를 불과 1분여 만에 화나게 만든 후 말을 이었다.

"지금 내렸어?"

"어……. 아니, 한 30분 됐어. 나가서 전화하려고 했는데 뭔 놈의 입국 수속이 이렇게 오래 걸려? 외국인 짐은 하나하나 풀어보는데?"

"뭐라도 있으면 가져가려고 그러는 거야."

"아, 그렇…… 응?"

"너 뭐 개발도상국 많이 다녔다며. 다 그렇지."

"하긴, 아니, 근데…… 그럼 이거 언제 나갈 수 있지."

"기다려봐. 대장 갈 거야."

"대장……?"

강혁의 말대로 방금 공항 안으로 한유림이 뛰어들어 간 참이었다. 연배라도 좀 어리면 대강 하려고 했으나, 이미 나이가 일흔이 넘었다질 않는가. 거기에 강혁의 스승이라니. 신경이 쓰일 수밖에 없었다.

"아……. 누가 우리 부르는데."

"대장일걸."

"한유림…… 전 장관님 별명이 대장이야?"

"어. 노예 대장."

"어쩌다…… 아니다, 아냐."

2호는 자신이 2호가 됐던 경위를 떠올리고는 자세한 얘기는 모르는 게 낫겠다 싶어 말을 돌렸다. 세상엔 몰라도 좋을 만한 얘기가 차고 넘치지 않던가.

"잉? 우리는 외교관 쪽으로 가서 수속받으라네?"

"어, 내가 그렇게 해놨지."

"어떻게?"

"뭐 이런 저런 일들이 있었어."

"그런…… 어, 알았어."

2호는 잠시 강혁이 인턴, 레지던트였던 때를 떠올렸다. 인턴 때야 직급의 한계로 실력과 싸가지 외에는 별로 깊은 인상을 남기지 못했으나, 레지던트 때는 1년 차일 때 이미 의국의 흑막이 되어버렸다.

'규모가 다르긴 한데…… 얘도 더 컸으니까.'

그렇다보니 대강 어떻게 했겠지 하는 생각도 들었다. 해서 2호는 별다른 의문을 품지 않고, 노인네 아니, 스승과 함께 한유림이 있는 쪽으로 향했다. 한유림은 그런 둘을 보고는 조금 놀랐다.

'깡패……?'

잠시 좋지 못한 단어를 떠올린 한유림은 서둘러 고개를 털었다. 깡패라니. 유명한 의사는 아니라지만, 어찌 보면 대한민국 1호 외상 외과 의사 아닌가. 나이부터가 위지만 이쪽 계통으로도 선배인 데다가 듣자니 좋은 일도 한다고 들었다.

"음……. 방문 목적이……?"

"봉사."

"봉사……."

하지만 공무원도 놀라기는 마찬가지였다. 웬 덩치 큰 할아버지가, 그것도 인상이 더러운 사람이 가죽 잠바를 입고 와서는 무뚝뚝한 목소리로 봉사 왔다고 하면 누구라도 그럴 터였다. 심지어 방금 외교부 통해 듣기론 VIP라고 했다.

'중국인 부자인가?'

간혹 이런 일이 있기는 했다. 카지노라든가, 뭔가 좋지 못한 일을 즐기러 오는 부자들이 외교관 창구로 오는 경우가. 하지만 그들 분위기가 이렇지는 않았다. 돈이 많아 보이면 많아 보였지,

이렇게 깡패 같아 보이진 않았다.

"왜 그렇게 보지?"

잠시 뜸을 들이고 있으려니, 깡패 아니, 봉사자가 선글라스를 살짝 내리곤 공무원을 노려보았다. 노려본 건지 아니면 그냥 본 건지는 모르겠지만 분명히 그렇게 느꼈다. 그와 동시에 눈두덩이에 난 흉터가 보였다.

"힉."

"힉?"

"아니, 아닙니다."

"문제 있어?"

"아뇨. 문제없습니다. 들어가시죠."

"음."

그에 비하면 뒤이어 온 사람은 아주 평이했다. 한국인치고는 너무 까맣긴 했지만, 이 정도야 아까 노인네에 비하면 충분히 용인해줄 수 있는 수준이었다.

"어……."

"누구요?"

그사이 한유림은 강혁의 스승을 마주하고 있었다. 대뜸 누구요, 라고 묻는 바람에 입을 다물고 있으려니, 그쪽이 먼저 말을 이었다.

"한국말이 서툰가? 최윤섭이오. 백강혁이 스승 되는 사람이지."

"아……. 네. 한유림입니다. 백강혁의 노…… 아니, 대…… 아니지. 음. 동료입니다."

누가 백강혁 스승 아니랄까봐 더럽게 위압적인 분위기를 자아
내는 사람이었다. 때문에 한유림은 잠시 백강혁과의 관계도까지
헷갈렸다. 예전에야 노예 대장이었던 적도 있지만, 이제는 동료
아닌가.

'아닌가?'

강혁의 태도를 생각해보면 조금 헷갈릴 때도 있지만, 하여간
한유림은 그렇게 믿기로 했다.

"아……. 전 장관님. 장한 일 하셨던데? 으하하, 대단해 진짜!"

"그, 뭐. 네, 그렇죠."

최윤섭은 자신이 포기했던 일을 해낸 사람이란 말에 기분이
좋은지 껄껄 웃었다. 그 모습을 보며 한유림은 저도 모르게 뒤로
한걸음 물러났다. 강혁처럼 협박하려고 웃는 것도 아닌데 웃는
얼굴이 무섭다니. 이런 사람은 거의 처음이었다.

"근데 애는 어디 갔어?"

"네, 네?"

그런 사람이 갑자기 눈을 부라리니 긴장이 될 수밖에 없었다.
애라니? 뭔 소리지? 그때 2호, 강성지가 다가와 하하 웃었다.

"아이고, 한 장관님! 정말 반갑습니다. 존경합니다."

어떻게 봐도 인상이 좋다는 말은 안 나오게 생긴 사람이었다.
하지만 무섭다기보다는 못생긴 계열이었다. 스스로 기분 나빠지
는 생각이지만 굳이 따지자면 이쪽은 한유림 계열이었다.

"어, 그래요."

익숙하다고 해야 할까? 하여간 덕분에 한유림도 조금은 용기

가 났다. 일단 시선 둘 곳을 찾지 않았나. 스승이라는 사람한테서 억지로 눈을 뗀 후, 강성지만 바라보기 시작했다.

"아니, 얘는 어디 갔냐고."

"예?"

"예가 아니라 얘."

"아, 얘요. 얘가……."

하지만 스승이 자꾸 대화를 시도하니 무시할 수도 없었다. 하여 최윤섭을 바라보며 쩔쩔매니 강성지가 다시 웃었다.

"하하, 너무 긴장하지 마세요. 우리 교수님이 무섭게 생겼어도, 그렇게 무섭지는 않아요. 노인네…… 으억."

분위기를 풀어주려고 한 모양인데 썩 도움이 되진 않았다. 엄밀히 말하면 처음에는 도움이 되는 듯했으나 비 오는 날 개 맞듯 맞는 모습을 보니 오히려 더 무섭기만 했다.

'백강혁이 이 사람한테 주먹 쓰는 법을 배웠나?'

수술이야 백강혁보다 잘 하는 사람은 없지 않겠는가. 지 입으로 1년 차 때 벌써 스승을 뛰어넘었다 하기도 했고. 하지만 주먹 쓰는 건 어찌 비슷해 보였다.

"백강혁은 근데 왜 안 와?"

"아, 아. 맞네."

최윤섭은 그렇게 강성지라는 사람을 무섭게 두들기더니, 혼잣말처럼 중얼거렸다. 한유림도 그 얘기를 듣고 나서는 이상하단 생각이 들었다. 그러고 보니 마중은 자신이 아니라 백강혁이 와야 하지 않나? 아무리 전 장관이라고 해봐야 어차피 이쪽 외교부랑 말 통하는 건 백강혁도 마찬가지였으니까.

"요 앞에 있을 겁니다. 차 대놓고."

"아……. 차 준비하고 있나. 야, 가자."

"아……. 네."

"근데 짐은 어쩌지?"

"따로 나왔어요. 저기 있네요. 포터가 들고 있네. 돈은 이미 제가 냈으니, 뭐…… 신경 안 써도 됩니다."

"오, 감사 감사."

최윤섭은 한유림의 일 처리가 마음에 드는지 허허 웃었다. 그러곤 강성지를 데리고 나왔다. 계속 웃고 있어 그런가 한유림도 마음이 적잖이 좋아졌다. 웃는 얼굴도 무섭지만, 본격적으로 눈을 부라릴 때보다는 훨씬 나아서였다.

"어……. 어디 갔지?"

하지만 공항에서 차 있는 곳으로 나온 후에는 다시 분위기가 어둑해졌다. 어디에도 강혁은 보이지 않아서였다. 아니, 차도 없었다. 한유림이 타고 온 차뿐이었다. 차가 없다니.

'이게 뭔 일…… 어.'

그때 전화가 왔다. 백강혁이었다.

"어, 백 교수. 어디야? 응? 호텔로 오라고? 내가 모시고? 아니…… 그게 무슨 예의…….."

"생각해보니까 우리 노인네 무섭거든."

"이 새꺄, 그게 대체 무슨 말이야."

"직접 봤으면 알 텐데."

"아니, 알긴 알지."

한유림은 전화를 들고 살짝 걸었다. 이 통화 내용을 듣게 되면 불똥이 자신에게 튈 것 같아서였다. 다행히 노인네는 나이가 들어서 그런가, 강혁만큼 귀가 밝지는 않았다.

"그렇다고 혼자 튀어? 언제는 오면 일 시킨다며?"

"일은 시킬 건데……."

"이렇게 튀면서 어떻게 시켜?"

"아마 현장 보면 알아서 하긴 할걸. 놀 때는…… 얘기가 다르겠지만."

"아니……. 이 사람이 이거, 그럼 내가 모시고 가?"

"어. 오, 여기 코끼리 있다. 끊어요."

"갑자기 코끼리는 뭔…… 야!"

한유림은 소리를 빽 지르고 나서야 자신을 물끄러미 바라보고 있는 최윤섭을 바라보았다. 아무래도 가죽옷을 입고 있기엔 너무 더웠는지 벗어놓고 있었는데, 덕분에 육중한 몸을 더 잘 볼 수 있었다.

'백 교수 외과 스승이 아니라 헬스 트레이너 아닌가?'

아무리 봐도 그런 생각만 들었다. 한유림이 그래도 한국에 있을 땐 나름 발이 넓은 편이지 않았나. 꽤 많은 의사들을 알고 지냈는데 그중에서 저런 몸을 가진 사람은 정말 드물었다.

"뭐 얘기가 잘 안 되는 모양인데."

"아……. 그……."

사실대로 말하면 안 될 것 같았다. 공직생활로 얻은 짬바가 그렇게 말하고 있었다.

"호텔 예약이 좀 문제가 생겨서 거기 가서 해결하고 있는 모양이에요. 거기가…… 인기가 워낙 많아서요. 정원에 코끼리도 다니고 테라스에서 바로 인도양도 볼 수 있고, 뭐 그런 곳이라."

"오……. 그럼 어쩔 수 없지. 알겠어요. 같이 가죠."

원래 정치인들이 거짓말 정말 잘하지 않는가. 걸리지 않으면 거짓말이 아니라는 말까지 하던 양반들 틈바구니에 있다보니 본의 아니게 구라가 늘었다.

'휴.'

한유림은 본인의 임기응변에 만족하면서 동시에 처음부터 강혁의 계획에 놀아났단 생각을 했다.

'이 새끼……. 어쩐지 차에서 넓게 가라고 하더니……. 딴 사람 말고 나 보낸 것도 내가 이런 거 잘하니까…….'

분노가 치밀어 애꿎은 아스팔트 바닥과 이리저리 도망 다니는 바퀴벌레를 노려보고 있는 동안 최윤섭과 강성지는 차에 올라탔다. 조수석에 있던 장미가 반갑게 인사했다.

"안녕하세요, 백장미예요. 수간호사 노릇 하고 있어요."

최윤섭의 얼굴 때문에 좀 놀라기는 했지만, 장미는 본인 별명이 조폭인 사람 아닌가. 그것도 강혁에게 그런 별명을 하사받은 터라 담이 크다 못해 배 밖으로 나온 수준이었다. 일부러 강혁이 이 차에 태워 보낸 것인데, 아쉽게도 한유림만큼 권모술수에 능하지는 못해 거기까지는 생각이 미치지 못했다.

"오, 최윤섭이네. 여기는 강성지. 나머지 팀원은 비행기 일정이 안 맞아서…… 며칠 후에 올 거야."

최윤섭은 그런 장미를 보면서 놀랐다. 그냥 놀랐다기보다는 호감도 느꼈다. 아무래도 자기 얼굴을 보고 이런 반응을 보이는 사람은 오랜만이어서 그랬다. 아니, 거의 처음이었다. 저 백강혁 조차 인턴 때 자기 얼굴을 마주했을 땐, 잠시 얼었으니까.

"그렇군요. 덕분에 저희는 휴가 얻었어요. 맨날 일만 하다가 더운데 오니까 좋네요."

"하하, 씩씩하네."

한유림은 기분이 더없이 좋아 보이는 최윤섭을 보며 역시나 강혁을 떠올렸다.

'인원 구성을 딱 여기에 맞춰 해놨구나. 무서운 새끼.'

스승 얼굴 빨리 보기는 싫고, 하지만 부려먹고는 싶고, 그러자니 기분은 좋게 해야겠고. 이 모든 계산 끝에 이 차량 인원 구성이 나온 것이리라. 거기까지 생각이 미친 한유림은 더운 날씨임에도 불구하고 소름이 돋았다.

'스승도 자기 멋대로 조종하려고…….'

역시 백강혁은 엄청난 놈이었다.

'흠……. 그럼 나도…… 대단한가?'

왜 갑자기 생각이 급발진을 하나 싶을 수도 있겠지만, 그런 놈과 벌써 몇 년을 함께하고 있는 것도 대단한 일 아닌가. 보통 사람 같았으면 강혁이 같이 있자는 말도 안 꺼냈을 터였다. 강혁의 허들은 넘기가 어려우니까. 그걸 넘어선 것으로도 모자라 이렇게까지 버틸 수 있는 사람이 얼마나 될까? 거의 없다고 봐야 했다.

'그렇게 생각하고 보니까, 저 양반도 뭐…….'

나는 자그마치 백강혁을 수년간 견딘 사람이다, 이런 생각을 하면서 최윤섭을 보니까 어쩐지 아까보다 작아 보였다.

"그래도 살다 살다 휴양지를 다 가보네요?"

"어? 어. 제자 잘 뒀지."

"근데 그 녀석도 내내 봉사만 다니는 것 같던데……. 어떻게 돈을 벌었을까요?"

"블랙 워터스가 돈 꽤 줄걸?"

"에이……. 아무리 그래도 꼴랑 몇 년 한 거로 이렇게 버텨요? 지금 이 차 봐요. 이거 뭐야? 레인지로버잖아요. 이 비싼 차를 굴리는데?"

"음……. 그렇네. 어떻게 번 거지? 부잣집은 아닌데?"

"부잣집은커녕…….."

"그러게."

게다가 강성지와 나누는 대화를 듣고 있자니 그냥 보통 사람이었다. 얼굴이 좀 험상궂어서 그렇지 강혁과 비교하는 건 많은 무리가 있었다.

'그래……. 세상에 백강혁 같은 놈이 또 있겠냐…….'

이제는 완전히 마음이 편해진 한유림이었다.

'그럼 저 노인네를 어떻게 부려먹는다?'

심지어 이런 생각까지 들었다. 최윤섭이 듣는다면 주먹이 날아오겠지만, 뭐 어쩌겠는가. 아마 백강혁이라면 자신이 부림당한다는 자각도 없이 부림당하게 될 터였다.

'그러게 왜 여기까지 와가지고……. 사서 고생하시나그래.'

한유림은 안타까움에 혀를 찼다. 자신이 미리 다 답습한 과정이라는 생각은 전혀 들지 않았다. 이미 이 일이 천직이라고 여기게 되었기 때문이었다.

대형 SUV 중에서도 고급 차에 속하는 레인지로버는 본인이 노예인 줄도 모르는 사이에 노예가 되어버린 한유림과 이제 곧 노예가 될 최윤섭, 강성지 그리고 조폭을 싣고 호텔로 향했다. 인도양이 떡하니 내려다보이는 호텔이었는데, 사실상 리조트라고 보는 게 맞았다.

"어서 오십시오."

워낙에 고급 호텔인 데다가 이곳 직원들은 미리 언질까지 들은 바 있었다.

'VIP들이 온다니까 최선을 다해주게.'

어느 쪽 VIP냐고 물으니 대한민국 측이라고 했다. 대한민국이라고 하면 최근 엄청난 영향력을 끼치기 시작한 나라 아닌가. 뉴스만 틀었다 하면 튀어나오는 이름이었다. 신도시 개발도 개발이지만, 그 외에도 여러 공장 건설 등 굵직한 사업을 벌이고 있었다. 사실 뉴스 아니라 다른 채널에서도 많이 흘러나왔다. 한류가 괜히 한류겠나.

"짐은 저희에게 주시면 됩니다. 방으로 가져다드리겠습니다."

"우리…… 방은 어찌 알고요?"

이런 대접이 익숙지 않은 최윤섭이 뚱한 얼굴이 되어 물었다. 잘 모르는 사람이 보면 화가 난 줄로만 알겠지만, 실은 긴장한 것이었다.

'대체 이놈 이거…… 어디서 무슨 돈이 나서 이렇게 펑펑 써?'

최윤섭이 시골 아저씨는 아니긴 했다. 그 또한 정년 거의 직전까지 한국에서 의대 대학 교수를 했던 몸이니까. 하지만 외상 외과 배우겠답시고 자비로 미국에 갔다 온 데다가, 이후에도 후학 양성한다고 이리저리 써댄 돈이 많아서 장작 수중에는 돈이 거의 없었다. 그나마 말년에 백강혁의 조언으로 상가 하나 사둔 게 대박이 터지긴 했지만, 거기서 나오는 월세는 은퇴하고 봉사 다니는 데 쓰이고 있었다. 빠듯한 형편이라는 얘기였다.

"로열 스위트 룸 아니십니까?"

"뭔 스위트요?"

"아……."

직원은 뻣뻣한 최윤섭의 반응에 혹시 사람을 잘못 알았나 싶어 주변을 돌아보았다. 그러고보니 다들 복색이 후줄근하기 이를 데 없었다. 워낙에 더운 나라에 햇빛도 강하다 보니 명품이고 뭐고 가리지 않고 금방 망가지기 마련이라, 부자들도 그리 옷차림새에 신경 쓰지 않기는 하지만. 그래도 이건 좀 심하지 않나 싶을 지경이었다.

"맞아요, 로열 스위트. 오늘 한국인은 우리밖에 없을 텐데?"

그때 한유림이 사람 좋은 미소를 지으며 다가갔다. 옷차림새가 후줄근하기는 마찬가지였으나, 얼굴에서 여유가 넘쳐났다. 어딘지 모르게 높은 사람 느낌이 난달까? 종업원은 한유림의 이런 뉘앙스가 장관 짬바에서 나오는 것이란 것까지는 몰랐지만, 하여간 여전히 공손한 태도로 대꾸했다.

"역시 그렇죠? 네, 방에 짐 가져다 두겠습니다. 아직 룸이 완전히 준비되진 않아서……. 로비로 안내해드릴 직원 불러드리겠습니다."

종업원이 손짓하자, 로비 쪽에서 대기 중이던 다른 직원이 뛰어왔다. 그리고 로비 안쪽에 마련된 커다란 대기실로 일행을 이끌었다. 말이 대기실이지, 또 다른 객실이라고 해도 좋을 지경이었다. 한 가지 차이가 있다면 일행만 있는 게 아니라 직원들도 좀 있다는 점이었는데, 직원 중에는 어깨에 뱀을 두르고 있는 이도 있었다.

"웰컴 드링크입니다. 망고와 파인애플을 갈아 만들었습니다."

"아, 네. 감사합니다. 근데 저건……."

최윤섭은 어깨에 두른 뱀이 뭔지 한눈에 알아보기는 했다. 말레이시아에 봉사 갔을 때, 몇 번인가 저걸 먹어본 적도 있었다. 우리가 흔히 말레이시아라고 하면 서쪽에 있는 지역만 떠오르기에 십상이지만, 사실 동쪽의 말레이시아도 꽤 거대하지 않은가. 그쪽은 서쪽과는 달리 거의 개발이 이루어 있지 않아 정글이었다. 그 정글 안쪽으로는 원주민이 살았는데, 당연히 그들의 삶은 고달프고 또 열악했다.

"아, 저거요. 원하시면 두르고 사진 찍으실 수 있습니다. 먼저 오신 분들은 다 찍었어요. 찍으실 건가요?"

"아니, 아뇨."

"네. 마음 바뀌시면 언제든 얘기해주세요."

먹는 음식을 목에 두르는 게 좀 꺼림칙했던 최윤섭은 고개를 저었다. 그렇지 않아도 최윤섭의 거칠기 짝이 없는 얼굴 보는 게 쉽지만은 않았던 직원은 바로 뒤로 물러났다. 그제야 최윤섭은 시야가 넓어져서, 나머지 일행을 돌아볼 수 있었다. 몇몇은 이미 알고 있는 사람들이었다. 한국에 갔을 때 전해 들었던 이들이었다.

'저기 저…… 얄밉게 생긴 게 양재원, 맹하게 생긴 게 박경원, 똑따가 장미. 그리고 저놈이 백강혁이지.'

리처드와 샘은 아예 모르는 얼굴인지라 별로 시선을 두지 않았다. 덕분에 강혁은 자신의 스승이자, 흉악범의 얼굴을 하고 있는 최윤섭과 눈을 제법 오래 마주쳐야만 했다.

'언제 저렇게 커가지고…… 거물이 됐지?'

강혁을 보는 최윤섭의 감상은 다소 복잡했다. 대한민국의 현실에 실망해 도망치듯 나올 때조차 강혁은 응하지 않고 남겠노라고 하지 않았나. 쾌씸하다기보다는 안타까웠다. 어차피 변하지 않을 곳에서 꿈을 꿔봐야 돌아오는 건 상처뿐일 테니까. 하지만 강혁은 기어코 대한민국에 중증외상센터 시스템을 정상화시키고, 그것도 모자라 외국에 나가 봉사를 하고 있었다.

'근데 이놈 이거 정말 좋은 일만 하는 거 맞나? 뒷구멍으로 이상한 짓 하는 거 아냐? 그렇지 않고서야 어디 이게…….'

다 좋은 일이고 잘된 일인데 불안하기도 했다. 타고 온 차부터가 심상치 않았다. 세상에 레인지로버라니? 아예 고급 브랜드 차량을 타본 적이 없거나 한 건 아니었다. 오지를 다니려면 오프로

드에 강한 차가 있기는 해야 하니까. 다만 최윤섭이 탄 것은 창문이 없거나, 아니면 에어컨이 안 나오거나, 하여간 중대한 하자가 있는 차량이었다.

'설마 오지에서 마약 만들어 팔고 그러는 건 아니겠지.'

아예 경험이 없다면야 모르겠는데, 최윤섭은 오지를 전전하면서 이 꼴 저 꼴 다 본 베테랑이었다. 정말 좋은 봉사자들도 있기는 했지만, 개새끼들도 아예 없는 건 아니었다. 그중에서는 심지어 오지 중의 오지로 들어가 마약을 만들어 팔거나, 자신이 행사하게 된 영향력을 이용해 군벌과 야합해 기이한 짓을 벌이는 놈도 있었다.

'늙었네.'

반면에 강혁의 감상은 간단하기 이를 데 없었다. 실제로 많이 늙어서이기도 했다. 남들이 볼 때야 워낙에 체격이 좋아 건장하다는 인상을 먼저 받을 수도 있겠지만, 이전 모습을 아는 사람이 봤을 땐 정말이지 늙었던 감상만 들었다.

"야, 너는 스승님 보고 인사도 안 하냐? 뭘 그렇게 노려보고 있어?"

"아. 네. 안녕하세요. 스승님."

"그래. 일로 와봐. 어떻게 지낸 거야? 얘기나 좀 듣자."

대치 상황을 끝낸 건 최윤섭이었다. 강혁이 싸가지가 없는 편이기도 했지만, 최윤섭 쪽이 더 궁금한 게 많아서이기도 했다. 그럴 수밖에 없었다. 불가능하리라 여겼던 일을 해낸 제자 아닌가. 반면 장본인인 강혁은 대수롭지 않다는 얼굴로 어깨를 으쓱해 보였다.

"아, 네. 뭐…… 별거 없는데."

"별거 없다고? 정치인들이…… 귓등으로도 안 듣던데 그걸 대체 어떻게 한 건데?"

"아……. 여론전도 좀 하고 정직한 정치인이 있길래 꼬셔서 같이 일도 했죠."

"정직한 정치인이 있다고?"

"거짓말 같겠지만, 있기는 있더라고요."

"그래? 음……."

최윤섭은 이게 무슨 판타지 소설 같은 얘긴가 하는 얼굴로 고개를 주억거렸다. 하지만 이미 중증외상센터 시스템이 정상화된 것은 기정사실이 아닌가. 벌어진 일을 두고 의심하는 건 정말 쓸데없는 일이었다. 최윤섭 또한 외과 의사인지라 그런 일을 극도로 혐오했다.

"하여간 여기서는 뭐 하고 있어?"

게다가 한국에 있을 때 이미 백강혁의 영웅적인 행보에 대해서는 여러 채널을 통해 들은 바 있었다. 대체 무슨 짓을 한 건지는 몰라도, 강혁은 정말 영웅이었다. 실제로 어떤지는 모르겠는데 국민 대부분은 그렇게 여기고 있었다. 사람 살리는 일을 하고 있으니 당연한 거 아닌가 싶을 수도 있겠지만, 똑같이 사람 살리느라 평생을 보낸 최윤섭은 그 시간을 낭비라 여기게 되었을 정도로 상처받고 떠나야 했던 것을 생각해보면 절대 당연한 일은 아니었다.

'뭐……. 수완이 원래도 좋기는 했지.'

하지만 백강혁이 특출난 게 어제오늘 일은 아니긴 했다. 처음 수술 시켜보고 얼마나 놀랐나. 인성은 물론이거니와 남은 재능까지 수술에 몰빵했나 싶었을 정도였다. 한데 같이 지내고 보니 수술보다 더한 재능을 지닌 분야가 있었다. 바로 협잡.

'그래, 이런 놈에게 사명감이 있다는 건 참 다행이야.'

최윤섭은 나름대로 수제자에 대해 끊임없는 합리화를 해대며, 강혁을 바라보았다. 혹 그 사명감이 한국에서 끝나고, 여기서는 자신의 능력을 자신을 위해서만 십분 발휘하고 있으면 어쩌나 하는 걱정과 함께였다.

"여기서도 뭐 똑같죠. 환자 오면 치료하고."

"그래? 근데……."

최윤섭은 너무 성의 없는 제자의 대꾸에 탄식하며 주변을 돌아보았다. 지나치게 화려했다. 대리석 기둥들 하며 종업원 숫자도 그렇고, 그들의 서비스 수준도 그렇고. 스승에 대한 예우라고 생각하면 고맙긴 한데, 돌이켜보면 이놈에게 예우랄 것을 받아본 적이 있나 싶었다.

"봉사하면서 이런 데 올 돈은 어떻게 모았냐?"

"투자를 잘했죠?"

"어디 나쁜 데……?"

"네? 아니, 저를 대체 뭐로 보시고 그런 말을 해요?"

"백강혁이잖아? 너가 인마…… 레지던트 때 내 속을 얼마나 썩였는데……."

"뭔 소리예요. 수술을 얼마나 잘했는데."

"수술 얘기가 아니라…… 아니지. 수술을 그렇게 잘하는 데도 속을 썩일 수 있었다는 게 이상한 일 아니냐?"

최윤섭은 저도 모르게 몇 가지 사건을 떠올렸다. 어찌 된 영문인지 4년 차가 1년 차 앞에 무릎을 꿇고 있던 적도 있었다.

"어후."

지금 생각해도 한숨이 절로 나왔다.

"뭔 소린지 모르겠네. 저처럼 완벽한 레지던트가 어딨었다고."

"이놈이……."

"말을 얼마나 잘 들었으면 제 별명이 1호였어요. 노예 1호."

"그게…… 그게 인마……."

최윤섭은 노예라는, 21세기에 쓰기에는 다소 이상한 단어를 듣고는 남들 눈치를 보았다.

'잉? 자기가 그렇게 불렀던 게 아닌가?'

'뭐야, 저거. 왜 부끄러워해?'

'흥미진진한데…….'

예상외의 반응에 알게 모르게 둘의 대화에 집중하고 있던 이들이 거의 동시에 고개를 돌렸다. 심지어 한국말을 잘 모르는 리처드와 샘조차 마찬가지였다. 덕분에 최윤섭은 부담스러울 정도로 관심이 쏟아지고 있다는 걸 즉시 알아차릴 수 있었다. 그래봐야 할 수 있는 게 많지는 않았다.

"그건 이따 얘기해."

아니, 화제를 돌리는 것밖에는 할 수 있는 게 없었다. 반면 강혁은 너무 여유로웠다. 아까 봤을 땐 스승이 늙어서 좀 놀랐지만, 가까이서 보니 아직 충분히 일할 수 있어 보여서였다.

"네? 그래요. 근데 오늘 시간 없을 텐데."

"왜 시간이 없어? 놀러 온 거 아냐?"

"쟤들이 워낙 성화라…… 일정이 좀 바빠."

"노는 걸 바쁘게 논다고? 대체 그게 무슨 말이냐."

"나도 모르겠는데, 그러고 싶대요. 그래서 일단 코끼리부터 보러 가요. 얼마 전까지는 타도 됐다는데……. 이제는 안 된대."

"다 좋은데, 너 왜 존대랑 반말을 섞어 쓰냐?"

"내가 그랬어요?"

"그랬어."

"그래?"

"이 새끼가."

최윤섭은 나이가 들었음에도 성미가 괄괄했다. 제자의 도발에, 그것도 남들 앞에서 떡하니 벌어진 도발에 가만히 있진 않았다. 솥뚜껑만 한 주먹으로 강혁의 얼굴만 빼고 죄다 때리다, 놀란 종업원이 달려오자 그제야 슬그머니 손을 거두었다.

"야……. 넌 왜 매를 버냐?"

스승이 두들기고 있을 땐 뒤로 피해 있던 강성지가 다가왔다. 그나마 강혁이 일반 외과에 지원할 때는 이미 대한민국 의료계에서 일반 외과 인기가 바닥을 치던 때 아닌가. 메이저과이니만큼, 무안대 병원이 작기는 해도 TO가 연차당 다섯은 되었으나 정작 지원한 것은 단둘뿐이었다. 그렇다고 대학 병원에 주어지는 로딩 자체는 그렇게 줄어들진 않았다. 딱히 일이 없어서 지원자가 줄어든 게 아니라, 일을 해도 대우가 뭐 같아서 줄어든 것이었으니까.

'이놈아. 그래도 너랑 나랑 같이 4년 동안 진짜 피똥 싸면서 일했는데…….'

어지간한 사명감이나 적성에 대한 확신이 없고서는 지원이 불가능해져가고 있던 때에 함께한 동기다 보니 끈끈할 수밖에 없지 않겠는가. 더욱이 강성지는 강혁의 괴물 같은 실력 덕에 혜택도 많이 본 바 있었다. 같은 수술을 해도 남들보다 최소 세 배는 빨리 끝내고 그보다 더 정확히 해내는 동기가 있으니 당연한 일이었다. 해서 진심을 다해 위로를 했다. 하나 막상 강혁의 얼굴을 보고 나니 기분이 묘해졌다.

"뭐야, 왜 웃고 있어? 너…….''

이 새끼가 못 보던 사이에 취향이 이상해졌나 싶었다. 마조히즘이라던가? 맞으면서 좋아하는 사람이 진짜 있지 않던가. 얌전히 대한민국에 박혀 있었다면 몰랐겠지만, 외국에 나가보니 세상은 넓고 이상한 사람도 많았다.

"노인네 아직 쓸 만하네."

"응? 뭐…….''

"얼굴이 폭싹 갔길래, 완전 늙었나 했는데 그건 아니네."

강혁은 후후 웃더니만 강성지를 똑바로 돌아보았다. 언제나 그렇듯 이럴 때 강혁의 눈은 섬뜩한 면이 있었다. 그럴 수밖에 없었다. 자신도 모르는 부분을 보고 있으니까. 누구라도 꿰뚫어 보이는 감각이 달가울 수는 없는 법이었다.

"너도 얼굴은 완전 갔구나. 누가 널 나랑 동갑이라고 보겠냐."

"와……. 이 자식이 위로하는데 갑자기 극딜을 하네."

강성지는 정말로 속이 상했다. 대강 비슷해 보이는 놈이 이런 말을 한다면야 웃어넘길 수도 있을 터였다. 속이 좁은 사람이라면 애초에 봉사도 못 다니지 않았겠나. 객관적으로 볼 때, 강성지는 관대한 편에 속했다. 하지만 강혁은 여전히 20대로도 보였다. 예의 차리느라 하는 말이 아니라, 정말로 그랬다.

"선크림 안 바르고 다니냐? 바르고 다녀야지. 나처럼."

"바른다고 너처럼 될 것 같으면 바르지."

"얼굴이? 그건 욕심인데."

"이 새끼가."

"아무튼, 안심했다."

"뭘 안심해?"

2호 강성지는 자꾸 예상치 못한 방향으로 튀는 강혁과의 대화에 머리가 지끈거리는 것을 느끼면서도 일단 질문을 던졌다. 처음 겪는 상황이라면 도저히 견디기 어려웠을 것이나, 강성지는 강혁과 함께한 4년간 이미 익숙해져서 가능한 일이었다.

'여전하구나, 이 새끼는.'

다만 큰일도 해내고 해서 좀 달라졌나 했던 기대는 무너진 참이었다. 다소 아쉬워하고 있는 강성지를 보며 강혁이 답했다.

"노인네 말야."

"또 맞고 싶냐."

"얼굴이 폭싹 갔길래 못 써먹을 수도 있겠다 싶었는데, 때리는 거 보니까 아직 근골이 성하네."

"근골이 성해…… 그게 인마 교수님한테 할 말이냐."

교수님한테 쓰기에 부적절한 말인 것임은 물론이거니와 21세기에 쓰기에도 어색한 말이었다. 마치 노예 시장에서나 쓰일 법한 말이지 않은가. 강성지가 그런 걸 하나하나 짚어주어야 하나 싶어서 고민하고 있으려니 강혁이 말을 이었다.

"너야 뭐 튼튼해 보이네. 아주 못 먹고 다닌 건 아닌가봐?"

"응? 나? 나야 뭐……. 그렇지."

"잘됐네."

"잘됐다고 하면서 그렇게 웃지 마……. 무서워."

"잘 놀고, 올라가자고. 거기 되게 바빠."

"어떻게 지내는지 보러 온 건데."

"가보면 보고만 있기는 좀 그럴걸."

"음."

아마 강성지가 봉사 다닌 적이 없거나, 별로 경험이 없는 사람이라면 여기서 뭔 소린가 싶었을 터였다. 하지만 강성지는 이미 충분하다는 말을 해도 좋을 만큼 많은 현장을 다녔고, 또 긴 시간을 보낸 참이었다. 현장의 힘을 아주 잘 알고 있다는 얘기였다.

'글쎄……. 여기는 우리가 다니는 곳에 비하면…….'

그렇다고 대번에 감화될 준비를 하진 않았다. 강성지와 최윤섭이 돌아다니던 현장은 세상에서 가장 비참한 지역의 나열과 별다름 없어서였다. 심지어 봉사하던 도중 최윤섭은 봉사 대상이던 부족을 말살하기 위해 달려온 다른 부족에 의해 얼굴에 도끼까지 맞았다. 안 그래도 험상궂은 얼굴이 더 험상궂어진 셈이었고, 동시에 죽을 고비를 넘겼단 얘기였다. 그런 곳에 있다가 온 이들이 보기에 스리랑카는 풍족하지는 않아도 아름다운 나라였다. 적어도 수도만 봐서는 그랬다.

"여기랑은 다르니까, 마음의 준비를 좀 해. 일단은 놀자고. 간만에 보니 반갑네."

강혁은 그런 강성지의 마음을 다 안다는 듯, 어깨를 쿵쿵 두드리고는 이제 막 들어온 직원을 향해 걸어갔다.

"준비됐어요?"

"아, 네. 방 준비됐습니다. 짐 풀고 나오시면……. 차량 대기시키겠습니다."

"다들 나름 고생하고 온 사람들이니까 여기서는 진짜 놀 수 있게만 해줘요."

"물론입니다. 걱정 마세요."

직원은 강혁의 말을 들으며, 강혁이 호텔 측에 지불한 돈을 떠올렸다. 그것만 해도 이미 일반적인 VIP 기준은 아득히 넘어섰는데, 눈앞에 선 강혁은 따로 직원들을 위해 팁까지 두둑하게 준 참이었다.

'옷은 그냥 그런데…… 얼굴 좀 봐라. 아마 한국 대기업 쪽 사람일 거야.'

그야말로 부티가 뚝뚝 떨어지는 느낌이지 않은가. 나름 콜롬보에 있는 호텔 중에서는 제일 비싼 호텔이니만큼 한국에서 온

VIP들 또한 몇 번 맞이해본 경험이 있었다. 이름만 대면 알 만한 기업 사람들이었는데, 강혁은 그중에서도 손에 꼽힐 만큼이나 부내가 났다.

"자, 이쪽으로 오시죠."

그렇다보니 직원들의 태도가 극진할 수밖에 없었다. 준비된 일정도 화려하기 이를 데 없었다. 다른 사람을 마주칠 일 없는 동물원 투어라던가, 완전히 따로 안내되어 들어간 공연장도 그랬고, 각종 진귀하고 맛있는 식재료로 만들어진 음식들이 그랬다. 이미 강혁과 함께 괌 여행을 해봤던 일행은 그러려니 했지만, 그렇지 않은 사람들로서는 눈이 휘둥그레지는 경험이었다.

"야, 성지야."

"네."

"정말로 나쁜 짓 해서 버는 건 아닐까?"

"모르겠어요. 그럴 것 같지는 않은데……."

"내가 그래도 부자들을 아예 모르는 건 아니잖느냐."

"그렇죠."

그중에서도 특히 최윤섭과 강성지의 놀라움은 궤를 달리했다. 워낙에 봉사를 오지로만 다니다보니 고생을 한 것도 있었지만, 다른 이유도 있었다.

"그놈들은 죄다…… 무기 아니면 마약 파는 놈들이었는데."

"음……."

최윤섭이 한국에서는 그리 명사가 아니었으나 현장, 특히 아프리카에서는 나름 유명인사였다. 환자가 있다면 그 어떤 오지라도 마다하지 않고 가는 한국인 의사. 이 타이틀 하나만으로도 느낌이 오지 않는가. 그 와중에 실력도 썩 괜찮은 편이다 보니, 여기저기서 관심을 보였다. 좋은 사람들도 관심을 보였으나 나쁜 놈들도 마찬가지였다. 최윤섭의 영향력을 이용해 더 나쁜 짓을 하기 위함이었는데, 멋모르던 시절엔 그들이 제공하는 향응을 아무 생각 없이 받아들인 적도 있었다.

"딱 이런 느낌 아니었나."

"네, 호화로웠죠. 침대 봐요. 이거…….."

"이렇게 더운 나라에 이렇게 푹신한 침구가 말이 되니."

"에어컨을 추울 정도로 조절해놨네요. 끌까요?"

"응? 뭐 하러. 다른 침구가 있는 것도 아닌데."

"그것도 그렇네요."

둘은 딱 그때 누웠던 느낌의 침대에 걸터앉은 채 대화를 나누는 중이었다. 지난 사흘간 누린 어마어마한 여행을 떠올리면서였다.

"아, 맞아. 데니스. 그 사람…… 그 사람도 뭔가 좀 쎄해."

"의사는 아니라고 했죠? 간호사도 아니고……. 그렇다고 현지 로지스티션도 아니고요."

"이런저런 일을 돕는다고 했지."

"근데 막 좋은 사람 느낌이 나지는 않았어요."

좋은 사람이라기보다는 오히려 위험한 냄새가 나는 사람이었다. 최윤섭이나 강성지나 그 비슷한 인간과 엮인 적이 꽤 있었기에 바로 알아차릴 수 있었다. 생각보다 험악한 지역에 자주 나다니고, 그 지역 사람들과 관계를 맺다보면 이런저런 위험한 단체에서 제안을 받을 수 있었다. 한구에 있던 강혁이 탈레반과 관계가 생기자 CIA가 바로 접근하지 않았나. 아프리카 쪽도 골 아픈 곳이다보니 CIA는 물론이거니와 중국의 MSS, 이스라엘의 모사드, 영국의 MI6 등 다양한 곳의 음험한 친구들을 많이 만날 수 있었다. 마약상이나 무기상처럼 단번에 끊어내기도 애매했다. 반드시 도움이 되기 때문이었다.

"그래, 뭔가 좀."

"그래도 잘 웃기는 하던데."

"강혁이랑은 애매한 관계 같던데?"

"아, 맞아요. 뭔가 좀 무서워하는 것 같지 않아요?"

"강혁이가 원래 주변 애들 잘 협박하고 그러긴 했는데……."

"그래봐야 4년 차까지 아니었어요?"

"1년 차 때 4년 차 협박하는 게 일반적인 일은 아니지."

"그건 그래요. 그래도……. 음."

강혁에 대해서도 어설프게 아는 게 있고, 또 현장에 대해서도 그렇다 보니 대화가 어째 점점 이상한 방향으로 날아갔다. 주된 방향은 대개 이런 향응을 제공해주는 사람은 나쁜 짓을 한다, 뭐 이런 방향이었다. 하지만 그들이 신경 써야 할 것은 그런 게 절대 아니었다. 원래 호의는 돼지고기까지라는 말도 있지 않은가. 정말 부자라면 소고기도 호의로 사줄 수도 있겠지만, 이만한 여행 경비를 대주는 거라면 숨은 속내를 반드시 의심해봐야 했다.

"되지도 않는 의심을 하시는데요?"

데니스는 강혁이 대체 왜 이럴까 싶었다. 스승과 동기가 머무는 방을 도청하라고 하니 그럴 수밖에 없었다. 하지만 흘러나오는 대화를 듣고 나니 이럴 수도 있겠다 싶었다. 기분이 무척 나쁘겠다, 싶기도 했고.

'진짜 개새끼긴 한데……'

착한 개새끼지 않은가. 말이 좀 이상하긴 하지만 사실이 그랬다. 강혁은 나쁜 짓을 많이 하기는 하지만, 단 한 번도 사리사욕을 위해 저지른 적은 없었다. 모두 다른 이를 위해서였다.

"어……. 웃으시네요?"

"웃기잖아."

"웃기…… 웃기긴 하죠. 근데 저런 생각 하고 있으면 올라가서도 이상한 생각 하지 않을까요?"

"별로 상관없어. 아무튼, 이번 여행이 인상적이긴 하다는 거 아냐. 그렇지?"

"아, 당연하죠. 저도 그런데요. 대체 돈을 얼마나 쓴 거예요?"

"그거까지 알 건 없고. 보통 이만큼 대접을 받으면 당연히 은혜를 갚아야겠지?"

"그…… 그게 인지상정이죠."

"저 둘도 그래야 할 거야. 이제야 한시름 놓겠다."

"아……. 진짜 스승님이고 뭐고 부려먹을 생각밖에 없군요?"

"응?"

"아니, 아닙니다."

데니스는 허리를 매만졌다. 괜히 입 한번 잘못 놀렸다가 강혁에게 맞은 탓이었다. 사실 맞는 말 했다고 때리는 건 나쁜 짓이지만, 강혁은 원래 나쁜 놈이지 않은가. 나쁜 놈 앞에서는 알아서 주의해야 했는데. 그러지 않았으니 어찌 보면 데니스도 잘못이 있다 할 수 있었다.

"자, 이제 돌아갑시다."

강혁은 점심까지 거하게 먹고 늘어져 있는 일행을 향해 말했다. 내려올 때는 어디 거지들 모임인가 싶었는데 지금은 아주 때깔이 좋았다. 3일 동안 좋은 곳에서 재우고, 좋은 거 사다 입히고, 또 맛있는 거 먹여서 그런 모양이었다. 다른 이들도 그랬지만 특히 최윤섭과 강성지는 얼떨떨할 정도의 환대에 당황까지 하고 있었다.

"어, 어어. 가자."

"어, 그래. 강혁아 가자. 현장 어떤지 좀 보자."

말은 하지 않았지만 '제발'이라는 단어가 들리는 듯했다. 둘은 실제로 불편하기 그지없었다. 맨날 고생만 하다가 호화스럽다 못해 사치스러울 정도의 관광을 하고 있으니 그럴 수밖에 없었다. 처음엔 대체 이놈이 어디서 돈이 나서 이러나 하는 걱정이 컸지만, 이제는 그만 됐으니 부디 일하게 해줬으면 하는 생각만 들었다. 말로만 봉사하는 사람들과의 차이가 바로 이것이었다. 어설픈 사람들은 내가 이만큼 좋은 일을 했으니 반드시 그에 상응하는 대우를 받아야 한다 여기지만, 진짜 현장에 있던 이들은 오히려 현장에 남은 이들 생각에 마음 편히 즐기기도 어려웠다.

'좋아. 노예 중에서도 자발적 노예가 최고인 법이지.'

바로 이게 강혁의 노림수였다는 걸 알 턱이 없는 둘은 강혁의 손짓에 따라 차에 탑승했다. 애초에 내려올 때부터 자리에 여유를 가지고 왔기 때문에 둘이 더 탔음에도 불구하고 자리가 모자라지는 않았다.

"그럼 출발할까요?"

덕분에 일행과 같은 호텔에서 묵고, 같은 음식을 먹으며 호강한 기사가 씨익 웃었다. 기분이 무척 좋아 보였다. 당연한 일이었다. 누와라엘리야에 적을 둔 입장에서 이런 대우는 평생 상상도 해본 적이 없었으니까.

"네, 갑시다."

강혁은 대답과 함께 몸을 창을 통해 쭉 빼고는 천장을 두드렸다. 그것을 신호로 차량 두 대가 호텔을 빠져나와 누와라엘리야로 향했다. 올라가는 도로 초입 근처에서는 여러 공사 차량을 볼 수 있었다. 스리랑카, 대한민국 정부 그리고 태화물산 측에서 준비한 도로포장 공사 행렬이었다.

"진척이 꽤 빠르네요?"

재원은 내려올 때와 올라갈 때의 상황이 달라서 꽤 놀란 모양이었다. 눈썰미 좋은 사람만 알아볼 수 있을 정도로 찔끔 변한 것도 아니었다. 누가 봐도 공사가 팍팍 진행 중이었다. 세상에 이렇게 바꿀 수 있는 걸 왜 여태 놔뒀나 싶을 지경이었다.

"어? 어. 당연하지. 포장하는 게 뭐 어려운 일이라고."

"근데 왜……."

"돈이 없잖아. 딱히 의지도 없었고."

"돈이 정말 없기는 한 모양이네요."

"없지. 여기 역사를 생각해봐라. 돈이 있겠나."

식민지로 수백 년을 있다가 독립했더니만, 영국에서 싸질러놓은 똥 때문에 내전이 터졌다. 심지어 영국은 그 와중에 경제권은 거의 내려놓지도 않은 상황이었고, 반군은 외국에 나가 있는 타밀계 인사들의 후원을 통해 소수임에도 불구하고 정부군을 일부 압도하는 위력까지 보여주었다. 거기에 쓰나미까지. 거의 뭐 죽어라, 죽어라 하는 상황이라고 보면 되었다. 그나마 반군이 무조건 항복하면서 내전이 끝난 것이 다행이라면 다행이었으나, 스리랑카는 여태 입은 상처를 회복하는 것만 해도 힘겨울 터였다.

"하긴…… 그렇네요."

"그걸 우리 정부랑 우리 농장이랑 태화에서 일부 보전하니까 이게 되는 거야. 미래도 보이고."

"거참…….'

예전 같았으면 재원에게도 꽤 많은 배경 설명이 필요했을 터였다. 하지만 이젠 척하면 척이었다. 딱히 찾아서 뭘 배우거나 공부해서는 아니었다. 현장에 있으면서 강혁에게 주워듣는 것도 있고 또 콜롬보 대학교에서 온 학생들에게 듣는 것도 적지 않았다.

'이게 이렇게 될 것을 말야.'

재원은 한숨과 함께 창밖을 내다보았다. 새카맣게 포장된 도로와 함께 그 밑으로 굴러떨어진 지 꽤 오래된 듯한 차량 흔적이 보였다. 아마 저 근처에 가면 백골화된 시신도 있을 터였다. 대한민국처럼 구조가 신속하게 이루어지는 곳이 아니지 않은가.

애초에 뜨고 질 수 있는 헬기도 거의 없거니와, 있다고 해도 이곳의 울창한 수림을 뚫고 구조해낼 수 있는 인력이 없었다. 그런 생각을 하자 뭔가 변하고 있던 생각이 많이 퇴색되었다.

'아직도 멀었네.'

어떻게 이럴 수가 있을까. 분명 많이 걸어왔는데, 대한민국 국민의 시선으로 보면 아직 한 걸음도 떼지 못한 기분마저 들었다. 재원은 저도 모르게 이 지역을 제일 먼저 품었고, 또 앞으로도 꽤 오랫동안 함께할 작정인 강혁을 바라보았다. 딱 1년짜리 봉사를 온 자신도 이렇게 갑갑한데 저 사람은 어떨까 싶어서였다.

'웃어?'

하지만 강혁은 웃고 있었다. 재원이야 모르겠지만, 강혁으로서는 이런 답답한 상황이 처음이 아니어서였다. 분명 한국에서의 길보다는 좀 길고 험한 것도 사실이기는 했다.

'새끼…… . 너만 해도 인마…… . 거의 의사가 아니었어.'

강혁은 자신을 걱정스러운 눈으로 훔쳐보는 재원을 확인하고는 방금까지 짓고 있던 웃음의 종류를 대폭 변경했다. 아까까지는 포장도로로 대변할 수 있는 이 지역의 변화 때문에 흡족하게 웃고 있었다면 지금은 명백한 비웃음이었다.

'그거 지금처럼 만드는 게 쉬울까, 아니면 누와라엘리야를 변화시키는 게 쉬울까.'

재원이야 고민할 것도 없이 전자를 고르겠지만, 당시 재원의 실력을 정확하게 기억하고 있는 강혁으로서는 쉽지 않은 선택이었다. 정말이지 한국대학교 병원 팀원 중에 그나마 쓸 만하다 할 수 있던 놈은 장미와 경원뿐이었다. 정작 칼 들고 뛰어다녀야 하는 놈 중에는 눈에 차는 녀석은커녕 이름으로 부를 만한 놈도 없었다. 차는 재원의 걱정과 당황 그리고 강혁의 비웃음을 싣고 계속 위로 올랐다. 중간은 완전히 오프로드, 비포장 길이었다. 오후 시간이다 보니 이따금 차를 싣고 내려오는 트럭들도 있었다.

"어어."

그때마다 아슬아슬한 장면이 어쩔 수 없이 연출되었다. 심한 비탈임에도 불구하고 가드레일조차 없는 길 아닌가. 한데 도로 정비를 안 한 지 너무 오래된 탓에 절벽 쪽에서 자라 나온 나무나, 어디선가 굴러떨어진 듯한 바위 때문에 차량 두 대가 나란히 지나기엔 좁기까지 했다.

"뭔 길이……."

"정글이랑은 또 다른 의미로 위험하네."

뒤따라오는 차량에 타고 있던 최윤섭과 강성지가 한마음 한뜻으로 신음을 흘렸다. 정글로 향하는 길도 험하기는 매한가지였다. 죽으려면 얼마든지 죽을 수 있는 길도 있었다. 야생 동물의 위협도 위협인데, 벌레들도 너무 많았다. 개중에는 해충이라는 말이 귀여워 보일 만한 독충도 있어서, 실제로 강성지는 사경을 헤맨 적도 있었다.

"어우."

"미쳤나, 저 차?"

하지만 이런 식으로 즉각적인 위험이 계속 찾아오는 길은 또 처음이었다. 세상에 트럭을 마주할 때마다 바퀴가 조금 낭떠러지 밖으로 나가야만 하는 길이라니? 콜롬보에서 인도양을 보고, 동물원을 구경하고 또 맛있는 식당에 있을 땐 그저 휴양지로만 느껴졌던 이곳이 실은 오지라는 게 새삼 느껴졌다.

'오가는 게 진짜 쉽지 않겠어.'

최윤섭은 오랜 경험을 떠올리며, 인상을 썼다. 도끼에 맞아 이마에 난 흉터 때문에 정말이지 험상궂어 보였다. 저 얼굴로 하는 고민이라고 해봐야 누굴 죽일까? 또는 언제 죽일까? 어떻게 죽일까? 정도이지 않나 하는 생각만 들 지경이었다. 하지만 최윤섭은 놀랍게도 강혁을 걱정하고 있었다.

'이 녀석…… 설마 진짜 나쁜 짓 하고 있는 건 아니겠지?'

검색해보니 누와라엘리야의 날씨는 뭔가 자라기에 꽤 적합한 곳이었다. 해가 쨍쨍한데, 연중 강수량도 우수했다. 이게 뭔 개소 린가 싶을 텐데 동남아 쪽에는 이런 날씨가 제법 흔했다. 적도에 가까워, 해는 쨍쨍한데 중간중간 가벼운 비가 자주 내리는 날씨. 이런 환경에서는 쌀 같은 곡물류가 아니라면 뭐든 잘 컸다.

"아우, 시벌."

방금 눈가를 스치고 지나간 나무만 봐도 그렇지 않은가. 낭떠 러지 어딘가에 뿌리를 내리고 자라난 놈일 텐데, 그럼에도 불구 하고 우람하기 짝이 없었다.

'거기에 이런 오지면…… 공무원들이 잘 단속도 안 할 텐데.'

사람은 다 받은 만큼 일하게 되어 있었다. 아니, 받은 만큼도 일을 하기 싫은 게 사실 본성이었다. 개발도상국에서의 공무원 대우는 처참하기 그지없었고, 자연히 부패하고 나태하게 되어 있다는 얘기였다. 이들의 잘못이라기보다는 그냥 그 과정에 있는 나라에서 흔히 볼 수 있는 일일 뿐이었다. 충분히 이해할 수 있는 일이기도 했는데 그 해악까지 이해하는 건 어려운 일이었다.

'근데 같이 있는 사람들 보면 딱히 그런 것 같진 않은데.'

걱정하다 말고 장미와 데니스 그리고 한유림을 바라보았다. 장미는 인물이 좋은 편이라 사실 어떤 삶을 살아왔는지 한눈에 알아보기는 어려웠다. 그에 반해 한유림은 신이 백강혁 같은 사람을 빚고 너무 지친 상태에서 만들었는지 진짜 그냥 아무렇게나 생긴 사람이었다. 아마 젊었을 땐 연애 전선에 수많은 애로사항이 있었을 터였다. 하지만 놀랍게도 이런 사람일수록 나이를 먹을수록 세월에 의해 조금씩 나아질 여지가 있었다. 그리고 한유림은 그중에서도 꽤 잘 조각된 편이란 생각이 들었다.

'저렇게 못생겼는데 저렇게 인상 좋기는 어렵지.'

정말 좋은 사람이라는 뜻이었다. 그런 이와 함께 있는 강혁도 좋은 사람일 거란 생각이 들었다. 반대로 생각해보면 저 정도로 좋은 사람이어야 강혁 곁에 있을 수 있다는 결론도 내릴 수 있지만, 최윤섭은 너무 오래 강혁과 떨어져 지낸 참이었다. 게다가 강혁과 함께한 세월도 스승과 제자로서 보내지 않았나. 아무래도 참된 백강혁 맛을 봤다고 하기엔 많은 무리가 있었다.

"다 와갑니다. 저 폭포 지나면 이제 바로 누와라엘리야입니다."

상념에서 깨운 건 계속 주시하고 있던 한유림이었다. 그는 웃는 얼굴 그대로 자리한 주름을 한껏 패게 하며 최윤섭과 강성지를 돌아보았다. 그 말에 고개를 돌려 보니 과연 산등성이마다 자리한 녹색 차밭이 눈에 들어왔다.

"와."

"와······."

봉사 다니면서 이런저런 절경을 많이 봤지만 이런 풍경은 또 처음이었다. 대개의 현장은 결핍이 심한 곳인데, 기후나 고립 등의 이유로 결핍이 발생하는 곳의 풍경은 황량하기 마련이기 때문이었다. 누와라엘리야는 그런 현장에 비하면 다분히 인위적인 비극이 발생한 곳이라 풍경만 놓고 보면 정말이지 아름다웠다. 대체 여기에 무슨 대단한 비극이 있을까, 뭐 이런 생각마저 들었다.

"일은 꽤 힘들 거예요. 오늘은 푹 쉬고······ 내일부터 파이팅합니다."

한유림은 둘의 생각을 읽기라도 한 듯 주먹을 불끈 쥐어 보였다.

차량은 계속해서 달려 병원으로 향했다. 중간에 호텔 공사하는 곳도 잠깐 들렀는데, 내리지는 않고 그냥 차로 돌아 보여주기만 했다.

"저기가 태화물산에서 짓고 있는 호텔이에요. 아시죠, 태화?"

"아, 알죠. 우리나라에서 제일 잘나가는 기업인데."

"교수님, 얼마 전에 저희 거기서 뭐 받아서 일 진행한 적도 있습니다."

"아······. 맞아 사회 공헌팀이 꽤 잘 돌아간다고 들었어요."

태화가 무슨 특별한 사회적 책임을 느껴서 사회 공헌팀을 꾸리고 있는 건 아니었다. 그저 시대의 흐름이 그럴 뿐이었다. 비숫한 가격과 성능이라면, 이미지가 좋은 기업의 물건을 사는 것이 요즘 소비자들이었다. 덕분에 기업 병원도 더 활성화되고 있고, 또 기업들의 사회 환원도 예전보다는 훨씬 더 활성화되고 있었다. 그뿐만 아니라 1세대 기업 총수들에 비해 지금의 기업 총수들은 소통도 즐겨 했는데, 그 소통의 방법의 하나가 바로 기부였다. 결국, 개인의 가치관도 사회의 변화를 따라갈 수밖에 없다는 걸 잘 보여주는 사례라고 봐도 무방했다.

"하여간 여기에 들어오는 저 호텔 규모가 나머지 호텔 단지 다 합친 것의 한 절반가량은 될 거예요. 다들 오래된 목조 건물들이라 수용 능력이 형편없거든. 접객 태도도…… 뭐 엉망이고."

"으음."

호텔이라. 최윤섭에게는 낯선 단어라 할 수 있었다. 그가 다니는 곳에는 호텔은커녕 외지인이 잘 수 있는 공간이 아예 마련되어 있지 않은 경우도 많았다.

'단지가 있어?'

한데 이곳은 본격적인 휴양지라 그런지 호텔 단지까지 있다고 하지 않는가. 대체 이런 곳에서 무슨 놈의 봉사를 하나 싶었다. 그냥 시늉만 하러 온 건 아닌가 하는 생각까지 들었다.

'뭐……. 무리는 아니지.'

그렇다고 제자 놈이나 한유림을 나무랄 생각이 들지는 않았다. 이 둘은 대한민국의 현실에 지쳐 도망치듯 떠난 자신과는 달리 그 자리에 남아 싸워온 사람들이지 않나. 그 결과 대한민국 중증외상센터 시스템의 정상화라는 말도 안 되는 위업을 달성한 바 있었다. 그렇다면 좀 쉬어도 좋았다.

"하여간 여기 직원 80퍼센트는 현지에서 뽑을 예정입니다. 콜롬보도 아니고, 정말 타밀족으로만요."

해서 오묘한 표정을 짓고 있으려니, 한유림이 계속 말을 이었다. 아직 기초 공사가 한창이라 뭐가 올라가거나 하지는 않았다. 여기에 거대한 호텔이 들어설 거란 말에 현실감이 없다는 얘기였다. 그저 커다란 구덩이 하나만 있을 뿐이니 당연한 일이었다. 거기에 직원이 온다 어쩐다 하고 있으니, 최윤섭과 강성지는 이 양반이 조금 뜬구름 잡는 소리를 하고 있는 건 아닌가 싶었다. 하지만 최윤섭은 중증외상센터를 자리 잡게 해준 사람에 대한 존중의 의미로 입을 다물었고, 강성지는 그냥 한유림이 나이가 많아서 조용히 있었다.

"그렇게 되면…… 여기 사람들도 희망이라는 걸 좀 갖게 될 겁니다. 그래봐야 1세대는…… 이곳을 떠나긴 어렵겠지만 자식들은 1세대들이 번 돈을 기반으로 콜롬보나 외국으로 유학도 갈 수 있겠죠."

"으음."

뜬구름이 점점 더 높게 나는 듯한 느낌이었다. 한유림의 말을 자세히 풀어보자면, 결국, 이 지역이 완전히 변화될 거란 얘기가 아닌가. 이미 수많은 현장을 전전하면서 오히려 봉사 전보다도 더 나빠지는 꼴까지 목도한 바 있는 둘에게는 지나치다 싶을 정도로 밝은 미래였다.

'하긴 한국에서 장관까지 한 양반이니…… 머릿속이 꽃밭이

라도 무리는 아니지. 아니, 아닌데? 한국이잖아. 거기서 중증외
상…… 그거 하려면 힘들었을 텐데.'

사람이 순진해서 그런가 하다가도, 본인이 한국에서 겪은 고
초를 떠올리면 또 이상하단 생각이 들었다. 말이 안 되지 않는
가. 한국은 비록 선진국이지만 여전히 사람 생명보다 우선순위
에 있는 사회적 과제가 너무 많은 나라이기도 했다. 아니, 깊숙
이 들여다보면 결국 사회적 합의가 필요한 일들은 모두 생명과
어떤 식으로든 연관이 있었다.

'즉각적으로 병이나 외상으로 죽는 것과 경제적 어려움 또는
희망의 부재로 죽는 것이 과연 다를까요?'

언젠가 그가 도움을 요청했던 정치인에게 들었던 말이었다.
당시만 해도 최윤섭의 무안에서의 영향력이 적지 않았기에 여느
정치인이었다면 그저 힘써보겠다거나 하는 무의미한 말로 대응
했을 터였다. 하지만 그는 달랐다. 그 사람은 내내 어둡고 침중
한 얼굴로 고개를 끄덕이고는, 미안하다는 말부터 건넸다. 아직
대한민국에서는 후자의 원인으로 죽어가는 사람이 훨씬 더 많다
는 말도 있었다.

'80년대…… 90년대는 확실히 그랬지.'

먹고살 만해지나 싶었더니만 IMF가 터져서 더더욱 그렇게 되
었다. 가장들이 한강에 뛰어들고 집에서 목을 매는 시절이지 않
았나. 그때 외상 외과 얘기를 하는 건 배부른 소리였다.

'그렇다고 지금은 다를까?'

아마 아닐 터였다. IMF가 끝나고 나니 카드 대란이 이어졌고,

그다음은 리먼이었다. 질병이나 외상과 같은 개인적인 불행은 범국가적 재난 앞에 언제나 무시되었다. 처음부터 일정 부분 이쪽을 떼어놓고 생각하던 국가와 달리 너무 빠르게 외형적인 부분만 따라잡기 위해 달려온 대한민국에서는 더더욱 그랬다.

'그러고 보니까 만만치 않아 보이긴 하는데.'

그제야 최윤섭은 한유림의 얼굴을 찬찬히 뜯어보았다. 사람 좋은 인상을 하고 있지만 고집스러워 보이는 눈매도 지니고 있었다. 타고난 눈매가 아니라 오래 세월 켜켜이 쌓아온 성과와 자부심이 빚어낸 눈매였다. 이런 사람이 고집부리기 시작하면 아마 아무나 감당하긴 어려울 터였다. 한유림은 새삼스레 한 나라의 장관이었고, 강혁의 우군이었다. 최윤섭이 뒤늦은 감탄을 하고 있을 때쯤 전화가 울렸다.

"어, 백 교수."

먼저 병원으로 간 강혁이 건 전화였다. 일요일이니만큼 급할 건 없을 텐데, 이상한 일이었다.

"환영 인사가 조금 격한데."

"무슨 소리야?"

"우리 스승님 데리고 빨리 와봐요. 난리 났어, 여기."

"뭐가 난리가 나? 사고 났어?"

"네, 나도 몰랐는데 여기 축구팀이 있다네?"

"축구팀……?"

희망이 꺼지지 않게

한유림의 눈이 동그래졌다. 레크리에이션과는 영 동떨어져 있
는 지역이지 않은가. 물론 여기도 잘사는 사람들이 아주 없는 건
아니긴 했다. 농장주 중에는 싱할라족 사람들도 꽤 있었고, 심지
어 스리랑카계 타밀족 사람들도 있어서 로컬 부자들도 있기는
했다. 그들이 다니는 학교에는 아마도 축구팀이든 뭐든 있긴 할
텐데, 미안한 얘기지만 그들 일이라면 강혁이 지금처럼 걱정스
럽게 전화를 걸진 않을 것 같았다.

"어······. 자세한 얘기는 이따 와서 듣도록 하고, 와요. 애들이
좀 다쳐서."

"아, 알았어. 애들이야?"

"기껏해야 중학생?"

"어어."

하여간 가기는 가야 하는 상황이었다. 어차피 호텔 공사 현장
이라고 해봐야 구덩이밖에 안 보이지 않는가. 이런 거면 여기서
설명을 해주나 그냥 병원 테이블 위에서 설명을 해주나 마찬가
지일 듯했다. 게다가 한유림에게는 한 가지 더 서두르고 싶은 이
유가 있었다.

'실력이 어느 정도나 되려나?'

최윤섭이 백강혁의 레지던트 시절 교수였고, 강성지가 동기였다는 것 정도는 알지만 그건 절대 실력을 가늠할 수 있는 척도가 되지 못했다. 의과 대학 교수면 그래도 썩 괜찮다는 거 아닌가 하는 생각이 들 수도 있겠지만, 누와라엘리야 병원 팀원들의 실력은 어지간한 대학 병원 교수급이 아니라 지역 최고수들 수준 또한 넘어서지 않았다. 내과나 마취과 쪽이라면 또 모를까, 외과 의사로 도움이 된다 싶으려면 남들 눈에는 미친 수준은 되어야 했다.

'키워서 잡아먹을 수준은 되어야 할 텐데.'

당연히 한유림은 거기에 미치진 못할 거라 생각했다. 만약 실력이 비슷하다면 강혁과 함께한 지난 수년간의 고행이 헛되지 않겠나. 상당한 차이가 있어야만 했다.

"병원으로 가죠. 최대한 빨리."

물론 한유림은 자기 스스로도 그렇고 객관적으로도 병원에서 제일 점잖은 편이라 이런 속내를 내색하지는 않았다. 다만 심각한 얼굴로 기사의 어깨를 두드리고는 나머지 일행을 돌아보았을 뿐이었다. 그것만으로 장미는 벌써 감을 잡았다.

"대형 재난이에요?"

"거기까지는 모르겠는데, 애들이 다쳤다고 했어."

"애들?"

"축구팀이 있다는데 나도 뭔 소린지는 잘 모르겠다."

"으음. 아무튼, 빨리 가봐야겠네요. 백 교수님이었잖아요?"

"어, 그렇지. 거기 재원이도 있고 리처드도 있고 한데 전화가 왔으니…….”

“한두 명 다친 건 아니겠네요.”

“응.”

순식간에 관광지를 돌던 차량 분위기가 수술실처럼 침착해졌다. 동시에 날카로워지기까지 했는데 최윤섭과 강성지는 얼굴이 다 저릿할 지경이었다. 그만큼 한유림과 장미의 변화는 인상적이었다. 내내 휴양지에서의 모습만 봐서 더 그럴 터였다.

‘여기 뭐가 있긴 있구나.’

최윤섭은 한유림의 고집스러워 보이는 눈매가 열기마저 띠는 것을 보며 고개를 끄덕였다. 그가 떠도는 오지와는 조금 다른 곳이지만, 이곳도 현장이겠구나 하는 생각이 들어서였다. 그것을 증명이라도 하겠다는 듯 돌연 차량이 덜컹거렸다. 길 앞에 떨어져 있던 나무를 피하기 위함이었는데, 으레 있는 일은 아니었다. 여기까지는 그래도 노상 다니던 한유림이나 장미도 놀랐다. 그런 둘을 보며 기사가 인상을 썼다.

“비가 좀 많이 왔었나보네요.”

“비가? 여기 원래 많이 오잖아요?”

“아……. 가끔 쏟아질 때도 있어요. 그럼 한동안 도로가 엉망이 됩니다. 아마 사고도 그래서 난 것 같은데요?”

“이건 안 치우나?”

“네?”

“아니, 실언이요.”

한국이었으면 길이 다 마르기도 전에 넘어진 나무가 있으면 치웠을 터였다. 나무가 굴러떨어지는 것도 철책을 세워 막았을 테지만, 미처 막지 못했더라도 뒤처리는 잘할 테니까. 하지만 여기서 그런 걸 기대하는 건 이상한 일이었다. 당장 불이 나도 저 불이 저절로 꺼질지 아니면 소방관들이 와서 끌지 모르는 곳이지 않나. 의욕도 의욕이지만 애초에 제대로 된 훈련이나 시설이 부재하다는 게 더 큰 문제였다.

"아, 환자가 한둘이 아닌가 보네, 정말."

다행히 병원으로 가는 길은 처음부터 꽤 넓게 설계되었던 만큼 군데군데 떨어져 있는 나무들이 그렇게 커다란 장애물은 아니었다. 꽤 빠르게 도착할 수 있었단 얘긴데, 병원엔 이런저런 차량들이 아주 많이 와 있었다. 그중에는 꽤 멀쩡해 보이는 중고차도 있었는데 하늘에 맹세코 이 지역에서 저런 차를 모는 사람이라면 부자거나 외국인이었다.

"대체 뭐죠?"

"몰라. 일단 응급실 쪽으로 가보죠."

"네."

장미와 한유림의 말에 따라 기사는 차량을 응급실 쪽에 바짝 가져다 댔다. 때마침 비가 다시 내리기 시작했는데, 흩어져 내리는 빗방울 사이로 강혁이 보였다. 그는 미처 옷도 못 갈아입고 이리 뛰고 저리 뛰고 있었다. 한유림과 장미 또한 곧장 비 사이로 뛰어들었다.

"다들 따라오세요!"

최윤섭과 강성지를 향해 손짓을 하고서였다.

쏴아아아. 안개비로 시작한 비는 곧 장대비가 되었다. 큰일 났다 싶을 수도 있겠지만, 애초에 누와라엘리야는 딱히 우기가 아니더라도 비가 많이 오는 지역이었다. 이 때문에 건물 밖이라도 사람들이 많이 오가는 곳이라면 처마나 아케이드가 있을 정도로 대비가 꽤 잘되어 있었다. 현지인들이 다니는 도로는 그렇지가 않았지만, 병원은 얘기가 달랐다.

"응? 재원이랑 리처드는?"

그렇게 천막 안으로 들어선 한유림은 의외로 뛰어다니고 있는 게 강혁과 경원 그리고 잭과 노아 정도밖에 없다는 데 놀랐다. 누구보다 성실히 일해야 할 놈들이 없지 않나. 당연히 눈이 휘둥그레질 수밖에 없었다. 그래봐야 객관적으로 작은 한유림의 눈을 마주한 강혁은 대수롭지 않다는 얼굴로, 병원 밖을 가리켰다.

"환자들 더 데리러 갔지."

"아……."

그러고 보니 앰뷸런스 두 대가 모두 사라져 있었다. 샘도 그렇고 다른 간호장교들도 몇몇 보이지 않는 것으로 미루어 볼 때, 꽤 인력을 갖추어서 간 모양이었다. 하긴 축구팀이라지 않는가. 만약 시합을 했다면 최소 22명이고 그렇지 않다고 해도 11명이나 되었다. 빗길에 버스라도 미끄러졌다면 크게 다친 게 한둘이 아닐 터였다.

"그럼 여기는 누가 어떻게 왔어?"

"저기, 근데 지금은 그게 중요한 게 아니야."

"아, 엉?"

한유림도 강혁의 말에 동의했다. 환자가 어떤지가 중요하지, 환자가 어떻게 왔는지가 중요할까. 하지만 한유림과 장미는 잠시 말을 잊었다. 강혁이 가리킨 손가락 끝에 서 있는 사람이 스리랑카 사람도 백인도 아닌 한국인이어서였다. 아니, 어쩌면 중국인일 수도 있겠지만 하여간 동북아시아인이었다. 얼굴이 뙤약볕에 잔뜩 타버리긴 했지만 이목구비는 해가 아무리 들이 쬔다고 해도 바뀌진 않는 법이었다.

　"한국인이래."

　"어?"

　"이따 얘기해요, 나도 궁금한데 존나 참았어."

　"아, 그래. 그래."

　마음 같아서는 대체 어쩐 일이냐고 묻고 싶었다. 관광객은 때려죽여도 아닐 것 같아서였다. 물론 토종 한국인 중에도 까만 사람도 있고, 옷이 허름한 사람도 있지만 둘 다인 사람은 그보단 드물었고, 동시에 저렇게 현지인 사이에서 자연스레 섞이는 사람은 없을 터였다.

　"조폭 일단 붙어. 여기 지금 셋이나 있는데…… 셋 다 살리는 게 문제가 아냐."

　"아……. 네."

　"한유림 교수님은 저기 쟤 맡고. 최윤섭 노인네는 왜 이렇게 안 와?"

　"어, 알았어. 너네 스승님은…… 저기 오신다, 인마."

　하지만 지금은 환자를 봐야 하는 상황이었다. 강혁이 가리킨 환자 셋은 척 봐도 만만치 않아 보였다. 안전벨트를 매지 않은 건지 아니면 아예 없었는지는 몰라도 상태가 하나같이 별로였다. 그나마 강혁이 맡은 이보다는 나아 보이기도 하거니와 이 정도는 충분히 해결할 수 있을 것 같아서, 한유림은 도도도 달렸다. 나이에 맞지 않게 가벼운 몸놀림이었다.

'흠……. 우측으로 날았나본데. 우측 갈비뼈가 다 나갔어. 팔은…… 어깨가 빠지면서 충격이 완화됐고……. 다행히 부러지진 않았네.'

동시에 환자를 한눈에 파악했다.

"아프니?"

"네? 네……."

환자는 다행히 의식이 있었다. 오자마자 라인을 잡고 이런저런 약을 줘서인 모양이었다. 일단 항생제와 진통제 그리고 수액들이 콸콸 들어가고 있었다. 누가 했을꼬, 약은 제대로 썼나 하는 걱정은 필요 없었다. 경원이 했을 테니까. 한유림이 할 일은 이제 이 친구를 제대로 고치는 것뿐이었다.

"우선 어깨를 넣을 거야. 여기 학생이랑 간호사 선생님이 도울 거란다."

"아, 네."

"좀 아플 테니. 이거 물고. 약 더 줘요."

"네."

해서 즉시 처치에 들어갔다. 강혁 또한 한유림이 잘하고 있나 감시하는 대신 환자를 처치하고 있었다. 말이 오가진 않았다. 이 환자는 의식이 없었다. 의식이 있었다 해도, 재웠을 터였다. 얼굴과 목 주변이 엉망이었다.

"유리창을 깼나보죠?"

"어, 이런 데 버스에 쓰이는 유리가 뭐 오죽했겠어. 대가리로 박으면 바로 깨지는 거지."

앉아 있다가, 충격으로 인해 튕겨 나가면서 머리로 유리를 받은 모양이었다. 아마 충격이 조금만 더 셌다면 아예 밖으로 튕겼을 것이고 그랬다면 이 정도로 끝나지 않았을 터였다. 처참한 몰골을 내보이는 대신 하얀 천에 가려져 있지 않을까? 십중팔구는 그랬을 거란 생각이 들었다.

"어, 강혁아. 난 뭐 하면 될까?"

그때 최윤섭이 다가왔다. 새로운 환경에 왔는데 오자마자 사고가 터져서 그런가, 아직 정신이 온전치 않아 보였다.

'우리 노인네…… 실력이 썩 나쁜 편은 아닌데…….'

그렇다고 아주 훌륭하다고 하기는 어려웠다. 솔직히 최고였다면 정치인들이나, 하다못해 병원 놈들이라도 더 귀를 기울이지 않았겠는가. 최윤섭은 안타깝게도 일신의 능력이 품은 뜻을 따라가지 못하는 편이었다. 그래도 괜찮았다. 이제라도 가르치면 되니까.

"저기, 쟤 좀 봐줘요."

해서 턱으로 나머지 환자 하나를 가리켰다. 척 봐도 지금 강혁이 보고 있는 환자에 비하면 훨씬 양호해 보였다. 엄청 아파하고 있기는 한데, 원래 외상 환자들은 아파할 수 있으면 다행인 법이었다.

"아, 알았어. 인원은?"

"성지랑…… 저기 경원이."

"경원이? 아, 마취과……. 오케이. 알았다."

"네."

그래도 사고가 날 수 있었다. 원래 사람은 생소한 환경에서는 한 번도 하지 않던, 엉뚱한 짓도 하기 마련이니까.

'나라면 괜찮겠지만.'

그게 강혁이면 아무 상관이 없었다. 강혁은 천재인 것을 넘어 괴물이니까. 게다가 꾸준한 훈련을 거듭하고 또 거듭해서 이제는 거기가 배든 어디든 제 실력을 발휘할 수 있었다. 하지만 일반인들에게는 안전장치가 필요한 법이었다. 가능하면 장미나 재원 아니면 리처드나 한유림 같은 외과계 의사나 제일 신뢰할 수 있는 간호사를 보냈겠지만, 경원도 썩 괜찮은 옵션이었다. 비록 여행 가면서 기껏 싸둔 가방도 안 가져오는 다소 정신 나간 놈이지만 수술에서는 또 다른 얘기였다.

"이봐, 같이하지."

"네."

실력을 모르는 최윤섭은 경원의 실력을 시험해볼 요량으로 불렀다. 딱히 속내를 숨길 줄도 모르는 데다가, 숨길 이유도 없다고 생각하는 사람인지라 퍽 노골적인 눈빛을 보내고 있었다. 그러다 보니 도리어 경원은 당황스러웠다.

'백 교수님이 실력 좀 보라고 했는데.'

같은 외과 의사끼리는 사실 객관적인 비교가 더 어려운 법이었다. 오히려 다른 사람이 어떻게 하는지 볼일이 적지 않은가. 게다가 자기 실력이 어떠한지도 알기 어려웠다. 그에 비해 장미와 같은 수술실 간호사나 경원과 같은 마취과 의사는 훨씬 더 비교가 수월했다. 때문에 어떤 병원에서 누가 제일 수술 잘하는지 알려면 수술실 간호사나 마취과에 묻는 게 제일 정확할 때도 많았다.

'이분이 나를 평가하려고 하네.'

경원은 흐음 하고는 보조 자세를 취했다. 아무래도 보조를 해본 적은 적었기에 실제로 손을 움직이려니 어색하긴 했지만, 그것도 다 높아진 안목이 느끼기에 그런 것이었다.

'잘하네? 마취과라더니? 이런 일이 잦은가?'

최윤섭에게는 충분히 훌륭했다.

'마취과도 노예로 부리나? 하긴 강혁이는 가능하지.'

강성지는 조금 다른 의미로 놀랐다. 강혁의 노예 타령이 하루이틀 된 일은 아니어서였다. 일단 동기들부터 아래 연차 심지어 위 연차들 중에서도 심심치 않게 강혁의 노예가 존재했다. 심지어 다른 과들, 그러니까 내과 중에서도 있었다. 와서 협진도 보고 병동에서 환자 보는 스킬을 가르치라는 뜻에서였다. 이렇게 옛날얘기 하듯 평온한 어조로 얘기해주면 농담이었나 싶겠지만 그 당시에는 진지했다.

'이러다 교수님도 노예 되는 거 아냐? 선이 없어진 건가?'

그런 강혁이 유일하게 건드리지 못한 영역이 바로 교수들과 마취과였다. 그런데 이제 보니 마취과는 건드린 것 같았다. 그렇다면 교수라고 안전할까? 이미 동기인 자신은 노예로 전락할 수도 있겠다 싶게 된 강성지는 걱정스럽다는 얼굴로 최윤섭을 바라보았다. 그사이 강혁은 환자의 목에 박혀 있던 유리 조각 근처로 조심스레 절개를 더 하고 있었다. 딱 보니 안쪽에 있던 경정맥이 다쳐서였다. 이걸 냅다 뽑았다가는 난리가 날 게 뻔했다.

"벌려줘. 저기 잘 보이게."

"네."

"음……."

"잘 안 보이는데요?"

"응, 잘 안 보이네. 그렇다고 더 쨌다가는."

배와 목은 같은 몸이라고 하기엔 너무 많은 차이가 있었다. 우선 크기부터가 많은 차이가 났다. 그것만 다른 게 아니라, 배와 달리 목에는 빈 공간이 없었다. 쨌다 보면 반드시 손상을 입히게 된다는 뜻이었다.

"그럼 어째요?"

"어쩌긴 이대로 공간 만들어 봐야지."

"응? 아……."

장미는 공간이 없는데 뭘 어떻게 만들겠다는 건가 하다가, 이내 고개를 끄덕였다. 강혁이 살가죽과 아래 근육층을 분리하는 걸 보고 난 다음이었다. 이렇게 하면 살에 절개를 더 하지 않더라도 더욱 효율적으로 벌릴 수가 있었다. 효과가 있어서 강혁은 이제야 근육을 찢고 들어가 경정맥마저 찔러버린 유리 조각을 확인할 수 있었다.

"운이 좋네."

"운이 좋아요? 유리창 깨져가지고 이렇게 됐는데."

"동맥은 피했잖아, 이 와중에."

"아니, 그래도…… 얼굴이, 이게."

"얼굴? 음."

강혁은 어느 정도의 흉터는 살면서 도움이 되기도 한다는 말을 하려다 말고 입을 다물었다. 험상궂은 얼굴이 도움이 될 때도 있기는 하지만 이 정도로 흉이 질 필요는 없겠다 싶어서였다. 하여간 흉터 걱정을 하려면 지금 당장 살아나는 게 급선무 아닌가.

"실."

"수처로 드리죠?"

"응."

강혁은 수처 타이를 받아 경정맥을 위에서 묶어버렸다. 아직 아래쪽 부위는 시야를 확보하지 못했지만, 그래도 괜찮았다. 경정맥이라는 건 위에서 아래로 가는 녀석이니까.

"뽑을 거야. 목 잘 잡아줘."

"한쪽만 묶고요?"

"어차피 이어줄 거라…… 피는 좀 날 거야."

"네. 알겠어요. 나면 바로 이걸로 눌러요."

장미는 젖은 거즈를 툭 하고 강혁에게 던져주었다. 그러곤 강혁이 유리 조각을 빼내기 쉽도록 목을 꾹 하고 눌렀다. 단단히 지지가 되어야 빼기가 쉬울 거 아닌가. 별거 아닌 일 같아 보일 수도 있는데, 이런 얇은 유리는 뽑다가 깨지는 경우가 다반사였다.

그리고 그렇게 깨진 유리는 더 큰 말썽을 일으킬 것이 뻔했다.

"오케이, 좋아."

강혁은 장미의 손과 수직이 되게끔 유리창을 잡고는 빠르게 밖으로 빼내었다. 동시에 구멍을 틀어막아, 피가 더 흘러나오지 못하게 했다. 나머지 한 손으로 클램프로 혈관을 물고 나서야 젖은 거즈와 손을 뺐다.

"음."

장미는 그런 강혁을 보며 고개를 갸웃거렸다. 평소에도 빠르긴 한데, 지금은 그저 빠르다는 느낌보다는 서두른다는 느낌이 더 커서였다.

"왜?"

"아니, 좀 급해 보여서요. 원래 같았으면 피 안 내고도 했을 것 같은데."

"아, 그게 보여?"

"보이죠, 눈이 두 갠데."

"그럼 들리는 건 없냐?"

"들려…… 요?"

강혁은 저 멀리서 왱왱거리는 앰뷸런스를 돌아보았다. 장미도 돌아보았으나 보이는 것은 없었다.

아직은 강혁만 인지할 수 있는 거리에 있었다.

"하여간 붙어. 빨리 처리하자고."

"어……. 네."

쏴아아아아. 시간이 갈수록 빗줄기는 점점 더 굵어져만 갔다. 평소라면 별 상관없었을 것이었다.

어차피 병원 안에 앉아 창밖을 바라보거나, 또는 환자를 봤을 테니까. 하지만 지금은 좀 곤란했다.

"이런 젠장."

"형님, 어쩌죠?"

현장에 급파된 재원과 리처드가 한마음 한뜻이 되어 하늘을 올려다보았다. 장대비가 쏟아져 내리고 있음에도 불구하고 하늘은 그리 어둡지 않았다. 스콜일까? 그저 지나가는 비일까? 둘은 그랬으면 좋겠다고 중얼거리곤 다시 모로 넘어져 있는 버스를 돌아보았다. 말이 버스지, 거의 봉고 크기의 차였다.

"일단 하나는 보냈잖아요."

"그건 그런데……. 아직도 안에 둘이나 더 있어서."

얘기를 들어보니 버스가 비탈을 따라 내려오다가, 바닥에 누운 나뭇가지를 미처 발견하지 못하고 밟은 모양이었다. 나뭇가지가 흔하게 볼 수 있는 크기였다면 이렇게까지 큰일이 나진 않았을 터였다. 또 차가 제대로 된 차였어도 괜찮았을 게 뻔했다. 실제로 문제가 됐던 나뭇가지는 앰뷸런스에 밟히자마자 부러져 조각이 난 지 오래였다. 하여간 버스는 그로 인해 옆으로 넘어졌고, 그 상태 그대로 10m 가까이 떠밀려 내려온 참이었다. 그나마 앞 좌석에 있던 애들은 나뭇가지를 보자마자 본능적으로 어딘가를 붙잡거나 해서 크게 다치지 않았는데, 뒷좌석에 있던 애들은 그렇지가 못했다.

"일단…… 빼봐야죠. 샘, 다시 갑시다."

"아, 네."

"리처드, 리처드도 가요."

"아……. 네. 형님."

이번 여행을 통해 리처드는 재원을 형님이라고 부르기로 작정한 모양이었다. 암만 봐도 강혁에게 개기는 모습이 인상적이어서인 것 같은데, 겉으로는 강혁의 수제자에 대한 예우라고 하고 있었다.

'시커멓게 커다란 놈이 형님, 형님 하니까 이상하네.'

심지어 미국인인 데다가, 한국어도 못하는 놈이 딴 건 다 영어로 하고 호칭만 형님이라고 하니까 정말이지 기분이 묘했다. 아마 옛날의 재원이었다면 하지 말라고 극구 말렸을 터였다. 하지만 강혁과 함께하면서 재원 역시 많이 뻔뻔해진 참이라 그냥 그런가보다 하고 있었다. 사실 수술 실력도 리처드보다 낫다고 여기고 있기도 했다.

'위엄 있는 모습을 더 보이려면 수염을 다시 길러야 하나?'

시간이 좀 더 있었다면 이 말도 안 되는 생각을 구체화시킬 수도 있었을 텐데, 다행히도 지금은 응급 환자를 눈앞에 두고 있었고 심지어 비바람이 몰아치고 있었다. 그나마 강혁이 구조자의 안전과 편의를 가장 우선순위에 두고 앰뷸런스를 제작해주어서 쫄딱 젖지는 않았다. 앰뷸런스 안에 비치된 작업복을 입은 덕이었다. 물에 젖지 않고 동시에 불에 잘 타지도 않는 소재로 이루어진 작업복은 심지어 어지간한 유리 조각에는 찢기지도 않았다.

"자, 그럼 안으로 들어갑니다."

"네. 조심하세요, 형님."

"괜찮아요. 어차피 뭐…… 웃차."

게다가 강혁 때문에 여기 온 이래 거의 매일 운동에 시달린 참이지 않은가. 딱 하나 부족한 게 휴식이었는데, 지금은 콜롬보 가서 놀다 와서 그런지 몸이 가볍기 그지없었다. 해서 재원은 어두운 버스 안쪽으로 뛰어들었다. 머리에 단 헤드라이트를 켠 채였다. 수술용보다 훨씬 강도가 센 물건이라 버스 안이 갑자기 훤해졌다.

"으."

그와 동시에 신음이 들려왔다. 목소리에 힘이 하나도 없는 것이 많이 다친 모양이었다. 재원은 그런 생각을 하면서, 목소리가 들려온 쪽을 향해 고개를 돌렸다.

"아이고."

신음을 흘리는 아이의 팔이 이상하게 꺾여 있었다. 그렇다 해도 일어나려면 일어날 수 있었을 텐데, 하필이면 그 아이 바로 위로 다른 아이가 누워 있었다.

'얘는 설마 죽었나.'

이제 겨우 중학생이나 되었을까 싶은 아이들이었다. 심지어 타밀족 아이들인지 체구도 더 작았다. 대한민국으로 치면 초등학생 정도로밖에 안 보였다. 제아무리 중증외상센터에서 일하는

몸이라 해도 모든 죽음에 익숙해지는 건 아니었다. 재원은 제발
제발, 하면서 서둘러 아이를 향해 걸었다. 그사이 리처드도 버스
안으로 들어왔다. 샘과 다른 간호장교는 버스 위에 자리한 채 대
기 중이었다. 어찌나 버스가 허술한지 사람 둘이 올라탔다고 그
부위가 조금 내려앉아 있었다.

"이거 설마 무너지진 않겠지?"

"네? 설마요."

"설마가 사람 잡는 동네니까 하는 말인데……."

"음……. 하나는 내려가 있으라고 할까요? 어차피 애들이 가
벼워서."

"그게 좋겠어."

"네."

리처드도 재원의 걱정이 과하다고 생각하지 않았다. 일단 버
스 차체가 우그러지고 있는 게 보이기도 하거니와, 이 지역에서
는 무엇을 상상하건 그 이상을 볼 수 있어서이기도 했다. 그렇지
않아도 오는 길에 무너진 집도 보지 않았나. 장대비긴 하지만 그
렇다고 해서 재난 수준의 비는 전혀 아닌데도 그랬다.

"휴."

리처드가 간호장교를 내려보내는 동안 재원은 나머지 환자를
살폈다. 맥을 짚어보니, 약하긴 해도 뛰고 있었다. 좀 느린 게 마
음에 걸렸는데 원인을 샅샅이 살펴보니 이 친구는 발목이 나가
있었다.

'축구부라고 했는데……. 이젠 못하겠네.'

마음이 좀 아프긴 하지만 취미이지 않은가. 살아난 게 어디냔 생각이 들었다.

"머리는 괜찮아 보이고…… 경추도 지금 봐서는 다친 것 같진 않아."

"그래도 그냥 올릴 수는 없잖아요."

"고정해서 올려보내야지."

"네. 들것!"

리처드가 외치자 샘이 환자를 완전히 고정할 수 있는 들것을 내려주었다. 옛날엔 이 들것 무게만 상당했다고 하는데, 이젠 아니었다. 특히 누와라엘리야 병원에서는 탄소 섬유를 이용한 플라스틱 들것을 사용하기에 얼마 나가지 않았다. 덕분에 리처드는 그리 어렵지 않게 들것을 받아 내릴 수 있었다. 재원은 그 들것 위로 아이를 조심스럽게 들어다 옮겼다. 다행인지 불행인지 아이는 무척 가벼웠다.

"의식을 잃었네요?"

"아마…… 통증으로 인한 쇼크일 거야. 여기 봐."

"아……. 발목이…… 완전히 부러졌네. 이제 축구는 좀 어렵겠는데."

"그러니까 말야. 그래도 이만하길 다행이지."

재원은 리처드와 함께 대화를 나누면서도 쉴 새 없이 손을 놀려서 아이를 들것에 단단히 고정시켰다. 특히 목이 아예 흔들리지 않도록 주의했다. 몇 번 흔들어보고 움직임이 없는 것을 확인한 둘은 샘을 올려다보았다.

"올릴게!"

"네! 일단 끈 줘요!"

"어."

그러곤 샘에게 잡아당길 수 있는 끈을 던졌다. 샘은 그 끈을 든든한 양팔로 잡아당겼다. 아래서도 들것을 위로 밀어 올린 덕분에 환자는 완전히 수직으로 선 채 위로 올라갔다. 들것이 조금이라도 헐거우면 그 때문에라도 손상이 더 생길 수 있는 상황이었다. 실제로 이송 도중 발생하는 손상에 대한 개념이 없을 때는 현장에서보다 이동할 때 더 많은 손상이 발생했다는 보고도 있지 않은가. 하지만 지금 이 환자는 들것에 단단히 싸인 채, 미동도 없이 끌어 올려지고 있었다.

"이야, 샘 힘 진짜 세네."

"제가 팔 힘은 백 교수님한테도 인정받았죠."

"그건 정말 쉽지 않은데. 무슨 헬기 같아."

"그러니까요."

샘은 간호사 업무와는 별 상관없는 팔 힘에 자부심을 느끼며 환자를 당겼다. 처음 강혁이 운동을 죽어라 시킬 땐 이 양반이 이러면서 스트레스를 푸나 했는데, 지금 와 생각해보면 그것도 다 현장에서 필요한 일이었다.

'게다가…… 백 교수님 정도면 트레이너 중에서도 완전 미친 수준이지.'

눈이 좋아서 그런가, 자세 교정을 정말 잘해주었다. 심지어 어떤 근육이 제대로 안 쓰이고 있는지도 귀신같이 캐치했다. 덕분에 지금 누와라엘리야 병원에 와 있는 사람들은 체격이 다 좋아졌고, 동시에 체형 교정까지 이루어진 상황이었다. 솔직히 말하면 운동시킨다고 툴툴거릴 게 아니라 돈이라도 내고 배워야 할 판이었다.

'굳이 그런 말은 안 하기로 했지.'

하지만 그따위 말을 했다간 앞으로 무슨 꼴을 당하게 될지 알 수 없었다. 실제로 한유림은 백 교수 덕에 자기가 동년배 중에 몸이 제일 좋다는 말을 했다가 특별 훈련에 돌입하지 않았는가. 이제 동년배가 아니라 40대랑 겨뤄보라고.

"발목 환자는 보내고……. 앰뷸런스 다시 안 돌아오나?"

"아, 왔어요. 방금."

"엄청 빠르네?"

"저 앰뷸런스는 길이 어떻든 그냥 달리니까요."

샘을 상념에서 깨운 것은 재원이었다. 그는 팔이 꺾여버린 환자를 내려다보면서 수술실 상황을 가늠해보았다. 아마 병원에 먼저 도착한 세 명 중 수술실에 들어가야 할 아이는 없었을 터였다. 갈비뼈 복합 골절이었던 애가 좀 걸리긴 하지만, 다행히 간을 찌른 것 같진 않았다. 그 정도면 그냥 잘 맞춰주고 안정 가료만 해도 될 터였다.

'백 교수님이 보는 애도……. 백 교수님이 봤으니까 괜찮을 거야.'

그 인간은 어지간한 수술은 그냥 그 자리에서 해치울 수 있는 사람 아닌가. 하지만 아까 앰뷸런스로 보낸 애는 어떻게든 수술실에 들어가야 했을 터였다. 유리 조각에 의해 배가 찢어졌고, 또 팔과 다리에도 상처가 많았으니까. 심지어 팔은 개방형 골절이었다. 그런 건 제아무리 백강혁이라고 해도 수술실에 들어가야 했다.

'발목도…… 수술실에서 봐야 해.'

팔이 부러진 건 그냥 처치실에서도 처치가 가능한 경우가 많았다. 실제로 당겨다가 맞추고 깁스만 해도 되는 경우가 대부분이기 때문이다. 하지만 발목은 얘기가 좀 달랐다. 하중이 실리는 위치이니만큼 제대로 치료하지 않으면 나중에 심대한 지장이 생길 수 있었다.

'그럼 얘는 앰뷸런스에서 해야 해. 백 교수님이 한 방, 한 교수님이 한 방 갔으면…… 나머지 중에서는 내가 압도적으로 실력이 좋기도 하고…….'

재원은 냉철하면서도 시건방진 생각을 한 끝에 결론을 내렸다.

"그럼 이 환자는 도착한 앰뷸런스에서 수술하고 가자."

"아……. 여기서요?"

"그게 낫겠어요. 어차피 뭐 리처드랑 나랑 둘이서면 충분히 하고도 남지."

"맞습니다, 형님. 그럼 그렇게 하죠."

리처드도 동의했다. 강혁에게 얻어맞으면서도 끝없이 도전하던 모습이 존경스러워서일까? 어쨌든 리처드는 재원의 말이라면 웬만하면 들어주기로 결심한 참이었다. 리처드와 재원은 아까처럼 환자를 들것에 고정시켜 수직으로 끌어 올리곤, 각기 알아서 버스를 빠져나왔다. 장갑에 유리 파편이 조금 박히긴 했지만 별 상관은 없었다. 단단히 무두질한 가죽에 얇은 플라스틱판까지 덧댄 구조 작업용 장갑이라 유리가 아닌 칼을 잡아도 괜찮을 지경이니 당연한 일이었다. 그렇게 빠져나온 뒤에도 여전히 비가 내리고 있었다. 심지어 습기가 차서 그런가, 누와라엘리야 고지대엔 안개까지 자욱했다. 뿌연 시야 사이로 붉은 후미등이 흔들거리며 멀어지고 있었다. 그 안엔 발목이 부러진 아이가 타고 있었다.

'잘 고쳐주겠지.'

재원은 강혁이 됐건 한유림이 됐건 잘할 거라 생각하고는 방금 들것에 실려 내려간 아이에게 갔다. 이제 자신은 눈앞에 있는 환자에게만 집중해야만 했다.

*

안개와 비바람을 함께 뚫고 온 앰뷸런스가 병원 앞에 섰다. 이미 대형 재난이라고 할 만한 사고 때문에 병원 앞은 만원이었다. 그나마 외래가 없는 날이라 망정이지, 그렇지 않았다면 무척 곤란했을 터였다. 운전대를 잡고 있던 로지스티션이 황당하다는 얼굴로 입을 열었다.

"여기 와서 이런 건 또 처음이네요."

"그러니까요. 음."

뒤에 있던 샘도 비슷한 얼굴이었다. 여기 오는 동안에도 환자

가 잘못될 수 있으니 동승했는데, 병원 앞에 이렇게 많은 차가
서 있을 줄은 몰랐다. 그래봐야 콜롬보에서 타고 왔던 차까지 해
서 다섯 대 정도지만. 이 정도면 누와라엘리야에서는 교통 혼잡
수준이었다.

"어어. 죄송합니다."

앰뷸런스 기사가 한 번 클랙슨을 울리자 그제야 후줄근한 차
림의 동양인 남자 하나가 헐레벌떡 뛰어왔다. 그는 연신 미안하
다고 인사하고는 차를 옆으로 비켜주었다. 그러고 보니 차 하나
가 로컬치고는 좋은 차 같다 싶었는데, 외국인 차인 모양이었다.

"뭐지?"

"호텔 단지에서 왔나?"

"그런 것치고는 또……."

로지스티션이나 샘이나 이곳에 꽤 오래 있지 않았나. 오래 있
다 보면 자신도 모르게 선입견이 생기기 마련인데, 둘이 눈에는
지금 저 동양인이 누와라엘리야에서 제일 이질적인 사람이었다.
관광객이라기엔 지나치게 후줄근하지 않나. 물론 관광객이라 해
도 저렴한 곳에 오래 있으려고 오는 사람들이 대부분이라 화려
한 옷차림새를 하고 있진 않지만, 그래도 동양인들은 상대적으
로 말쑥한 차림을 하고 있었다. 그렇다고 현지인이라기엔 인종
이 너무 달랐다.

"뭐야?"

"아무튼 애부터 내리죠. 도와주세요. 제가 혼자 와서."

"아, 네, 네. 그럴게요."

특이한 동양인 하나 가지고 왈가왈부하기엔 시간이 없었다. 해서 샘은 로지스티션과 함께 차량을 좀 더 병원 가까이 이동시킨 후, 아이를 내려주었다.

"어, 어!"

그리고 아이를 침대로 옮겨 실으려는데, 동양인 남자가 비명을 지르면서 뛰어왔다.

'뭐야?'

미쳤나 싶었다. 아무리 봐도 접점이 없어 보여서였다. 하지만 동양인 남자의 얼굴이 너무 심각해서 잠시 걸음을 멈출 수밖에 없었다.

"사싯!"

그사이 동양인 남자가 '사싯'이라는 단어를 외치며 아이에게 달라붙었다. 혹여나 해가 될까 두려워 직접 손을 대지는 못했지만, 하여간 최대한 가까이 붙었다.

"사싯!"

"으……."

그의 부름에 아이가 눈을 바르르 떨었다. 눈을 완전히 뜨지는 못했지만, 반응이 있었다. 그제야 샘은 알 수 있었다. 사싯이 아이의 이름이라는 걸. 그리고 이 동양인 남자가 이 아이를 안다는 것까지도.

"관계가 어떻게 되십니까?"

해서 샘은 침대를 병원 안쪽으로 밀어 넣으며 질문을 던졌다. 동양인 남자는 환자 상태에 대해서 아는 게 전혀 없었다. 아이는 버스 안에 있었고, 그걸 빼내 온 게 다름 아닌 샘이니까. 그동안 남자는 내내 병원에 있었다. 비를 맞기도 하고, 안개 속을 서성이기도 하면서. 하지만 아이 자체에 대한 정보를 얻는 건 충분히 의미 있는 일이었다. 다친 아이들 부모는 아직 한 명도 못 만났으니.

"아, 저는 아이…… 축구 감독입니다."

"아……. 축구팀."

축구팀 얘기가 나오자 샘은 자신도 모르게 아이의 발목을 바라보았다. 부러진 것이 확실해 보이는 발목은 아까보다도 더 부어 있었다. 걸을 수는 있을까? 제대로 된 치료를 받지 못했다면 야 그렇겠지만, 강혁이 있으니 어떻게든 되기는 할 터였다.

"아…… 안 돼."

샘을 따라 아이의 발목을 확인한 동양인의 입에서 탄식이 터져 나왔다. 동네 축구팀 감독이라고 하기엔 좀 격한 반응이 아닌가 싶었다.

'오버가 심하네.'

아마 봉사하러 온 사람일 터였다. 좋은 사람이라는 뜻이었다. 차림새를 봐서는 자기 사정도 딱히 여유롭지 않은 것 같은데 이 오지까지 왔으니 좋은 사람인 건 확실했다. 하지만 그거랑 오버는 별개의 문제였다.

"발목이 부러졌어요. 축구는 좀 어렵지 않나 싶습니다."

해서 샘은 그만하라는 뜻으로 아이의 객관적인 상태를 알려 줬다.

"그래도 걷거나, 일상생활 하는 데는 지장 없도록 최선을 다하겠습니다."

앞으로 어떻게 하겠다는 계획도 알렸다. 희망적인 말도 잊지 않았다. 그러나 감독은 샘에게 대답도 않고 외쳤다.

"아, 안 돼! 사싯! 안 돼!"

아니, 외침이라기보다 절규에 가까웠다. 샘은 이런 절규 자체가 낯설지는 않았다. 아주 예전엔 전투 외상을 봤었고, 강혁을 따라오고 나서는 각종 외상을 보지 않았나. 제아무리 강혁이 불세출의 의사라고 해도 필연적인 죽음까지 다 막을 수 있는 건 아니었다. 살렸다 해도 비극이 아예 사라지는 것도 아니지 않은가. 때론 엄마가, 때론 아빠가, 때론 자식이, 때론 친구가 피눈물을 흘리는 곳이 바로 병원이었다.

'아니, 동네 축구 못하게 된 게 이렇게 울 일인가?'

하지만 이건 좀 이상한 일이었다. 해서 샘은 별로 공감이 안 간다는 얼굴로 감독을 바라보았다. 침대를 끌고 처치실로 향하면서였는데 다행히 안으로 들어가지는 않아도 되었다. 마침 강혁이 밖으로 나와서였다. 안쪽을 힐끔 들여다보니 목이 엉망으로 찢겨 있던 아이가 봉합을 마친 채 잠들어 있었다.

'귀신은 귀신이야.'

가서 구조 작업 하는 데 시간이 꽤 걸린 것도 사실이지만, 수술 시간으로 치면 너무 짧지 않나. 그사이에 벌써 이걸 끝내다니. 나머지 환자들도 대강 정리 중인 것 같았다.

"뭐야, 누구 돌아가셨어?"

강혁이 듣기에도 예사 비명 소리가 아니었는지, 조금 놀란 얼굴을 하고 있었다. 샘은 남몰래 동양인 감독에게 감탄했다. 세상에 강혁을 단지 목소리만으로 놀라게 하다니.

"아, 아뇨. 저기 축구팀 애가 발목이 부러졌는데……. 저기."

"그런데? 아, 아빠야? 왜 이렇게 안 닮았어?"

샘은 동양인 사내를 두고 그렇게 말하는 강혁을 보며 이 사람이 돌았나 싶었다.

"편견이 너무 없는 거 아니에요? 인종이 아예 다른데?"

"근데 왜 저렇게 우냐고. 뭔데."

"감독이래요?"

"감독? 축구팀 감독?"

"네."

"음."

강혁도 샘이 했던 생각을 그대로 떠올렸다.

'감정이 너무 풍부해서 봉사를 나온 사람인가?'

축구팀 감독으로 봉사하고 있는데 팀원이 다리를 다쳤다면 당연히 슬프긴 할 터였다. 하지만 저렇게까지 할 일은 아니지 않나? 뭐 이런 생각을 하고 있으려니 사내가 눈물을 훔치며 다가왔다. 어찌나 슬퍼 보이는지, 정작 다친 아이보다도 더 표정이 어두웠다.

"백 교수님……."

"응?"

동양인 감독은 영어가 아닌 한국어로 말을 걸어왔다. 설마하니

이 오지에서, 그것도 몇 개월이나 지난 다음에 한국어를 들을 줄은 몰랐던 강혁은 고개를 갸웃거렸다. 너무나 뜻밖의 일 아닌가.

"저는 주로 캔디 쪽에서 활동하고 있는 사람입니다. 이렇게 본격적인 건 아니고…… 한 단체 후원을 받아 파견 온…… 음. 그래, 선교사라고 보시면 됩니다."

"아, 선교사."

이미지가 어떨지 모르겠으나, 제삼 세계에서 선교사는 사업가이기도 하고 의사이기도 하고, 하여간 지역 사회에서 환영할 만한 일은 다 하는 사람들이었다.

'이 사람은 축구를 하나.'

"이 지역이 어려운 건 누구보다 잘 알고 계실 거예요. 사실 포기하고 있던 걸 해결해주시기도 해서……."

"아, 네. 뭐…… 제가 한 일을 저한테 설명하실 필요는 없죠. 다 알고 있으니까요."

강혁은 시간 낭비는 질색이었다. 특히 환자를 눈앞에 둔 상태라면 더더욱 그랬다. 해서 강혁은 말만 하는 게 아니라 손도 휘적거렸다. 해야 할 말이 있으면 빨리 하라는 뜻이었다. 되게 무례해 보일 수 있는 행동인데, 그럼에도 사내는 별반 다른 반응을 보이지 않았다. 오히려 미안하다고 한 후, 말을 이었다.

"네, 저는 그래서 축구를 가르치러 왔습니다. 축구 스타가 되면 지역 전체를 살리기도 하거든요."

"아……. 그럼 설마?"

강혁의 얼굴이 조금 심각해졌다. 아이의 발목을 보니 부러진 것은 확실하지 않은가. 그렇다 해도 일상생활에 지장이 없게끔 만들어줄 자신이야 충만했다. 그래서 조금 나이브하게 나온 것도 있었고.

"제 입으로 이런 말 하기는 좀 그런데, 제가 나름 국대 코치 출신입니다. 우리 누와라엘리야 팀이 제 말을 잘 따라줘서…… 3개월 후 전국 체전에도 나갈 예정이고요. 저 아이…… 사싯은 그중에서도 발군이에요. 나머지는 기껏해야 스리랑카 리그에서 뛰면 다행이지만 저 아이는…… 실제로 비디오를 유럽 각 구단에 보냈는데 이번 체전에 와서 보겠다는 답변도 받았습니다."

"아, 아이고."

축구 선수를 꿈꾸던 아이가 발목 골절이라니. 이건 단순히 뛸 수 있는지 없는지의 문제가 아니었다. 축구에서 발목만큼 많이 쓰이는 관절이 없지 않은가. 공을 받고 차고 진로를 꺾는 데 모두 사용되는 것이 바로 발목이었다.

"제발……. 백 교수님 얘기는 저도 많이 들었습니다. 아이…… 아이를 살려주세요."

축구 선수에게 있어 발목은 곧 목숨이라는 뜻이었다. 그제야 강혁은 이 사내의 반응이 그리 과한 게 아니라는 생각을 했다.

'근데 대체 누굴까?'

누구기에 여기까지 와서 이런 특별한 봉사를 하고 있나 하는 궁금증도 들었지만, 일단 지금은 모든 것을 뒤로 제쳐두어야만 했다.

'음…….'

해서 강혁은 잠시 입을 다물고 남은 체력을 가늠했다.

'할 수는 있겠어. 놀다 와서 다행이네.'

모든 심력을 기울인다면 가능할 수도 있을 것 같았다. 하고 나서 하루 이틀 정도는 뻗겠지만. 다행히 노예가 둘이나 오지 않았나. 그동안은 둘을 더 굴리면 될 터였다.

"일단 최선을 다하겠습니다."

"아이고……. 감사합니다."

"샘 수고했어. 장미 다시 부르고, 최 교수님이랑 2호…… 아니, 강성지 오라고 해. 경원이도."

"아. 네. 저는 그럼…….”

"너는 한유림 교수님 도와줘. 이럴 땐 아직 장미 못 따라오잖아."

"네."

샘으로서는 상당히 자존심 상할 수 있는 말이었다. 하지만 객관적으로 장미에게 뒤진다는 건 아주 잘 알고 있었다. 그 인간은 간호사계의 백강혁 아닌가. 물론 강혁과 같은 괴물은 아니겠지만, 어쨌든 비교 대상을 찾아보기 어려웠다.

"사싯이라고 했나?"

강혁은 그렇게 샘에게 지시를 내리곤 아이에게 다가갔다. 아이도 자기 다리를 내려다봤는지, 아픔보다는 절망 때문에 눈물을 흘리고 있었다. 강혁은 아이의 눈물을 긴 손가락으로 닦아주고는 말을 이었다.

"걱정 마라. 내가 고쳐줄 테니까."

"어…… 어!"

강혁이 다리 다친 축구 유망주 사싯의 침대를 끌고 가려는데, 누군가 달려왔다. 바루간이었다. 강혁이 제일 처음 다니엘에게서 강탈한 농장에 있던 녀석으로 제법 똘똘해서 강혁이 농장이 아닌 병원에 상주하게 했다. 워낙 착취당한 역사가 길어서 그런지 강혁의 진심을 진심으로 여기지 못하고 여전히 의심하고 있기도 했다.

'웃기는 놈이지. 근데 서로 아나?'

"알아?"

강혁이 바루간에게 물었다. 바루간으로서는 강혁의 말에 답하지 않을 수 없었다. 그의 호의에 뭔가 다른 뜻이 있지 않을까 의심은 하고 있지만, 그와는 별개로 강혁은 바루간에게 있어 검정고시 선생이었고 시궁창에서 건져준 구세주였다.

"아, 알아요. 선생님."

"어떻게?"

"사실 캔디 쪽 농장은 주인 중에 스리랑카 사람들도 좀 있었거든요. 그건 아시죠?"

"알지. 거기는 리프랑은 별 관계 없지."

캔디는 누와라엘리야에 비하면 상당히 낮은 지대에 위치한 지역이었다. 길이 엉망임에도 불구하고 차 타고 달리면 금방 닿을 만큼 인접한 지역이지만, 분위기는 천지 차이였다. 일단 차부터 차이가 났다. 캔디에서 나는 차도 꽤 훌륭하긴 했으나, 누와라엘리야에 비하면 처진다고 봐야 했다. 그래서 그럴까, 영국인들이 그렇게까지 욕심을 부리지 않았다.

"네, 워낙 규모가 작기는 한데……. 그래도 거긴 봉사자들이 들락거렸어요."

강혁은 조금은 쓸쓸해 보이는 바루간을 바라보았다. 이 녀석이 의심병 환자가 된 것이 결코 우연이 아니라는 걸 알고 있어서였다.

'이 자식이…… 봉사자들 따라다니다가 곤욕 치른 게 한두 번이라야지.'

봉사자들이 그러고 싶어서 그런 건 결코 아니었다. 다만 지역의 특성을 잘 몰라서 일이 그렇게 되었을 뿐이었다. 명색이 21세기인데 노예처럼 착취당하는 사람들이 있다는 걸 대체 어떻게 알았겠는가. 바루간은 누구라도 몇 마디 말을 나눠보면 보석 같은 아이라는 걸 알 수 있을 만큼 재능이 있었다. 중학교, 고등학교 그리고 대학교까지 많은 제안이 있었으나 현실의 벽에 부딪혀 사실상 바루간을 포기한 단체가 꽤 많았다.

"그러다 보니까 그쪽은 얘처럼 도움을 받은 애들이 있는데…… 그중에서도 사싯은 특별해요. 저도 얠 보고 잠깐 꿈을 꿨었다니까요?"

바루간과는 달리 사싯은 포기당하지 않은 모양이었다. 이 녀석의 소속은 스리랑카 소유주의 농장이었으니까. 아무리 타밀에 대한 감정이 좋지 못한 싱할라 사람이라고 해도, 식민 통치당하던 시절의 기억 때문에 영국인들처럼 가혹하게는 다루지 못했다. 게다가 어린아이이지 않은가. 그 아이에게 가능성이 있다는

데, 왜 꺾는단 말인가.

"근데 다리가…… 다리가…….."

"걱정 마, 내가 고칠 테니까."

"어…… 어떻게요?"

강혁은 울먹거리는 바루간을 보며 미소를 지어 보였다. 그저 안심시키기 위해 억지로 짓는 미소가 아니었다. 뿌리 깊은 실력을 기반으로 한 미소이지 않은가.

"그게 중요하냐. 고쳐지면 그게 최고지."

"그…… 잘 부탁드립니다."

바루간은 저도 모르게 고개를 숙였다. 강혁은 녀석의 어깨를 툭 하고 두드린 채, 그를 지나쳤다.

"그래, 이제야 애 같네."

방금 전과는 조금 다른 미소를 지으면서였다.

"노인네랑 2호는 어디 갔어?"

미소는 아주 잠깐이었다. 딱 바루간을 지나치자마자 강혁은 큰 소리로 남는 손을 찾았다. 가장 쉬운 케이스를 맡기지 않았나. 게다가 경원까지 줬으니 지금쯤이면 여유가 있어야만 했다. 그 정도도 안 되면 짐 싸서 돌아가는 게 차라리 나을 수도 있었다.

"야, 너는 스승한테 노인네가 뭐냐."

다행인지 불행인지 최윤섭 교수는 마침 처치를 마치고 응급실에서 나와 쉬고 있던 참이었다. 제아무리 강건한 몸이라지만 여독이 쌓인 채 수술을 해서 그런가, 조금은 힘든 기색도 엿보였다. 하지만 강혁은 딱히 배려해줄 생각이 없었다. 여기서 일하려면 이 정도는 견뎌야 하지 않나.

"애가 좀 많이 다쳐서…… 바로 수술 들어갈 거예요. 들어올 수 있어요?"

"어? 아이고……. 다리가."

"들어가야지."

비단 강혁 혼자만의 생각은 아니었다. 어떤 연유가 되었건 간에 타인을 위해 인생을 갈아 넣기로 작심한 인간들은 사고 체계가 좀 다른 법이었다. 최윤섭은 조금 인상을 찡그렸지만 이내 몸을 일으켰다. 강성지는 젊어서 그런가, 체력이 남아 있었기에 곧장 수술실로 향했다.

"오랜만에 너 실력 보겠네. 얼마나 늘었지?"

"보면 기절하죠. 좌절하지나 마세요."

"그럴 거면 너 2년 차 때 벌써 했지."

"그건 그래요."

최윤섭은 수술 보조를 거절하기는커녕 싫은 기색 하나 없었다. 오히려 이러쿵저러쿵 떠들어대면서 강혁에게 당하고 있었다.

"뭐 해? 마취 걸어야지."

"아, 네."

강혁의 말에 멍하니 있던 경원이 부리나케 움직였다. 그 모습을 최윤섭과 강성지는 유심히 바라보았다. 그들 또한 짝지어 움직이는 마취과 의사가 있지 않은가.

'강혁이가 키워놓은 애라 이거지? 어디 얼마나…….'

백강혁이 천재라는 건 누구보다 잘 아는 둘이었다. 하지만 그래서 강혁이 키웠다는 친구들이 걱정스러운 것도 사실이었다. 원래 가르치는 것과 본인이 잘하는 것은 별개이지 않은가. 게다가 강혁은 성격도 더러운 편이라 더더욱 그랬다. 하지만 둘이 간과한 사실이 있었다.

'아……. 그냥 천재였나, 얘도.'

'미쳤네.'

가르칠 자신이 없으면 잘 골라서 데리고 다니면 될 일이었다. 다른 놈들은 몰라도 경원이나 장미는 진짜로 그랬다.

"네, 됐습니다. 바이털은 걱정할 거 없겠어요. 어차피 흔들릴 만한 상처가 아니라."

경원은 어느새 삽관을 마치고 환자를 안정적인 상태로 이끌어나갔다. 아이들 삽관은 아무래도 어른들보다는 어렵기 마련인데 저토록 부드럽다니. 노력의 영역은 아니었다. 저건 재능이 있어야 도달할 수 있었다.

"뭘 그렇게 보고 있어요? 빨리 닦고 째야지."

"아, 그래."

"오랜만이라 그런가. 감들이……."

"야, 아무리 집도의라고 해도 너무……."

"집도의는 왕이다. 누가 그랬더라."

"하."

강혁은 그렇게 최윤섭 교수를 꿀 먹은 벙어리로 만들어버린 후, 환자의 다리로 향했다. 오른쪽 다리 발목 윗부분이 뚝 하고 부러져 있었다. 그나마 다행인 것은 개방형 골절은 아니라는 건데, 그걸 제외하면 상황은 별로 좋지 못했다.

"음."

발목 외측의 복숭아뼈 바로 위쪽이 나간 게 일단 결정적이었다. 가까운 거리에서 골절이 될 만큼 커다란 충격이 가해진 경우라면, 당연히 주변으로도 충격이 번지지 않았겠는가. 그냥 근육이나 지방층이 있는 부위라면 별 상관없을 테지만, 이쪽은 발목을 지지하는 인대가 많이 몰려 있는 곳이었다.

'찢어진 녀석들이 많겠지?'

한숨이 절로 흘러나왔다. 그거 일일이 다 꿰매주고 나면 골로 가지 않을까?

"후우……."

강혁은 가만히 자신의 몸 상태를 살폈다. 길게 숨을 내쉬면서였는데, 얼핏 보면 웨이트 트레이닝 하기 전에 스트레칭하는 느낌이었다. 수술을 앞두고 이게 뭔 짓인가 싶을 수도 있는 상황이었는데, 최윤섭과 강성지는 그런 강혁에게 신경 쓰는 대신 오른쪽 다리 전체를 열심히 닦았다.

"얘는 이건 안 변했네요."

"그러게. 처음 집도시켰을 때도 이래서 나는 애가 겉멋이 심하게 들었네 했다니까."

"그래놓고 한 큐에 맹장 뗐죠?"

"어."

최윤섭은 강혁과 함께했던 4년을 떠올렸다. 그때보다 더 행복했던 시절도 있고, 더 불행했던 시절도 있었다. 환갑을 넘게 살아온 사람이라면 당연한 일 아니겠는가. 하지만 그보다 더 인상적이었던 시절은 없었다. 강혁은 처음부터 끝까지 최윤섭에게 신선한 충격을 선사했다. 특히 첫 집도는 잊을 수가 없었다.

'내가 다른 교수들보다 좀 더 준비를 많이 시키는 편이긴 하지. 그래도……'

초집도식은 외과 계열 과에 있어서는 꽤 커다란 행사였다. 외과 의사로서 생애 첫 집도한 것을 기념하기 위한 행사이니 당연한 얘기였다. 초집도를 시키기 전에 담당 교수들은 해당 레지던트들에게 엄청난 훈련을 시키는데, 최윤섭은 보통보다도 더 혹독한 편이었다. 첫 수술에서 사고 친 외과 의사는 아주 높은 확률로 다시는 메스를 쥐지 못했다. 가뜩이나 외과 의사가 부족한 마당에 애써 지원해준 사람마저 잃어버린다면 그건 너무 큰 손실 아니겠는가.

"저도 뒤에서 보고 있다가 너무 놀라가지고……. 솔직한 심정으로는."

강성지는 최윤섭이 생각에 잠겼다는 걸 알아차리지 못했다. 아무리 아이 다리라 해도 면적이 꽤 되지 않는가. 게다가 배처럼 딱 앞면만 닦아서 될 일이 아니었다. 들어서 전체를 다 닦아야 했다. 그걸 닦으면서 상대를 살필 여유를 갖는 건 어려운 일이었다.

"아, 그래. 그때."

"응?"

해서 강성지는 최윤섭이 아련한 목소리와 함께 고개를 끄덕이는 걸 보고 나서야 이 양반이 지금 추억 여행 중이라는 걸 깨달왔다.

"그때 솔직히 나보다 잘하는 거 아닌가 싶었지."

최윤섭은 그 말을 끝으로 정신을 차리고 다시 소독에 임했다.

'허······. 초집도에서 그렇게 느꼈다고? 그런 말은 없었는데.'

대신 강성지가 딴생각에 빠졌다. 공식적으로 강혁이 스승인 최윤섭을 포함해 무안대 의과대학 외과 교수들의 실력을 뛰어넘은 시기는 2년 4월경으로 알려져 있었다. 동기들은 그보다는 좀 더 빨랐을 거라 예상했으나, 초집도 때부터 위기를 느꼈을 줄은 몰랐더랬다.

"뭐, 보니까 몇 개 지점이 그랬고 나머지 몇 개는 어설펐지만······ 하여간 천재는 천재야."

"아, 그랬군요."

강성지가 이걸 다행이라 해야 할지 아니면 자괴감에 빠져야 할지 모르겠단 얼굴이 되었을 때쯤, 강혁이 감았던 눈을 떴다.

"좋아. 노인네, 2호. 실력 그때보다 녹슬진 않았지?"

어쩜 철없던 시절과 이렇게까지 변하지 않을 수 있을까. 최윤섭이 옆구리를 푹 찌른 덕에 강성지가 나섰다.

"야······. 노인네, 노인네 하지 마. 그건 사석에서나."

"수술방에서는 내가 편한 대로 불러야 사고가 안 나. 루틴대로 해야 한다고. 내가 하던 대로. 사고 났으면 좋겠어?"

별 소용은 없었다. 이러다 잘못되면 네가 책임질 거냐는데 뭐 어쩐단 말인가. 운동선수들만큼은 아니겠지만, 의사들에게도 나름의 징크스는 있는 법이었다. 특히 외과 의사들은 그게 좀 심한 사람들도 있었다. 어떤 이는 중요한 수술을 앞두고는 아침을 거르거나, 수염을 깎지 않거나, 오히려 손톱을 바짝 깎아야 하기도 했다.

'그게 교수님이잖아요.'

최윤섭이 그랬다. 강성지가 꿀 먹은 벙어리가 된 데는 그런 연유가 있었다.

"하."

최윤섭 또한 이런 말이 나온 이상 뭐라 할 말이 없어서 한숨을 쉬었다. 그사이 강혁이 말을 이었다.

"절개부터…… 골절 확인하고 붙이는 데까지는 내가 감독할 테니까 둘이 좀 해봐. 지시대로 하는 거니까 할 수 있을 거야."

"어……?"

"인대 잇고 하려면 내가 체력이 있어야 되는데, 아까 수술하고 나와서 좀 피곤해."

"아, 인대를 잇는다고……."

이번에도 별로 할 말이 없었다. 아마 강혁이 아니라 다른 누군가가 이런 말을 했다면 지랄하지 말라고 했을 테지만, 상대가 강혁이지 않은가.

'하긴 이놈은 괴물이지.'

"자, 그럼 손 닦고 옵시다."

강혁은 여상한 말투로 밖으로 향했다. 강성지와 최윤섭 또한 뒤를 따랐다.

"메스."

그렇게 손을 닦고 가우닝까지 마친 최윤섭이 집도의 자리에 섰다. 맞은편엔 강성지가 섰는데, 강혁은 아까 말한 대로 감독처럼 위에 있었다.

"여기 이렇게 절개해줘요."

"너무 작지 않아?"

"골절 이만하게 째서는 못 하나?"

"골절은 되지. 근데 너 인대 잇는다고 했어."

최윤섭의 말에 강혁이 어깨를 으쓱해 보였다.

"저는 이만큼 째도 인대 이어요."

"아……. 그래……."

최윤섭은 그런 강혁을 보고는 한숨을 내쉬었다. 뭐 어쩌겠는가, 지가 할 수 있다는데. 허언은 아닐 터였다. 해서 최윤섭은 강혁이 주문한 만큼만 절개했다.

'흐음.'

별 생각 없이 한 절개겠지만, 강혁은 그 절개를 통해 현재 최윤섭의 실력을 유추했다. 칼끝에 걸리는 무게와 방향 그리고 흔들림과 전반적인 자세 등. 절개하는 것만 봐도 다 알 수 있다고 하면 좀 과장이겠지만, 일반인들이 생각하는 것보다는 훨씬 많은 정보를 얻을 수 있었다.

'나쁘지 않아. 적어도 실력이 줄지는 않았어.'

벌써 강혁이 최윤섭을 보지 못한 지도 5년이 훌쩍 넘은 상황 아닌가. 현실적으로 외과 의사의 전성기는 40대에서 50대였다. 60대가 되면 원래 수술 실력만큼만 할 수 있으면 다행이었다. 노화란 그런 것이었다. 게다가 대학 병원을 떠난 사람이라면, 그 순간부터 실력이 줄줄 샐 수밖에 없었다. 하지만 최윤섭은 대학 병원 밖에서도 대학 병원 안에서만큼이나 처절하게 살았는지, 실력 누수가 거의 없어 보였다.

"좋아요. 골절 부위 보이죠?"

"어. 그나마 깔끔하게 똑 나갔네."

"2호는 인대 더 안 다치게……. 그래, 거기 그렇게 걷어줘."

"어, 응."

강성지는 강혁의 말을 따라 인대를 당겼다. 최대한 다치지 않도록 주의하면서였다. 당연하게도 강혁은 그것도 유심히 바라보았다.

'2호는 신중한 사람이지.'

단둘뿐인 동기 아닌가. 같이 부대끼면서 험악한 4년 세월을 보냈다. 당연히 서로가 서로를 잘 알았다. 그중에서도 특히 강혁은 눈이 좋은 사람이다보니 강성지를 그 누구보다 잘 알고 있었다.

'그래, 그렇게…… 조심스럽게. 조금 느려도 괜찮지.'

강혁이 본 강성지는 강혁에게 치이면서도 끝내 외과 의사로서의 꿈을 놓지 않은 강한 사람이었고 동시에 신중하기 이를 데 없는 인간이었다. 특히 칼끝에 사람 생명이 달려 있다는 생각이 들었을 땐, 사람이 어떻게 저렇게까지 할까 싶을 만큼 세심한 모습을 보였다. 그에 대한 반작용인지 뭔지 모르게 평소에는 느슨한 편이었지만, 적어도 집도할 때는 그랬다. 지금도 그리 달라지진 않은 듯했다. 아주 사소한 술기였음에도 불구하고 강성지는 몇 번이나 고민을 해가며 움직였다.

"좋아……. 이건 뭐 종아리뼈니까 그냥 이어주면 되죠. 골절은 두 분 많이 하잖아요."

"그렇지. 많이 하지."

정형외과도 아닌데 과연 그럴까 싶겠지만, 외상 외과를 하다 보면 그럴 수밖에 없었다. 특히 최윤섭은 정부 보조가 시원찮을 때부터 외상 외과 일을 하지 않았나. 병원에서 적자를 보면서까지 야간 당직 설 정형외과 전문의를 늘려주기는 어렵다고 했기에, 최윤섭은 자신이 배워서 수십 년을 견뎠다. 그 덕에 무안대 일반 외과 수련의들은 골절도 잘 보게 되었다. 장미도 그건 마찬가지라 바로바로 기구를 건네줄 수 있었다. 심지어 골절 정도와 아이의 뼈 사이즈를 가늠한 뒤 적당한 크기의 볼트를 건네주어서, 최윤섭으로 하여금 잠깐 충격에 빠지게 만들기도 했다.

'우연인가?'

최윤섭은 그런 생각을 하면서 플레이트를 대고 역시나 장미가 건네준 드릴을 받아다 구멍을 뚫었다. 조금 어긋나려고 하면 강혁이 말을 해주었기에 제대로 되다 못해 거의 완벽한 상태로 골절을 해결해줄 수 있었다.

"후."

원래 같았으면 이대로 수술을 끝내도 되었다. 어차피 이 이상의 일은 세월과 신이 알아서 할 일이니까. 하지만 강혁은 그제야 최윤섭이 섰던 자리, 그러니까 집도의의 자리로 갔다.

"이제 노인네는 좀 쉬고, 2호가 보조해."

"어. 근데 진짜 이거 다 이어……?"

"다 이어야지. 얘 축구 선수래. 잘한대."

"그래……. 알았어. 근데 될까?"

"되게 해야지. 우리 손에 얘 미래가 달렸어."

"부담 주지 말고, 인마……."

강혁의 말에 강성지가 고개를 흔들었다. 그렇지 않아도 의사는 부담감에 눌려 사는 사람들이었다. 그중에서도 특히 외과 의사의 중압감은 상상 이상이었다. 누군가의 생명이, 또는 이후의 삶이 이 자기 손에 달려 있다는 사실에 마냥 웃을 수 있는 사람이 몇이나 되겠는가. 적어도 강성지는 그렇지가 못했다.

'그래도…… 이 녀석이라면 가능할 거야.'

다행한 일이라면 바로 옆에 백강혁이 있다는 점이었다. 레지던트 때조차 불가능해 보이는 수술을 여럿 해냈던 놈 아니던가. 그때보다 지금은 더 실력이 좋아졌을 테니, 아마 이것도 해낼 수 있을 터였다.

'할 수…… 있겠지?'

물론 고개를 숙여 내려다보니, 환자의 발목 근처는 엉망이었다. 조금씩 뼈도 어긋나 있었고 또 끊어진 인대들도 이리저리 흩어져 있었다.

"실."

어쩌나 하고 있는데, 강혁은 손을 내밀었다. 장미는 몇 번이라고 말도 하지 않았는데 알아서 실을 건네주었다. 강성지가 보기에는 합당해 보이는 실이었는데 강혁 생각에도 그런 모양이었다. 그대로 봉합이 시작되었다.

"딱 내가 봉합할 수 있게만 벌려줘. 너무 세게 당기지는 말고. 그럼 왜곡돼서 수술 망해."

"어……. 알았어."

"네 힘 조절에 모든 게 달렸다."

"아니, 그렇게 말하지 말라니까?"

"사실인 걸 어쩌냐."

"아오."

강혁의 말에 강성지는 다시 한번 한숨을 푹 쉬었다. 그러곤 눈에서 레이저라도 쏠 기세로 발목을 내려다보았다. 최대한 손상을 주지 않게끔 상처를 벌려주면서였다. 고작 당기는 거 하나로 전문의가 엄살 부리는 거 아닌가 싶을 수도 있겠지만, 강성지는 예전부터 부담을 주면 줄수록 잘하는 의사였다. 강혁은 그런 강성지를 기억하고 있었고, 지금도 변한 게 없다는 것 또한 꿰뚫어 본 마당이었다.

'좋아.'

덕분에 딱 좋은 시야를 확보할 수 있었다. 이를테면 완벽한 환경을 갖춘 셈이었다. 마취과는 박경원, 간호사는 조폭 그리고 보조는 어깨가 짓눌리는 상태의 2호 강성지. 이제부터는 오직 하나, 강혁이 해야 할 일만 남은 셈이었다. 강혁은 전심전력으로 인대와 인대를 이어나가기 시작했다. 바늘이 부리나케 오고 갔는데, 옆에서 보기엔 대체 뭐 하는 건가 싶을 정도로 별 변화가 없었다. 아마 강성지가 강혁의 수술을 거의 못 봤더라면 참지 못

하고 한 번쯤은 물었을 터였다. 그만큼 미세한 접합이었다.

'이 녀석은 우리가 못 보는 걸 본다고 했지…… 듣고 보니 그 말이 진짜 맞아.'

강성지는 입을 여는 대신 언젠가 최윤섭 교수가 했던 말을 떠올렸다. 그로서는 실로 드물게 술을 한잔 걸친 채였는데, 아마 강성지의 선배 그러니까 최윤섭 교수의 다른 제자 하나가 치료 도중 쓰러져 폐인이 되었다는 소식을 접한 날이었을 터였다.

'내가…… 괜한 사람 하나 또 보냈다.'

당시 대한민국은 외상 외과의 불모지라는 말도 좀 아까울 정도였다. 사람들은 놀라울 만큼이나 생명에 무감했다. 다쳐서 죽어가는 사람들에 대해서는 딱히 보도도 잘 안 될 지경이었다. 그 와중에 교통질서는 혼란하기 짝이 없는 데다가, 에어백도 구비되어 있지 않은 차들이 많아서 정말이지 수없이 많은 사람이 도로에서 속절없이 죽어나갔다. 그 최전선에 있던 것이 최윤섭 사단이었으나, 그 누구도 관심을 두지 않았고, 그 누구도 보살펴주지 않았다.

'그 친구…… 다른 분과 전공했으면 지금 더 잘 살았을 텐데.'

오로지 사명감 하나로 버티던 시절이었다. 아니, 그나마 버틸 수 있으면 다행이었다. 최윤섭처럼 강건한 사람이 아닌 바에는 처절하다 싶을 정도로 험악한 과정에 스러져 없어지기도 했다. 처음엔 포기하고 다른 길을 찾는 제자들이나 후배들을 욕도 했지만, 시간이 점차 흐르면 흐를수록 몸 망가지고 폐인이 될 바에는 차라리 도망쳤으면 싶었다.

'성지야, 너도 다시 생각해봐.'

그날 최윤섭은 물기 어린 눈으로 강성지를 바라보았다. 그러다 새벽임에도 불구하고 환히 빛나고 있던 응급실 입구 쪽을 바라보면서 말을 이었다.

'강혁이, 저놈은 좀 달라. 건강도 건강인데…… 눈이 달라. 우리랑은 다르다고. 쟨 뭔가 할 수도 있어. 하지만 이 대한민국에서 평범한 사람은…… 우리가 어떻게 외상 외과를 자리 잡게 할수 있겠니.'

곰곰이 생각해보면, 그때부터 이미 최윤섭은 강혁에 대한 기대가 있었던 듯했다. 말로는 설명하기 어렵지만, 이놈이라면 이어려운 상황에서도 뭔가 해주지 않을까 하는. 말도 안 되는 기대라고 하기엔 실력이 너무 좋았다. 단순히 수술을 잘한다는 말로는 부족했다. 불가능한 걸 해냈다. 그때도.

"다시 실."

강혁은 숨을 한번 몰아쉬고는 손을 내밀었다. 어느새 짧아진실이 보였다. 장미는 그걸 새 실로 갈아 물어주었다. 강성지로서는 봉합 하나하나를 따라잡는 것만으로도 벅찬 상황이었기 때문에 그제야 비로소 실 하나가 만들어놓은 결과물을 볼 수 있었다.

'아……. 인대가…….'

아직 끊어진 인대가 완전히 이어지지는 않은 상황이었다. 하지만 아까와는 분명 달랐다. 그냥 남들이 하는 것처럼 끊어진 걸이었다, 뭐 이런 느낌은 아니었다. 원래대로 복구했다는 말이 더맞을 터였다. 결과 결이 어떻게 봐도 꼭 맞아떨어졌다. 엉망으로 끊어져 있던 인대를 대체 어떻게 이어준 걸까. 불가사의한 상황이었다. 하지만 궁금증조차 길게 이어나가긴 어려웠다. 강혁이 바로 옆쪽으로 바늘을 꽂아 넣었기 때문이었다. 그렇다고 드라마틱한 변화가 바로 일어나진 않았다. 다시 한번 지리한 봉합이 이어지고 있을 뿐이었다. 하지만 또 하나의 실이 소모되고, 또 소모되고……. 그 과정을 몇 번쯤 반복하고 나자 완전히 다른 풍경이 눈앞에 펼쳐졌다.

'허.'

이제 끊어졌던 인대 중 하나가 완전히 복구되었다. 중간중간 보이는 매듭들만 아니면 끊어졌던 건지 아닌지조차 헷갈릴 정도로 깨끗했다.

"다시 실."

보조만 했던 강성지도 뿌듯해 죽을 지경이었는데, 정작 이 일을 해낸 주인공 강혁은 덤덤하게 다른 실을 받아 봉합을 이어나갈 뿐이었다. 그도 그럴 것이 아직 끊어진 인대가 너무도 많이 남아 있었다. 강혁은 벌써 순서를 다 정해둔 것인지, 실을 받아들자마자 망설임 없이 바늘을 찔러 넣었다. 방금 이어준 인대와는 좀 떨어져 있던 놈이었는데 이유는 알 수 없었다. 이런 식의 수술은 교과서고 논문이고 어디서 듣도 보도 못했기 때문이다. 그 누구도 엄두도 낼 수 없는 수술이었으니, 당연한 일이었다. 강혁은 그렇게 떨어져 있던 인대를 이어나갔다. 덕분에 강성지로서는 보조하기가 더 까다로웠다. 아무리 단단하게 이어 붙여줬다 해도, 한번 끊어졌던 인대이지 않은가. 그걸 아예 흔들리지 않게 주의하면서 다른 쪽의 시야를 확보해줘야 하다 보니 진땀이 줄줄 흘렀다. 더군다나 강성지는 남들보다도 더 신중한 사람이라 그 정도가 더했다.

'아이의 미래가 우리 손에 달렸다.'

조금 정신을 놓을라치면 아까 강혁이 했던 말이 들려왔다.

'개새끼.'

자기 성격 뻔히 알면서 이렇게까지 몰아붙여? 강성지는 섭섭하다기보다는 화가 나서 강혁을 올려다보았다.

'어…….'

그러곤 놀랐다. 강혁의 얼굴에 식은땀이 촉촉하게 배어나고 있어서였다. 대체 왜 장미가 동분서주 바쁜가 했더니만 그걸 닦아주느라 바쁜 거였다. 그냥 두었다가 상처 부위로 땀이 한 방울이라도 떨어졌다간 오염이 되기 때문이다. 그렇지 않아도 관절 부분은 감염에 취약했다.

'이 자식이 왜 이러지? 얘도 지금 이건 무리하는 건가?'

돌이켜보면 강혁이라고 해서 모든 수술을 손쉽게 뚝딱 해치웠던 것은 아니긴 했다. 실로 괴물이라는 말이 딱 어울리는 녀석이기는 하지만, 그조차도 힘겨워했던 수술들이 몇몇 있기는 했다.

'이게…… 이건 엄밀히 말하면 말이 안 되는 수술인 거지…….위험하거나 큰 수술은 아닌데?'

지금도 그랬다. 특히 강성지는 완성 단계에 있는 강혁을 본 적이 없어서 더더욱 그랬다. 오히려 옆에 있던 장미와 경원이 지금 강혁의 상태에 대해서는 훨씬 잘 알았다.

"교수님 괜찮아요?"

연신 장미가 땀을 닦아주는 걸 보고 있던 경원이 물었다. 이러다 쓰러진 것을 몇 번인가 본 적이 있어서였다. 그중 한 번은 소변줄까지 꼽지 않았나. 잊고 싶어도 그날의 기억은 너무도 선명하게 남아 있었다.

"안배하고 있어. 끝까지 하는 건 가능해."

"혹시 모르니까 의자라도 가져다달라고 할까요?"

"음……."

강혁은 봉합을 이어나가다 말고 잠깐 눈을 감았다. 하도 눈에 힘을 주고 또 그렇게 얻어낸 시각적 정보를 취합하는 데 힘을 쓰고 있다보니 어지럼증이 몰려왔다. 눈앞이 노랗게 된다고 할까?

"어, 필요하겠다."

강혁은 고개를 끄덕였다. 이러다 여기서 엎어지면 망신도 망신이지만, 환자의 다리도 문제지 않은가. 다들 강혁이 의례적으로 하는 말이라 여기긴 했겠지만, 한번 뱉은 말은 지켜야 했다. 강혁은 분명 아이에게 원래대로 고쳐주겠다 했다.

"네, 알겠어요."

해서 강혁은 경원의 말을 듣기로 했다. 그 말은 곧 약간 계획을 변경해서, 서서 해야 하는 부위를 먼저 하고 앉아서 해도 될 만한 부위를 뒤로 미룬다는 뜻이었다. 그게 정한 대로 딱딱 되는게 더 이상한 일이었으나, 벌써 양쪽의 인대를 이어서 삐뚤어져 있던 발목을 잡아주어서 가능한 일이기도 했다. 물론 남들이 보기엔 뭐가 엇나가 있던 것인지, 뭐를 잡아준 것인지조차 알기 어려울 만큼이나 미세한 차이였다. 그러나 그 차이로 인해 아이가 전력으로 뛸 수 있는지, 또 발목을 쓸 수 있는지를 결정할 것이라는 걸 강혁은 알았다.

"후."

때문에 강혁은 한숨과 함께 봉합을 이어나갔다. 그럴수록 인대는 거짓말처럼 붙어나갔다. 발목의 복잡하기 그지없던 뼈들도 제자리를 찾아갔다. 조금만 틀어져도 발의 아치부터 무릎이 틀어져 원래의 기량을 찾기는 어려웠을 텐데, 그걸 다 잡아가고 있다는 말이었다.

'이건 진짜 나밖에 못 하는 수술이지.'

강혁은 이제 앉아서 봉합을 하고 있었다. 시건방진 생각을 하면서였는데, 당연히 본인은 전혀 그렇게 생각지 않았다. 사실이지 않은가. 전무한 것은 현대 의학의 역사를 보면 확인이 되는 사실이었고, 후무는 지켜봐야 하겠지만 아마 인공지능이나 아직 탄생하지 않은 새로운 개념의 보조 기기가 나오지 않는 한 불가능할 터였다.

'미쳤네.'

강성지 또한 입을 다물지 못하고 있었다. 눈앞에서 기적이 펼쳐진 기분이었다. 레지던트 때의 강혁도 곧잘 이상한 수술을 하곤 했지만, 이 정도는 아니었다.

'인대가…… 완전히 다 붙었어. 이대로 걸으라 해도 걷겠어.'

오죽하면 이런 말도 안 되는 생각마저 들 정도였다.

"아우."

그 순간 강혁이 의자에 앉은 채 뒤로 쳐졌다. 강혁을 돌아보니 스쿼트 몇 세트 한 사람처럼 땀을 흘리고 있었다.

"닫는 건 너랑 노인네가 좀 해주라. 난 여기서 좀 자야지. 와, 뒤지겠네."

강혁은 말을 마치고 발로 바닥을 탁 차서 의자를 벽 쪽으로 보냈다. 한구 병원에 있던 기구였다면 끼익 소리가 났거나, 아예 넘어졌을 테지만 누와라엘리야 쪽은 강혁이 워낙에 신경 써서 구비해놓은 덕에 부드럽기 짝이 없었다.

"후."

그러곤 벽에 몸을 기댄 채, 거짓말처럼 잠들었다. 보고 있던 강성지나 최윤섭으로서는 어이가 없을 지경이었다.

"뭐야, 쟤? 원래 저랬어?"

"아뇨. 저런 짓은 안 했었는데."

"기절한 거 아냐?"

"그런 것 같기도 하고요."

"근데 기절을 저렇게 부드럽게 해?"

"원래 기절하기 전에 전조 증상이 있으니까…… 아주 예민한 놈이면 가능하긴 하죠."

"흐음."

최윤섭은 알다가도 모를 놈이라고 중얼거리며 장미과 경원을 돌아보았다. 옛날의 강혁이야 이쪽이 훨씬 더 잘 알지만, 최근의 강혁은 베일에 싸여 있는 느낌 아니던가. 오랜만에 본 제자는 기대 이상으로 잘 커서, 너무 거물이 되어 있었다. 그리고 더 괴짜가 되어 있기도 했다.

"저거 어째요?"

해서 이렇게 물었다. 그러자 장미와 경원은 대수롭지 않다는 얼굴로 어깨를 으쓱해 보였다.

"수술 끝날 때 깨우면 될 거예요."

"네, 자는 거예요. 가끔 저러세요."

"그래요?"

"네."

"원래 좀…… 잘 수 있을 때 자고, 먹을 수 있을 때 먹는 걸 엄청 강조하는 편이시거든요."

"그게…… 그게 맞긴 한데."

멀리 갈 것도 없이 최윤섭 본인부터가 그렇게 말하긴 했다. 하지만 그래야 한다고 해서 정말 그렇게 되던가? 저렇게 기절하듯 잠자는 게 되는 건가? 말이야 '기절하듯 잠들었다'라는 말을 쓰기도 하지만 정말로 그랬던 적은 거의 없었다. 최윤섭의 인생이 그 누구보다 고단한 편이었음에도 그랬다.

"저렇게 기절을 해?"

"네. 기절하듯 자요."

"뭐…… 소변줄 안 꽂아도 되나?"

"아……. 그거 한 번 꽂았었는데요."

"꽂았는데?"

"꽂았던 사람 죽을 뻔했죠."

"아……. 하긴 저 새끼 성질이…… 이런 말 하면 안 되나? 나한테 제자라도 이쪽한텐 스승인데."

"아, 아뇨. 해주세요. 기분 좋아지는데요?"

최윤섭은 넉살 좋게, 그러면서도 동시에 강혁을 찡그린 얼굴로 바라보고 있는 경원을 보면서 조금 당황했다. 동시에 안심이 되기도 했다. 제자가 많이 바뀐 줄 알았는데, 한결같은 면도 있는 모양이었다.

'여전히 충실한 개새끼인가?'

돌이켜보면 정말 이상한 일이었다. 레지던트 때의 강혁을 생각해보면 어떻게 이 정도로 열심히 할 수 있을까 싶을 정도로 몸을 갈아 넣어서 일했다. 사명감이 어찌나 투철한지 자신이 조금이라도 관여했던 환자가 있으면 주말이고 휴일이고 간에 다 반납하고 뛰었다. 그럼에도 나쁜 놈이란 생각을 지울 수가 없었다.

'교수님……. 강혁이 좀 어떻게 해줄 수 없을까요?'

4년 차가 와서 이런 하소연을 했을 지경이었다. 너는 왜 4년 차가 되어가지고 1년 차를 감당 못 해서 이 야단이냐고 했더니만 몸을 부르르 떨었다. 여전히 그 녀석이 무슨 일을 당해서 그렇게 되었는지는 불명이었다. 강성지랑 둘이 몇 년을 다니는 동안 넌지시 몇 번 물었음에도 답을 안 해줘서였다.

"많이 괴롭히나보네."

최윤섭은 강혁이 완벽하게 이어준 발목의 절개 면을 당겨 꿰매면서 입을 열었다. 강혁이나 그가 키워낸 이들에 비하면 한 수, 두 수 처지는 실력이지만 그럼에도 오래된 외과 의사지 않은가. 놀고먹은 것도 아니고 쉬지 않고 단련해온 몸이었다. 덕분에 봉합 정도는 강혁의 수고에 누를 끼치지 않을 정도로 잘 해낼 수 있었다.

"아이고……. 저희 둘은 그나마 낫죠. 지금 밖에 있는 애들은 뒤져요, 진짜."

"그래? 그 정도예요?"

"네. 일단 말씀은 낮추시고요."

"아, 그래. 그러지. 음. 뒤진다고?"

"네. 다들 어휴……. 당하는 거 보면……."

"근데 왜 여기까지 와서 일하지? 강제 조항은 없을 텐데. 특히 한유림 교수님은 전 장관이잖아."

"그게…… 그게 저도 신기해요. 다들 불만이 막 오르는 시점이 있는데, 백 교수님이 슥 가서 몇 마디 해주면 또 신나서 일하고."

"허……."

이 녀석이 이제 개새끼 수준이 아니라 악마가 됐구나 싶었다. 말로 홀려서 애들을 이런 산간벽지에서 부리는구나 하는 생각마저 들었다. 그 결과로 자기 욕심만 채우는 건 아니어야 할 텐데. 제자의 사명감도 잘 알지만, 인성 수준도 알아서 드는 걱정이었다.

"근데 말이야."

"네."

"백 교수가 돈이 진짜 많은 것 같던데……. 그런 거 어디서 버는지 아나?"

"아, 돈이요? 첨부터 많기는 하셨어요. 그렇지?"

경원은 한국대 병원에 있을 때부터 강혁이 사주었던 밥들을 떠올리며 장미를 바라보았다. 그가 여태 먹어본 파인 다이닝은 죄 강혁이 사준 것들이지 않은가.

"어, 그렇죠. 와인 마시는 거 보면…… 장난 아니에요."

술 얘기로 넘어가면 또 얘기가 달라질 지경이었다. 프랑스 와인부터 이태리, 신대륙 와인까지 줄줄 꿰고 있는 양반 아닌가. 그뿐만 아니라 위스키나 전통주 쪽도 일가견이 있었다. 다 비싼 술인데 일가견이 있단 건 그쪽으로 돈을 꽤 썼다는 얘기고, 동시에 쓸 돈이 있다는 뜻이기도 했다.

"그래? 원래 부자라고? 아닌데……?"

최윤섭은 고개를 갸웃거렸다. 강혁의 가정 형편을 누구보다 잘 아는 사람이지 않은가. 학생 때 천애 고아가 된 강혁과 지도교수로서 같이 빈소를 지켰던 날의 기억은 여전히 선명했다. 환경 미화부로 일하다 갑자기 떠난 고인은 강혁에게 허전함 외에 아무것도 남기지 못했다.

"블랙 워터스에서 많이 받았나봐요. 그리고 투자를 귀신같이 하세요. 주식왕이에요."

"그래? 주식을? 다른 건 안 하고?"

"네, 주식일걸요."

"아……. 다행이네."

"다행이요?"

"아니, 아냐. 음, 그래. 저놈이 나쁜 놈은 아니지."

최윤섭은 그제야 안심했다는 얼굴이 되었다. 어디서 마약 밀

매라도 하나 싶을 정도의 재력이었는데, 주식이라지 않은가. 설령 사실이 아닐 수도 있겠지만 일부러 깊숙이 들이 팔 생각은 들지 않았다. 때론 모르는 게 약일 때가 있는 법이니까.

"으으음."

게다가 곤히 잠든 강혁의 얼굴을 보고 있자니, 안쓰럽기까지 했다. 세상에 생판 남인 사람을 위해 수술을 하다가 기절을 하다니. 단지 돈 때문만이라면 저렇게까지 혹사하진 못할 터였다. 인간이란 생물은 더 높은 뜻을 위해서는 목숨도 버리지만 돈 때문에 목숨을 버리는 경우는 드물지 않던가.

'그래, 내가 제자를 허투루 키웠을 리는 없지.'

"음, 다 했네."

"네, 그럼 일반 병실로 가겠습니다. 여기서 바로 깨울게요."

"응, 그러지."

최윤섭은 흐뭇한 미소를 지으며 봉합을 마쳤다. 경원은 이미 속도를 맞추어서 깨우고 있었기에, 거의 봉합이 마치는 것과 동시에 아이를 깨워 나갈 수 있었다. 그 솜씨가 어찌나 유려한지 최윤섭과 강성지는 저도 모르게 서로를 돌아보았다. 그들도 이런저런 현장을 전전하면서 참 다양한 마취과 의사를 접했는데 이만큼 잘하는 사람은 처음이었다.

'바이털이 흔들리는 상황에서는 또 다를 수도 있기는 한데…… 글쎄, 저놈이 아무나 데리고 다닐 리는 없어.'

원래 나이가 들면 사람이 좀 부드러워지기 마련 아니던가. 강혁도 조금 착해진 것 같기는 하지만 그 정도가 보통 사람들에 비해 너무 적었다. 그런 강혁이 실력이 처지는 사람을, 그것도 외과 의사에게 결정적인 영향을 미치는 마취과 의사를 아무나 데리고 다닌다? 모르고 데리고 다녔다면 벌써 총이라도 쐈을 터였다. 최윤섭은 제자의 성질을 아주 잘 알았다.

"깨울까요?"

환자가 깨어나고 얼마 지나지 않아, 강성지가 물었다. 어느새 강혁의 바로 앞에 선 채였다. 알아서 일어날 거라던 강혁은 여전히 뻗어 있었다. 아니, 아까보다도 더 격렬히 자고 있었다. 엉덩이를 의자 바로 앞에 간신히 걸치고서였다. 최윤섭은 잠시 그 모습을 지켜보다가 이내 고개를 저었다. 수술실 불을 꺼주면서였다.

"아니, 자게 두자. 환자 두고 와서 깨워."

"아……. 네. 진짜 무리했나보네. 코를 고네."

"그러니까. 저렇게 생겨서 코 고니까 느낌 새롭네."

강성지는 최윤섭이 이 말을 하면서 너무 자기 얼굴을 뚫어져라 바라봤기에 기분이 좀 상했다.

"저는 뭐 코를 골게 생겼다 이 말입니까?"

"그건 아닌데…… 너 얼굴로 코를 골면 그건 좀 납득이 되거든."

"비슷한 말 아니에요?"

"응, 알아듣네?"

"하."

해서 말을 꺼냈다가 화까지 났다. 강성지가 씩씩거리며 위층에 있는 병실로 환자를 옮기는 동안, 재원은 리처드와 함께 앰뷸런스에 있었다. 비는 그칠 기미가 보이지 않았다. 오히려 더 세차게 내리고 있었다. 리처드는 차 천장을 두드리는 빗소리를 듣다가, 이내 아이를 내려다보았다. 이미 수술은 끝난 지 오래였다.

'괴물인가?'

팔이 돌아간 상태였다. 부러지다 못해 돌아갔다는 건, 단지 뼈만의 문제가 아니게 되었다는 얘기였다. 근육과 인대가 전반적인 손상을 입게 된 것이다. 그나마 관절 부위가 직접적으로 다친건 아니었다고 해도, 쉬운 수술은 아니었다는 건데 지금 이 환자는 수술이 너무 잘된 상황이었다.

'역시 형님인가?'

리처드는 이제 재원을 바라보았다. 재원은 그저 걱정스럽다는 얼굴로 창밖을 바라보고 있었다. 그럴 수밖에 없는 게 지금 당장은 아무리 괴수 같은 앰뷸런스라고 해도 마냥 달리기가 어려울 것 같았다. 또 추가적인 피해도 걱정이었다. 비가 많이 오는 지역임에도 불구하고 대비가 거의 안 되어 있는 탓이었다. 그나마 병원이나 숙소 동은 콘크리트로 튼튼히 지어놨지만, 노동자들이 있는 롱하우스는 목재건물이고, 그마저도 제대로 짓지 않아 무너질 위험이 있었다.

'개기면 개길수록 수술이 느나?'

리처드는 재원의 심각한 속내에도 불구하고 그저 이런 생각만 하고 있었다. 딱히 강혁이 아니라 재원 본인이 들었더라도 개소리 말라는 말이 나올 만한 생각인데, 아직 입 밖에 내지 않았다는 게 다행이었다.

"일단 천천히 갈까요?"

그사이 재원은 생각을 정리하고 입을 열었다. 어디선가 신고가 들어온다면 이 앰뷸런스가 있어야 출동을 나갈 수 있지 않겠나. 이런 날씨 속의 누아라엘리야에서는 일반적인 앰뷸런스나 차량은 그냥 없는 거나 마찬가지라 여겨야만 했다.

"그럴까요? 차가 좀 흔들릴 수 있는데……."

"애는 괜찮아요. 팔 말고는 다 괜찮습니다."

"그럼 알겠습니다."

로지스티션은 재원을 비롯한 의사들을 존중했을뿐더러 재원의 얼굴이 너무 진중하기도 했기에 망설임 없이 차를 출발시켰다. 그 또한 어딘가 무너지지 않을까에 대한 걱정이 들어서이기도 했다.

삶이라는 농담

발목 수술을 받은 아이는 곧 일반 병실로 옮겨졌다.

"좀 어떻습니까? 뛸 수 있을까요?"

뒤이어 따라온 한국인 감독은 마치 자기 자식이 다친 것처럼 초조해하며 물어왔다.

"음."

최윤섭이나 강성지나 집도의는 아니지 않은가. 아니, 골절이 제일 큰 부상인데 그걸 고쳐주긴 했으니 집도의인가 싶기도 했지만. 하여간 아이의 예후에 커다란 영향을 미칠 만한 수술은 둘이 아닌 강혁이 한 참이었다. 그리고 강혁은 지금 아래층에서 잠들어 있었다. 뭐라 말해야 하나, 고민하고 있으려니 누군가 입을 열었다.

"자세한 건 더 지켜봐야겠지만……. 일반적으로 발목이 부러졌을 때 기대하는 예후보다는 훨씬 좋을 겁니다."

고개를 돌려보니 경원이었다. 자네는 마취과잖아? 라는 말이 나오기에도 좀 애매한 게 너무 확신에 차 있었다. 그 덕에 감독은 완전히 그에게 몰입해버렸다.

"저, 정말입니까? 이 친구가 진짜 재능이…… 재능이 있거든요."

"전이랑 똑같을 거라는 말을 드리긴 어렵지만……. 일반적인 것보다는 나을 거예요. 수술은 정말 잘됐습니다."

"아이고……. 감사합니다. 감사합니다."

경원이 한 번 더 장담 아닌 장담을 해버린 덕에 감독은 고개를 연신 꾸벅거렸다. 얼굴만 까만 줄 알았는데 뒷덜미는 더 까매져 있었다. 하여간 햇빛에 어마어마하게 노출이 되고 있는 모양이었다. 감독이라더니 뙤약볕에서 같이 뛰나 싶었다.

'아니지, 내가 뭘 생각을 하는 거야. 이래도 되는 거야, 이거?'

최윤섭은 피곤하기도 하고, 여기 와서 또 다른 한국 사람을 보게 된 게 신기하기도 해서 의식의 흐름을 아무렇게나 따라가다가 퍼뜩 정신을 차렸다. 현지인들에게는 희망을 조금 주어도 괜찮은 경우가 많았다. 그들에게 외상이나 질병이 갖는 의미가 한국인들과는 좀 달라서였다. 정도 이상의 외상은 거의 죽음이나 진배없는 경우도 많았다. 때문에 의료진이 아무리 괜찮을 거라 말해도 지레 포기하거나 최악을 염두에 두었다. 그래서 더 치료가 안 되는 경우도 있어서, 최윤섭도 현지인들에게는 분위기 봐가면서 좀 오버해서 말하기도 했다.

'이 사람이…… 현지에서 꽤 오래 있었던 것 같기는 한데…….
그래도 한국인이잖아.'

하지만 한국인에게 불필요하게 희망을 주는 건 위험한 일이었다. 전 세계에서 가장 의료 인프라가 잘 깔린 곳에서 온 이들에게는, 병원에 가면 사람이 낫는 게 너무 당연한 일 아닌가. 어느 정도 좋아지느냐가 더 중요한 사람들이었다.

'발음도 뭉개지지가 않는 게⋯⋯. 여기 커뮤니티가 있거나 10년까지는 안 된 사람이야.'

괜히 입 털었다가 상태 안 좋아지면 도리어 구해주고 욕을 들어 먹을 수가 있었다. 세상엔 별의별 사람이 다 있지 않은가. 그중엔 감사를 모르는 사람도 너무 많았다. 괜히 물에 빠진 놈 건져 놓으니까 내 봇짐 내놓으라 한다는 속담이 있을까. 최윤섭은 물론이거니와 강성지도 그렇고 심지어 강혁이나 이 자리에 있는 경원도 다 겪어본 적이 있었다.

"저기, 박 선생?"

해서 최윤섭은 감독을 병실에 두고 나오자마자 경원을 불렀다. 걱정스러운 얼굴을 하고서였다. 그에 반해 경원은 태평하기만 했다.

"네, 교수님."

"아까 말⋯⋯. 너무 오버해서 한 거 아닐까? 장담하다가 나빠지기라도 하면 어쩌려고?"

"아⋯⋯. 다리요?"

"그래, 다리. 상태 봤잖아. 그거⋯⋯ 그거 엉망이었다고. 신경 안 다친 게 다행일 지경인데⋯⋯."

"괜찮아요."

"괜찮아?"

최윤섭은 경원이 너무 당당하게 나오자 이런 생각이 들었다.

'병원에 따로 대응팀이 있나? 하긴 거의 이 지역 유지급이 된 것 같기는 했어.'

아무리 사고를 쳐도 수습이 되나 싶었다는 얘기였다. 하지만 경원이 꺼낸 말은 전혀 결이 달랐다.

"네. 백 교수님이 기절했잖아요, 거의."

"어……. 그랬지. 그래서 더 걱정이야. 저렇게 힘든 상황에서 수술했다는 게……."

"같이 보시지 않았어요? 완벽했는데, 수술."

"보기는 봤지. 음……."

최윤섭은 저도 모르게 강혁의 수술을 떠올렸다. 원래 수술이라는 건 사람이 하는 것이라 완벽이니 뭐니 하는 수식어는 어울리지 않는다고 믿는 사람이었음에도 완벽이라는 단어 말고 다른 건 생각하기 어려울 지경의 수술이었다. 제멋대로 끊어져 있던 인대가 그저 이어 붙여진 정도가 아니라 원래대로 복구되는 모습이라니. 불가능의 영역이라고 여겼던 일이 눈앞에서 현실이 되어 펼쳐진 셈이었다.

"백 교수님이 저렇게 심혈을 기울인 수술은 대개 괜찮더라고요. 아마 뛸걸요? 이전이랑 별 차이도 없을 거고요."

"아……. 어떻게 그렇게 확신을……."

"저는 여러 번 봤으니까요. 백 교수님이랑 있다 보면 말도 안 되는 일이 벌어지기 마련이에요."

"음. 그런가. 하긴 옛날부터 진짜 이상한 놈이긴 했어."

최윤섭은 강혁이 아직 레지던트였던 시절을 회상했다. 강혁 덕에 많은 사람을 살릴 수 있었다. 그중에는 솔직히 보자마자 마음속으로 포기했던 사람도 있었다. 거기까지 생각이 미치자 조금 마음이 편해졌다.

"일단 교수님 깨우러 가죠. 더 환자 오기도 어려울 날씨니까…… 아예 숙소로 옮겨서 주무시라고 하는 게 나을 것 같아요."

그사이 경원은 계단을 따라 내려가면서, 계단에 난 창을 보며 말했다. 그의 시선을 따라 돌아보니 과연 내리는 비가 심상치가 않았다. 쏴아아아아. 소리만으로도 이거 야단났단 생각이 들 지경이었다. 애초에 통행량이 그리 많은 도시도 아닌 만큼, 더 이상의 교통사고는 없을 터였다. 또 이 날씨를 뚫고 오는 환자가 있다면 정말 죽기 직전이 아닐까 싶었다.

"그렇네. 깨워서 가자고. 아, 나도 이거 피로하네."

"저도 그래요. 만만치 않은 하루였네요."

둘은 장미와 강성지와 함께 안심한 얼굴로 걸었다. 아쉽게도 이 날씨가 다른 재난으로 이어질 수도 있을 거란 생각은 하지 못했다. 경험 부족과 같은 이유가 있겠으나, 그보다는 너무 피곤해서인 게 맞을 터였다. 노는 것도 너무 놀면 힘든 법이지 않은가. 계속 여기 갇혀 있다가 돈 제한 없이 놀고 왔으니……. 그에 더해 이동도 만만치 않았고, 지금은 수술까지 한 마당이었다.

"어?"

그건 강혁도 마찬가지였다. 아니, 강혁이 제일 심했다. 기절할 정도로 심혈을 기울인 참이지 않은가. 애초에 뒷일은 생각지 않고 저지른 수술이었다.

"그래, 가자. 아오……. 허리야. 수술 끝나면 깨우라니까 늦게 깨워서."

"생각을 해줘도 지랄이네."

"제자한테 지랄이요?"

"넌 스승한테도 지랄이라고 했어."

"음."

일행은 일단 숙소로 향했다. 리처드와 재원이 아직 돌아오지 않았다는 것, 그리고 한유림의 수술이 이제 막 끝나간다는 것은 전혀 염두에 두지 않았다.

"와……. 비가 미쳤네?"

"더 천천히 가야 될 것 같아요. 앞이 잘 안 보여서요."

"네. 여기 길 구불거려서…… 진창에 갔다 박으면 큰일이에요."

거리로만 따지면 벌써 도착했어야 정상이었다. 사고 지점이 병원에서 꽤 가까운 곳에 있어서였다. 하지만 현지에서 가려 뽑은 로지스티션조차 머뭇거릴 정도로 비가 심하게 쏟아지고 있었다. 그냥 아스팔트 길에서도 이러면 위험할 텐데, 여기는 오프로드이지 않은가. 어디선가 쓸려 내려온 나뭇가지들이 차체를 흔드는 경우가 종종 있었다. 게다가 길 자체가 워낙 꼬불거리는 곳이라 더 위험했다. 그렇다보니 강혁이 잠에서 깼을 때쯤 들어왔어야 하는 차가 한유림이 나오고 나서야 마당 안에 들어설 수 있었다. 한유림으로서는 꽤 당황스러운 일이었다.

'뭐여? 지금 차가 와?'

오자마자 이런저런 수술을 하다보니 이제 11시가 넘어가고 있었다. 근데 지금 차가 온다고? 게다가 어슴푸레하게 보이는 불빛을 토대로 유추해보니 그냥 차가 아니라 앰뷸런스였다.

'아씨……. 다 숙소로 튄 것 같은데……. 나 독박 쓰는 거 아냐?'

본능적으로 잭과 노아를 찾게 되었다. 실컷 놀고 오는 동안 개고생을 했다는 거야 잘 알지만, 그래도 어쩔 수 없었다. 이럴 때 쓰라고 미국에서 빌려준 인력이지 않나 하는 생각도 들었다. 사실은 여기에 배우러 온 사람들이었지만 자꾸 자기를 노예라고 불러달라고 해서 그런가, 어쩌다보니 그냥 노예로 여기게 되었다.

한유림 앞에 차가 섰다.

"아, 재원아. 휴."

그러곤 재원이 먼저 내렸다. 그걸 보자마자 독박은 아니겠다 싶었다. 한유림은 저도 모르게 안도의 한숨을 흘렸다.

"휴는 뭐예요?"

"내가 그랬어? 지금까지 수술했더니 힘들어서 그런갑다. 환자는 무슨 환자야? 어? 리처드도 있네? 둘이 할 수 있을까? 아유……. 나이가 드니까 수술 몇 번 하고 나면 너무 지쳐서 이거."

그게 좀 민망하기도 했고 동시에 새로운 수술에 끌려가고 싶지도 않았다. 그렇다보니 말이 저절로 빨라졌는데, 재원은 어쩐지 그런 한유림을 한심하다는 눈으로 바라보고 있었다. 꽤 노골적이었다. 옛날엔 불만이 있어도 속으로 삭일 줄 아는 건실한 청년이었는데, 강혁과 함께 있어서 그런가, 아주 불손해졌다.

"왜…… 왜 그런 눈으로 봐?"

"수술 안 하려고 수 쓰는 게 너무 보여서요."

"수? 수라니. 무슨…… 무슨 소리야. 아유, 몸만 따라주면 수술

하지."

한유림이 쩔쩔매는 사이 리처드가 로지스티션과 함께 환자를 내렸다. 그제야 한유림은 환자 팔에 동여매져 있는 캐스트를 확인할 수 있었다.

'이런 시발.'

어둑하기도 하거니와, 눈도 침침해진 탓에 잘 보이지 않았는데 이제 보니 수술이 끝난 상황 아닌가. 이럴 줄 알았으면 멋있게 수술 들어가는 척이라도 할 걸 하는 생각만 들었다. 양재원은 그런 한유림을 보며 후, 하고 한숨을 쉬었다. 어찌나 오래 비를 맞았는지, 살짝 스쳐 지났음에도 불구하고 물비린내가 났다.

"교수님, 저희는 현장 갔다 왔어요. 우리한테 일 넘기려고 하시면 선 넘는 거지."

"아, 아니, 그런 말이 아니라. 내가 하려고 했지."

"캐스트 보고 하시는 말씀 아니에요? 너무 속 보이는데."

재원은 이때다 싶어서 맹공을 퍼부었다. 아마 상대가 강혁이라 해도 별 상관하지 않았을 터였다. 누구는 비바람을 뚫고 가서 사람들 구출해서 왔는데 거기다 수술을 넘기려고 해? 강혁을 점점 닮아가면서 전투력 만땅이 된 재원으로서는 절대 그냥 넘어갈 수 없는 일이었다. 게다가 다른 꿍꿍이속도 있어서 일부러 더 긁었다.

'와 형님……, 미쳤네. 한유림 교수님도 빡치면 꽤 무서운데.'

리처드는 그런 재원을 보면서 속으로나마 박수를 보냈다. 한유림이야 속내를 알 리가 없지 않은가. 게다가 한유림은 자기 스스로 퍽 좋은 사람이라 여기는 사람이었기에 마음이 무척 급했다. 어차피 자신에 대한 양재원의 평가가 이 일 하나로 바뀔 리 없을 텐데도 그랬다.

"나, 나를 뭐로 보고. 여기 봉사하러 왔어. 언제 어떤 신고가 와도 출동할 용의가 있다고!"

"그래요?"

"그래!"

"정말이죠?"

"그렇다니까?"

"그럼, 지금 가시죠."

"응? 무, 무슨 소리야."

"롱하우스 무너졌대요. 다행히 다들 경험이 있어서 다친 사람은 하나뿐인데, 그래도 데려오려면 가야 해요. 오는 동안 치료도 해야 하고."

"어……."

한유림은 출동하는 차 안에서 다시 한번 허탈한 얼굴로 한숨을 쉬었다. 손목에 찬 시계를 내려다보니, 이제 12시를 막 넘기고 있었다. 앰뷸런스는 병원 근처에 방치된 공터를 지나 차 농장들이 즐비한 곳으로 들어선 참이었다. 호텔 단지 근처의 차 농장, 그러니까 관광지의 역할도 하는 곳들과는 달리 정말로 차 생산 자체만을 위해 존재하는 곳이었다. 그렇다보니 효율적인 운영을 위해 노동자들이 거주하는 시설인 롱하우스도 그냥 노출되어 있었다.

"어디가 무너졌다는 거죠?"

"아, 거의 다 왔습니다. 저기…… 저기네요."

"아."

기사의 말에 따라 시선을 돌려 보니, 사고 지점은 농장 중에서도 구석진 곳에 있는 모양이었다. 보통 이렇게 되면 차량 접근은 어려울 때도 많은데, 적어도 누와라엘리야에서는 예외였다. 죄트럭이 다니는 길이다보니 도로 상태와는 별개로 너비는 충분했기에 그랬다. 트럭은 곧 농장 앞에 멈추어 섰다. 미리 대기 중이던 관리인들이 우르르 다가왔다. 실질적 주인이 강혁인 만큼 농장을 인수하자마자 제일 먼저 한 일 중 하나가 제세동기 및 응급진료백 그리고 들것을 보급하는 것이었는데, 누구 하나 그 물건을 들고 있는 사람은 없었다.

'뭐……. 아직 교육을 못 했으니까.'

그들을 탓할 일은 아니었다. 응급 구조가 빨리 이루어질수록 효과가 극대화되는 것은 사실이지만, 어설프게 건드렸다간 더 큰 부상으로 이어지기도 하지 않던가. 해서 강혁은 물품만 우선 공급하고 섣불리 쓰지는 말도록 당부한 바 있었다.

"환자는 어딨죠?"

한유림은 곧 쏟아지는 빗속으로 뛰어들었다. 물에 젖지 않아 우의 대용으로 쓸 수 있는 구조복을 입고 있었기에 당장 체온을 빼앗기는 일은 없었다. 하지만 옷 위를 세차게 때리는 빗방울만으로도 불편감이 느껴질 지경이었다. 정말이지 어마어마한 폭우였다.

"아, 네! 이쪽으로 오시면 됩니다. 들것은 저희가 들겠습니다."

그 비를 온몸으로 견디고 있던 관리인 하나가 손전등을 든 채 농장 한쪽을 가리켰다. 불을 켠다고 켜준 것 같은데, 그럼에도 잘 보이진 않았다. 한유림은 앰뷸런스 안에 있던 들것을 모여 있던 이들에게 맡긴 후, 앞서가는 관리인 발자국을 보며 걸었다.

'룩스 센 걸로 마련하길 잘했네.'

헤드라이트에 의지해서였는데, 강혁이 고집부려서 비싼 걸 산 보람이 있다고 느껴지는 순간이었다. 손전등도 여러 개 있고, 심지어 앰뷸런스도 불을 쏴주는 상황인데 어쩜 이렇게도 어두울 수 있을까. 게다가 가는 길이 안전하지도 않았다. 세차게 쏟아지는 비에 진창으로 변해버린 탓이었다. 발이 빠질 때마다 저항이 느껴졌는데, 작업화가 아니었으면 벌써 벗겨졌겠다 싶었다. 관리인도 나이가 적지 않은 한유림이 걱정되는지 연신 뒤를 힐끔거렸다.

'건강하다 싶더니만……. 진짜 잘 따라오시네.'

다행히 한유림은 정정하다는 말로도 표현이 좀 부족할 정도로 강건한 사람이었다.

"여깁니다."

"아이고."

어렵게 도착한 현장은 그야말로 엉망이었다. 얼핏 봐도 수십 명의 노동자가 내리는 비를 그대로 맞고 있었다. 누와라엘리야 날씨가 일교차가 워낙에 큰 편이지 않은가. 저러다 감기라도 걸리면 큰일이었다. 지금 보이는 사람들만 다 앓아누워도 바로 병실 포화였다.

"일단 이분들…… 다른 롱하우스나 농장 관리소로 가시라고
하죠?"

"아, 네. 근데 다른 곳도 포화라……."

"아."

해서 여기저기로 분산시키려 했는데 생각지 못한 문제가 있었
다. 이미 롱하우스들이 포화라는 것.

'아니……. 거기도 언제 무너질지 모르지.'

게다가 더 생각해보니 안전지대가 없다고 봐도 무방했다. 하
늘을 올려다보니 야속할 정도로 비를 쏟아붓고 있었다. 오면서
대화를 해보니 누와라엘리야에서 이만한 폭우가 쏟아지는 건 드
문 일이라고 하던데, 참으로 재수 없는 날이라 할 수 있었다.

"그럼 차 되는 대로 해서 병원으로 가죠. 거기 천막 아래라도
가면 그나마 낫겠지. 내가 차 수배해줄게."

"아, 네. 감사합니다, 교수님."

"그리고 환자는?"

"여기…… 일단 비까지 맞으면 안 될 것 같아서요."

"아, 저렇게 해놨구나."

롱하우스 중엔 뭐가 되었건 건축물 형태를 띤 것들도 있었지
만, 지금 한유림 눈앞에 있는 건 색깔 있는 비닐로 싼 비닐하우
스였다. 이런 식으로 비가 세차게 와서 철근 구조물 중 하나라도
무너지게 되면 그쪽으로 비가 고이면서 전체적으로 다 망가질
수밖에 없었다.

'갈 길이 멀다, 멀다 하더니만…….'

강혁의 말만 들을 땐 그래도 이만하면 우리 잘하고 있지 않나 하는 생각도 들었으나, 직접 와서 현실을 보고 나니 더 실감이 되었다. 갈 길이 먼 정도가 아니라 이제 시작인 것 같았다.

"음……. 제가 좀 보죠. 들것으로 옮기기 전에."

한유림은 재빨리 다른 사람들이 들고 있는 우산에 둘러싸여 있던 환자에게로 달려갔다.

"으……."

다행히 신음을 낼 수 있는 것으로 보아 어느 정도 의식은 있어 보였다. 같이 온 로지스티션에게 시켜 말을 걸어보니 과연 의식은 괜찮았다. 다소 안심한 한유림은 본격적으로 환자를 살폈다. 칠흑 같은 어둠 속이라 수월하지는 않았지만, 언제는 수월한 곳에서 진료를 했던가. 한구에서부터 혹독한 수련을 받아온 그에게 이 정도는 그리 어려운 일이 아니었다.

'다행히 골절은 없어. 머리를 좀 부딪힌 것 같기는 한데…….출혈이 있다 해도 경막외일 가능성이 커. 근육 파열이 있기는 하지만……. 응급 수술이 필요한 수준은 아닐 것 같은데……. 일단 병원으로 가서 검사를 좀 해봐야겠어.'

한유림은 순식간에 1차 점검을 끝내고 환자를 들것으로 옮겼다. 워낙 사람이 많이 몰린 참이라 이건 수월했다.

"자, 하나에 왼발. 흔들리면 안 됩니다."

"네."

"하나, 하나, 하나."

게다가 환자 상태가 아주 안 좋은 것도 아니라, 일절 흔들림을 허용하면 안 되는 그런 수준은 아니었다. 덕분에 한유림은 환자를 앰뷸런스에 싣고 곧 농장을 떠나 병원으로 향할 수 있었다.

"어, 양 선생. 이쪽으로 차 좀. 롱하우스에 있던 사람들 지금 밖에서 벌벌 떨어."

물론 쉴 수는 없었고, 전화기를 붙든 채였다. 재원도 아무리 강혁을 닮아가면서 싸가지가 없어졌다고 해도 한유림 정도 되는 사람을 현장에 보내고 발 닦고 잘 정도는 아니었다.

"아, 네. 사람 보낼게요. 환자는 어때요?"

"몇 가지 검사는 해봐야 할 텐데, 다행히 수술방 들어갈 정도는 아닌 것 같아."

"그거 다행이네요."

"어. 오자마자 이게 뭔 일이야. 병동은 괜찮고?"

"조금 바이털 흔들리는 애가 있긴 한데……. 수술한 거 감안하면 그냥 괜찮은 수준이에요."

"그래, 그렇군."

한유림은 애써 '이제 없겠지'라는 말을 집어삼켰다. 괜히 입 털었다가 또 몰려오면 한유림 탓을 할 게 뻔해서였다. 참고 있는 건 한유림뿐 아니라, 재원도 마찬가지였다. 해서 둘은 생각으로 통했다.

'부디 이제는 평안한 밤이 되길…….'

"어후……."

강혁은 8시가 넘어서야 눈을 떴다. 그러고도 한참을 이불 속에 꼼지락거려야만 했다. 온몸이 두들겨 맞은 것처럼 아프다거나 해서는 아니었다. 그저 피로했다.

'어제 진짜 개무리하기는 했나보다……'

강혁은 베개에 머리를 파묻으며 어제의 수술을 복기했다. 아니, 복기하려 했다가 포기했다. 단지 시도한 것만으로도 또다시 두통이 몰려와서였다. 해서 다시 고개를 돌려 발가락으로 커튼을 쳤다. 그러자 햇빛이 쏟아져 들어왔다. 어제 비가 좀 온다 싶더니만 하늘이 맑게 갠 모양이었다.

'하긴 여기야…… 공기는 언제나 좋지.'

스리랑카가 이제 막 경기가 좀 좋아지고 있다고 해도 일단 돌아가는 공장이 그리 많지 않았다. 물론 새 차 비율보다 중고차 비율이 더 높은 나라인 데다가, 중고차라는 게 대한민국에서 흔히 떠올리는 중고차도 아니었다. 20년 넘어가는 차량들이 길바닥에 즐비한 상황은 환경적으로는 재해였다. 그럼에도 공기가 좋은 건 섬이라서 그랬다. 이리저리 부는 바람이 매연도 이리저리 흩어주었다. 그만큼 천혜의 자연을 자랑하고 있고, 관광지로서의 매력이 끝내준다는 뜻이었다.

'여기가 진짜 예쁜…… 예쁜…… 뭐야 이거.'

그런 생각을 하며 몸을 일으켜 창밖을 내다보는데, 뭔가 이상한 것들이 눈에 들어왔다. 우선 산 모양이 조금 바뀌어 있었다. 무너진 느낌이라고 해야 할까? 거기서 쏟아진 잔해들이 길까지 닿았는데, 다행히 여긴 일하는 사람이 한둘이 아닌데다가 다들 봉사 정신이 투철하기까지 해서 대강 치워진 느낌이었다.

'어제 비가 진짜 많이 내렸구나?'

아차 하는 생각이 들자마자 밖으로 향했다. 씻지도 않았고, 추리닝 차림이지만 별 상관은 없었다.

어차피 힘쓰러 가는 길이니까.

"어, 일어났네?"

딱 나가자마자 강성지가 반겨주었다. 녀석도 잘 잤는지 얼굴이 땡땡 부어 있었다.

"어. 언제부터 이런 거야?"

"7시? 비가 엄청 와서…… 사실 나는 제대로 못 잤어."

"노인네는?"

"뻗었지. 아무리 건강해 보여도 이제 곧 일흔이야."

"하긴…… 어제 무리하긴 했지."

강혁은 끙 하고 소리를 내고는 다시금 앞에 나와 있는 면면을 살폈다. 리처드와 재원 그리고 한유림이 보이지 않았다.

"안녕하십니까? 좋은 아침입니다!"

"어…… 닥터…….."

"노예입니다!"

"어, 응. 그래요…….."

해서 화를 내려는데, 노아가 다가와 인사를 건넸다. 방금 소개한 것처럼 노예의 몰골을 하고서였다. 후줄근한 것이 어째 진짜 노예 같았다.

'으음.'

노아를 보고 화가 가라앉은 강혁은 우선 다들 모여 낑낑대고 있던 돌덩이를 밀어 치워주고는 물었다.

"근데 리처드랑 1…… 닥터 양, 닥터 한은 어디 갔지?"

습관대로 부르면 못 알아들을 사람이 수두룩했다. 점점 병원 식구들이 늘고 있지 않은가. 처음 보는 사람들도 있는데 별명으로 부르면 못 알아먹을 게 뻔했다.

"아, 네. 지금 자고 있을 겁니다."

강혁의 말에 말 그대로 피곤에 절어버린 사내 하나가 답을 해주었다. 현지인이었는데 다행히 강혁이 아는 얼굴이었다. 트럭 기사 중에서 그나마 영어를 해서 로지스티션으로 뽑은 사람이었다.

"자요?"

로지스티션은 팔뚝부터 걷는 강혁을 보며 다급히 말을 이었다. 자기도 지금 일어나서 나온 주제에 이렇게 성급하다니.

"어어. 그게, 어제 새벽까지 환자 봤어요."

"새벽에? 내가 나올 때 환자 없던데."

"현장에 있었잖아요. 저랑 같이……."

"아, 1호랑 변…… 아니, 리처드."

"네, 일단 수술은 거기서 했는데……. 비가 너무 와서요."

해서 로지스티션은 어제 있던 일을 대강 설명했다. 덕분에 강혁은 화를 내는 대신 병원으로 향했다. 대체 병원이 어떻게 되어 있을지 궁금해져서였다.

"아이고…….."

딱 들어가자마자 천막 쪽이 어수선했다. 환자 대기실로 만든 거라 얼기설기 만들어둔 곳인데 여기서 밤을 새운 듯했다.

"어, 안녕하세요."

"안녕하세요."

미안한 마음이 드는 찰나에 강혁의 얼굴을 본 노동자들이 죄다 이런 식으로 인사를 건네왔다. 강혁에게야 누추하기 짝이 없는 곳이지만, 이들에게는 어찌 되었건 하룻밤을 버틸 수 있게 해준 곳이지 않은가. 병원에는 환자나 직원들을 위한 난방 용품까지 있어, 천막 안은 훈훈하기는 했다. 하지만 그렇다 해도 이런 식의 대우가 온당한 것은 아니었다.

'아……. 빨리 숙소도 새로 지어야 하는데…….'

그렇다보니 강혁의 머릿속이 대번에 복잡해졌다.

'내 돈을 더 태워? 아니, 아냐. 시드가 적어지면…….'

당장 든 생각은 역시나 기부였다. 하지만 강혁은 꾸준한 봉사를 원했다. 혼자만의 봉사가 아니라 다른 이들도 할 수 있길 원했다. 특히 한유림처럼 온몸으로 따르고 있는 이의 노후는 책임져줄 참이었다. 그러자면 어찌 되었건 돈이 있어야 하지 않겠나.

'누구한테 더 뜯지?'

보통 이렇게 좋은 생각을 하고 있으면 이상하게 튀기가 어려운 법인데, 강혁은 여기서 누군가를 뜯기로 결심했다. 대상만 결정되면 망설이지 않을 작정이었다.

'아, 근데 낼 만한 놈들은 벌써 냈는데…….'

하지만 태화니 정부니 하는 굵직한 곳들은 후원금을 다 낸 참이었다. 직접 돈으로 태우지 않았다면 공사비로 태우고 있었다. 거기서 더 내라고 해? 한두 푼이야 낼 수도 있겠지만, 그렇게 되면 관계가 이상해질 터였다. 강혁은 자신이 좋은 일을 하고 있다고 해서 별로 혜택도 못 받는 사람에게 막무가내로 돈을 뜯어내고 싶지 않았다. 마음에서 우러난다면 또 다른 얘기가 되기야 하겠지만. 그치들이 또 마음을 우릴 것 같지는 않았다.

'사골도 아니고……. 유튜브 통한 후원금도 이제 거의 한계치인 것 같은데.'

고민하고 있으려니, 누군가 다가왔다. 돈 줄 사람은 아니었지만, 용무가 급한 사람이기는 했다.

"아……. 어제, 그."

"네, 인사도 못 드렸습니다. 안녕하세요, 교수님. 저는 심현익이라고 합니다. 이 근처에서 아이들 축구 가르치고 있어요."

"네, 얘기 들은 것 같긴 합니다. 사싯 때문에 여기서 계속 기다린 겁니까?"

"네."

강혁은 고개를 갸웃거리며 상대를 살폈다. 이렇게 딱 보기만 해도 강혁은 상대의 상태를 대강이나마 파악할 수 있었다.

'잠을 아예 안 잤나? 아니, 쪽잠은 잔 것 같은데…….'

하여간 사싯에 대한 걱정은 진짜인 듯했다. 봉사자들이니 당연하지 않나 싶을 수도 있겠지만 사실 자연스러운 일은 아니었다. 제아무리 현지인을 사랑한다고 해도 이렇게 가족처럼 사랑하게 되는 건 드문 일이니까.

"아이 부모님은 어딨나요?"

가족이라는 단어를 떠올리자, 부모 생각이 났다. 강혁이 기억하기로 사싯은 어제 이 감독 외에는 아무도 찾지 않았더랬다.

"아……. 그게, 부모님이 없습니다."

"아, 그래요? 음."

이상하다 싶더니만 고아인 모양이었다. 개인적으로 보면 더없이 커다란 비극이지만, 이 지역에 한정하면 그리 드문 비극은 아니었다. 사회적 안전장치가 미비한 데다가 의료 서비스에 대한 접근도 지극히 제한적인 이곳에서 죽음이 뭐 그리 대수일까. 대한민국과는 달리 죽음과의 거리는 무척 가까웠다. 그만큼 일상에서 많이 접할 수 있었다.

"그럼…… 아이 생활은요?"

"원래 일 도우면서 살았는데 제가 맡은 이후론 그냥 저랑 삽니다."

"아, 그렇군요."

어쩐지 보통 사이는 아닌 듯싶었다. 이만하면 감독의 반응도 이해가 갔다. 같이 살다 보면, 정이 들기 마련 아니겠는가. 모르긴 해도 이 감독은 사싯을 친자식처럼 여기고 있을 가능성도 컸다.

"그럼 같이 가죠. 아이 상태를 알아야죠."

"네네, 그럼 좋겠습니다."

해서 강혁은 감독을 대동한 채, 위로 향했다. 그사이 역시 병동에서 밤을 지새운 듯해 보이는 바루간이 다가왔다.

"저도 같이 갈 수 있을까요?"

처음 왔을 때보다는 강혁을 보는 눈초리가 많이 부드러워져 있었다. 의심하는 기운이 빠졌다고 할까? 녀석이 어떻게 보든 간에 강혁에게는 별 영향이 없기는 했지만, 하여간 이렇게 태도가 바뀌는 것을 보고 있으려니 기분이 꽤 좋았다.

"안 될 거 있나. 가자."

"네, 교수님."

하여 강혁은 의료인이 아닌, 그러니까 딱히 병원에서는 도움될 일이 없는 사람 둘을 데리고 병동으로 향했다. 아무래도 어제 신환이 꽤 와서 그런지 병동은 어수선했다.

"사싯이라고 어제 다리 수술한 애 어떻죠?"

"아, 네. 바이털 안정적입니다. 드레싱 준비할까요?"

"네, 드레싱 하면서 상처를 좀 보죠."

"네."

강혁은 간호장교 중 하나의 안내를 받아 아이에게로 다가갔다. 아이는 병동 짬밥이 낮음에도 불구하고 창가에 있었다. 멍한 얼굴로 밖을 보고 있는데, 꼭 마지막 잎새라도 바라보는 듯했다.

'하긴 축구 선수가 꿈이라는데……. 다리를 다쳤으니.'

강혁은 이해한다는 얼굴로 아이의 어깨를 두드렸다.

"일단 다리를 좀 볼게. 너무 상심하지는 말고. 최선을 다했거든."

"아, 네……."

그런다고 아이의 얼굴이 대번에 밝아지지는 않았다. 강혁은 드레싱한 것을 풀어 상처를 살폈다. 마무리를 어떻게 했는지 보지 못했기에 조금 급한 마음도 들었다. 혹 마음에 안 들면 미안하기는 해도 여기서 풀고 다시 닫아줄 생각도 있었다. 하지만 최윤섭은 아침에 뻗어 있을 자격이 있었다.

　"좋은데? 벌써 안정적이에요."

　"어, 그래요? 엄청 부은 것 같은데."

　"붓기야 하죠. 부러졌는데 그럼 안 붓나. 하지만 이 정도면…… 안정적이에요. 재활만 제대로 하면 뭐."

　"그렇군요, 정말 다행입니다……."

　감독은 강혁의 말에 몸을 휘청였다. 정말로 걱정도 많이 하고, 기대도 많이 하고 있는 모양이었다. 동네 꼬마에게 뭘 그렇게 많이 걸었을까. 강혁은 그게 궁금해 병동을 빠져나오자마자 물었다.

　"근데 저 애가 정말 그렇게 잘해요?"

　"잘한다니까요?"

　바루간이 기다렸다는 듯 끼어들었지만, 강혁은 무시했다. 동네 클래스로 잘하는 건 의미가 없었다. 조기 축구회 일등도 물론 대단하지만, 생활을 변하게 해주진 않으니까.

　"너한테 안 물었어. 감독님이라고 했죠? 얼마나 잘하는지 객관적으로 말해주세요."

　강혁의 말에 감독은 즉시 답하는 대신 휴대폰을 들이밀었다. 유튜브 채널 하나가 떠 있었는데, 온통 아이들 축구하는 영상들

뿐이었다. 편집까지 할 여력은 없는지 전반전, 후반전이 각각 통으로 들어가 있었다.

"이게 뭐예요?"

그러니까 영상 하나당 길이가 무려 45분을 넘어간다는 얘기였다. 당연하게도 조회 수가 20을 넘어가는 게 거의 없었다. 이름도 얼굴도 모르는 사람들이 이리 뛰고 저리 뛰는, 그마저도 카메라 워킹도 개판인 영상을 대체 누가 본단 말인가. 아마 감독이 여러 번 돌려 보거나 학생들이 본 게 조회 수의 전부일 터였다. 그런 걸 가뜩이나 바쁜 강혁 눈앞에 들이밀었으니 당황스러울 수밖에 없었다. 그럼에도 강혁이 벌컥 화를 내지 않은 건, 휴대폰을 넘겨준 손이 너무 거칠어서일 터였다.

'아빠 손을 닮았네.'

어려운 형편에 매일 남들이 본격적으로 하루를 시작하기 전부터 길거리에 나가 환경 미화를 했던 아버지. 아버지의 손은 늘 거칠게 터 있었다.

"아, 이런. 잠시만요. 아, 여기 이거 인기 동영상인데……. 제가 사싯이 뛰었던 것만 편집해서 올린 겁니다. 이것만 조회 수가 10만이 넘죠."

"어, 그렇네. 오……. 대단한데?"

심현익 감독이 휴대폰을 다시 조작하자 조회 수가 10만이 넘는 영상이 하나 떴다. 구독자가 100명도 안 되는 채널에서 이 정도면 정말이지 어마어마한 거라고 볼 수 있었다. 댓글은 아주 다양한 언어로 쓰여 있었는데, 대개는 영어였다.

"흠……."

강혁은 그렇게 넘겨받은 영상을 유심히 바라보았다.

'잘 뛰네.'

일단 잘 뛰는 아이였다. 잠깐만 봐도 이리저리 뛰는 범위가 어마어마했다. 운동량이 좋다는 건데, 축구처럼 필드가 넓은 운동에서 운동량은 곧 수행 능력으로 나타나기 마련이었다.

'음……. 긴장도 안 하고. 패스를 잘 주네?'

게다가 침착해서 그런가, 시야도 좋았다. 빈 공간이 있으면 귀신같이 쏘아주는데, 놀랍게도 학생에 따라 뛰어야 할 거리를 어느 정도 조절하는 듯했다. 이건 단순히 노력을 많이 했다는 것으로는 설명이 되지 않았다. 천부적인 재능이었다.

'골도 잘 넣고……. 올라운더…… 그중에서도 공격을 잘하네.'

강혁이 보기에 아이에게는 빛나는 재능이 있었다. 물론 시간이 워낙 없어서 축구 경기를 별로 보지 못하는 편이지만, 워낙에 눈이 좋은 사람 아닌가. 아주 짧은 시간을 들인다 해도 금세 어느 정도 파악하는 건 가능했다.

"잘하네요."

"알아보신 거 맞나요?"

영상을 다 본 강혁이 감상을 말하자, 심현익이 미심쩍은 얼굴이 되어 물었다. 아무래도 강혁의 반응이 좀 뜨뜻미지근해서일 터였다. 하지만 원래 강혁은 좀 덤덤한 편이었다. 호들갑을 떨지 않는 편이었다. 옆에 있던 바루간이 아주 오랜 시간 본 건 아니었지만, 이 정도면 적어도 그가 본 강혁 중에서는 제일 감탄하고 있었다.

"저기 감독님."

"응?"

"백 교수님 지금 되게 감탄한 것 같은데."

"뭔 소리야……. 뚱하신데."

"아니에요. 사람이 죽다 살아도 그냥 이래요."

"그래? 음."

바루간은 참지 못하고 끼어들었다. 그사이 강혁은 영상 하나를 더 확인하고는, 심혁익을 돌아보았다.

"정말 잘하네. 애는 그냥 동네 축구가 아닌데?"

"아, 네. 그럼요. 그럼요."

그제야 심현익은 강혁이 진심이라는 걸 확인하고는 따발총처럼 자랑을 쏟아냈다.

"전에도 제가 살짝 말씀드렸는데…… 이 친구 때문에 여름에 있을 대회에서 각 구단에서 스카우터들이 온다는 얘기가 있어요. 아시죠? 유소년 축구 대회를 구단에서 엄청 눈여겨본다는 거 정도는."

"그렇긴 한데……. 스리랑카가 딱히 관심 대상은 아니었던 것 같은데."

"그렇죠, 그렇죠. 근데 이 영상이 관심을 끈 것 같아요. 댓글 잘 봐요. 보시면……."

"아, 이거 다 찐이에요?"

"네. 진짜 거기 구단이에요. 직접 눈으로 봐야겠지만, 영상으로만 보면 월드 스타 가능성이 있다고 쓰여 있잖아요."

"흐음."

구단이 온다라. 강혁이 비록 해외 축구에 그리 관심이 없는 사람이지만, 그럼에도 아는 이름들이 주르륵 달려 있었다. 그 댓글에 찍힌 좋아요 개수나 대댓글 개수만 봐도 찐이라는 걸 알 수 있었다.

"이거 대회가…… 전국 대회라고 했나요?"

"네."

"그럼 경기는 어디서 열리지? 콜롬보?"

"아……. 본선은 그렇고요. 예선은 각 지역 예선이 있죠. 여기 근처에서도 열립니다."

"여기서? 여기에 그럴만한 곳이 있나?"

"아……. 누와라엘리야에는 없고요, 캔디까지 가면 있죠. 나름 영국 식민지였어서 축구장은 되게 많아요."

"아……. 그렇군. 여긴 왜 없어."

"여긴 너무 높아서요. 제가 연습 구장 하나 만들어두긴 했는데……. 제 학생들 말고는 제대로 못 뛰어요."

"아하."

강혁은 처음 한유림이나 재원이 와서 느꼈던 어려움을 떠올렸다. 그냥 일상생활에서는 숨이 찰 정도로 높은 고지대는 아니었지만, 좀만 뛰면 숨이 찰 때가 있었다. 확실히 산소가 부족하다는 얘기였다.

'장시간 노출될 경우……. 건강에 좋을 건 없지만, 운동선수에

게는 장점이 되지.'

"그럼 내려가서 하면 더 잘 뛰어요?"

"그럼요. 이거 다 캔디에서 찍은 영상인데 거기만 해도 높잖아요. 아마 날아다닐걸요."

"흐음……. 예선 때도 구단에서 스카우터가 옵니까?"

"아, 당연하죠. 중요한 경기와 그렇지 않은 경기를 비교해야 하니까요. 일반적인 유망주인 경우엔 그냥 두기도 할 텐데……. 제가 생각하기에 사싯은 주요 유망주로 분류되어 있는 것 같습니다."

"그렇군."

강혁은 잠시 사싯이 유명 구단의 선수가 되는 상상을 해보았다. 단지 개인의 영광일 뿐 아닌가 싶기도 했지만, 대개 일이 그렇게 흘러가진 않았다. 대한민국의 역사만 돌아보더라도 스포츠 스타의 영향력이 어마어마하지 않던가. IMF로 한창 나라가 어렵던 시절 박세리의 양말 투혼과 박찬호의 체인지업이 얼마나 힘이 되었나. 아직 개발도상국에 머물러 있는 스리랑카에서 세계적인 축구 스타가 탄생한다면 타밀족에 대한 이미지 개선에도 큰 힘이 되어줄 터였다. 살짝 열 받긴 하지만 원래 내칠 땐 너네 민족, 잘하면 우리나라 사람이 되는 법이었다.

"그거 판을 좀 키울까."

"네? 판을 어떻게……."

"어차피 사싯은 경기 전까지 부상 때문에 우리 도움을 받아야 하잖아요?"

"아······. 그렇죠. 재활도 도와주시면 저희는 너무 감사하죠."

"그래, 그 과정을 좀 찍어두면 어떨까 싶은데."

"찍어······ 요?"

심현익 감독은 잘 이해가 되지 않는단 얼굴을 하고 있었다. 비록 선수 홍보에 유튜브라는 수단을 쓸 생각을 하긴 했으나, 그 이상으로 나갈 생각은 못 하고 있어서였다. 축구 선수가 축구만 잘하면 되지 뭐 이런 생각만 하고 있달까. 하지만 강혁은 이런저런 일을 겪으며 홍보의 힘을 많이 배운 후였다. 특히 역경을 이겨내는 스토리가 가진 힘은 어마어마했다. 아마 개인적인 후원도 들어올 수 있을 터였다.

"내가 잘 아는 작가님이 계신데, 시간 되면 불러봐야지. 안 그래도 이런 데 봉사하는 거 관심이 좀 있어서."

"어······. 그렇게 되면······."

"생각해봐요. 쟤 다리 다쳤잖아. 사실 축구 선수한테 저 정도 부상이면 사형 선고나 다름없다고. 축구 선수였다니까 잘 알지 않아요?"

강혁은 감독의 다리에 난 길쭉한 흉터를 보며 말을 이었다. 아마 이 사람이 선수 생활을 그만두게 된 것도 부상 때문일 터였다.

"다치면 이전으로 돌아가기가 어렵다고."

"그렇죠. 맞습니다."

"그걸 이겨내는 과정만 보여줘도 사람들은 감동해."

"아······. 그렇죠. 사람들이 사싯을 좋아하게 되겠어요!"

강혁은 감독의 순수하기 이를 데 없는 눈망울을 보면서, 감동은 돈이 된다는 말을 애써 삼켰다. 예전 같았으면 그냥 뱉었을 테지만 이제는 나름 눈치가 생긴 덕이었다.

"그, 그렇지. 음, 하여간 우린 최선을 다할 테니까…… 그거 찍어도 되는지 감독님이 가서 양해만 구해봐요."

"아……. 제가요?"

"내가 보니까 거의 부모 대신이던데, 무슨 말을 해도 듣지 않을까?"

"하긴……. 외로운 애예요. 알겠습니다. 도움이 되는 일이라면 뭐든지 하겠습니다."

"그래요. 그럼 난 전화나 해봐야겠네."

"네."

강혁은 그렇게 감독을 일별하고는 나머지 병동을 돌았다. 어제 수술한 학생 중에 사실 사싯이 전신을 보면 제일 경하지 않았나. 정말이지 죽다 살아난 사람도 있었다.

"좋아. 괜찮네."

병원이 없었다면 사실상 죄 죽었어도 이상할 거 없을 지경이었다. 아니, 어지간한 병원이었어도 몇몇은 이미 죽었을 터였다. 하지만 누와라엘리야 병원의 실력은 실로 대단한 것이어서 전부 살았을뿐더러 오늘 당장 일반 병실로 올려도 좋을 지경이었다.

'그럼 전화를 돌려볼까.'

아까는 아는 작가가 있다고 했지만 사실 머릿속에 당장 떠오르는 사람은 없었다. 최 감독은 이제 영화감독이 되어 일선에서 뛰고 있지 않은가. 그 외에 현장을 리얼하게 담을 만한 사람이 필요했다.

'누가 있을까.'

강혁은 본인이 직접 나서기보다는 누구에게 찾는 걸 시킬까 고민하면서 병원을 배회했다.

"아."

그런 강혁의 눈에 한석준이 띄었다. 요즘 한창 농장 관련 일해 주느라 바쁜 것으로 알고 있는데, 웬일인지 병원에 나와 있었다.

"여기 웬일이냐?"

"네? 아……. 그게, 그 잠깐 병원 원무일 봐달라고 해서…….."

"아, 맞아 네가 그것도 하지. 근데 꼭 오늘 해야 해?"

"네? 무슨…… 무슨 소린지."

강혁을 마주친 한석준은 눈에 띄게 어버버거렸다. 그가 누와 라엘리야에서 제일 껄끄러워하는 사람이지 않은가. 게다가 평소 와는 달리 원래 해야 할 일을 하지 말라고 하고 있으니 더 이상 하단 생각이 들 수밖에 없었다.

'대체 뭘 시키려고 이 사람이.'

강혁은 그런 한석준의 속내를 뻔히 들여다보면서 말을 이었다.

"이상한 거 아니니까 너무 떨지 마."

"아……."

"너 완전 인싸라며. 한국에 친구 많다며. 아냐?"

"그…… 제 입으로 제가 인싸라고 하기는 좀 그렇지 않나요?"

"하여간 맞아, 아냐."

"그렇게 물으시면 맞기는 하죠."

"그럼 지인 총동원해서 제일 능력 있는 사진 및 영상 작가 구해봐."

"네? 언제까지요?"

"오늘."

한석준은 잘못 들었다 여겼다. 세상에 어떤 놈이 사람 수배하는 일을 시키면서 기한을 오늘로 정한단 말인가.

"저, 저기요."

"응? 왜. 벌써 찾았어?"

"아니, 그."

강혁의 여상한 말투에 한석준은 그만 아득함을 느꼈다. 어지럼증이 일었다고 할까? 강혁은 휘청이는 한석준을 붙잡아주었다.

"뭐야, 인마. 빈혈 있어 보이진 않는데."

"황당해서 그렇죠!"

"소리를 질러? 구해준 마당에?"

"아니, 그런…… 이건 그냥 튀어나온 거예요, 우연히."

"발성이 우연히 되는 게 어딨어."

"그……."

그 바람에 한석준은 또 한없이 말려들 뻔하다가 간신히 정신을 차렸다. 안 그랬으면 아마 양변기 물 내려가듯 강혁의 화술에 얽혀서 똥바가지만 뒤집어쓰고 물러나야 했을 터였다.

"그래, 아니……. 제가 직접 아는 작가가 있는 것도 아닌데 어떻게 하루 만에 구합니까……."

"그러라고 일 빼주잖아?"

"아무리 그래도 그렇죠. 보세요, 백 교수님이 눈이 객관적으로 높아요, 낮아요."

"음."

한석준의 말에 강혁은 살짝 기분이 나빴다. 하지만 강혁은 스스로 거짓을 모른다 여기는 사람이기도 해서 사실대로 말했다.

"높지. 내가 안목이 있지."

"그…… 그래요."

한석준은 여기서 또 자기 자랑이 나올 줄은 몰라서 잠깐 당황했다가 이러다 또 말려서 유야무야 하루 만에 구하게 될 거란 생각에 급히 말을 이었다.

"아니지. 아니, 그래. 높아요. 그거 만족시킬 만한 사람 찾는 게 그럼 쉽겠어요, 어렵겠어요."

"왜 유치원 교사처럼 말해?"

"네? 아니, 자꾸 말 돌리지 마시고……."

한석준은 열이 뻗쳐서 한숨을 쉬었다. 저도 모르게 도와줄 사람 없나 하고 고개를 돌렸다. 그때 잠시 한유림이 눈에 띄었는데, 뭐라 말을 걸 새도 없이 후다닥 도망갔다. 야속했지만 이해는 갔다.

'백 교수가 뭔가 목적이 있는 대화를 할 때는 그냥 네, 라고 하는 게 오히려 나아. 안 그럼 몸만 힘들면 될 일이 마음도 힘들게 된다니까? 열 받게 한다고 때릴 수도 없잖아. 오히려 맞을 텐데.'

이런 말을 해준 게 한유림 아닌가. 그때 표정이나 말투를 떠올려보면 벌써 한두 번 당한 게 아닌 듯했다.

"하여간 눈 높은 분 만족시킬 사람을 어떻게 하루 만에 찾아요."

"그게 능력이지. 무능력한 거야? 대한민국 외교부 고위 공무원의 실력을 믿었는데."

"이건······. 이건 무능한 게 아니라 그냥 상식선에서······."

"뭐, 알았어. 계속 털어봐."

"후."

한석준은 '그냥 할까' 하는 생각을 간신히 억눌렀다. 원래 누군가하고 대화하다보면 묘하게 심경을 건드리는 구석이 하나쯤은 있지 않은가. 지금 백강혁은 그 구석을 하나하나 정성껏 모아서 눈앞에서 터뜨리는 느낌이었다. 한석준은 다시 침착해진 얼굴로 말을 이었다.

"그리고 그런 사람이 여길 와야 되잖아요. 요약하면 능력 있는 사람이 마침 시간이 있어서 스리랑카를 몇 개월 와야 된다 이건데······. 이걸 어떻게 하루 만에 찾아요."

다행히 효과가 있었다. 강혁도 듣고 보니 그럴싸하단 생각이 들어서였다.

"하긴 이게 좀 어렵네."

"그렇죠? 오늘은 안 됩니다."

"그럼 내일?"

"아니, 교수님······."

"모레?"

"그······."

"될 수 있는 한 빨리 구해. 매일 확인할 거야. 매일 이런 식의 대화를 할 거라 이거지."

"하."

한석준은 뭔가 기한이 유예되었는데도 가슴 한구석이 더 답답해지는 기분이 들었다. 이런 대화를 하루만 더해도 지옥 같을 것 같은데, 구할 때까지 한다고? 다른 사람 같으면 에이 설마 하겠지만, 강혁은 정말로 그럴 놈이었다.

'시발.'

속으로 욕을 집어삼키고 있으려니, 강혁이 두 눈을 말똥거리면서 한석준의 눈을 들여다보았다. 심성에 비해 너무 맑고 투명한 눈이라 화가 났다. 동시에 무섭기도 했다. 찔려서 그랬다.

"어, 어우. 뭐예요."

"시발이라고 했지."

"네? 아뇨, 무슨……. 궁예예요? 관심법 써요?"

"그 비슷한 건 쓰지."

개소리겠지만 식은땀이 흘렀다. 이 사람은 약간 다르지 않던가.

"뭔……."

"하여간 구해오면 용서해준다."

"예, 예산은요?"

"예산?"

"네. 돈도 없이 어떻게 사람을 구해요."

"알아서 해봐. 적당한 선에서. 재능 기부라는 생각은 안 들게."

강혁의 마지막 말만큼은 그나마 위로가 되었다. 이만한 일을 시키는데 좋은 일 하는 거니까 그냥 와주시죠 라는 말을 대체 어떻게 한단 말인가. 실제로 그런 말을 뻔뻔하게 하는 사람도 있기는 하지만, 한석준은 얼굴에 철판 깔 수 있는 종류의 사람은 아니었다. 다행히 강혁도 그런 편이라 예산만큼은 자유를 얻을 수 있었다.

'누구한테 물어보지?'

강혁이 그 말을 끝으로 가던 길로 사라졌기 때문에 한석준은 본격적인 고민에 빠졌다.

'그래, 일단…… 연예계 쪽으로 돌려보자.'

한석준은 강혁의 말대로 인싸였다. 알고 지내는 사람이 정말 많았는데, 한국에서 쓰던 휴대폰에는 전화번호가 무려 4000개 넘게 저장이 되어 있을 정도였다. 그냥 저장만 해둔 사람도 당연히 많기는 했지만, 긴밀하게 연락을 주고받는 사람도 꽤 많았다. 워낙에 성격이 화통한 데다 부탁을 받으면 들어주는 편이라 그랬다.

"어, 나 석준이. 그래 잘 지내? 나? 나야…… 알잖냐. 개고생하지. 아무튼, 나 좀 도와줄 수 있어? 백 교수…… 백 교수님이 또 뭐 시켜가지고."

그렇다 보니 부탁도 나름 잘 먹히는 편이었다. 전화를 받은 가수니, 배우니 하는 많은 이들이 자기 일처럼 한석준이 말한 조건의 작가를 추천해주었다.

"야……. 실력도 있고 봉사 다닐 생각도 있으신데 당장은 좀 어렵대. 이게 예약이 진짜 밀리거든."

"아……. 시간이 문제라네?"

그럼에도 쉽지는 않았다. 스리랑카에 몇 개월을 와서 지내야 하는데 이게 어디 보통 결심으로 되겠는가.

그렇게 몇 날 며칠이 속절없이 흘러갔다. 그 말은 곧 그만큼 강혁에게 시달렸다는 얘기이기도 했다. 살까지 조금씩 빠져갈 때쯤, 대학 동기이자 아나운서로 일하는 친구 녀석이 솔깃한 말을 전했다.

"야, 마침 큰 프로젝트 하나 끝낸 작가님 계시거든? 얘기하니까 관심 있다시는데……. 연락해볼래?"

"정말? 실력은? 실력은 어떤데?"

"실력은 의심할 필요가 없어. 정치인들 프로필 사진도 찍어. 알지? 거기 얼마나 예민하게 구는지?"

"아……. 오, 그래? 그럼 진짜 괜찮은데. 너무 비싸진 않을까?"

"비싸지. 근데 사정 얘기하니까 좀 깎아줄 생각은 있으시더라고. 백 교수님 팬이라는데, 그거 어필을 좀 해봐."

"오케이, 알았어. 연락처 줘봐."

"어, 성함은 임혜란이고……. 번호는 여기."

"임혜란?"

"왜, 아는 이름이야?"

"아니, 그냥 뭔가 느낌이…… 좋네."

"아무튼, 연락해봐. 공손하게 해라. 되게 좋으신데 화나면 개무서워."

"화나게 만들 일이 있냐?"

"무례하게 굴면 얼마든지 화가 나지. 네가 뭐…… 그런 사람 아닌 건 아는데, 그래도 주의는 줘야지."

"오케이, 알았어."

한석준은 사람이 있다는 것만으로도 기분이 좋아진 참이라 바로 전화를 끊고는 작가에게 전화를 걸었다. 그러곤 최선을 다해 공손하게 굴었다. 어쩐지 마지막 동아줄이란 생각이 들어서였다.

"그래요, 그럼 가죠. 안 그래도 좀 힘들어서 어디 틀어박힐까 생각 중이었어요."

"오, 오! 그럼 정말 오시는 겁니까?"

"네, 갈게요."

"와……. 감사합니다."

다행히 상대는 화통하기 이를 데 없었다. 보통 아무리 제안이 좋아도 고민 좀 해보고 다시 전화할게요, 하는 말이 나오기 마련 인데 그 자리에서 오케이 사인이 떨어졌다. 한석준은 이게 꿈인 가 생신가 하면서 스케줄을 잡았고 그대로 강혁에게 달려가 보고했다. 이제 할 일 끝났단 생각을 하면서였다. 강혁은 호오 하고 웃더니 한석준을 돌아보았다.

"좋아, 네 말 듣고 오시는 거니까 픽업 가야지."

"네? 픽업을요? 아니…… 여기서 먼데…….."

"일 빼줄게."

"그게 일이에요, 교수님."

"숙소도 원래 네가 알아봐야 하는데, 그건 내가 하잖아."

"원래 있던 숙소동에서 배정해주시는 거 아니에요?"

"응, 그거 내가 했어."

"와……."

"와, 뭐."

"아니, 아닙니다. 하여간 제가 이거 픽업까지만 하면 손 떼는 거예요?"

"알았어, 알았어. 손 떼. 얼굴도 안 봐도 돼."

"약속했어요?"

"그래, 보려 해도 못 보게 할게."

한석준은 강혁에게 허락을 구하고 나서야 홀가분해졌다. 해서 한결 편안해진 얼굴로 콜롬보로 향할 수 있었다.

그 시각 병원에서 강혁은 자기가 수술해준 사싯을 보고 있었다.

"발 땅에 대봐. 걷지는 말고. 벌써 하중 가면 안 돼. 그냥 균형을 보려는 거야."

"어……. 네."

반깁스 형태로 갈아주면서 하는 김에 상태를 보던 참이었다. 처음엔 진짜 절망에 빠진 사람이 어떤 표정을 지을 수 있는가에 대한 견본처럼 굴던 사싯이었는데, 지난 며칠간 지속적으로 심현익 감독과 강혁 그리고 나머지 인원에게 희망적인 말을 들어서 그런가, 훨씬 나아져 있었다.

"음. 그래, 그렇게만."

"네."

강혁은 그렇게 깁스를 풀고 발을 땅에 댄 사싯을 유심히 바라보았다. 처음엔 당연히 다친 부위인 발목에 집중하겠거니 했는데 잘 보니 그것도 아니었다. 전체적인 모양을 보고 있었다.

'괜찮네.'

하지만 강혁은 확신을 갖고 있었다. 괜히 인대를 완벽하게 잡아주었겠는가. 부러진 뼈야 잘 이어져 있는 걸 눈앞에서 확인했던 참이었으니 안심이었다. 그 상황에서 인대가 잘 자리해서 뼈를 잡아주고 있었기에 남들보다는 빨리 진도를 빼도 될 거라고 예상하고 있었다. 그리고 이렇게 두 눈으로 확인하고 보니 역시라는 생각만 들었다.

"좋아. 좌우 균형 딱 맞네. 이대로 한두 달만 있으면 뼈는 완전히 붙을 거야. 그럼 천천히 움직이자고. 발목이라서 오래 가는 거지, 아니었으면 더 빨랐을 거야."

"아……. 정말요? 대회까지 반년도 안 남았는데, 그럼 저 나갈 수 있을까요?"

"나갈 수 있을 거야. 전처럼 잘할 수 있으려면 노력 엄청 해야겠지만."

"노력하는 건 자신 있어요. 저는 진짜 죽도록 뛸 거예요."

"음, 그래."

사싯은 이제 겨우 중학생 나이였다. 그러나 하는 말만 들어 보면 무슨 청년 같았다. 속이 늙었단 얘긴데, 이유는 명확했다. 원래 혹독한 환경은 사람을 더 빨리 크게 만들지 않는가. 희망이 없던 곳에서 축구를 통해 희망을 본 참이니, 사싯의 간절함도 이해할 수 있었다.

'이 정도 나이대 아이는 그저 밝고 명랑하기만 해도 될 텐데.'

강혁은 안쓰러운 마음에 아이의 머리를 훅 털었다.

"으억."

물론 강혁 입장에서 그렇다는 거지, 당하는 입장에서는 꽤 아팠다. 하지만 눈치까지 빨라진 사싯은 이게 강혁의 애정표현이라는 걸 오래전에 알게 된 참이었다. 해서 눈물이 찔끔 났음에도 불구하고 미소를 잃지 않았다. 어찌 되었건 강혁은 그의 희망을 붙들어준 사람이지 않나.

"감사합니다."

"뭐, 그래. 하여간…… 답답해도 고정은 해야 해. 알았지?"

"네. 알겠습니다."

강혁은 연신 고개를 숙여대고 있는 사싯에게 당부하고는 발목을 다시 고정시켰다. 그리 많지 않은 나이라 답답할 만도 한데 사싯은 불만 하나 없이 그의 지시에 따랐다.

그사이 한석준이 탄 차는 누와라엘리야 고산지대에서 내려와 본격적인 하이웨이에 접어들었다. 말이 하이웨이지 군데군데 요철이 있는 곳이었다.

"이제 곧 공항입니다. 잠깐 기다리시면 제가 필요한 짐 받아 오겠습니다."

"아, 네. 근데 무슨 물건이길래 직접 왔어요? 트럭도 아니고……."

"그…… 개인 물품들도 있고요, 비싼 기기도 있다고 해서요. 들어보니까 막 용량이 크진 않은 것 같습니다."

"작가님이 영상도 찍어야 해서 카메라나 이런 게 많긴 할 텐데.”

“그 정도는 충분히 실을 수 있을 겁니다. 이 차 크잖아요.”

“하긴, 그건 그렇네. 알았어요.”

한석준은 곧 차에서 내렸다. 그러곤 동네 버스 터미널같이 생긴 공항으로 들어섰다. 작가가 도착하려면 시간이 꽤 남았으나 별로 난감하지는 않았다. 누와라엘리야에서는 잡일 담당으로 취급되지만 사실 알고 보면 외교부 직원이지 않나. 공항은 한석준의 공간이라고 봐도 무방했다.

‘그래도 지겹네.’

남들보다는 편하게 하지만 지루하게 시간을 때우던 한석준은 비행기 도착 방송을 듣자마자 마중을 나갔다. 짐이 꽤 많을 테니 들어주긴 해야 하지 않겠는가. 다만 오는 길에도 자고, 여기서도 자서 잔뜩 삐친 머리를 정리할 생각까지는 들지 않았다. 어서 빨리 작가란 사람을 데려다 놓고 일을 털어버릴 생각뿐이었다.

“어…….”

하지만 마중을 나가, 유일한 동양인인 사진작가 임혜란을 보자마자 이게 뭔가 싶어졌다.

‘뭐야, 이 느낌?’

심장이 간질거린다고 해야 할까? 의학적으로 표현하면 경색이 올 것 같은 그런 기분이 들었다.

“한석준 씨 맞죠? 반가워요, 임혜란이에요.”

그리고 그 기분은 임혜란이 다가와 손을 내밀자, 사지 마비가 될 것 같은 느낌으로 번졌다.

"어버버."

"네?"

"아니, 아닙니다. 그…… 반갑습니다."

"네, 근데 차는 어딨어요? 제가 짐이 좀 많아서."

한석준은 고장난 것처럼 한참을 뚝딱거리고 나서야 임혜란의 손에 들린 짐을 발견했다. 옷가지를 비롯해 여기서 대략 반년간 지내면서 쓸 짐들은 미리 보내오긴 했다지만 그럼에도 짐이 적지는 않았다. 아니, 일반적인 여행객이나 출장객들보단 많았다. 고가의 카메라 장비는 도저히 그냥 짐으로 부칠 수 없었기에 그랬다.

"어어, 내 정신 좀 봐. 일단 주세요."

"이거 무거운데."

"괜찮아요. 저 힘 셉니다."

"그럼…… 이것만 부탁해요. 조심해야 해요. 떨어뜨리다 발등 찧기라도 하면 부러져요."

"아, 네."

한석준은 말을 들으면서도 곧이곧대로 믿지는 않았다. 임혜란 작가의 팔이 너무 가는 탓이었다. 저 팔로 들고 왔는데 무거우면 얼마나 무거울까 싶었다. 그리고 나름 키 184에 건장한 체구 아닌가. 그도 어디 가서 꿀리지 않는 체격의 소유자였다.

"어?"

하나 카메라 장비를 넘겨받자마자 순간 몸이 휘청였다.

"무겁다니까요. 이거 진짜 조심해야 돼요."

임 작가가 붙잡아주지 않았다면 넘어졌을 터였다.

"어…… 네. 죄송합니다."

"죄송할 건 없죠. 방금 발 부러질 뻔한 건 한 서기관님인데요."

"아, 네. 와 엄청 무겁네, 이거."

"그나저나 차는 어딨어요? 이걸 빨리 실어야 할 것 같은데."

임 작가는 허둥대는 한석준을 지그시 바라보다가 물었다. 친하게 지내는 아나운서에게 듣기론 사람이 빠릿빠릿하다고 했는데, 심지어 통화할 때도 어찌나 똑 부러지는지 역시 이 사람이 일을 잘하는구나 싶었더랬다.

'지금 보니 순 허당이네.'

하지만 직접 본 한석준은 허당이라는 말도 좀 지나치지 않나 싶을 정도로 뚝딱거릴 뿐이었다.

"저거예요? 와, 차 좋네."

"백 교수님이 마련해주셨죠. 거기까지 가는 길이 험해서……. 사륜 아니면 좀 위험해요."

"그래요? 고지대라고는 들었는데."

"가보시면 아마 놀라실 겁니다."

임 작가는 스리랑카에 오는 여정이 너무 고되었던 탓에 머리를 대자마자 잠들었다. 조용해진 차량은 이내 하이웨이로 접어들어 누와라엘리야를 향해 쭉쭉 달렸다.

아직 한석준의 차량이 누와라엘리야 언저리에서 미적거리고 있을 때쯤, 병원 팀은 모처럼 외래를 일찍 끝내고 숙소동 테라스에 나와 있었다.

"어휴. 그래도 사람 둘이 느니까 금방이네."

"그러니까요. 팀도 오고 나면 훨씬 수월할 것 같은데요?"

아직 해가 지기는커녕 넘어갈 기미도 없는 시간이었다. 덕분에 한유림과 재원은 잔뜩 감동한 마당이었다. 둘은 이 상황을 이끌어낸 주인공들이라 할 수 있는 최윤섭과 강성지를 바라보며 말을 이었다.

"덕분에 이거 참. 이렇게 오후에 앉아서 차 마시는 게 대체 얼마 만인지……."

"그러니까요. 이제야 누와라엘리야가 예쁜지 알겠네."

그에 비해 정작 최윤섭과 강성지는 별말이 없었다. 일단 병원 일이 너무 힘들어서이기도 하거니와, 몇 번 손을 맞추다보니 절로 실력 차를 절감하게 되어서였다. 눈이 있으면 보이는 게 수술 실력이지 않나. 어중간한 차이라면야 모르겠지만 이건 너무 확연했다.

'천재만 모였나?'

'오늘도 이상하잖아요. 그걸 그렇게 빨리할 수가 있는 거예요?'

'강혁이도 아니고 말야…….'

'어휴.'

사실 오늘도 이렇게까지 일찍 끝날 수 있는 날이 아니었다. 아마 모든 이의 실력이 이 둘과 같았으면 지금도 진료 보고 있을 터였다.

"이야, 팔자 좋네."

그때 강혁이 테라스로 올라왔다. 꽤 지친 몰골을 하고서였는데, 그럴 수밖에 없는 상황이기는 했다. 사싯만 축구 유망주인 줄 알았더니만 다른 친구들도 나름 잘한다고 하지 않나. 국제적으로 통할 실력은 아니라고 하지만 어찌 되었건 조기 축구 수준은 아닌 것이 분명했다. 감독의 부탁 때문에 강혁은 매일 진료 시간 외 추가로 아이들의 상처를 돌봐야만 했다. 특히 사싯은 본인이 수술을 해놓은 탓에 더더욱 유심히 살폈다. 특히 사싯은 완전한 재활을 위해 작은 미세 수술을 거듭하고 있었다. 워낙에 미세한 탓에 사싯이나 감독은 수술이라기보다는 그냥 어떤 처치의 일환으로만 알고 있지만, 강혁에게는 초미세 수술이었다.

"이제 백 교수도 늙었네. 오늘 하체 하는 날인데 들 수 있겠어?"

"평소보다 좀 가볍게 해야죠."

"그럼 근손실 올 텐데. 안 되지. 내가 도와줄게. 무겁게 하자."

"아니, 내가 힘들다니까?"

"힘들 때 해야지."

"하……."

강혁은 깐죽거리는 한유림을 보면서, 이를 갈았다. 이 상황이 영원하지 않다는 거 정도는 누구보다 잘 알 텐데 왜 저럴까.

'죽고 싶은가? 조기 승천을 원하나?'

진심으로 궁금했다. 그 눈빛을 읽어낸 리처드는 몸을 바르르 떨었다. 진짜로 죽일 생각을 하고 있는지, 살기까지 느껴지지 않는가. 옆을 보니 재원은 귀신같이 딴청을 피우고 있었다.

'역시 형님…….'

깝쳐도 될 때와 그러면 절대로 안 될 때를 딱딱 구분해서 개기는 사람이었다. 리처드는 역시 배울 점이 한가득이라 생각하면서 흐뭇한 표정을 지었다.

뉘엿뉘엿 저물어 가는 해를 등지고 차량 하나가 등장했다. 다들 응급인가 하고 긴장했는데, 자세히 보니 새벽에 수도로 향했던 차량이었다. 그 말은 곧 초빙한 작가가 왔다는 뜻이었다.

강혁은 바짝 다가가서 차에서 내리는 한석준과 임혜란 작가를 맞이했다.

'응?'

딱 내리는 것만 봤는데 뭔가 이상하다는 느낌이 왔다. 하지만 힘들어서 그런가 어떤 이상함인지는 깨닫지 못했다. 게다가 임혜란이 다가와 인사를 건넨 까닭에 다른 생각을 이어나가진 못했다.

"안녕하세요, 백 교수님. 팬입니다. 도움을 드릴 수 있어서 영광이라고 생각해요."

"아, 네. 작가님. 반갑습니다. 오시면서 대강 보셨을 텐데, 감상이 어떠세요?"

"전해 들은 거랑 딱 반대의 첫인상이라…… 아주 기대가 됩니다. 원래 상황이 아이러니할 때 작품이 나오는 법이거든요."

"좋군요. 누와라엘리야에 오신 것을 환영합니다."

임혜란 작가가 왔다고 해서 갑자기 일이 막 바뀌거나 하는 일은 없었다. 심지어 주요 대상인 사싯의 상태도 그랬다. 애초에 크게 다친 몸 아닌가. 이제 와 갑자기 뛸 수 있게 된다면 그게 더 이상한 일이었다. 다행한 일은 처음 다쳤을 때에 비하면 많이 좋아졌다는 것이었고, 또 그 덕에 사싯이 어느 정도 희망을 품을 수 있게 되었다는 점이었다.

"재활 운동이 진짜 힘들어 보이는데…… 괜찮아요?"

머리가 좋은 데다가 천성이 악바리 기질이 있는 임혜란은 현장에 온 지 한 달 만에 더듬거리는 수준의 타밀어를 구사하게 되었다. 사싯도 국제 무대로 나가려면 영어를 할 줄 알아야 한다는 강혁의 의견에 따라 영어를 열심히 배웠기 때문에 둘은 통역이 없이도 어느 정도 대화를 나눌 수 있게 된 참이었다.

"아……. 그래도 해야죠. 재활 선생님도 어렵게 구하셨다고 하는데."

"하긴 되게 좋은 분인 것 같아요."

"네. 정말로요."

사싯은 땀을 뻘뻘 흘리면서, 방금까지 마찬가지로 땀을 뻘뻘 흘리며 자신을 도와준 물리치료사를 바라보았다. 강혁이 구한 사람이었는데, 당연히 이쪽까지 인맥이 있지는 않아서 여러 도움을 받았더랬다. 아니, 보다 정확히 말하자면 한석준이 구해왔다.

덕분에 사싯은 훌륭한 물리치료사를 만나 완벽한 수술에 더해 거의 완벽에 가까운 재활 운동을 할 수 있었다. 하루하루를 선택해서 보면 지지부진한 나날이라 할 수 있었으나 순서대로 나열해서 보면 대단한 진전이 있던 나날이라고도 할 수 있었다.

"아까 보니까 뛰던데요?"

"네. 전력 질주도 할 수 있을 것 같은데…… 그건 아직 참으라고 하셔서요."

"아프진 않아요?"

"이 정도는 아프지 않은 것 같아요."

"다행이네요."

임혜란은 그 과정을 하나도 빠짐없이 기록해두고 있었다. 대개는 영상으로였지만, 주요 순간은 사진으로 찍었다. 결과물은 대개 여과 없이 강혁에게 전달되었는데 그때마다 강혁은 무릎을 쳤다. 이건 될 것 같다고 외치면서였다.

'미쳤는데? 아니, 이게 거기서 찍은 거라고요? 포토샵 한 것도 아니고?'

강혁을 잘 아는 사람이라면 그 모습을 보며 퍽 놀랄 게 뻔했다. 원체 호들갑을 안 떠는 인간이지 않나. 그만큼 사진이 훌륭하다는 반증이었는데, 결코 우연은 아니었다. 사진에는 중요한 요소가 꽤 있는데 임혜란 작가는 그중에서도 특히 빛을 잘 다루는 사람이었다. 자연광이 주는 따스함과 그림자가 이루는 묘한 느낌을 사진에 잘 담았을 때 얼마나 아름답게 보이는지 아는 사람이라는 얘기였다. 덕분에 강혁은 사싯과 그의 축구 예선전 복귀 준비를 믿을 만한 인물들에게 모두 맡기고 자기 일을 할 수 있게 되었다.

게다가 누와라엘리야는 응급도 많은 병원이었다. 누군가의 계획대로, 의도대로 움직이는 곳이 아니란 얘기였다.

그때, 리처드는 사납게 울린 전화를 집어 들었다.

"교수님."

그러곤 강혁을 바라보았다. 출동인 모양이었다.

'아씨, 나도야?'

이용해먹을 생각만 했던 강혁은 속으로 잠시 뜨끔했으나, 이내 고개를 끄덕였다.

'오죽하면 나를 불러.'

리처드의 실력을 미군에서 인정한 다음부터는 둘을 각기 부르는 게 거의 루틴이 된 지 오래였다. 어지간한 상황이 아니면 둘다 부르진 않는다는 얘기였다. 그 말은 곧 지금 벌어진 일이 어지간하지 않을 거란 얘기도 되었다.

"어디래?"

"그게…… 이건 인도 정부 요청이래요."

"잉……. 인도……? 전화는 누가 건 건데?"

"전화는 미군 측에서 왔어요."

"음."

강혁의 머리는 그가 원하지 않아도 워낙 우수한 탓에 저절로 돌았다. 정보가 거의 없다 보니 파악할 수 있는 게 별로 없지만, 일단 미군에서 인도에 도움을 주고자 하는 것은 맞지 않나. 이유는 자명할 터였다. 대한민국 입장에서만 보면 중국과 국경이 가까운 것이 크나큰 부담이겠지만, 사실 중국 입장에서 보면 동부 전선은 썩 괜찮은 편이었다.

'서부 전선은 얘기가 완전히 다르지.'

서부 전선에 인접한 파키스탄은 인구가 2억이고 인도는 10억이 넘는 나라였다. 심지어 둘 다 핵 보유국인데 사이도 나빴다. 미국 입장에서는 인도를 지원하는 것만으로 중국을 견제할 수 있다는 얘기. 거기까지 계산이 선 강혁은 이 또한 미국에게 빚을 지우는 행위란 생각이 들었다. 이번에 워낙에 많은 걸 받은 참이라 빚을 지운다기보다는 보은이라고 보는 게 사실 맞을 것 같긴 하지만 강혁은 뻔뻔할 수 있을 땐 또 한없이 뻔뻔해지는 편이라 멋대로 생각하기로 했다.

"자세한 얘기는 가면서 듣자."

"네. 안 그래도 벌써 비행기 띄웠답니다."

하늘을 올려다보니, 저 멀리서 비행기 한 대가 날아들고 있었다. 기체가 큰 건 아니었으나 워낙에 속도가 빠른 녀석이다 보니 소음은 굉장했다. 애초에 소음 따위보단 환자를 안전하고 빠르게 이송하기 위해 만들어진 기체 아닌가. 소기의 목적은 아주 잘 이루고 있으니 이런 사소한 문제는 그저 무시해도 좋을 터였다.

"가자. 엄청 급한가본데."

"네."

강혁은 잠시 비행기를 바라보다가 리처드의 어깨를 툭 하고 쳤다. 그러자 리처드가 먼저 차량을 향해 달렸다. 강혁은 곧장 리처드의 뒤를 따르는 대신, 한유림과 재원을 돌아보았다. 둘은 벌써 강혁이 무슨 말을 꺼낼지 다 알겠다는 얼굴로 강혁을 마주했다.

"이제 노인네랑 2호도 합류하긴 했는데, 저 둘은 아직 경험이 적으니까 둘이 할 일이 많아. 알지?"

"네."

"그렇지."

한유림은 잠시 강혁이 은근슬쩍 말을 놨다는 사실이 마음에 걸렸지만, 강혁이 일단 재원을 보고 있었기에 그냥 그런갑다 하고 넘어가기로 했다. 원래 강혁과 가까이 지내려면 사소한 것은 넘어가야만 했다.

"그럼 부탁할게. 나 없는 동안 별일 없게 해."

"네."

"아, 그리고 사싯. 개 재활 잘 챙기고."

"네."

강혁은 그렇게 노파심에 절어버린 멘트를 남기고 나서야 발걸음을 옮겼다. 그사이 시동을 건 병사가 차를 조금 움직여 강혁에게 가까이 댔다.

스토리는 만들면 돼

 강혁 일행이 떠난 지 제법 시간이 흘렀다. 그사이 인도의 상황이 심각해져, 강혁과 리처드뿐만 아니라 한유림과 재원, 장미까지 호출받아 따라간 참이었다. 그들이 있는 현장 상황은 오죽했으면 뉴스로 매일 접할 수 있을 정도로 심각했다. 그나마 지금은 폭탄 테러에 전쟁 이야기까지 나오던 초반에 비하면 얼추 정리된 듯했다.

 덕분에 누와라엘리야 병원에 남아 있던 몇 안 되는 인원들은 꽤 오랜 기간 자리를 비운 그들의 몫까지 꾸역꾸역 해내느라 전쟁통 같은 하루하루를 보내고 있었다.

 "그놈은 안 온대?"

 강성지보다는 좀 일찍 잤다고 하지만 그래봐야 몇 시간 자지도 못하고 나온 최윤섭이 물었다. 그나마 이런 생활에 익숙해져서 그런가. 머리도 감았고, 나름 깔끔한 모양새를 하고 있었다. 다만 목소리가 좀 쉬었는데, 최윤섭 나이를 고려하면 당연한 일이긴 했다. 나이 앞에 장사 없는 법이었다.

 "뉴스 보셨잖아요. 완전 난리 났던데."

 "하긴 그놈이 그런 거 두고 어디 갈 놈이 아니지."

 "그러니까요."

최윤섭도 강혁이 어땠는지는 너무도 잘 알고 있는 사람이었다.

'인턴 때부터 얼마나 미친놈…… 아니, 이상한 놈…… 아니, 나쁜…… 아니지. 어떤 새끼야, 대체.'

종잡을 수 없는 놈이긴 했다. 수년을 보아왔음에도 불구하고 딱 한 마디로 정의 내리기는 힘든……. 하여간 한 가지 분명한 건, 최윤섭에게 받은 가르침을 최윤섭 자신보다도 잘 지키는 사람이라는 점이었다. 백강혁은 절대 눈앞의 환자를 두고 떠나지 않았다.

"그럼 여긴…… 우리랑 이번에 새로 온 군의관 둘이랑 커버쳐야 되는 거네?"

"네. 아유……."

그래서 참 좋은 제자긴 한데 지금은 그 덕에 개고생하고 있는 셈이었다. 최윤섭은 밤새 씻지도 못하고 환자를 봤을 게 뻔한 강성지를 바라보다가 이내 커피를 집어 들었다. 차만 먹기가 좀 그렇다고 농장 몇 개에 의료진끼리 먹을 커피나무를 옮겨 심었는데, 여기 토양이랑 날씨가 어찌나 좋은지 옮겨 심자마자 바로 콩을 내고 있었다. 심지어 맛도 좋았다. 강혁처럼 예민한 미식가는 아니더라도, 나름 취향이 확고한 최윤섭으로서도 만족스럽기 그지없는 맛과 향을 늘 내주었다.

"너는 먹지 말고 가서 자. 오전에는 셋이 어떻게든 봐볼라니까."

"아, 네. 안 그래도…… 아유, 저도 이제 나이가 들었는가봐요."

"나이가 들었지, 그럼. 거울 안 봐? 넌 좀 심해. 강혁이 봐라,

걔는 뺀뺀하더라."

"걔는…… 걔는 교수님 나이 돼도 그 얼굴 그대로일 것 같기도 한데."

"아……. 싫다. 징그럽다."

최윤섭은 너스레를 떠는 강성지의 말에 고개를 흔들면서 강성지를 내보내려 했다.

"아, 주인님."

"안녕하세요, 주인님."

강성지를 내보내려고 하는데 문이 벌컥 열리곤 군의관 둘이 들어왔다. 언제 들어도 이상하기 짝이 없는 말을 해대면서였다.

'인계를 그렇게 받았다고 했지?'

인계를 담당한 잭이란 놈은 도대체 가서 뭔 소리를 했길래 이 둘이 주인님이라고 부르는 걸까?

"어……. 그래, 이름이…… 뭐더라."

"노예 1호, 2호로 불러주세요. 아, 제가 1호입니다. 소령이라. 하하."

심지어 자기 호칭을 노예라 불러달라고 하고 있었다. 설마하니 강혁이 미군 본부에 가서 군의관 전체를 세뇌하거나 하진 않았을 테니, 모조리 잭의 작품이라고 생각하는 게 맞았다.

'아니, 근데 거기도 강혁이 제자들이 있다고 들었는데……. 아무도 정정을 안 해줘? 한국어를 모르나?'

잭이 어떻게 해서 그런 오해를 하게 되었는가에 대해서는 익히 들은 바 있기는 했다. 양재원 때문인데, 노예라는 말이 한국인이 부르기 제일 좋은 발음이라 생각하게 되었단 얘기였다. 아마 다른 좋은 사람이 그 자리에 있었다면 바로 정정을 해주었을 텐데 어찌 된 영문이지 원래 여기에 있던 팀원들은 하나같이 좋은 일을 하는 나쁜 놈이 되어가고 있었다. 심지어 나이 지긋한 한유림도 그랬다.

'백강혁 이놈이…… 한국말로 교수가 주인님이라고 한 거지?'

그런 상황에서 백강혁은 어떻게 나왔겠는가. 사실 이런 일이 있으면 바로 교정해주어야 할 사람임에도 불구하고 낄낄 웃으며 이용만 했다. 덕분에 미군 군의관들 사이에서는 자기 호칭은 노예 1, 2호로 하고 백강혁, 한유림, 최윤섭과 같이 누가 봐도 교수 같은 사람에게는 주인님이라 부른다는 인계장이 돌았다. 의문인 것은 거기에도 강혁 제자가 있는데 왜 정정이 안 되냐는 것이었다.

'음? 아……. 그래? 그렇게…… 그래, 그렇게 해.'

이건 최윤섭이 강혁의 평소 행동을 몰라서 든 생각이라 할 수 있었다. 애초에 미군 군의관들의 정식 호칭은 슬레이브이지 않았나. 그게 한국어로 되었을 뿐이라, 딱히 이상하게 여기고 있진 않았다. 다만 봉사 현장에서까지 그 호칭을 고집하는구나, 역시 백 교수님은 이상한 분이시다 뭐 이런 소문만 다시 돌고 있었다.

"어, 그래. 와서 먹어."

"네, 감사합니다. 주인님."

"음……."

이러한 내막을 모르는 최윤섭은 주인님이라는 호칭을 들을 때마다 교정을 해주고 싶었지만, 솔직히 말하면 제자가 좀 무서웠다.

'쓸데없이 입 털지 마세요. 얼마나 편해. 어차피 부려 먹을 텐데…… 호칭도 그러면 좋잖아요.'

강혁이 남긴 말인데 곱씹으면 곱씹을수록 소름이 돋았다. 어차피 부려먹을 거 호칭이 무슨 문제냐니. 인권에 대한 기본적인 개념도 없는 건가.

'아니, 애초에 여기에 노예처럼 일하는 사람들 해방하러 온 거아냐?'

처음엔 강혁이 무슨 마약 사업이라도 하는 줄 알고 겁이 났지만 와서 보니 실제로 좋은 일을 하고 있었다. 아니, 그 정도가 아니라 남들에게는 불가능해 보이는 일들을 이미 이루어낸 후였다. 100년 가까이 공고히 이어져 내려오던 족쇄를 풀었을뿐더러 다른 사업체까지 끌어들여서 차 농장 주인만 내쫓고 나 몰라라 하는 게 아니라 새로운 양질의 일자리까지 선사해주고 있었다. 우선 공사장이 그중 하나라 할 수 있었다. 그야말로 21세기 노예 해방 운동이라 이건데, 정작 병원에서는 이렇게 버젓이 노예를 써?

'나는 정말 모르겠네.'

최윤섭은 고개를 절레절레 저었다. 그가 그러거나 말거나 1, 2호는 표정이 아주 밝았다. 강혁이 떠나기 전에 바로 눈앞에서 강혁이 펼치는 기적에 가까운 수술을 봤을뿐더러 녹화본까지 받았기 때문이었다. 그것뿐이라면 은은한 미소만 지어졌을 텐데 심지어 강혁은 여태 여기서 녹화한 수술 동영상을 죄 넘겨주었다.

그것만 보고 있어도 어쩐지 수술 실력이 느는 느낌이 들고 있으니, 진지하게 외상 외과의 길을 걷는 1, 2호로서는 기분이 당연히 좋을 수밖에 없었다.

'지들이 좋다니까, 뭐.'

최윤섭은 잠시 안타깝다는 눈으로 둘을 바라보다가 에라 모르겠단 심정이 되었다. 설령 진짜 노예라고 해도 단기 노예 아닌가. 그렇다면 굳이 개입할 이유는 없어 보였다. 게다가 최윤섭은 이 병원의 손님일 뿐이라 여기고 있었다. 강혁이 이미 최윤섭, 강성지를 이름으로 불리는 노예로 여기고 있다는 것을 몰라서였다. 사실 곰곰이 생각해보면 주인도 없는 병원에 남아서 개고생하고 있는 상황이 이상하게 여겨질 텐데, 거기까지 생각이 미치기에는 여기서 너무 고생을 하고 있었다.

"아, 주인님. 환자들 벌써 왔던데요?"

"아……. 그래."

"그나마 백강혁 주인님이 안 계시는 게 연락이 가서 그런가? 저번 주보다는 적습니다."

"그래야지, 어떻게 그때 보던 걸 다 보겠어."

최윤섭은 단지 숫자의 차이도 아니라고 여겼다. 강혁은 수술뿐 아니라 외래도 기가 막히게 보지 않던가. 딱 보면 진단명이 나오는 건지 뭔지. 환자가 아직 앉지도 않았는데 처방이 나가는 경우도 많았다. 한국에서 그랬다간 이 의사 싸가지 없다는 식의 컴플레인이 있어야 정상이겠지만 이곳에서는 그냥 의사 얼굴이라도 봤다는 것에 의의를 두는 사람들이 태반이라 괜찮았다. 더

욱이 그 처방이 정확하기 이를 데 없어, 딱딱 효과가 있으니 더할 나위 없었다. 어찌 보면 강혁은 이런 현장에 가장 최적화되어 있는 의사일는지도 몰랐다.

"교수님."

이제 막 시리얼을 다 먹으려니 누군가 또 들어왔다. 누와라엘리야 농장을 관장하는, 강혁 만나서 사장이 된 데니스였다.

"아, 데니스."

"환자 수 절반으로 줄였습니다. 근데 공사장 쪽에서 오는 환자들은 제가 어떻게 할 수 있는 부분은 아니라서요, 그건 양해 부탁드립니다."

"아아, 그래야지. 공사는 얼마나 되고 있다는데?"

"올린 농장 임금보다도 더 임금이 세다보니……. 젊은 남자들이 엄청 많이 지원을 했다고 합니다. 이대로라면 한 달 안에 얼추 마무리되겠어요."

"여기에 한국 호텔이 생긴다 이거지."

최윤섭은 누와라엘리야에 강혁이 해놓은 일은 정말이지, 알면 알수록 놀랍다는 생각만 들었다. 이전 상황을 전혀 몰라서 처음엔 그냥 그런가보다 했으나, 이제는 알지 않나. 지금도 여기 와서 일손을 보태고 있는 학생들이 있어서였다. 그들에게 전해 들은 누와라엘리야는 지옥의 또 다른 이름이었다. 이름을 굳이 붙여준다면 무관심과 착취의 지옥이라고 해야 할까?

'하긴 한국의 중증외상센터 시스템도 별반 다를 게 없기는 했어. 그것도 바꾼 놈이니…….'

어찌 보면 그곳도 누와라엘리야였다고 봐야 했다. 얼마나 많은 외상 외과 의사들이 무관심과 착취 속에 메말라 죽어갔나. 특히 최윤섭은 자기 제자가 직접적으로 그렇게 되었을 때, 총기 넘치던 제자의 텅 빈 동공을 마주했을 때 더는 한국에 있지 못하겠다는 생각마저 들었다. 그냥 생각만 들었던 게 아니라 도망쳐야만 살 수 있을 것 같아, 강성지만 데리고 나와 세계 곳곳을 전전했다. 그동안 강혁은 시스템과 싸워 이겼다. 여기서도 그랬다.

'그래…… 너는 너 하고 싶은 거 다 해라. 인도에서 사람 살려라. 여긴 내가 지키고 있을 테니.'

정말이지 자랑스러운 제자 아닌가. 그 과정에 노예가 생기고 있기는 하지만, 품은 뜻이 너무 커서였다. 다 감수할 수 있는 일이란 얘기였다. 해서 최윤섭은 분연히 일어나 외래로 향했고, 군의관 둘도 그를 따라 외래로 향했다. 그들뿐 아니라 샘을 위시한 간호사들도 최선을 다해 환자를 보았다. 덕분에 오전에는 꽤 순조롭게 볼 수 있었다. 애초에 데니스가 환자 수를 조정해준 덕이었다.

"저, 교수님!"

하지만 오후에도 그러지는 못했다.

"응?"

"공사 현장 사고입니다!"

"아."

공사 현장이라는 말을 듣자마자 올 것이 왔다는 생각이 들었다. 스리랑카 정부의 요청에 따라 대다수 인부는 현지인을 쓰고 있지 않나. 돈 쓸 거면 우리나라 사람들 임금으로 써라 이건데 무조건 좋은 것만은 아니었다. 숙련되지 못한 노동자는 부상의 위험도 크고, 부상의 정도도 더 심하다는 통계 자료가 있었다. 외상 외과로 수십 년을 살아온 최윤섭은 통계까지 갈 것도 없이 그저 경험으로 알았다. 오늘이 처음, 아니면 일주일째라고 하며 실려 왔던 젊은이들이 얼마나 많았나.

"내가 갈게."

그렇게 실려 온 이들 중 살리지 못했던 목숨들의 무게는 온전히 최윤섭의 어깨에 남아 있었다. 최윤섭은 하릴없이 몸을 일으켜 현장으로 가야만 했다.

샘과 최윤섭을 실은 앰뷸런스는 곧 공사 현장으로 향했다. 애초에 병원이 꽤 고지대에 위치한 데다가 딱히 높은 건물이 없는 곳이다 보니 얼마 달리지 않았음에도 불구하고 금세 태화물산에서 건설 중인 호텔이 보였다. 한참 기초 공사하고 있을 땐 대체 저게 언제 지어질까 싶더니만 어느새 5층까지 올라가 있었다. 원래 한국 기업들이 일을 빨리하는 것도 한 가지 이유였으나, 스리랑카 정부에서 적극 협조하고 있는 것 또한 한 가지 이유였다. 게다가 수도 콜롬보 주변에 이미 태화물산이 진출한 지 오래다 보니 각종 자재나 중장비 수급도 편했다.

"와……. 벌써 저렇게?"

"여긴 진짜 날마다 달라지네요."

최윤섭과 샘은 누가 먼저랄 것도 없이 차창에 딱 붙어서 호텔 쪽을 바라보았다. 저기서 사고가 난 상황이라면 이런 식의 대화

가 부적절할 수 있겠지만, 다행히도 아니었다. 호텔 건설이라는
건 설계도면대로 딱딱 맞춰서 지어야 하는 일 아닌가. 숙련 노동
자들이 절대적으로 필요한 곳이었다. 물론 저기도 스리랑카 현
지인들이 꽤 들어가 있긴 하지만, 적어도 다치거나 공정에 방해
가 될 만한 곳에는 단 하나도 없었다.

"나름 주변이랑 잘 어우러지게 짓는다더니…… 확실히 그러
네."

"그러니까요. 서울 갔을 때 봤던 것처럼 그냥 반짝반짝하게 지
으면 어쩌나 했는데."

덕분에 최윤섭도 샘도 호텔 건물에서 눈을 떼지 못했다. 기본
구조야 당연히 철근 콘크리트이긴 했지만, 겉으로 보기엔 스리
랑카 전통 가옥 느낌이 물씬 났다. 일부 구조는 아예 목조로 대
체해버려서 더더욱 그랬는데, 그 때문에 이국적인 느낌이 진했
다. 스리랑카에서 스리랑카 전통 가옥처럼 짓는데 왜 그런 느낌
이 오나 싶을 수도 있겠지만, 저 건물을 제외한 거의 모든 호텔
이 근대 유럽풍의 건물임을 생각해보면 당연한 일이었다.

그렇게 구경을 하고 있는 동안에도 기사는 재빨리 차를 몰아
사고 현장으로 향했다. 사람 다쳤다는데 의료진이란 사람들이
한가하네 뭐 이런 생각은 하지 않았다. 이게 이들 나름의 긴장을
푸는 방식이란 걸 너무도 잘 알고 있어서였다.

"저기…… 저긴가 보네요."

사고는 도로포장 공사 현장에서 발생한 참이었다. 그저 아스
팔트만 까는 게 아니라, 도로 자체를 넓히는 공정까지 포함하고

있었기 때문에 아주 쉬운 공사는 아니었다. 여기가 평지이기는 커녕 아예 산이지 않나. 원래 있던 도로도 산을 깎아 만든 도로 인데 그걸 넓힌다는 건 결국, 더 많은 산을 깎아내야 한다는 말 이었다.

"꽤 몰려 있는데……."

"멀리서 봐서는 잘 모르겠습니다. 가까이 가봐야 알겠어요."

이제 백강혁 제자가 된 지 오래인 샘은 적극적으로 현장을 살 폈다. 원래 대사관에서 편하게 일하던 엘리트 직원이었다는 게 믿기지 않을 지경이었다. 스스로는 그걸 자각도 못 했으니, 옆에 있던 최윤섭도 그저 샘이 늘 이런 곳에서만 일했던 이라 여기고 있었다.

"내릴까."

"네."

해서 아주 자연스레 현장 사람처럼 대하면서 현장에 다가갔다.

"여기 어떻게 좀!"

"저거…… 저거 어째."

"아이고……. 일도 못 하는 양반이 저길 왜……."

"또 술 먹고 간 거지?"

여느 현장과 마찬가지로 소란스럽기 그지없었다. 하지만 가까 이 가면 갈수록 일반적인 현장과는 약간 분위기가 달랐다. 노동 자들이 하나같이 한마디씩 보태고 있었는데, 말투가 어째 아주 호의적이지만은 않았다.

"어?"

최윤섭이야 딱히 그런 분위기에 휩쓸릴 만한 사람도 아니고 그럴 만한 쯤밥도 아닌지라 별 신경 안 쓰고 앞으로만 내달렸다. 그렇게 달린 그의 눈에 우선 보인 것은 도로 넓힐 지점을 폭파하면서 발생한 것으로 보이는 작은 산사태였다.

"아?"

그다음으로 눈에 들어온 것은 그렇게 밀려 내려온 흙과 모래 그리고 나무 등에 깔린 한 남자였다. 특이하게 백인이었는데, 당연히 최윤섭은 모르는 얼굴이었다. 하지만 샘은 달랐다.

"다니엘⋯⋯?"

본 적이 있는 얼굴이었다. 아니, 본 적이 있는 정도가 아니라 한동안 매일같이 봤던 얼굴이었다. 한때 강혁이 자기 방을 무슨 요원들 방처럼 꾸미고 지냈던 적이 있었는데, 그때 칠판에 저 사람 얼굴이 붙어 있어서였다. 그렇지 않았다면 워낙에 얼굴이 상한 탓에 지금처럼 단박에 알아보지 못했을 터였다.

"아는 얼굴이야? 그럼 좋지 않은데. 친해?"

최윤섭은 단박에 달려들어 환자를 구조하는 대신 아는 체를 하는 샘을 돌아보았다. 어차피 지금 당장 구조는 어려울 것으로 보여서였다.

'태화물산에서 중장비 보낸다고 했으니까 그때까지는 기다려야겠는데.'

장비가 와야 어떻게 할 수 있지 않겠나. 괴물 같은 제자 강혁이 있었다면 어떻게든 방법을 강구해냈을 수도 있겠지만, 불행히도 여기 있는 이들은 다 일반인들이었다.

"네? 그……."

샘도 비슷한 생각이었기에 우선 최윤섭이 던진 질문에 답했다. 아니, 답을 하려 했는데 뭔가 좀 애매해서 그리 쉽지만은 않았다.

'친한 건 아니지.'

아는 얼굴이긴 하지만 굳이 따지자면 친구보다는 원수라고 봐야 하지 않을까? 실제로 강혁은 저 사람이 가지고 있던 모든 것을 빼앗았다. 심지어 총 들고 온 다니엘을 차로 친 적도 있었다. 다치게 하고 살려주긴 했지만, 하여간 죽일 기세였다.

'더 괴롭힐 거라고 하기는 했는데……. 여기서 부려 먹고 있었구나.'

샘은 자신도 모르게 모래와 돌덩이 그리고 나무 밑에 깔린 채 신음하고 있는 다니엘에게 다가갔다. 그는 샘이 가까이 가도 전혀 눈치채지 못하고 있었다. 통증 때문이었다. 덕분에 샘은 아주 가까이서 다니엘의 얼굴을 살필 수 있었는데, 사람 인상이 이렇게까지도 변할 수 있구나 하는 생각이 들었다. 단순히 수척해진 정도가 아니라 얼굴에 품고 있었던 거만한 기운이 죄 사라져 있었다.

"친한가 본데? 너무 안타까워하네? 그럼 술기에 방해될 텐데."

"아, 아닙니다. 괜찮아요. 친한 사이는 아니에요."

"그런 얼굴이 아닌데."

"아뇨. 아는 사이일 뿐이에요. 이 사람……."

"누군데?"

"다니엘 러셀입니다. 들으신 적 있으실 텐데."

"다니엘 러셀⋯⋯?"

친하면 위로와 함께 뒤로 빠지라는 말을 하려 했는데, 샘이 어쩐지 익숙한 이름을 댔다. 어디서 들었더라. 멀리서부터 들려오는 중장비 소리를 들으며 곰곰이 생각해보니 강혁에게 들었다.

"이게 그 새끼라고?"

"네? 아, 네. 그 새끼⋯⋯ 맞죠."

어찌나 개새끼라는 말을 많이 들었는지 심지어 환자로 마주하고 있는데도 욕이 나왔다. 그러면서도 과하단 생각 따위는 들지 않았다. 보통 개새끼가 아니지 않나. 이 자식이 이곳 사람들을 어떻게 착취하고, 다른 곳에서의 도움의 손길을 어떻게 물렀는지 알게 되면 동정의 여지가 생길 수가 없었다.

"근데 왜 여기서 이러고 있어? 관광⋯⋯ 관광 다니는 것 같지는 않은데."

그런데 동정심이 들려고 했다. 다시 보고, 두 번, 세 번 볼수록 완전 거지꼴을 하고 있어서였다. 도저히 강혁에게 들었던 모습은 떠올릴 수가 없었다. 한때 이 지역의 왕이었다던데, 이렇게 비참한 몰골이 되었다고? 물론 아주 옛날, 그러니까 춘추 전국 시대였다면 가능한 얘기긴 했다. 아무리 힘이 있었다 해도 아니, 힘이 있었던 만큼 그 힘을 잃게 되면 비참해지는 시대가 있지 않았나. 하지만 요새는 드물었다.

"백 교수님이 가진 거 다 뺏고, 소송까지 걸어서 출국 금지까지 시켰을걸요."

"아……. 우리 강혁이가."

"그리고 입에 풀칠이나 하게 해주겠다고 여기 취직시켰을 거예요. 먹고 자는 돈 말고는 다 차압이긴 한데."

"아……. 그래?"

우리 강혁이가 그랬구나. 무슨 사채업자도 아니고 차압까지 하고 있구나. 오한이 드는 느낌이었다. 아닌 게 아니라 고개를 돌려 보니 팔뚝에서 오소소 소름이 돋아나고 있었다.

'하긴 옛날부터 적이라고 인식하면 가차 없었지.'

거의 뭐 미친놈이 따로 없지 않았나. 차이가 있다면, 그때는 주먹을 썼고 지금은 돈과 권력을 쓰고 있다는 점이었다. 아니, 지금은 주먹도 쓰려면 쓸 놈이니 차이라고 하는 것보다는 뭔가 더해졌다는 표현이 옳을 것 같았다.

"교수님, 잠깐 비켜주십쇼!"

최윤섭이 팔뚝에 난 소름을 쓸어내리고 있으려니, 어느새 도착한 중장비 기사가 소리쳤다. 고개를 돌려 보니 우선 포클레인이 도착해 있었다. 예전 같았으면 저런 게 이렇게 빨리 올 수 없었을 텐데, 지금은 나름 아스팔트 포장이 된 데다가 도로도 넓어졌기에 가능해진 일이었다.

"아, 알겠습니다. 밑에 사람 있으니까 조심해주세요."

최윤섭의 노파심 어린 말에 기사가 대수롭지 않다는 얼굴로 껄껄 웃었다.

"괜찮습니다. 종이도 안 찢을 자신 있어요."

대한민국 중장비 기사를 무슨 가위바위보로 뽑는 게 아니지 않나. 그중에서도 여기까지 와서 일하는 사람들은 태화물산의 에이스들이었다. 설계도에 만약 1m 혹은 1cm만 파주세요, 라고 써 있으면 딱 그것만 한 방에 팔 수 있는 실력과 자신이 있다는 얘기였다. 기사는 포클레인을 슬슬 움직여 다니엘 위에 쌓인 것들을 주변으로 흩뿌리기 시작했다. 최윤섭으로서는 처음 보는 광경이었다. 혹시 샘은 익숙한가 해서 고개를 돌려 보니 샘 또한 입을 벌리고 서 있었다.

"역시 한국 사람이 손기술이 좋아."

"그런 것 같지?"

슥슥 소리가 몇 번 난다 싶더니만 어느새 흙이나 모래 그리고 작은 돌덩이들은 날아가 있었다. 그중 단 하나도 다니엘의 얼굴에는 떨어진 것이 없었는데, 무슨 묘기라도 보는 듯했다.

'포클레인계의 백강혁인가?'

아마 강혁이 포클레인에 진심이 된다면 당연히 더 잘하긴 하겠지만…… 둘이 이런 생각을 하게 되었을 만큼이나 놀라운 일의 연속이었다. 하지만 마냥 입만 벌리고 있을 수만은 없었다. 위에 있던 돌들이 치워지면 치워질수록 환자의 부상이 적나라하게 드러나서 그랬다.

"갈비뼈 다 부러졌겠네."

"그러니까요. 숨은 어떻게 쉬고 있었지?"

"어……. 잘 못 쉬는 것 같은데? 거기 잠깐만!"

해서 최윤섭은 아직 다 치워지지 않은 잔해 틈새를 뚫고 다니엘에게 달려갔다. 칼을 쥐고서였다. 샘은 어디서 많이 본 장면

같은 기시감을 느꼈다. 백강혁이라면 이제 저기서 가타부타 말도 없이 칼로 목을 그을 터였다.

'그 스승에 그 제자라 이건가?'

상대가 모르는 사람이었다면 측은지심이 들었을 텐데, 다니엘이다 보니 쌤통인가 싶기도 했다.

"으, 으!"

다니엘은 통증 때문에 정신이 혼미한 와중에도 칼을 들고 다가오는 최윤섭 때문인지 연신 비명을 질러댔다. 물론 비명을 질렀다는 건 다니엘 본인의 생각일 뿐이고, 지금은 갈비뼈가 으스러져 있었기 때문에 쇳소리만이 흘러나왔다. 흉강에 공간이 제대로 유지되고 있지 않을 때 인간이 낼 수 있는 소리란 이처럼 비참하기만 했다.

"가만히 있어. 기관절개술 할 테니까."

최윤섭은 발버둥도 못 치고 있는 다니엘을 내려다보며 말했다. 강혁보다는 조금 나은 느낌이었다. 적어도 지금부터 뭘 할 건지 알려주지 않았나. 하지만 여전히 칼을 쥐고 있는 데다가 험상궂기로만 따지면 최윤섭 쪽이 백강혁보다 몇 배는 더 무섭게 생겨서 다니엘은 혼절할 것 같은 표정이 되었다. 그렇지 않아도 몸 상태가 안 좋아서 약간의 섬망 증세까지 겹쳐진 탓도 있었다.

'드디어, 드디어 죽는구나.'

사실 백강혁 손아귀에 떨어진 순간부터 이날이 언젠가는 올 줄 알고 있었더랬다. 자신이 여기서 저지른 짓을 돌이켜보면 죽어도 싸지 않나. 힘이 있었을 때라면 모를까, 그 힘을 모두 빼앗긴 지금이라면 언제 길 가던 행인에게 맞아 죽어도 할 말 없었다. 그 와중에 칼 든 동양인을 마주하자, 이건 분명 백강혁이 보낸 자객이란 생각이 들었다.

"눈 까뒤집었네. 잘됐네."

최윤섭은 상상의 나래를 펼치다 못해 기절해버린 다니엘을 내려다보며 웃었다. 샘은 그런 최윤섭을 보며 고개를 가로저었다.

'잘 보면 성품이 백 교수님보단 좀 낫기는 한데…….'

아무래도 생긴 거 때문인가. 훨씬 나쁜 놈처럼 보였다. 지금 저 말만 해도 그렇지 않나.

"잘됐다고?"

"아니, 사람이 죽어가는데……."

"생긴 거 봐. 저게 의사야? 도적이지?"

여기저기서 수군대는 것도 당연했다. 의료인이라면 무언가 처치를 하기 전에 차라리 환자가 혼절하는 게 낫다는 뜻으로 한 말이라는 걸 알아먹을 테지만 일반인은 그럴 수가 없었다. 게다가 분위기가 문제였다. 그 무엇보다 현장에서의 활동성을 중시하는 누와라엘리야 병원의 지침상 출동하는 의료진은 그 직급을 막론하고 구조복을 입었는데, 강혁이 미군 측을 통해 구해 온 구조복이다보니 생긴 게 약간 전투적이었다. 거기에 최윤섭의 얼굴이 더해지니 킬러 그 자체였다.

"말려야 되는 거 아녀?"

"가만 있어봐. 병원에서 온 양반 같은데……."

"그래? 아, 그렇네. 참 아까 저기서 내렸지."

그렇다보니 주변에 몰려든 이들이 전부 환자가 아니라 최윤섭에 대해 이러쿵저러쿵 떠들어대고 있었다.

"저, 교수님. 인상 좀 푸시죠. 사람들이 무서워합니다."

저도 모르게 찡그리고 있으려니 샘이 후다닥 달려와 말렸다. 백강혁이 저러고 있으면 어쩐지 좀 멋있다, 혹은 수술이 진짜 어렵나보다 뭐 이런 생각이 드는데 최윤섭이 이러니까 그냥 환자 죽이는 거 아닌가 하는 생각만 들어서였다. 비단 샘만의 생각은 아니어서, 진짜로 주변에 있던 이들 전원이 두려움에 떨고 있었다.

"아, 그래."

익숙한 반응이기는 해서 최윤섭은 금세 만들어진 미소를 띤 채 다니엘의 목에 구멍을 뚫었다. 그러고는 부스러진 우측 가슴 대신 좌측 가슴으로 숨을 쉴 수 있도록, 방금 샘이 건넨 튜브를 꽂아 넣어주었다.

"나 여기서 앰부 짜고 있을 테니까…… 안 다치게 계속 작업할 수 있겠습니까?"

포클레인 기사에게 이렇게 물어보면서였다.

"오……"

사실 생김새만 보고 최윤섭을 나쁜 사람 아닌가 하고 생각하고 있던지라, 포클레인 기사는 조금 찡한 느낌을 받았다. 아무리 자기 실력을 믿는다 해도 포클레인 얼쩡거리는 앞에 있는 건 진짜 겁나는 일일 텐데, 세상에 어떻게 저럴 수가 있을까. 듣자니 저 다니엘인지 나발인지 하는 새끼는 천하에 개쌍놈이던데.

"알겠습니다! 최선을 다하겠습니다!"

그런 생각에다 같은 한국 사람이라는 동질감까지 더해진 마당이다보니 포클레인 기사는 진심을 다해 움직이기 시작했다. 원래도 태화물산의 에이스라 잘하는데 거기에 최선을 다하기까지 하니 결과물은 대단했다. 정말이지 순식간에 다니엘 위에 놓여 있던 거대한 것들, 그러니까 인력으로는 어찌할 도리가 없어 보이는 돌덩이와 나무 조각이 저 멀리 치워졌다. 그러면서도 그 밑에 깔린 다니엘이나 앰부를 짜고 있던 최윤섭에게는 전혀 위해가 가해지지 않았다.

"감사합니다. 이 환자 살아나면 기사님 덕이 큽니다!"

"아이고, 아닙니다. 감사합니다!"

최윤섭의 인품은 외모와 다소 딱딱한 말투 때문에 저평가되었을 뿐, 사실 백강혁이랑은 비교도 되지 않을 정도로 훌륭하지 않던가. 너무 큰 꿈을 꾸다가 상처를 많이 받아서 그렇지 예전에는 더 부드러운 사람이었다. 그런 만큼 때때로 이렇게 다정한 말도 쓸 수 있는 사람이었는데, 그 덕에 포클레인 기사는 최윤섭에 대해 아주 좋은 인상을 받았다.

"자네는 이리로."

"네."

"안 좋아."

"그렇네요. 음."

그것과는 별개로 이제야 온전히 다니엘의 상태를 마주하게 된 최윤섭과 샘은 한숨을 푹 쉬고 있었다. 아닌 게 아니라 정말로 다니엘이 죽을 수도 있겠다 싶어서였다. 갈비뼈만 박살 난 줄 알았더니, 그건 별거 아니었다. 아랫배 쪽도 좋지 못했다.

"방광이 괜찮을까?"

"아닐 것 같은데요?"

"여기서 할 수 있는 건……. 별로 없겠어. 바로 병원으로 가지."

"네. 그렇게 해야겠습니다."

"음."

최윤섭은 샘과 함께 다니엘을 들것에 옮겨 실으면서 인상을 썼다. 말이야 여기서 할 수 있는 건 없겠다고 했지만, 딱히 병원으로 간다고 해서 할 수 있는 게 많을 것 같지도 않아서였다.

'어쩐다?'

나쁜 사람인 것은 익히 들어 알고 있었다. 하지만 의사는 죄의 경중을 따지는 사람이 아니지 않나. 물론 다친 사람이 둘 이상이고 그들 모두 급히 치료하지 않으면 죽을 상태라면야 얘기가 조금 달라질 수도 있겠지만, 지금처럼 충분히 다니엘에게 집중할 만한 여력이 있는 상태라면 최선을 다해야만 했다.

'문제는…….'

최윤섭은 재빨리 환자를 앰뷸런스에 실으면서도 내내 환자에 대해 고민했다. 손은 저절로 움직여 수액을 달고 바이털을 재고, 또 소변줄을 꽂고 있었으나 머릿속은 딴 세상이었다.

'최선을 다한다 해도 죽을 것 같은데…….'

아랫배 손상이 진짜 커다란 문제였다. 골반은 방광과 직장과 같이 삶의 질과 직접적인 연관이 있는 장기들이 머무르고 있는 곳이지 않나. 심지어 복부 대동맥이 양측의 허벅 동맥으로 나뉘는 지점이면서 동시에 앞쪽으로 튀어나오는 지점이기도 해서 큰 혈관이 다칠 확률도 훨씬 더 높았다.

'오히려 돌덩이를 치우고 나서부터 의식이 급격하게 떨어지고 있어. 혈압도…….'

아무래도 눌리고 있을 때는 무게 때문에 피가 터져 나오지 않아서 오히려 괜찮다가, 환자를 빼내고 나니 피가 확 빠져나오는 모양이었다.

"눌러, 눌러!"

"네!"

외상 환자들에게 흔히 보이는 현상 중 하나이기도 했다. 덕분에 최윤섭은 크게 당황하는 대신 바로 움직일 수 있었다. 대한민국에서 제일 유명한 외상 외과 의사라고 하면 당연히 백강혁이나 양재원을 손에 꼽겠지만, 사실상 외상 외과의 아버지라 불려야 하는 사람이 최윤섭이지 않나. 경험으로만 따지면 이쪽도 만만치 않았다. 심지어 강혁처럼 천재도 아니라 지금껏 눈앞에서 잃은 환자의 수도 많았다. 그 말은 곧 모든 경험을 통해 절치부심하고 이날 이때껏 발전해왔다는 뜻이기도 했다.

"피는."

"간이 검사로…… B형입니다."

"바로 넣자."

"네!"

설비가 좋아진 덕도 보고 있었다. 한구 병원에서는 심지어 살아 있는 사람을 가지고 피 주머니로 쓰기도 했는데, 누와라엘리야 병원 앰뷸런스에는 냉장 시설도 되어 있었고 혈액도 충분히 구비되어 있었다. 이런저런 루트로 피를 구해 오고 있는 덕이었는데, 인근 미군 부대 군인들의 정기적인 헌혈도 큰 도움이었다.

"쥐어짜!"

"네!"

지금은 피가 너무 많이 나고 있었기 때문에 라인을 통해 점적되는 걸 기다리고 있을 수가 없었다. 샘도 동의하는 바였기에 최윤섭의 외침을 듣자마자 손으로 혈액 팩을 쭉 하고 쥐어짰다. 이럴 때 라인을 어설프게 잡아놨다면 터지기도 하는데, 다행히 샘도 강혁 밑에서 구르면서 실력이 좋아진 참이라 버틸 수 있었다. 기사는 현장도 그렇고, 뒷좌석 분위기도 그렇고 개판이라는 걸 알아서 그런가 액셀을 엄청 밟아댔다. 돌아다니는 차도 몇 대 없어서 속도는 무한정 높일 수가 있었다.

"으어."

"놓치지 마!"

뒤에 있는 사람들로서는 죽을 맛이었지만, 환자 생각하면 또 어쩔 수 없는 일이지 않나. 최윤섭과 샘은 덜컹대는 차 속에서 아무렇게나 흔들거리면서도 불만을 토로하지 않았다. 그저 다니엘을 살리기 위해 주력할 뿐이었다. 하지만 차가 병원에 닿았을 땐 이미 다니엘의 혈압이 없어져 있었다.

"CPR!"

심폐 소생술이 필요한 상황이 된 것인데, 외상 환자에게 이런 상황이 왔다는 건 절망적인 상황을 의미했다.

"주인님!"

도착하는 차를 보고 외래를 보고 있던 1호(군의관)가 뛰어나왔다. 언제 들어도 황당한 말이었지만 두툼한 팔뚝을 보고 있자니 든든하기 짝이 없기도 했다.

"눌러!"

"네!"

"에피!"

"네!"

최윤섭은 현장에서 돌아오기가 무섭게 바로 CPR을 지휘해야만 했다. 그나마 다니엘이 젊어서 그런가 혈압이 돌아오기는 했다. 그만큼 으스러져 있던 우측 가슴은 더 엉망이 되었지만, 하여간 지금은 죽지 않았다. 문제가 있다면 이제 어떻게 살려야 할지 도저히 감이 잡히지 않는다는 점이었다. 이런 환자를 본 경험이 없어서는 아니었다. 다만 최윤섭은 아직 이만큼 다친 환자를 살려본 적이 없었다.

"저, 교수님."

그의 얼굴에서 절망을 읽어낸 샘이 말했다.

"응?"

"백 교수님께 영상 통화해보죠. 방법이 있을지도 모릅니다."

사제 간이라는 걸 모르고 하는 말은 아니었다. 하지만 방법이 없지 않나. 자존심 부리느니 전화해서 조언이라도 듣는 게 나을 거라 여겼다.

"그…… 그래, 그놈이라면."

다행히 최윤섭도 마냥 고집을 부리진 않았다. 누구보다 강혁의 실력을 잘 알고 있는 데다가, 이미 실력으로 밀린 지 오래되어서 그랬다.

"뭐야."

강혁은 곧 전화를 받았다. 받자마자 보이는 게 노인네 얼굴이다 보니 더욱 퉁명스럽게 받았다.

"환자 문제야. 일단 봐."

최윤섭은 휴대폰으로 다니엘을 비춰주었다. 강혁은 대체 뭔 환자이길래 이러나 하다가 다니엘인 것을 확인하자마자 또 한 번 퉁명스럽게 말했다.

"뒈져도 싼 놈이 왔네."

최윤섭과 샘 그리고 좀전에 뛰어나온 강성지 등은 모두 귀를 의심했다. 아마 다니엘도 지금 의식이 있었다면 눈을 번쩍 떴을 터였다. 아무리 천하의 개쌍놈이라 해도 다쳐서 병원에 왔는데 뒈져도 싼 놈이라니. 이건 좀 너무한 거 아닌가.

"근데 진짜 뒈질 수도 있겠네?"

물론 강혁은 그런 말을 한 바로 직후임에도 불구하고 딱히 마음에 짐을 느끼지 않았다. 그저 담담하게 영상을 통해 본 다니엘의 끔찍한 몰골을 의학적으로 분석해낼 따름이었다. 결론은 진짜 못 살릴 수도 있겠다였다. 아닌 게 아니라 가슴 쪽 상처만 해도 심각한데, 하복부에서 골반으로 이어지는 부위에도 심각한 상처가 있었다. 어느 정도로 심하냐면 지금 강성지가 두 손으로 온 힘을 다해 누르고 있음에도 왈칵왈칵 피가 배어 나오고 있을 정도였다.

"어, 그러니까 전화했지!"

강성지는 태평하게까지 들리는 강혁의 말에 어이가 없다는 듯 외쳤다.

"그럼 뭐 하고 서 있어? 일단 수술방으로 달려."

강혁은 환자가 다니엘이라는 사실 대신, 집도를 맡은 이가 강성지 그리고 최윤섭이라는 사실에 집중하기로 결정했다.

"어, 어! 교수님!"

"알았어. 샘, 자네도."

"네!"

강혁의 말에 셋은 죽도록 달렸다. 강성지는 환자의 배를 누르면서 달렸고, 샘은 앰부를 짜면서 달렸고, 최윤섭은 노익장을 과시하면서 침대를 엄청나게 빠른 속도로 밀어냈다. 그렇게 도착한 수술실엔 박경원이 서 있었다. 평소엔 허당 그 자체라지만, 수술실에서는 든든하기 짝이 없는 인간 아닌가. 강혁이 다른 제자는 다 데려가놓고 경원만은 누와라엘리야에 남긴 이유가 있었다. 이 녀석이 있으면 집도의의 실력이 조금 처져도 어느 정도 버티게 만들 수 있었기 때문이다.

"아이고."

경원은 입으로는 신음을 흘리면서도 손은 아주 자연스럽게 움직여 마취를 걸었다. 그러곤 아직 부족해 보이는 라인을 보충하기 위해, 순식간에 경정맥에 중심정맥관을 잡았다. 흉부와 골반

부가 다친 상황에서 꽂을 수 있는 가장 좋은 부위를 순식간에 고른 셈이었다.

"피 들어갑니다. 엄청 필요하겠는데⋯⋯. 군부대랑 농장에 연락 다 돌려요. 우리 구비량으로는 부족하겠어."

경원은 중심정맥관을 잡는 것과 동시에 들어와 있던 간호사에게 지시를 내렸다. 그러자 간호사는 알겠다는 표정과 함께 밖으로 내달렸다. 여기저기 전화를 돌리기 위해서였다.

"자, 수술 바로 시작하시면 됩니다."

경원은 도부타민과 에피 등으로 떨어진 혈압을 보상하면서 같이 들어온 의료진들을 향해 말했다. 사실 외과 의사 중에 마취과 교과서 첫 장에 쓰인 문장, 그러니까 마취과 의사가 수술실의 선장이라는 말에 대해 불만을 품고 있는 사람이 꽤 많은데 지금 만큼은 인정할 수밖에 없었다.

"어, 어!"

"네, 그렇게 하겠습니다!"

최윤섭과 강성지는 마치 출항 명령을 받은 선원들처럼 일사불란하게 움직였다. 강혁도 마찬가지였다.

"가슴은 일단 둬. 저건 경원이가 어떻게든 해결하게 하라고. 호흡 잡는 게 어렵겠지만⋯⋯. 쟤는 돼."

"어⋯⋯. 알겠어."

"그럼⋯⋯."

딱 마취가 끝나자마자 강혁도 지시를 내리기 시작했다. 그 말에 강성지는 물론이거니와 최윤섭도 군말 없이 따랐다. 제자의 인성이야 정말 하자가 많다는 걸 알고 있었지만, 실력은 차고 넘치게 훌륭하다는 것 또한 알고 있어서였다.

"골반. 지금 보니까 우측 허벅 동맥하고 정맥 둘 다 나간 것 같은데."

"그래? 우측이야?"

"응."

"오케이. 그럼……."

"누르는 것도 우측으로 집중해서 눌러봐."

"어, 와."

때문에 조그마한 휴대폰 화면을 통해 보고 있다는 걸 알면서도 다 믿었다. 역시 벌써 효과가 있었다. 강성지는 무작정 골반 누르던 것을 멈추고 강혁의 말대로 우측 골반, 정확히 말하면 해부학적으로 우측 허벅 동맥과 정맥이 있을 법한 곳을 누르자마자 출혈량이 눈에 띄게 줄어드는 것을 확인하며 한도의 한숨을 내쉬었다. 하지만 그것만으로 안심할 수는 없었다.

"피 하나 더. 쭉 짜."

일단 들어가는 피의 양이 심상치 않았다. 이대로 가다간 1시간도 채 지나지 않아서 자기 피는 단 한 방울도 없이 남의 피만 돌게 될 터였다. 그렇게 되면 파종성 혈관내 응고(DIC, disseminated intravascular coagulation)가 발생할 확률이 비약적으로 상승하게 되고, 외상 환자에게 DIC란 곧 사망 선고나 다름없는 일이었다.

"노인네랑 샘은 일단 소독하고 옷 입어. 빨리. 2호 너는 최선을 다해 누르고. 그……."

"알았어."

"손가락을 세워서 지금 누르고 있는 데보다 음, 1cm 아래. 그래, 거기 눌러봐."

"어, 어."

강혁은 그렇게 둘을 움직이게 한 후, 다시 출혈에 집중했다. 본인이 저 자리에 있었다면 단지 누르는 것만으로 당장의 출혈은 거의 막을 수 있을 거라 확신하면서였다.

"좀 줄지."

"어."

"나머지는 감각으로 느끼면서 조금씩만 조정해봐."

"감각?"

"손끝에 전해지는 감각. 뭐가 흐르면 그게 느껴지잖아."

"어……."

물론 지금 이렇게 원격 조종하는 것만으로도 꽤 많은 출혈을 잡기는 했다. 하지만 강혁이 말하는 감각이라는 게 인류 공통의 감각은 아닌 데다가, 강성지는 열의에 비해 재능이 좀 처지는 편이다 보니 그대로 수행하지는 못했다. 출혈량이 줄기는 했으나 여전히 무시무시한 기세로 흘러나오고 있다는 얘기였다.

"음."

강혁은 강성지를 더 갈구면 좀 달라질까 해서 그를 살폈다. 하지만 강성지는 이미 구슬땀을 흘리며 상처 부위를 누르고 있었다. 심지어 팔뚝에 미세한 떨림마저 있었는데, 최선을 다하고 있다는 반증이었다. 이렇게 되면 조져야 할 것은 다른 이들이었다.

"더 빨리! 노인네 빨리!"

"후."

달리 말하면 수술조를 조져야 한다는 건데, 대상이 된 최윤섭은 짤막한 한숨을 쉬었다.

"똑딱똑딱."

"하, 시발."

나름대로 최선을 다해 빨리 움직이는데, 강혁 특유의 초조하게 하는 말투가 더해지자 더할 나위 없이 속도가 빨라졌다. 최윤섭은 지금껏 수술실에서 해낸 소독, 가우닝, 드래핑 중 거의 손꼽힐 만큼이나 빠른 속도로 끝마칠 수 있었다.

"거봐, 하면 되잖아. 게으름 피우지 말라고."

"후."

"자, 이제 칼 들고. 제왕 절개 하듯 가로로 째요."

"가로로……?"

"범위가 가로로 넓잖아. 세로로 째고 어느 세월에 박리할래요?"

"어, 어."

그럼에도 여유는 없었다. 다니엘은 시시각각 죽어가고 있었다. 일단 가슴 쪽도 경원이 최선을 다해 버티고는 있지만, 시간이 더 지체되면 저것 때문에 죽을 수도 있었다. 해서 강혁도 여유를 잃고 존댓말 대신 반말을 지껄여 대기 시작했다.

"그래, 과감하게. 봉합할 거는 생각하지 마. 어차피 지금 혈관 못 잡으면 죽어."

"응."

"제일 급한 건 우측 허벅 동맥인데, 일단 클램프로 물어봐요."

"어?"

"어차피 다리 잘라야 될 수도 있어. 어쩌겠어, 이걸."

"그래, 그래. 알았어."

허벅 동맥은 다리를 먹여 살리는 혈관 중 가장 중요한 혈관이지 않나. 그냥 유일한 동맥이라고 해도 과언이 아닐 지경이었다. 때문에 이걸 묶는다는 건 다리 절단이나 다른 없는 말이었다.

'나쁜 놈이라고는 들었지만⋯⋯.'

외상 외과에서 일하다보면 심각한 후유 장애를 겪게 된 환자 보는 일이 거의 필연이라 할 수도 있었다. 하지만 필연이라 해서, 자주 본다고 해서 익숙해질 수 있는 건 아니었다. 다치기 전에는 멀쩡했을 환자가 신체에 중대한 결함이 생긴 채 자신을 찾아오는 일은 언제가 되었건 끔찍한 일이었다.

강혁은 강성지가 손가락으로 누른 부위 밑에 정확히 찢긴 곳이 있을 테니, 그 위쪽으로 들이 파보라는 말을 해주었다. 조언은 언제나처럼 기가 막히게 들어맞아서, 딱 들춰 보자마자 혈관이 보였고 최윤섭은 그걸 물었다. 바로 옆에 있던 정맥도 물어버렸기에 순식간에 출혈은 멎었다.

"손 떼, 이제."

"어, 어."

"그리고 상처 더 들춰봐. 길이가 정확히 어떻게 돼? 봉합할 수 있겠어? 이거 들고 있는 사람 누군지 모르겠는데 가까이 좀 가

봐요. 안 보여."

"네."

그렇다 해서 여유가 생기는 건 아니었다. 출혈이 멎는 것과 동시에 다리로 향하는 혈류도 멎었으니까. 그나마 하지 근육은 심장이나 뇌보다는 골든 아워가 넉넉한 편이었지만, 그래도 피가 안 가면 결국 썩는 건 마찬가지였다.

"아이고, 나 아니면 못 잇겠는데."

강혁은 지금 폰을 들고 있던 간호장교가 수술 부위에 폰을 바짝 들이대준 덕에 동맥의 찢긴 부위를 확인할 수 있었다. 순식간에 내린 결론은 세상에 자기 말고는 단순 봉합이 가능한 사람이 없겠다였다. 무척 광오한 판단이었으나 최윤섭도 강성지도 달리 반박할 말을 찾지 못했다. 강혁이 할 수 있을지 없을지는 모르겠지만, 한 가지 확실한 건 두 사람은 이을 자신이 없었기 때문이다.

"그럼 어쩌지?"

"인조혈관으로 덮어야지."

"얼마 만에?"

"빠르면 빠를수록 좋지. 늦어도 30분."

"아……."

"아, 할 시간이 있나? 빨리 움직여!"

'개자슥.'

최윤섭은 잠시 강혁을 노려보다가 이내 몸을 부리나케 움직였다. 어째 하는 짓 보니 자신이 최윤섭, 그러니까 스승이라는 걸

인지하고 일부러 더 난리 치는 것 같아서 기분은 나빴지만 동시에 환자가 죽어가고 있는 것 또한 사실이지 않나.

"여기 피 달고."

"응?"

"아, 이건 신경 쓰지 마요. 나도 수술 중이라."

"어……? 지금 수술 중이야?"

"어, 나도 수술 중이지. 수술 필요 없으면 내가 여기 왜 있어."

"아……. 이게 되나……?"

과연 영상 속 강혁도 분주해 보였다. 그냥 여기저기 돌아다니고 있는 게 아니라 손이 바빴다. 피 묻은 장갑이 어지러이 움직이고 있다는 얘기였다.

"되지. 나는 돼. 몸 두 개면 동시 수술도 될걸."

딱 봐도 보통 수술은 아닌 듯했다.

"그…… 평소처럼 건방진 건 좋은데 그래도 사고 치면 어쩌려고."

"사고 안 나니까 걱정하지 말고. 거기 할 일이나 해. 허벅 동맥…… 아까 2호가 손대고 있던 부위에서 약 3cm가량이 찢어져 있고, 주변으로 죄 망가져 있으니까 적어도 5cm로 덮으라고."

"5cm……. 이렇게?"

아직 최윤섭은 강혁의 말을 온전히 다 믿게 된 것은 아니었다. 당연한 일이었다. 외상 수술을 하면서 또 다른 외상 수술을 감독한다? 이건 말이 안 되는 일이라 봐야만 했다. 하지만 상대는 강혁이었다.

"교수님, 믿어야죠, 별수 있나요?"

"그래요. 백 교수님이 성질 더러워도 실력은 최고…… 아니, 거의 뭐 괴물이잖아요."

옆에 있던 2호 강성지나 샘도 강혁을 거들었다. 딱히 강혁이 좋아서는 아니었다. 하지만 둘이 말한 것처럼 강혁이 그렇다고 하면 반드시 믿어야 할 정도로 압도적인 실력의 소유자이기도 했다.

"이렇게 대면 되냐고."

"어어. 그렇게. 아니, 우측으로 11도가량 틀어."

"11도를 내가 어떻게……."

"그럼 최대한 천천히 돌려봐. 내가 멈추라고 하면 멈춰."

"아, 알았어."

최윤섭도 거기에 대해서는 딱히 이견이 없어서 일단 하라는 대로 했다. 인조혈관 자른 것을 허벅 동맥에 대고 돌리라는 이상한 말도 따랐다. 강혁이 아니었다면 지금도 양측 허벅 동맥이나 정맥 중 대체 어디서 피가 나고 있는 건지 파악 못했을 가능성도 컸다.

'그래, 가로로 열라는 것도 신의 한 수였어.'

습관처럼 세로로 열었다면 지금도 상처를 헤집고 있을 것이 뻔했다. 하여간 제자라고 부르기도 민망할 정도로 실력이 벌어진 참이었다. 이제 와 새삼 서글플 이유 따위는 없었다. 저놈은 레지던트 때부터 이미 아득히 먼 곳에 있지 않았나.

"지금."

"응."

"그래, 좋아. 그렇게 딱 대고 봉합해. 2호 너도 반대편 하고. 할 수 있지? 최대한 빨리."

"어, 어. 알았어. 이제 우리가 알아서 해볼게. 너는 언제 올 수 있을 것 같아?"

"뭐 이제 다른 곳에서 많이 지원 오기도 했고…… 골든 아워 다 지나가고 있어서 내일이나 모레 정도?"

"알겠다. 여기 걱정은 말라고 하고 싶은데……. 지금도 전화로 물어보고 있어서 그런 말은 못 하겠네."

"알면 더 열심히 해. 그럼 난 이쪽 살려야 해서."

"어어. 끊을게. 고마워!"

그렇게 영상 통화는 끝이 났다. 백강혁의 능력만으로 누와라엘리야 병원에서는 최윤섭과 강성지가, 인도에서는 백강혁 사단이 힘든 수술을 성공적으로 이끌고 있었다.

*

강혁과 일행은 이번 수술을 마지막으로 짐을 챙겼다. 그들이 할 일은 다 한 셈이었고, 이제 돌아가야 할 시간인 것이다.

"그럼 살펴 가십시오. 또 뵙는 날까지 건강하시고요."

인도 직원은 웃는 얼굴로 인사를 건넸다. 강혁은 그의 인사를 끝으로 비행기 안으로 들어갔다. 그러자 승무원이 그를 일등석으로 안내했다.

"음, 좋은데?"

옆을 돌아보니 재원과 장미가 양옆에 자리하고 있었다. 아무래도 강혁이 태워줄 때 말고는 일등석에 타볼 기회가 없는 애들이라 그런가, 이곳저곳을 두리번거리느라 바빠 보였다. 뒤쪽엔 리처드와 한유림 그리고 이번에 인도 현장에서 강혁이 낚아 온 닥터 쿠트라팔리가 앉아 있었다. 가운데 앉은 한유림 외에는 저쪽 둘도 이런 자리가 낯선 모양이었다. 리처드는 벌써 비행기 내에 구비된 술을 늘어놓고 홀짝이고 있었다. 이륙하기도 전에 만취 상태가 될 것 같았다.

'뭐⋯⋯. 한동안 이럴 날은 없을 테니까⋯⋯.'

강혁은 조금 부끄럽다는 생각이 들었지만, 일단은 그냥 두기로 했다. 당장 머릿속에 떠오르는 일들만 해도 너무 많지 않나.

'일단⋯⋯ 잡일도 있어.'

예전 같았으면 잡일 따위는 생각지도 못했을 터였다. 환자 봐야지 무슨 놈의 잡일을 한단 말인가. 하지만 쿠트라팔리가 더해짐으로 해서 병동 환자 보는 일이 조금은 줄어들 것이란 것을 기대할 수 있게 되었다. 그렇다면 뭘 할까. 그냥 쉴까? 만약 이놈들이 전부 누와라엘리야에 몇 년씩 박혀 있을 수 있는 놈들이라면 그렇게 둘 수도 있었다. 하지만 그게 아니지 않나.

'고작 1년짜리들인데 있는 동안 최대한 부려먹어야지. 우선⋯⋯ 축구 대회 준비도 하고⋯⋯. 이제 슬슬 너무 아파서 농장에만 있는 사람들 왕진도 다니고 해야지.'

있는 동안 후련하게 부려먹어야만 했다. 다행인지 불행인지 누와라엘리야는 조금만 고민해봐도 해야 할 일들이 쏟아져 나오는 곳이었다. 그리고 그 일을 대체 누가 하겠는가. 파견 온 군의관들을 부리기엔 좀 무리였다. 계약 자체가 교육으로 되어 있지 않나. 걔네들은 뭐가 되었건 미군 수술에 더불어 심각한 외상 환자들 수술에 투입해야만 했다.

'그래, 맘껏 마셔라.'

해서 강혁은 잡일 후보 1, 2, 3 등등, 지금 이 비행기에 타고 있는 이들에게 더는 잔소리하지 않기로 마음먹었다. 물론 아무리 결심을 했다고 해도 강혁은 성질이 더럽기도 하고 또 눈, 귀, 코 등이 좋아서 걸리적거리면 화가 날 게 뻔했다.

'자자.'

강혁은 억지로 귀에 귀마개를 꽂고는 곧장 잠에 빠져들기로 했다. 그 모습을 본 쿠트라팔리는 좀 놀랐다. 재원이나 장미는 몰라도 리처드는 누가 봐도 흉한 몰골 아닌가.

"캬."

지금도 그렇지 않나. 저 꼴만 봐서는 도저히 현장에서 사람을 살려대던, 그야말로 일류 외과의 리처드와 같은 사람이라는 것이 믿기지 않을 지경이었다.

'이길 참고 가시네.'

인도도 나름 수직적인 문화가 여전히 산재한 나라이지 않나. 만약 자신의 스승이 이 꼴을 봤다? 그럼 일단 뺨부터 때리고 봤을 게 뻔했다. 쿠트라팔리가 전해 듣기로 대한민국도 유교 사상 때문에 스승의 권위가 장난이 아니라고 들었는데.

'진짜 좋은 사람이시구나.'

쿠트라팔리가 말도 안 되는 오해를 하는 동안, 한유림은 전혀 딴생각을 하고 있었다. 한유림은 고주망태가 된 리처드와 귀마개를 끼고 있음에도 불구하고 이마에 힘줄이 돋아난 강혁을 번갈아 보며 부르르 떨었다.

'대체 돌아가면 뭔 짓을 시키려고 저러는 겨…….'

비행기는 각자의 고민과 분노 그리고 방황을 품은 채 곧 이륙했다. 뉴델리에서 콜롬보까지는 몇 시간 걸리지 않는 거리였기에 금세 내릴 수 있었다. 사실 콜롬보 같은 지역은 내리는 게 문제가 아니라 내려서부터가 문제였는데, 다행히 누와라엘리야 팀은 꽤 우수한 행정팀을 지니고 있었다. 한석준을 팀장으로 하고 또 한석준을 팀원으로 하는 팀이었는데 그 덕분에 별로 기다리지 않고 차에 올라 곧장 누와라엘리야로 향할 수 있었다. 가는 길은 그야말로 상전벽해라 해도 좋을 정도로 변해 있었다.

"와……."

"아니, 그새 더 포장이 됐네."

"초입 부분은 이제 진짜 쌩쌩 달려도 되겠는데?"

얼마나 공사 진척이 빠른지, 얼마 전 이 도로를 다녔던 팀원들조차 눈이 휘둥그레질 지경이었다. 여기가 얼마나 외진 곳인지 전해 들은 바 있는, 심지어 사진도 좀 본 적이 있는 쿠트라팔리도 놀라고 있었다.

"교수님 말대로…… 공사가 한창인 모양입니다."

"응? 응. 빠르네, 역시."

"근데 어떻게 이렇게 빠르죠?"

"그러게나 말이야."

강혁은 원래 같았으면 덜덜 떨려서 어지간하면 입을 다물어야 하는 구간이었다는 것을 떠올렸다. 하지만 지금은 그저 편안했다. 비로소 좋은 차 타는 보람이 느껴진다고 할까.

"어, 태화다."

도로가 포장된 덕에 편안하기만 한 게 아니라 속도도 빨라져 있었다. 해서 마구 달리는데, 그러다보니 앞서가는 공사 차량이 보였다. 태화라는 글씨가 큼지막하게 박혀 있었다.

"아, 이쪽도 이제 태화가 수주 맡아서 그냥 하기로 했나보다."

그제야 강혁은 왜 여기가 이렇게 빠르게 변했는지 알 것 같았다. 세상에서 제일 효율을 중시하는 민족이 바로 대한민국 사람들 아니던가. 어느 정도냐면 힐링하라고 만든 농사 게임을 경영 게임으로 탈바꿈하고, 모든 음식점, 카페 등등의 평균 대기 시간이 전 세계에서 제일 짧은 나라였다.

"미친…… 계속 포장이 되어 있는데요?"

"여기가 위보다는 공사가 쉽기는 할 텐데……."

"보이는 곳까지는 다 되어 있어요."

"아니, 손 바뀐 게 기껏해야 한 달 안 됐을 텐데."

"역시 한국인이다."

세계 어디를 가든 한국 건설사들이 각광 받는 이유가 있지 않 겠나. 설계대로 딱 지어내는 능력과 그걸 제일 빠르게 수행하는 능력 때문이었다. 여기서도 그 능력이 어디 가지는 않았는지, 이건 좀 지나친 거 아닌가 싶을 정도로 포장이 되어 있었다.

"뭐여, 이게."

"언제까지……."

일단 캔디 부근까지는 되어 있었다. 그 말은 올라가는 길은 이제 다 됐다는 얘기였다. 구불거리는 정글 지역만 남았다는 건데, 심지어 거기도 얼마간 포장이 완료되어 있었다. 얼마나 놀랐는지 비포장도로를 다시 만나고 조금 안심하는 자신을 발견했을 정도였다. 하지만 그 놀라움은 곧 배가 되었다.

"또 포장됐다."

"와……. 도로 넓다……. 무리하면 차 세 대도 지나겠네."

원래 이 지역 도로는 지옥 그 자체이지 않았나. 작은 차 두 대가 간신히 놓일 만한 넓이였는데 떡하니 2차선으로 되어 있어서 정말 많은 차량이 절벽으로 떨어졌다. 한데 지금은 그렇지가 않았다.

"여기 끝난 거야?"

"어……. 저기 호텔 보인다."

"외벽 대강 만들어졌는데요?"

"아니, 태화는 무슨 24시간 일하나?"

어지간해서는 놀라지 않는 강혁도 창에서 눈을 떼지 못하고 있었다. 정말로 호텔 건물이 완성되어 있어서였다. 물론 아직 새시는 안 되어 있었지만 저런 건 금방 하지 않겠나. 어쩌면 다음 달이면 예비로 문을 열 수도 있을 것 같았다. 때마침 전화가 왔는데, 태화물산 부장이었다.

"아, 네."

"방금 누와라엘리야 병원 차 본 것 같아서요. 맞습니까?"

"아, 네 돌아왔어요."

"고생 많으셨습니다. 외신 통해서 소식 들었는데, 와 정말 대단하시던데요?"

"뭐, 그렇죠. 근데 어쩐 일이죠?"

기업 하는 사람들이 설마하니 반가워서만 전화를 했겠는가. 아니나 다를까, 태화물산 부장은 허허 웃고는 말을 이었다.

"이번 달 말쯤에 호텔 열 수 있을 것 같아서요. 한정적으로 열어서 서비스 확인을 받아야 하긴 할 텐데…… 그 김에 방송을 섭외해놨습니다. 전에 말씀하신 것처럼 나와주실 수 있나 해서요."

강혁은 전화를 받으면서 동시에 쿠트라팔리를 돌아보았다.

'응?'

강혁을 세상 좋은 사람이라 착각하고 있는 쿠트라팔리는 0.2초가량 스쳐 지나간 강혁의 좋지 못한 표정에 조금 놀랐다. 물론 일반인이 제대로 인지하기엔 너무 짧은 시간이기는 했다. 강혁의 표정 변화는 거의 훈련받은 요원의 그것과 같지 않은가. 0.2초라도 변화를 보이는 건 인간이라는 종이 가진 한계치 때문인데, 그걸 알아보기란 그리 쉬운 일이 아니었다.

"가능할 것 같은데요."

쿠트라팔리를 잡아 오지 않았다면 정말이지, 너무 힘든 일정이 될 터였다.

"아, 그렇군요. 교수님 나온다고 하면 다른 배우진 섭외도 훨씬 쉬울 겁니다."

"배우?"

"네. 배우들이 이런 예능에는 훨씬 적합하거든요. 작품 없을 때는 쉬니까요."

"아……. 그렇군."

"그럼 다시 연락드리겠습니다."

"네."

부장의 말을 듣고 보니 확실히 강혁이 즐겨 보진 않아도, 이따금 틀어져 있는 TV를 볼 때 흘러나오던 여행 관련 예능을 보면 배우들이 많이 나왔다. 국내 여행은 얘기가 좀 달랐으나 해외여행은 정말로 그랬다. 건설사 부장에게 이런 인사이트가 있다니. 강혁으로서는 꽤 놀라운 일이었다.

'뭐……. 누가 나오는지는 중요한 일은 아니지. 시청률이 중요해.'

생각해보니 배우들이 오건 말건 프로만 제대로 뜨면 만사 오케이였다.

'여기가 라오스 방비엥처럼 핫플이 되면…….'

여행 프로의 파급력이 제대로만 터져주면 지역 경제는 확 살아날 것이 뻔했다. 물론 대부분의 경우, 외지 사람들의 자본 때문에 오히려 여기 살던 사람들은 밖으로 밀려나는 '젠트리피케이션'을 우려해야 하겠지만 이곳은 특별했다. 토지 대부분은 강혁에게 묶여 있었고, 호텔 단지 측은 강혁과의 계약 때문에 더 이상의 토지 매입이 불가했다. 태화물산 또한 마찬가지였다. 심지어 신규 직원 채용은 전부 이곳 사람들만 해야 한다는 독소 조항까지 깔려 있었다. 그 말은 곧 이 지역으로 유입되는 돈이 거의 누수 없이 지역 사람들에게 흘러들어갈 거란 얘기였다.

'그럼 내 계획이 확 당겨진다.'

거기까지 생각이 미치고 보니, 비로소 추레한 길거리가 눈에 들어왔다. 적당히 추레하면 여행지의 낭만으로 다가올 수도 있겠지만 글쎄, 이건 낭만보다는 비참함으로 여겨지지 않을까. 우선 한 달 전의 수마가 휩쓸고 지나갔던 여파가 아직도 남아 있었다. 아니, 그 정도가 아니라 작년, 재작년 그리고 세월을 가늠하기 어려울 정도로 오래된 흔적도 여전했다. 어차피 이곳의 유지들은 이곳을 변화시키려는 생각보단 그저 돈이나 빼먹을 생각으로 군림해왔을 테니 어찌 보면 당연한 일이었다.

'싹 바꿔야겠어. 어차피 촬영 잡히고 하면…… 사전 답사도 올 테니 한 달은 여유 있지.'

예전엔 리얼 예능이니 뭐니 하는 것들을 믿어 의심치 않았던 적도 있었더랬다. 하지만 직접 조작해서 찍어내다보니 다 비슷하겠구나 싶어졌다. 이곳이라고 조작이 불가할까? 강혁은 아니라 생각했다. 그는 동원 가능한 노동력이 적지 않으니까. 하지만 그러자면 본인이 적어도 병동에서는 조금 자유로워질 필요가 있었다.

"쿠트라팔리."

"아, 네."

"저기 보여?"

"네, 와……. 병원이 되게 크네요. 올라오는 길에 비해 이 거리가 너무 좀 그래서 걱정했는데……."

쿠트라팔리는 순진무구한 얼굴로 강혁의 말에 답했다. 복잡미묘한 표정을 짓고 있었는데, 강혁은 딱 봐도 그 속내를 알 수 있었다.

'타밀족들이 내가 말한 것처럼 비참하게 살고 있어서 마음이 안 좋은 것도 있고…… 또 상황이 급변하고 있다는 것도 느껴져서 좋은 것도 있겠지. 그 와중에 자기가 도움이 많이 될 것 같을 거고.'

제아무리 강혁이라고 해도 이런 얼굴을 처음 봤다면 이렇게까지 자세한 파악은 어려웠을 터였다. 그러나 벌써 콜롬보 대학생들이 이 지역에 오게 된 지도 수개월이 지나지 않았나. 제아무리 타밀족이 소수 민족으로서, 또 식민 통치 시절 지배 계급으로서 탄압을 받고 있다지만 콜롬보 대학교까지 들어갈 정도면 제법 살았던 이들이었다. 그런 이들에게 누와라엘리야는 늘 생경한 충격을 주기 마련이었다.

"응, 저렇게 보여도…… 병상은 50병상 정도야. 무리하면 두 배로 늘릴 수 있게 만들어놓긴 했는데…… 그런 거야 뭐 대형 재난이 일어나지 않는 이상은 없는 일이고."

"아, 그렇군요. 50병상…… 노동 인구만 20만 명에 가깝다고 들었는데…… 적군요."

"차차 늘려가야지. 아무튼, 그런 상황이라 사실 내과 한 명만 있으면 돌아가는 데 별문제는 없어."

"아. 그럴 것 같군요."

인도에 있을 때의 쿠트라팔리라면 뭔 개소리냐고 했을 터였다. 혼자 50명을 대체 어떻게 본단 말인가. 하지만 쿠트라팔리는 이곳에 오면서 내내 강혁에게 세뇌를 당한 참이었다. 대부분 여기서 얼마나 많은 이들이 죽도록 고생을 하고 있느냐에 대한 내용들이었는데, 심지어 그런 이들이 죄다 타밀이나 스리랑카와는 전혀 관계없는 이들이라는 내용도 주를 이루었다.

"힘들 텐데……."

"아뇨, 각오는 하고 왔습니다. 제가 보겠습니다. 그동안 수술에 외래에 병동까지…… 말도 안 되는 일정을 소화하고 계시지 않았습니까."

덕분에 뽕이 잔뜩 찬 쿠트라팔리는 가슴을 쾅쾅 두드리면서 호언장담을 해댔다. 그를 보며 한유림은 한숨을 쉬었다.

'저 인간이 저거 어쩌려고 악마 앞에서 저런 맹세를 하나. 적어도 3개월에서 6개월은 있어야 될 것 같던데.'

아마 백강혁은 저 맹세를 절대로 잊지 않을 게 뻔했다. 물론 정말로 혼자서 죄다 일하게 두지도 않기는 할 터였다. 강혁이 착해서가 아니라, 원래 사람을 부리려면 숨통을 터놔야 한다는 걸 그간의 경험을 통해 깨닫게 되었기 때문이었다.

'불쌍한 놈……. 내가 뭐라도 얘기를 해줘야 하기는 할 텐데…….'

머리로는 알았다. 주의를 줬어야 했다는 걸. 하지만 입 밖에 내지는 못했다.

'이놈들도 입 꾹 다물고 있는 것 좀 봐.'

한유림뿐 아니라 재원도 리처드도 심지어 제일 당차고 할 말 다 하는 장미도 그랬다. 쿠트라팔리가 고생해주면 다들 그나마 지난한 업무에서 해방이 된다는 걸 알고 있어서 그랬다.

차는 한유림이 더 깊은 생각에 빠지기 전에 병원 앞에 멈춰섰다. 강혁은 당장 방송 준비를 하고 싶은 마음을 애써 떨치고 병동으로 향했다. 쿠트라팔리를 대동하고서였다. 일을 시키려면 앞으로 네가 어떤 일을 하게 될 것인지 알려줘야 할 거 아닌가. 게다가 이놈의 병원은 몇 달이 지나도록 완전히 자리를 잡기는커녕 매일매일 변화하고 있지 않나. 며칠이라도 안 보고 있으면 또 무슨 일이 벌어졌을까 해서 불안했다.

"어어, 왔어!"

"1, 2호도 왔어. 외래 중. 수술 몇 개 예약되어 있는데…… 1, 2호가 너한테 배우고 싶다고 해서 대기하고 있어."

"아아."

아니나 다를까, 역시 해야 할 일들이 산재해 있었다. 큰 그림을 그리고 있는 와중이라 짜증이 날 법도 했지만, 사실 강혁은 애초에 의사지, 사업가는 아니지 않나. 환자가 있다는데 딴 데 갈 수 있는 사람은 또 아니었다.

'뭐……. 한석준도 있고. 데니스도 있고.'

게다가 지금은 강혁 혼자가 아니었다. 예전과는 달리 꽤 훈련된 팀원들이 많았다. 이런저런 얼개만 짜주면 알아서 잘할 터였다.

"일단 다니엘인가 그 환자부터 봐줘."

"아, 그 새끼. 살았나?"

"살았지, 그럼. 그때 도와준 게 주효했어."

"1차 수술만으로 복구가 됐어? 그때는 숨만 붙여놓은 건데."

"어……. 그렇긴 해. 이대로 두면 똥오줌 가리기는 어려울 거야."

"음."

응당한 벌인지, 아니면 좀 너무한 것인지 헷갈렸다. 강혁은 다니엘을 일단 보고서 판단하기로 결정했다. 강혁은 2층에 위치한 중환자실로 향했다. 한구 병원에 비할 바는 아닌 것이, 이곳의 중환자실은 나름 제대로 된 설비를 갖추고 있었다. 인력이 모자란 것이 흠이긴 했으나, 사실 제대로 된 현장치고 충분한 인력이 있는 곳이 있던가. 이 정도는 그냥 감안해야 했다.

"오."

최악을 상정하고 있던 쿠트라팔리는 눈앞에 펼쳐진 중환자실에 퍽 감동한 얼굴이 됐다. 그도 그럴 것이 자리마다 벤틸레이터도 다 있고, 침대도 좋고, 모니터링 기기며 약물 주입기며 하나같이 꽤 좋은 것들이었기에 그랬다. 모르긴 해도 인도의 어지간한 대학 병원들보다 이곳이 더 나을 듯했다. 멀리 갈 것도 없이 뉴델리 병원만 해도 이것들보다 조금 나은 수준이지 않았나.

'이걸 개인 자금 털어서 만드셨다고……'

오면서 강혁에게 설립에 관해 들은 바 있는 쿠트라팔리로서는 다시금 놀란 얼굴이 되어 강혁을 돌아볼 수밖에 없었다. 정말이지 이 사람은 대단한 사람이었다. 보통 돈만 보내거나, 아니면 몸만 오거나 하는데 어찌 둘 다 최선을 다했을까.

'정말…… 정말 훌륭하신 분.'

쿠트라팔리가 강혁의 널찍한 등을 보며 혼자 또 감동에 젖어 있을 때쯤, 강혁은 한국어로 입을 열었다. 최윤섭과 강성지 그리고 누워서 신음을 흘리고 있는 다니엘을 번갈아 보면서였다.

"사람 꼴이 아니네."

"뭐…… 그렇지. 근데 정말 죽다 살아난 거야. 난 이만한 게 어딘가 싶기는 한데."

최윤섭과 강성지의 몰골도 보통은 아니었다. 가뜩이나 인력 부족으로 허덕이는 곳에서 강혁이 의료진 대부분을 빼갔으니 당연한 일이었다. 외래야 좀 밀면 된다고 해도 응급 수술은 어쩐단 말인가. 이 손바닥만 한 동네에 응급이 있으면 얼마나 있나 싶었다면 오산이었다. 인구 20만이 넘는 곳에 병원이라곤 딱 여기뿐인 데다가, 예전 같았으면 병원에 오지 못했을 절대다수의 사람들이 이제 이곳에 올 수 있게 된 참이었다. 아마 밤낮없이 환자를 봐야만 했을 터였다. 하지만 다니엘은 그들과 비교하는 게 좀 미안할 정도로 처참한 몰골을 하고 있었다.

"변은 장루로 뽑고……. 소변도 이리로 보는구나."

"응. 와 이것만 해도 어려웠어. 방광도 완전 손상이 다 돼가지고."

"그랬겠지, 이거. 깔려서 완전히 망가졌던데."

"그러니까 말야."

"음."

강혁은 가로로 난 절개 면에 더해 크고 작은 찰과상으로 인한
흉터로 엉망이 된 배와 그 배에 뚫린 두 개의 구멍을 내려다보았
다. 하나는 장루였고, 하나는 소변줄이었다. 방광이 완전히 파괴
돼서 소변줄을 성기를 통해 빼지는 못하고 그냥 배로 뚫어둔 모
양이었다. 새삼스러운 일은 아니었다. 전투 손상을 겪은 이들은
이렇게 살아야 하는 경우도 많았으니까.

"흐음."

그러나 이런 사람이 많다고 해서 '그렇구나' 하고 이 삶을 수
용할 수는 없는 법이었다. 그게 아무리 다니엘이라고 하는, 개차
반이라고 해도 마찬가지였다.

'원래는 개소리하지 말라고 하려고 했는데.'

강혁은 계속 의미 있는 말이 아니라, 통증과 비참함에 신음만
흘리고 있는 다니엘의 얼굴을 바라보았다. 처음 봤을 땐 그토록
오만한 얼굴을 하고 있더니. 이제는 모든 것을 잃어버린 사람의
얼굴을 하고 있었다.

'그래, 들어줄까.'

강혁은 그 얼굴 너머로 영국 대사의 말을 떠올렸다. 그래도 자
기네 나라 사람이고 또 나름 영향력이 있던 사람이니만큼 재기
할 수 있게 도와달라는 말이 있었다. 대놓고 요구하기엔 싸질러
놓은 잘못도 많고, 강혁이 일부 덮어준 것도 있는데다가 영국의
저명한 기자 크리스토퍼가 준비한 보도 자료도 있어서 더없이
조심스럽게 꺼낸 말이었다. 심지어 정 마음이 그러시면 안 들어
주셔도 괜찮다는 말까지 들었다. 그렇다고 해서 영국 대사관이

약속한 도움을 무위로 돌리지는 않을 거라고도 했고.

"까짓것. 제대로 살게 해주지."

아마 대사는 주변에서 들은 말 때문에 강혁을 피도 눈물도 없는 사람이라 여기고 있어서 그렇게 말했을 터였다. 일부 사실이기도 했지만, 그 전에 강혁은 의사지 않은가. 물론 어릴 땐 의사고 나발이고 싸가지 없는 사람일 뿐이었지만, 아무래도 죽어가는 이들을, 또 희망을 잃어버린 이들을 계속 접하다 보면 변하기마련이었다. 강혁도 크게 다르지 않았다. 이곳에 있는 다른 이들, 그러니까 다니엘에게 짓밟힌 이들은 용서하지 않았을 수도 있겠지만 일단 강혁은 살려주기로 했다.

'멀쩡한 몸으로…… 그 영향력을 좋은 방향으로 발휘하게 되면 그게 더 좋지. 안 그러면 뭐…….'

강혁은 이제 힘이 있지 않나. 그가 베푼 호의 정도는 얼마든지 거두어들일 수 있을 만큼의 힘이었다.

"이걸 그렇게 할 수 있어?"

"나는 되지."

"음."

강혁의 말에 강성지가 놀란 얼굴로 물었다. 그러다 되돌아온 광오한 말에 입을 다물었다. 그래도 더럽게 어려울 테니까 드림팀을 꾸릴 거라 생각하며 애써 다시 물었다.

"그럼 장미 선생이랑 양 선생? 아니면 한유림 교수님이 같이 들어가?"

"응? 아니, 마취만 경원이 부르고 배우러 온 애들. 1, 2호. 걔네 불러야지. 가르쳐야 될 거 아냐."

"어……. 어려운 수술인데 교육 목적으로 돼?"

"아, 나한테는 그렇게 안 어려워."

"어……."

"정말 괜찮아? 나 없어도?"

한유림이나 재원이 보기에도 역시 쉬운 수술은 아닌 모양이었다. 하지만 강혁은 이내 귀찮다는 얼굴로 손을 내저었다.

"됐고, 너는 밀린 예약 수술이나 좀 해라. 외래 모자라면 외래가서 채우고. 아, 2호 너는 병동 환자 대충 알지?"

그러곤 따발총처럼 지시를 내렸다. 고생하고 온 이들에게 할 말도 아니었지만, 누구도 군소리 없이 우르르 몰려나갔다. 당장 강혁도 바로 수술하러 갈 참인데 불만은 뭔 놈의 불만이란 말인가.

"어, 어. 알지."

그건 강성지나 최윤섭도 마찬가지였다. 이들이 인도에서 놀다 온 게 아니라는 것 정도는 너무도 잘 알고 있어서 그랬다. 놀다 온 정도가 아니라 개고생을 하고 오지 않았나. 우선 얼굴만 봐도 그랬다. 강혁을 제외한 전부는 눈에 띄게 얼굴이 상해 있었다. 게다가 뉴스에서도 연신 떠들어댄 바 있었다. 백강혁이 이끄는 팀이 100명도 넘는 사람을 살렸다고.

'말이 100명이지.'

100명 살렸다는 말을 그냥 들으면 뭐 그리 대단한가 싶겠지만, 이들은 고작 며칠 있다 온 게 다였다. 그사이에 그만한 사람들을 살려? 언론에서 과장한 것도 필시 있기는 하겠지만, 하여간 대단한 일이었다. 아마 자는 시간 말고는 죄 일만 했으리라.

"그럼 여기 닥터 쿠트라팔리에게 인계 좀 해. 간호장교도 하나만 붙여서 대강 시스템도 익히게 하고."

최윤섭이나 강성지 모두 '이 사람은 뭔가' 하던 차였다. 서 있는 폼이 어째 의사 같기는 했다. 일반인이라면 중환자실을 두리번거릴 때 환자에게만 눈이 머물렀을 텐데, 이 사람은 분명 설비를 포함한 중환자실 전반을 둘러보았으니까. 게다가 주눅 든 모양새가 전혀 아닌 것이 그중에서도 중환자실에 익숙한 사람인 듯했다.

"닥터……?"

"어. 인도 현장에서 만난 내과의야. 거기 정리될 때까지 내가 월급 주고 일 좀 시키기로 했지. 이 사람이 선봉이고, 거기 정리되면 내과 몇 명 더 올 수도 있어."

"오. 내과! 잘 잡아 왔어!"

"그치?"

"저기, 잡아 온 건 좀."

그토록 오매불망하던 내과 의사가 왔다는 사실은 최윤섭에게도 반가운 사실이기는 했다.

"인사하지, 닥터 쿠트라팔리. 외상 외과 최윤섭 교수. 이쪽은 외상 외과 강성지. 그냥 강이라고 해."

"네, 반갑습니다."

"네, 반가워요. 이쪽으로 오시죠. 백 교수는 수술해야 하니까."

"네."

강성지도 강혁과 함께 지낸 세월이 적지 않은 사람 아닌가. 학교까지 합치면 도합 11년이었다. 물론 강혁이 워낙 독고다이였어서 진짜 친해진 건 외과에 들어오고 나서긴 했지만 아무튼, 척하면 척이었다. 강혁이 말없이 눈으로만 보낸 신호를 본 강성지는 쿠트라팔리에게 더없이 살가운 표정을 지어 보였다. 아무리 노력해도 '살가운' 얼굴은 될 수 없는 최윤섭은 밖으로 몰아내면서였다.

"어어."

강성지 혼자 밀었다면 당연히 어림도 없었겠지만, 강혁도 같은 생각이라 당기고 있었다.

'노인네…… 노인네 얼굴은 흉기야.'

괜히 개원했으면 100퍼센트 망했을 거란 얘기가 나돌겠는가.

"왜 이래."

"양심 있어요? 내가 아까 뭐랬어. 쟤 꼬셔서 다른 애들도 줄줄이 사탕으로 꿸 거라고 했죠."

"나도 그런 말 잘하지."

"거울이나 보고 와요. 링컨 말도 좀 되새겨 보고."

"링컨은 갑자기 왜."

"나이 마흔이 되면 자기 얼굴에 책임을 져야 된다고."

"이 개새끼가."

"이봐, 이거 또. 어?"

"아후."

강혁은 애써 착한 척하느라 쌓여 있던 답답함을 최윤섭에게 풀고는 홀쩍 뛰어 내려갔다. 그러곤 수술실로 쏙 들어갔는데, 이렇게 되면 최윤섭으로서는 삭이는 수밖에 다른 도리가 없었다. 수술실에서는 집도의가 왕이라는 말을 자기가 하지 않았나. 아마 들어가면 더 당할 게 뻔했다.

'망할.'

해서 최윤섭은 짜증을 내며 외래 동으로 향했다.

최윤섭이 씩씩대며 외래 진료소로 향하는 사이, 강혁은 수술실 안으로 들어섰다. 마침 경원이 먼저 안에 들어가 있었다.

"오셨어요?"

"어, 잘 있었어?"

"네, 뭐."

"사고 친 건 없지?"

누와라엘리야에 오고 나서 조금 신뢰 관계가 깨지긴 했지만 그래도 경원은 강혁이 1인분 역할을 하고도 남는다 생각하는 녀석 아닌가. 경원도 강혁이 자신을 괜히 남긴 게 아니라 생각하고 있었기 때문에 병원 전반에 걸쳐 신경을 쓰고 있던 참이었다. 그 덕에 피부 좋은 경원으로서는 실로 드물게 뾰루지가 나기는 했지만, 하여간 보람은 있었다.

"네, 지금 이 환자 말고는 다 잘 회복되어가고 있어요."

"그래, 며칠만 눈을 떼도 여기는 이러네."

"워낙 사람이 많잖아요. 주변에 뭐 도와줄 만한 병원도 없고."

"그거야……."

강혁은 현장은 다 이렇다는 걸 말하려다가 입을 다물었다. 어느새 경원이 진중한 얼굴이 되어 다니엘의 팔에 마취제를 주입하고 있어서였다. 마취과 의사에게 이 단계는 어찌 보면 외과의에게 있어 절개 아니겠는가. 과장 조금 보태면 외과 수술의 완성은 결국, 절개에서 끝난다는 말도 있는 마당에 방해를 할 수는 없는 노릇이었다.

'인도도 개판이더라, 경원아.'

강혁은 방금 하려 했던 말을 속으로 삭였다. 인도 의료를 떠올리면서였다. 사실 가서 직접 겪기 전까지는 인도 의료에 대해 어느 정도 긍정적인 평가를 하고 있었더랬다. 아무리 그래도 인도는 중산층이 나름 1억 명이 넘는 나라이지 않나. 영국의 식민지였다보니 의료 체계도 영국의 그것을 채택하고 있었다. 물론 영국 의료도 중증 외상 시스템을 제외하고 보면 대한민국 의료에 비할 수 없으리만큼 낙후됐지만, 그래도 전 세계적으로 보면 꽤 괜찮은 수준이었다.

'근데 거긴…… 땅덩이가 넓어서 그런가 아니면 인구가 많아서 그런가…….'

어쩌면 둘 다 이유가 될 수도 있을 텐데, 뉴델리를 조금만 벗어나도 의사라곤 눈 씻고 봐도 찾을 수 없는 지역이 태반이었다. 심지어 뉴델리만큼이나 대도시인 뭄바이는 그 안에서조차 신분에 따라 죽을 때까지 변변한 의료 서비스 한번 못 받는 경우가 많다고 들었다.

"다 됐습니다."

"어. 거기, 이름이 뭐지?"

"네? 아, 그냥 노예 1호, 2호라 불러주시면 됩니다."

강혁은 짤막한 한숨과 함께 머릿속의 잡념을 지우고 오직 다니엘의 배 속 상황만 떠올렸다. 워낙에 머리가 좋은 데다가 해부학적인 지식도 뛰어났기에 아까 중환자실에서 잠깐 봤던 CT만으로도 3D를 재구현할 수 있었다.

"아……. 그래?"

그 와중에 자기소개를 노예 1, 2호로 하고 있는 놈들을 보고 있자니 참 황당하기도 하고 당황스럽기도 했다. 양재원이 쏘아올린 작은 공이 이렇게 된 셈인데, 아무리 생각해도 좀 이상했다.

'아니, 본부에 나 아는 애들이 한둘이 아닌데 이런 게 그냥 인계되게 둔단 말야?'

이상한 새끼들 아닌가? 강혁은 자기가 맨날 제자들에게 슬레이브니 뭐니 했던 것은 까맣게 잊은 채, 이건 다 양재원과 본부에 있는 옛 제자 새끼들이 이상한 거라 생각하며 말을 이었다.

"그래, 뭐. 1, 2호. 둘 중에 누가 제1 보조할래. 어차피 여기 있는 동안 지겹도록 수술할 수 있을 테니까 싸울 필요는 없어."

"아, 그럼 제가."

"네가 1호라?"

"네."

"음, 그래."

물론 강혁도 호칭을 군이 고쳐줄 생각은 없었다. 지들이 알아서 노예 짓 하겠다는데 왜 바꿔준단 말인가. 그런다고 계약 위반인 것도 아니었다. 강혁은 그저 이들에게 수술만 가르쳐주면 될 일이었다.

"어려운 수술이 될 거야. 원래 재수술이 어려우니까."

"네."

"우선 이거 따면 뭐가 나올지 생각하면서 당겨."

"네, 주인님."

"어……. 그래."

아무리 그래도 주인님은 좀 선 넘은 거 아닌가 싶었지만, 다시 생각해보니까 어차피 단기로 있을 거니 괜찮지 않나 싶기도 했다.

강혁은 12번 블레이드로 다니엘의 배에 있는 봉합사를 툭툭 끊어나갔다. 애초에 재수술을 염두에 두고 해둔 봉합사였기에 얼기설기 되어 있었다. 그 말은 곧 다시 뜯는 데 시간이 거의 걸리지 않았단 얘기이기도 했다. 게다가 수술한 지 그리 오래된 게 아닌 데다가 애초에 가로는 살결이나 근육의 결과 수직 된 방향이다보니 살도 거의 안 붙어 있었다.

강혁이 봉합사를 뜯어내고 손으로 잡아 뜯자, 어설프게 이어져 있던 배의 절개 면이 후루룩 벌어져버렸다. 보는 관점에 따라 끔찍할 수도 있는 광경이었으나 적어도 이 방 안에 있는 이들 중에는 그 누구도 놀라거나 하는 사람은 없었다. 다들 외상 외과에서 잔뼈가 굵은 사람들인데 눈앞에서 사람 배가 좀 갈라진다고 해서 놀라겠는가. 다만 아직 부상이 심하다 보니 장이 부어서 비죽 튀어나왔는데, 그건 좀 보기 싫은지 2호가 장갑 낀 속으로 안쪽으로 밀어 넣기는 했다.

"이거까지 다 걸어서 위로 당겨봐. 안이 안 보이잖아."

"아, 네."

강혁은 그의 손에 리차드슨을 들려준 채, 시야를 확보하게끔 만들었다. 강혁은 우선 방광부터 살폈다.

'오……. 이제 보니 아예 안에 주머니를 따로 만들어놨었구나.'

방광 자체가 심각하게 다친 상황에서는 거기에 줄을 꼽아다 소변을 빼는 것도 불가능한 일이었을 거라 생각했는데, 이렇게 보니 과연 최윤섭이나 강성지가 지난 10년 가까운 세월을 허투루 보낸 건 아닌 모양이었다. 양측 요관을 잘라다 배 안에 임시로 주머니 형태의 플라스틱 풍선에 이어 놓았다. 그 안에 소변이 차기 전에 밖으로 나올 수 있도록, 그러니까 역류하는 일이 없도록 소변줄을 꼽았고. 그 덕에 방광은 망가진 채로 밑에 놓여 있었는데 나름 휴식을 취했다고도 볼 수 있었다. 워낙 심하게 망가진 상태이기에 딱히 휴식이란 말을 써먹기에도 애매하긴 했지만.

"아. 이렇게…… 음, 근데 이건 정말 임시방편인데."

"나 올 때까지만 버티자고 해놨을 거야."

"아, 근데. 이게……."

제1 보조를 맡고 있는 1호가 의문을 표했다. 강혁의 실력을 믿지 못해서는 아니었다. 처음 여기 왔던 이들에게 강혁의 실력에 대해 전해 듣기만 한 게 아니라 아예 영상까지 받아서 봤으니 그럴 수는 없었다. 하지만 이건 현대 의학의 한계에 가까워 보였다. 장기가 망가졌는데, 그걸 어찌 다시 만들어준단 말인가.

"흐음."

한데 강혁은 자꾸만 망가져 있는 방광을 뒤적거렸다. 아주 신중한 얼굴이었기에 뭐 하나고 묻기도 어려웠다. 지금이야 보조의로 들어와 있지만 1, 2호 둘 다 집도의를 맡아도 되는 실력임에도 그랬다. 뭐라 말로 꼭 집어낼 수는 없는데, 확실히 강혁은 실마리를 잡아가고 있는 듯했다.

"소변 자주 보는 것 정도는 감수해야겠네."

"네?"

"다행히 스펑터는 다 살았어."

"그렇긴 한데……."

스펑터(sphincter)란 괄약근 형태의 근육을 말하는 단어로써, 여기서는 방광에서 요도로 향하는 곳에 있는 근육을 뜻했다. 이게 살아 있지 않으면 환자는 계속해서 소변을 지려야만 했다. 물론 몇 가지 방법이 있기는 하겠지만 삶의 질은 밑도 끝도 없이 떨어질 수밖에 없었다. 강혁은 그게 살아 있다는 걸 확인한 후, 손을 내밀었다.

"칼."

"아, 네."

같이 들어와 있던 간호장교는 망설임 없이 칼을 건네주었다. 장미처럼 미리 준비하는 건 아니라서 장미에 비하면야 당연히 느리긴 했지만, 강혁은 이만하면 만족할 만하다고 여기고 있었다.

'나도 정말 많이 착해졌다.'

원래 자기 자신에게만큼은 놀랍도록 쉽게 만족하는 편인 강혁은 후후 웃으면서 칼로 이미 엉망이 된 방광을 난도질을 하기 시작했다.

"어어."

"이게 대체."

이번에는 강혁과 경원을 제외한 모두가 놀랐다. 배를 여는 거야 늘상 보는 일이겠으나, 방광에 이런 식으로 칼질하는 건 처음 보는 일이라서 그랬다. 그렇다고 말릴 생각을 하진 못했다. 강혁이 워낙에 진지한 얼굴을 하고 있어서였다. 속으로는 잠시 이 다니엘이라는 놈이 개새끼라던데, 그래서 복수하는 건가 싶기도 했지만. 둘이 전해 들은 강혁은 뭐가 되었건 진짜 의사였다. 진짜 의사는 적어도 사람 생명 가지고 장난치는 일은 없었다.

잠시 후 강혁은 그렇게 잘라낸 방광 조각을 수술대 위에 떨어뜨렸다. 양이 꽤 됐다. 딱 봐도 방광의 3분의 1은 잘려 나와 있다. 대개는 엉망이 된 부위였는데 딱히 그렇게 보이지 않는 부위도 좀 있었다.

"봉합사. 마이크로로."

"아, 네."

"이제부터는 중요해. 잘 봐. 지금 내가 자른 게 망가진 부위야. 그걸 딱 이으면 되게 자른 거야. 이건 사실 이해가 불가능할 텐데…… 사실 혈관만 잘 들어가고 있으면 대강 잘라도 살기는 사니까 나중에 쓸 일 있으면 그렇게 하라고."

"어……. 네."

1, 2호는 사실 강혁이 한 말을 다 이해하지는 못했다. 말이 안 되는 소리를 하고 있지 않나. 막 칼을 휘두르더니 그게 망가진 부

위를 그저 잘라내기만 한 게 아니라, 이을 것도 고려한 거라고?

"멍하니 있지 않아도 돼. 우리 병원…… 내가 하는 수술은 다 녹화하니까."

강혁은 둘의 멍한 얼굴을 보다가 무영등을 가리켰다. 일반적인 무영등이 아니라 카메라가 달려 있는 녀석이었다. 무영등은 어차피 수술 부위에 빛을 비추기 위해 움직이는 물건이다 보니 여기에 렌즈가 있으면 그 어떤 기구보다 수술을 잘 녹화할 수 있었다.

"나중에 그거 보라고."

강혁의 말에 둘은 여전히 멍한 얼굴로 생각했다.

'아니, 지금 무슨 말을 하는지 모르겠다고요…….'

둘의 멍한 얼굴과는 관계없이 강혁은 그대로 봉합을 시작했다. 아무래도 무언가를 자르는 것과 이어 붙이는 것 사이에는 꽤 큰 차이가 있었다. 우선 난이도가 달랐다. 특히 그걸 그냥 기우는 게 아니라 기능을 살릴 생각을 하고 있다면 하늘과 땅이라고 해도 좋을 만큼이나 차이가 났다. 강혁은 이제 이 환자가 다니엘이라는 사실도 완전히 잊은 지 오래였다. 그저 어떻게 하면 자신이 잘라서 조각낸 방광을 제대로 이어 붙일 수 있을까만 생각하고 있었다. 일견 무아지경으로 보일 만한 얼굴을 하고서였다. 하지만 알고 보면 생각이 없어진 게 아니라 단 하나만 남은 것뿐이었다. 그렇다보니 손은 점점 더 망설임이 없어졌다.

"컷."

"네, 네!"

한 가지 다행인 것은 강혁이 최대한 이 몰입에서 빠져나오지 않기 위해 혼도 내지 않고 있다는 점이었다.

'오랜만에 이런 수술 하니까 재밌네.'

생명이 오락가락하는 상황에서는 그 어떤 수술을 해도 재미를 느끼기는 어려웠다. 객관적으로 볼 때 강혁에게도 도전이 되는 수술을 하고 있다 해도 마찬가지였다. 하지만 지금은 얘기가 달랐다. 다니엘의 바이털은 더없이 안정적이었다. 지금 이대로 손을 멈추고 그냥 닫는다 해도 한동안은 괜찮을 터였다. 그만큼 최윤섭과 강성지가 수술을 잘해놨다는 뜻이었다. 덕분에 강혁은 진짜 오랜만에 수술의 재미를 온전히 느끼고 있었다.

옆에 있던 이들은 정반대로 죽을 맛이었다. 원래도 강혁의 수술은 비정상적으로 빨라서 따라잡기가 어려운데, 지금은 신들린 듯이 움직이고 있으니 당연한 일이었다. 아마 그냥 힘들기만 한 상태였다면 적어도 1호는 나가떨어졌을 터였다. 하지만 그의 눈앞에는 기적이라고 하기에도 묘한 무언가가 펼쳐지고 있었다.

'이, 이게 뭐야.'

얼마 후, 완전히 파괴되어 있던, 심지어 거기다 칼질까지 해서 갈가리 찢겨버렸던 방광이 온전한 형태로 배 안에 놓여 있었다. 크기는 아담해지기는 했지만, 모양 자체는 온전해 보였다.

"뭐 해? 이제 이거 이어야지."

"아, 아. 네."

"이거 더 그냥 이렇게 두면 기능이 더 떨어진다고. 방광도 찼다 비웠다 해야지 오래가지."

"그건…… 그건 그렇죠."

강혁이 하는 말 중에 틀린 말은 단 하나도 없었다. 동시에 이해가 가는 말도 단 하나도 없었다. 아니, 우선 이 상황이 이해가 가지 않았다.

'나만 그런…… 아니구나.'

1호는 혹시 자기만 열등생인가 싶어서 보조하고 있는 2호를 바라보았다가 적잖이 안심했다. 이 녀석도 눈알이 튀어나올 것 같은 얼굴을 하고 있어서 그랬다.

'미쳤나.'

딱히 물어보지 않아도 무슨 생각 하고 있을지는 뻔한 일이었다. 이런 광경을 보고 딴생각을 하는 건 불가했다. 특히 파괴된 장기가 어찌 되는지 대략적으로 알고 있는 외상 외과 의사들이라면 더더욱 그랬다.

"잘 이해 안 가는 부분 있으면 녹화된 거 보라고."

강혁은 또다시 멍한 얼굴이 된 둘에게 말했다. 무영등에 있는 카메라를 가리키면서였다. 강혁은 어쩔 수 없다는 식으로 말을 이었다.

"그래도 모르겠으면 나한테 물어봐. 알려줄 테니까."

"어…… 네."

"하여간 이제 요관 이어야지."

"아, 네."

강혁은 요관을 빼다가 새로 만든 방광에 이어주었다. 이것도 사실 더럽게 어려운 술기였지만, 아까에 비하면 훨씬 쉬웠다. 불행 중 다행이라고 양측 요관에서 들어오는 부위는 보존이 되어 있어서였다. 완전히 깨끗하지는 않다. 몇 번인가 바늘로 뚫기는 했는지, 강혁의 눈으로 보면 보이는 상처가 있었다.

'그 둘도 바보는 아니니…… 이걸 어떻게 살려보려고 했겠지?'

아마 처음엔 그랬을 터였다. 강혁에게 전화를 다시 걸어야 되나 고민도 했을 테고. 하지만 둘 중 누군진 몰라도 당시에 내릴 수 있는 최고의 선택을 내렸다. 깔끔히 포기하고 후일을 도모했다. 둘이 다시 해야 했거나 비슷한 놈들이 들어와야 했다면 그리 현명한 선택이 아닐 수도 있겠지만, 지금 들어온 것은 강혁이지 않나. 설 건드리다가 더 망가뜨리느니, 이게 훨씬 나았다.

"다 이었다. 이제 소변줄 위치 바꿔줘. 성기 통해서 넣어."

"아, 네!"

옆에서 대기 중이던 간호장교 하나가 고개를 끄덕였다.

"들어갔어?"

"아, 네. 처음엔 어려웠는데 하다 보니."

"그래, 뭐. 해부학적인 이해만 있으면 그렇게 빡센 것도 아냐."

"네, 네."

"이제 소변 잘 나오는지 봐주고. 뒤에 직장 보자."

"아, 네."

"음……. 이것도 잘 해놨네."

"네?"

"이만하면 잘해놓은 거야. 똥 파티 안 됐잖아."

"아."

직장도 터져 있었다. 소변 쪽과 차이가 있다면 장루를 뽑아놨기에 아무것도 아래로 내려오고 있지는 않다는 점이었다. 또 파괴된 직장은 덜렁거리면서 복강을 자극하지 않도록 대강 기워놨다. 정말 대강이라는 게 문제긴 한데, 이것도 오히려 좋았다.

'쓸데없이 촘촘히 기워두면 내가 기울 데가 없잖아.'

바늘구멍이라는 게 얼마나 커다란 부상인가 싶겠지만, 막상 엉망이 된 장기를 꿰매려다보면 그거 하나하나가 정말 크디큰 영향을 미쳤다. 구멍이 이어지다보면 결국 직선을 이루지 않나. 애초에 망가진 장기는 다들 약해져 있기 때문에 구멍 하나 때문에 쭉 찢어져버리는 경우도 많았다.

"흠."

하여간 강혁은 최윤섭과 강성지가 그래도 의사들의 제1원칙인 'Do No Harm'은 잘 지켰다고 평가하면서 얼기설기 기워두었던 것을 풀었다. 그리고 동시에 한숨을 쉬었다. 이거에 비하면 아까 방광은 차라리 낫지 않나.

'그냥 장루 뽑고 살라고 할까.'

강혁조차 잠시 이런 생각을 했을 지경이었다. 하지만 사실상 회음부 부상에서 제일 커다란 영향을 미치는 항문은 괜찮은 상황이었다. 강혁이 비록 옛날엔 재원을 반쯤 놀리는 마음으로 항문이라고 부르긴 했지만 사실 항문이 얼마나 중요한 조직인가. 이게 없으면 변을 질질 흘려야만 할 터였다. 반대로 말하면 직장에 변이 모이는 기능만 회복시켜주면 대강 일상생활이 가능해질 거란 얘기이기도 했다.

"하아."

강혁은 한 번 더 환자가 다니엘인 것을 잊기로 작정했다. 쉬운 일은 아니었다. 아무리 강혁이라고 해도 상대가 다니엘인 이상 그럴 수밖에 없지 않겠나. 이 인간은 그야말로 누와라엘리야를 지금의 모습으로 만들어놓은, 조금 나아질 수 있는 기회가 찾아 올 때마다 수렁에 넣은 장본인이니까.

"칼."

그러나 강혁은 메스를 쥐고 나면 또 다른 인간이 되는 사람이 었다. 덕분에 강혁은 점차 생각을 줄여나가더니 아까 그랬던 것 처럼 직장을 난도질하기 시작했다.

"후."

강혁은 곧 칼을 내려놓고, 손을 내밀었다.

"봉합 기구, 이것도 마이크로."

"네."

그러곤 곧장 직장을 이어 붙이기 시작했다. 넝마였던 조각들 이 사실은 다 생각이 있어서 잘라놓은 것이라는 걸 이어 붙이는 모습을 보고 나서야 알 수 있었다.

"와……."

"이게……."

"뭘 놀라. 직장이 직장 모양이 돼야지."

"아니, 그게."

"근데 이렇게 해도 남들보다는 자주 가야 될 거야. 마려울 때 마다 엄청 아플 거고. 그건……."

강혁은 그게 다 완성되고 나서야 다시 다니엘의 얼굴을 돌아보았다. 아까도 개판이었는데 수술하면서 들어간 수액 때문에 부어서 그런가, 더 엉망이 되어 있었다. 보통 이러면 측은지심이 들어야 할 테지만 실체를 누구보다 잘 알고 있는 강혁으로서는 그러기도 어려웠다.

"내가 살다 살다 이런 새끼까지 살려줄 줄이야."

특별한 일이긴 하지만 유일한 일은 다행히 아니었다. 시리아에 있으면서, 한구에 있으면서 테러범들도 살려준 적이 있지 않나. 아니, 멀리 갈 것도 없이 한국에서는 유지상이라고 하는 희대의 악마도 살려준 적이 있었다. 그 녀석을 살린 덕에 수많은 마약 유통상을 잡아들일 수 있었다는 게 강혁의 위안이었다.

"하여간 끝났어. 닫고 나가지. 한석준이랑 데니스는 와 있나?"

"네."

"좀만 기다리라고 해. 상의할 거 있어."

"네."

"같이 안 나가고요?"

수술이 끝나자 경원이 물었다. 보통 때와 달리 강혁이 환자를 끝까지 챙기지 않고 쌩하니 문 쪽으로 향해서였다. 잘 보니까 표정도 좀 달랐다. 이제야 지금 수술대 위에 누운 이가 그냥 환자가 아닌 다니엘로 인식되는 듯했다.

"저 새끼 뭐…… 이쯤 해줬으면 됐지. 안 그래?"

강혁은 질문을 던진 경원이 아니라 같이 들어온 미군 군의관, 동시에 1, 2호라는 이름을 갖게 된 이들에게 물었다. 자신감 어린 얼굴을 하고서였다. 그럴 만한 일이긴 했다. 말도 안 되는 수술을 해내지 않았나.

"아…… 네."

"정말…… 정말 완벽했습니다, 주인님. 뒷일은 저희에게 맡겨 주십쇼."

"그래."

1, 2호도 십분 동의하는 바였기에 연신 고개를 끄덕였다.

'노예 해방하러 와서 노예를 만드시네.'

경원은 세상일이 참 얄궂다는 생각도 들었다.

"어."

그렇게 잠시 딴생각을 하고 있으려니, 강혁은 벌써 문을 열고 밖으로 나간 후였다. 아까부터 뭔가 해야 할 일이 있다고 하더니만 정말로 마음이 급한 모양이었다.

"아, 교수님."

"부르셨다고요."

강혁이 나오자 역시나 피곤해 보이긴 하지만 그래도 의료진들보다는 확연히 나아 보이는 세 사람이 다가왔다. 한석준, 데니스 그리고 임혜란 작가였다. 굳이 그중에서 제일 힘들어 보이는 사람을 고르라면 역시 한석준이었다. 데니스를 도와 사업 일도 봐주는 동시에 병원 원무과 일도 하고 있었다.

강혁은 어딘지 모르게 감사와 불만이 섞여 있는 한석준에게 눈을 부라리고는 입을 열었다.

"방송 날짜 잡혔어."

앞뒤 다 자른 말이었는데, 그래도 셋은 알아먹었다. 한석준과 데니스는 주기적으로 강혁의 웅대한 꿈에 대해 전해 들었던 탓이고, 임혜란은 한석준이 기울인 각고의 노력 덕분에 꽤 알고 있어서였다.

"아, 그래요? 어디서……?"

"TvM."

"아……. 그 이낙준 교수 닮은 PD가 맡으려나요? 그럼 대박인데."

아무래도 한석준은 한국 사람이다 보니 한국 방송에 대해 잘 알고 있는 편이었다. 방송국만 들어도 누가 할지 딱딱 알아먹었다.

"아……. 나도 그거 봤는데.「꽃보다 할애비」. 재밌었어요."

사실 데니스도 알 정도로 유명한 프로그램이기는 했다. 얼마나 유망하게 보였으면 헐리웃에서 판권까지 사갔겠는가. 아예 연예인 촬영도 많이 하고 있는, 유능한 사진작가인 임혜란이야 말할 것도 없었다.

"와, 정말 그거 여기 배경으로 하는구나. 하긴……. 포인트 될 만한 곳들이 많기는 하죠."

생각해보면 누와라엘리야는 세계적인 휴양지인 데 비해 대한민국에서는 미지의 세계 어딘가쯤으로만 인식되고 있지 않나. 물론 스리랑카 자체가 섬이다보니 접근성이 좀 떨어지기야 하겠지만 한 번이라도 와본 사람은 알게 될 터였다. 이 섬에 얼마나 볼거리가 많은지.

"응. 누와라엘리야에서만 하는 건 아니고 콜롬보랑 시기리야, 캔디까지 해서 열흘가량 찍을 것 같아. 아직 자세한 건 나도 모르겠는데…… 태화물산에서 누와라엘리야 위주로 간다고 했으니까, 그렇게 되겠지."

"돈을 태화에서 대려나요?"

"TvM 주요 주주가 태화인 데다가 스폰서도 하겠지. 돈 대주는 놈이 짱 아니냐?"

"하긴, 그건 그렇습니다."

한석준이 그 말이 참으로 맞다는 얼굴로 고개를 끄덕였다. 그러다 문득 그거랑 우리가 불려온 거랑 뭔 상관이 있나 하는 생각이 들었다. 고개를 돌려보니 나머지 둘 또한 비슷한 생각인 듯했다.

"근데…… 저희는 왜?"

그중 제일 똑 부러지는 편인 데다가 그나마 강혁이 존중해주고 있는 사람인 임혜란이 입을 열었다.

"아, 원래 같으면 태화물산에서 지은 호텔이랑, 우리가 골라주는 농장하고 뭐 오래된 호텔 몇 군데 왔다 갔다 하고 말 텐데…… 우리는 사실 이 지역을 좀 도우려고 하는 거니까, 병원이랑 아예 로컬도 가기는 갈 거란 말이에요."

"병원이요. 음, 그거 의미 있겠는데요."

"응, 병원은 그런데. 나머지 길거리를 좀 봐요. 방송에 나가면 오고 싶겠어요? 아니면 못 가겠다 싶겠어요."

"아."

누와라엘리야는 호텔 단지와 관광지로 쓰이고 있는 일부 차밭을 제외하면 그냥 봉사 현장 그 자체라고 보면 되었다. 하필 최근에 내린 폭우 때문에 거리가 더 망가져버렸다. 사실 한석준이나 데니스는 그냥 아무 데서나 잘 먹고 잘 자는 무던한 사람들이다 보니 뭐가 문제지 싶었으나, 타고나기를 작가로 타고난 임혜란은 강혁이 지금 무슨 얘기를 하고 있는지 단박에 알아먹었다.

"다닐 길이라도 급하게 골라서 꾸밀 필요는 있겠네요."

"네. 다행히 장비는 지금 호텔 건설이 거의 다 끝나서 빌릴 수 있어요."

"으음……. 혹시 뭐 그리고 있는 그림이 있어요?"

"방비엥 느낌이 나면 좋겠는데. 힙한 친구들 여기 와서 좀 놀고, 그러면서 의미도 찾고, 봉사도 하고 그러면 더 좋지. 생각해보면 휴양지랑 봉사할 현장이 이렇게 붙어 있는 곳이 세상천지어딨겠어요."

"아, 하긴 그것도 그렇네요. 음."

임혜란은 강혁의 말에 깊이 공감했다. 작가인 임혜란이 보기에 이 도시를 표현하기 가장 알맞은 단어는 아이러니였다. 한쪽은 세계에서 제일 잘사는 나라에서 온 한가로운 여행자들이 저렴한 가격으로 아름다운 풍광과 맛 좋은 음식을 즐기고, 또 한쪽에서는 세계에서 제일 가난한 노동자들이 지난한 삶을 이어나가고 있었다.

"그래서 말인데 나 소싯적에 좀 놀았다, 손."

"네?"

"뭔 소린지……."

"저는 대학생 때 학비 제 손으로 버느라 일만 했는데요."

강혁은 질문을 하면서 데니스와 임혜란은 처음부터 배제하고 물었다. 관상이라고 할 것까지는 없지만, 사람 인상을 보면 그 사람이 살아온 삶이 어느 정도 보이지 않던가.

'데니스 이 자식은 처음부터 CIA 들어가려고…… 고등학교 때부터 포트폴리오 만든 놈이야.'

데니스는 놀려면 놀 수 있을 만한 외적인 조건은 갖추고 있었지만 모범생 스타일이었다.

'임 작가는…… 예술가야.'

예술가라고 하면 어쩐지 퇴폐적인 상상을 할 수도 있겠지만, 오로지 예술에만 매진하는 사람들은 그렇지도 않았다. 해서 남은 것은 한석준이었다. 사실 따지고 보면 나이가 어린 것도 아닌데 어딘지 모르게 어린 느낌을 주지 않나. 게다가 생긴 것도 강혁만은 못하지만 썩 괜찮은 편이었고, 그 외모를 아주 적극적으로 사용했을 인상을 하고 있었다.

"너 얘기하는 거야. 너. 뭘 네? 하고 있어."

"아니, 저는. 그."

"제보도 있었거든? 너 그 어디야. 배식당 배성우 알지?"

"어…… 그분은 어떻게……."

"그 사람 아버지가 죽다 살았어. 내가 살렸지. 그래서 한번 오라고 해서 갔더니만 그냥 식당이 아니라 약간 클럽 같은 곳이더라? 너 거기서 거의 살았다며."

"아니, 그건 좀."

"식당 사장이 네 얼굴이랑 이름을 다 알던데?"

"그건 제가 좀 생겨서."

"와, 그걸 자기 입으로 얘기하네."

"교수님도 하잖아요."

"난 진짜 잘생겼잖아."

한석준은 사람이 이렇게 뻔뻔해도 되냐는 얼굴로 데니스와 임혜란을 돌아보았다.

'뭐여.'

잘생기긴 했는데 그걸 지 입으로 말할 줄이야.

"아무튼, 죽돌이였으니까."

"와 죽돌이는 좀. 저 공무원이에요."

"그럼 클럽 인테리어였으니까."

"아니…… 아닙니다. 그냥 말하세요."

"그 느낌 잘 알 거 아냐. 트렌디하고 힙한 느낌. 그렇게 하나 만들어봐."

"여기에요?"

"어, 저기. 저쪽에 보이냐? 저기 거리에."

"저기……?"

한석준은 강혁이 가리킨 곳을 돌아보았다. 그냥 길이었다. 포장된, 한국에서 흔히 보이는 길이 아니라 사람들이 다니느라 만들어진 길. 그러니까 좌우로는 나무가 우거져 있는 길이란 얘기였다.

"건물 지으라는 게 아니라 천막을 그럴싸하게 치고 인마, 어? 조명이랑 음악 쏘라고. 전기는 내가 끌어다줄 테니까."

강혁은 임혜란을 돌아보았다. 안 그래도 이곳저곳 찍느라 바쁘다는 걸 알아서 조금은 미안해졌다. 한석준은 말은 안 해도 노예 취급하고 있는 인간이지만, 임혜란은 아직까지는 손님이라서 그랬다. 그렇다고 일을 안 시킬 사람이냐고 하면 그건 아니지 않나. 정신을 차리고 보니 이미 말을 한 이후였고, 다행히 임 작가는 고개를 끄덕이고 있었다.

"해볼게요. 저도 여기가 좀 나아진다고 하면…… 너무 좋을 것 같아요."

한석준은 임혜란 그리고 데니스 등과 함께 차량에 올랐다. 운전대는 강혁이 잡았는데 지금은 그럴 수밖에 없었다. 카페와 술집을 어디에 차릴지에 대한 생각이 온전히 강혁에게 있었기 때문이었다.

'대한민국 같으면 이거 하나 허가받은 것도 빡세긴 하겠지.'

"여기 어때."

강혁은 병원보다는 호텔과 훨씬 가까운 곳에 위치한 곳을 가리켰다. 머릿속에 어떤 그림을 그리고 있는지는 전혀 알 수 없었으나, 지금은 그냥 수풀이었다. 아무것도 아닌 공터라는 얘기였다.

"어쩌냐고요?"

그 말에 한석준이 어이없다는 얼굴로 강혁을 돌아보았다. 이 양반이 정말 제대로 된 답을 구하는 게 맞나 싶어서였다. 하지만 이미 강혁을 따라 불모지에서 사업을 일으켜 본 경험이 있는 데니스는 시야가 좀 트여 있었다.

"으음……. 이만하면 뭐…… 부지도 넓고. 호텔에서 무리하면 걸어올 만도 하고, 자전거나 오토바이, 차 타면 금방이네요. 여기가 좀 고지대라 아래가 확 내려다보이니까 전망도 좋고요."

"그렇지?"

그렇다 보니 지금 현재 모습이 아니라 여기에 뭔가 짓거나 했을 때 어떤 모습이 될 것인가가 눈에 들어왔다. 확실히 핫플처럼 보일 수는 있을 것 같았다. 현지인들이 올 만한 거리는 아니겠지만, 애초에 현지인들 오라고 만들 가게는 아니지 않겠나.

"근데 허가가 날까요? 이거 녹지나 이런 게……."

"허가? 허가야 나지."

"어떻게요?"

"전화하면 돼. 그전에, 임 작가님이 보기엔 어때요?"

강혁은 이미 휴대폰을 꺼내 들고서는 그래도 마지막으로 한 번은 확인을 받겠단 얼굴을 하고 임혜란을 바라보았다. 아닌 게 아니라 임혜란은 벌써 카메라를 든 채 이곳저곳을 살피고 있었다. 그러곤 고개를 갸웃거리며 입을 열었다.

"전망만 따지고 보면 여기보다는 좀 더 가서 잡는 게 좋겠는데요?"

"어디로 가요? 저쪽?"

다시 말하면 강혁의 의견에 반대했다는 얘기였다. 한석준은 이래도 되나 싶어서 강혁과 임혜란을 바라보았다. 한석준이 생각하는 강혁은 정말이지 폭군 그 자체였기에 그랬다. 이게 한석준이 마냥 지어낸 말도 아니지 않나. 일본인가 어디에 있는 백강혁 팬클럽에서 강혁을 지칭하는 말 중 하나가 바로 중증외상센터의 폭군천사였다.

'아, 오그라든다.'

한석준은 자신도 모르게 작아져만 가고 있는 자신의 손가락을 바라보았다.

"네, 거기요."

"으음……. 부지는 뭐 어차피 비슷하게 나올 것 같은데. 확실히 전망이 나올까요?"

"나무 치워 봐야 정확해질 텐데, 그럴 거예요."

"그럼 그렇게 하지."

"근데 이렇게 그냥 막 해도 되는 거예요? 이런 데는 허가가 잘 안 뜰 텐데."

"괜찮아요. 나 여기 왕이에요."

하여간 강혁은 한석준의 걱정과는 달리 임혜란 작가의 말을 적극 수용하고 있었다. 사실을 말하자면 한석준이 하고 있는 건 꽤 터무니없는 오해라 할 수 있었다. 강혁은 꽤 열린 사람이었기 때문이었다. 그가 말도 안 되는 고집을 부리는 건 의학에 한정되어 있었다. 아니, 그렇게 말하면 억울해할 사람이 많을 것 같고, 사람 살리는 데 한정되어 있었다. 다른 일에 대해서는 나름 전문가를 신뢰하는 편이었다. 본인이 가장 전문가이기 때문일 터였다.

"왕이요? 그거 되게 다니엘스러운 말이다."

"그 새끼는 폭군, 나는 성군."

"아, 네."

왕이라는 말이 언제 들어도 그냥 넘기긴 어려운 말 아니던가. 해서 데니스가 끼어들었다가 더 넘기기 어려운 말을 들었다. 하지만 더 끼어들진 않았다. 어차피 그래 봐야 더더욱 황당한 말만 듣게 될 게 뻔하지 않은가. 해서 입을 다물고 있으려니, 강혁이 어디론가 전화를 걸었다.

"아, 장관님. 나 백강혁입니다."

"풉."

그러더니 대뜸 꺼내는 말이 장관이었다. 덕분에 공무원인 한석준이 마시던 물을 내뱉었다. 한국어로 장관이라고 했으면 그나마 그런갑다 했을 터였다. 이 인간은 심지어 대통령하고도 말트고 지내는 사람이지 않나. 상대가 어떤 부서의 장관일지는 몰라도, 한국의 장관이라면 강혁이 막 전화해도 이상할 일은 아니었다.

'영어…… 어디 장관이여.'

한석준은 쿨럭쿨럭거리면서 강혁을 바라보았다. 지금은 그만 그러고 있는 게 아니라, 데니스도 임혜란도 눈을 동그랗게 뜨고 있었다.

"아, 교수님. 어쩐 일이시죠?"

"네. 태화물산에서 혹시 얘기 들으셨나요?"

"아, 네. 들었습니다. 한국에서 방송 계획하고 있다고요. 이거야…… 원 저희가 계속 신세를 집니다."

그러거나 말거나 대화는 계속 이어졌다. 심지어 고성이 오가는 것도 아니고 아주 부드럽기만 했다.

"그거 때문에 부탁할 일이 있어서요."

일단 강혁이 많이 늘어서이기도 했다.

예전의 그였다면 부탁은 무슨 놈의 부탁이란 말인가. 거의 협박이나 했을 터였다. 하지만 강혁도 이제 이런저런 일을 겪으면서 성장한 참이었다. 단지 중증외상센터에서 일해서만도 아니고, 한구라는 지역에 나갔기에 그런 것도 아니었다. 그저 백강혁이라서 겪을 수 있던 경험들 덕이었다.

"아, 네네. 무슨 부탁이신가요? 뭐든 들어드리겠습니다."

"음."

그런 강혁이라도 뭐든 들어주겠다는 말을 듣자 고민이 시작됐다.

'뭐든? 정말?'

다른 사람이라면, 그러니까 다른 봉사 단체의 수장이라면 이런 고민은 없었을 터였다. 애초에 좋은 일 하러 온 참이고, 전화하는 대상 또한 본인이 도와야 하는 사람의 일부이지 않나. 하지만 강혁의 협잡꾼스러운 본능은 시도 때도 없이 꿈틀거리는 편이었다.

'아니, 아냐. 나대지 마라.'

다행히 지금은 강혁의 이성이 더 강한 상황이었다. 순간적으로 이마에 핏줄이 돋아나긴 했지만 하여간 이겨 냈다.

"네, 여기 봐둔 자리가 하나 있는데. 술집이랑 카페 좀 열어도 될까요?"

"네?"

강혁의 말에 장관은 당황했다. 기대했던 말이 아니어서 그랬다. 돈을 달라고 하거나, 아니면 다른 뭔가를 요구할 줄 알았는데 갑자기 술집이랑 카페라니. 대체 이게 무슨 말이란 말인가. 해서 뭔 말을 못 하고 있으려니 강혁이 말을 이었다.

"그 PD가 하는 프로 봤어요, 혹시? 「꽃보다 할애비」랑 「꽃보다 젊은이」."

"아뇨, 못 봤습니다. 보고만 들었어요. 그거 나가고 라오스 여행객이 두 배로 늘었다고 하던데…….."

"네, 거기 방비엥이라는 곳이 정말 매력적으로 나왔거든요."

어느 정도였냐면 강혁조차 그건 봤을 정도였다. 먹고 마시는 것 외에는 의학에 관련한 취미만 있는 강혁이 그랬을 정도니 더 말할 것도 없었다.

"포인트가 이런 노천에 있는 카페와 술집들이었어요. 자유롭게 놀 수 있는."

"아……. 근데 그게 그런 문화가 원래 있던 곳 아니겠습니까?"

"그래서 말인데 여기 길거리 따라서 싹 밀고 거리를 하나 만들죠. 그건 뭐 천천히 하고, 우선은 방송에 나가야 되니까 술집이랑 카페만."

"음……. 지금 위치 전송받았는데 거기가 사람 사는 데도 아니고 호텔 단지도 아니라 사람이 아무도 없을 텐데요?"

"채우면 되죠."

"네?"

"채우면 됩니다, 그건. 뭐…… 부탁할 만한 곳이 없는 건 아니에요. 장관님은 그저 허락만 해주시면 됩니다."

강혁은 이제 수풀이 아니라 그 아래 너머로 있는 누와라엘리야 전체를 보고 있었다. 아무리 강혁이라고 해도 조작 방송을 계획하는데 거리낌이 하나도 없을 수는 없지 않겠나. 하지만 이걸 통해서 이 지역 전체를 살릴 수 있다면, 강혁은 이까짓 건 아무것도 아니라 생각했다.

"네, 그건 뭐 어려운 일이 아닙니다. 필요한 서류 같은 건 저희가 알아서 처리하죠."

"혹시 지역 공무원이 와서 뭐라고 할 일은 없겠죠?"

"네? 거기서요? 하하. 그럴 수는 없을 겁니다."

장관은 이미 공문을 보낸 바 있었다. 백강혁이 하는 일에 토달지 말라고. 어찌 보면 지금의 강혁은 다니엘보다도 더 강한 힘을 갖게 된 셈일 수도 있었다. 그놈은 떳떳하지 못한 일은 숨기기 위해 힘을 가지려 했던 것에 반해 강혁은 보다 좋은 일을 하기 위해 애쓰고 있으니 당연한 일이었다.

"네, 그럼 추진하죠."

"네, 날짜 나오면 저도 한번 가보도록 하겠습니다."

"방송 출연하시려고요?"

"네? 하하. 아뇨, 저는…… 그냥 뭐 격려차 가는 거죠."

"알겠습니다. 감사합니다."

강혁은 허허 웃으며 전화를 끊었다. 이런 일은 너무 흔해서 특별한 일은 아니었는데, 상대도 웃으며 끊는 건 귀한 일이었다.

해서 나머지 셋은 계속 눈을 동그랗게 뜨고 강혁을 응시했다. 이 사람이 대체 누구며, 뭔 얘기가 오갔었는지 해명하라는 뜻이었다. 다행히 강혁은 답답한 걸 별로 즐기는 편이 아니었다.

"스리랑카 장관이야. 우리로 치면 문화관광부야."

"거기 장관을 왜 알아요?"

"여기가 대체 어떻게 이렇게 되고 있다고 생각하는 거야? 대한민국이 스리랑카에 쓴 돈이 얼마나 많은데. 이 정도는 해줄 수 있지."

"아니, 그…… 대한민국이 돈 쓰는 거랑 교수님이랑……?"

"상관이 있지. 내 덕에 파키스탄 계약 팍팍 성사되는 거 몰라?"

"그건 BTS…… 억."

강혁은 난데없이 BTS 얘기를 꺼낸 한석준의 명치를 찔렀다.

'미친놈이 걔들이랑 비교하네.'

국내 최고가 아니라 빌보드 차트를 씹어먹는 세계 정상급 그룹 아닌가. 제아무리 강혁이 천상천하 유아독존 느낌으로 살아가는 놈이라 해도 그건 좀 선 넘는 일이었다.

"그분들 덕도 있어. 있는데, 높으신 분들은 나도 생각한다고. 내가 거기 사람 몇을 살렸는데. 알어, 인마?"

"아, 네. 그…… 하긴 대단하긴 하죠."

"여기서도 그렇지 뭐. 어? 차 수출을 우리나라 기업이 하는 거 아냐."

"대표는 전데…… 억."

이번엔 데니스의 명치가 찔렸다. 강혁은 그렇게 두 명의 숨통을 막은 후 말을 이었다.

"하여간 임 작가님한테 인테리어랑 창 내는 거 싹 상의해서 건물 지어놔."

"네? 아니, 건물이 그렇게 막."

"머릿속으로라도 만들고 있으라고. 난 딴 거 하러 가야 해."

"뭘 하는데요."

"있어봐. 여기로 중장비 올 거야."

강혁의 말대로 곧 태화물산에서 쓰는 중장비들이 우르릉하는 소리를 내며 달려 나왔다. 심지어 사람들도 꽤 많이 나왔다. 애초에 이번 방송이 호텔과도 연관이 있는 일 아닌가. 지역 마케팅이 될 텐데, 특이한 경험을 원하는 사람들을 제외하면 가장 최근에 지어졌을 뿐만 아니라 시설이나 부대시설도 좋고 심지어 한국인 직원도 있는 태화호텔이 가장 큰 수혜를 보게 될 것이 뻔했다. 그러다보니 진심을 다해 이곳을 꾸미기로 한 모양이었다.

'여기를 스리랑카의 방비엥으로 만들어보자고. 라군 같은 곳은 없어도…… 솔직히 풍광은 여기가 압도하잖아? 놀거리만 있으면 되지. 호텔에도 어지간한 바 있는 건 아는데……. 젊은 친구들이 좀 더 자유로운 분위기에서 놀 수 있는 그런 곳을 만들어보자고.'

태화 부장은 이미 강혁의 감언이설에 휘리릭 넘어간 지 오래였다. 물론 부장급이 움직일 수 있는 돈은 한계가 있기 마련이라 위에도 보고를 드리긴 했는데, 위쪽에서도 당연하다는 듯 오케이 사인이 떨어졌다.

그렇게 일을 맡긴 강혁은 또 이동 중이었다. 의외로 행선지는 병원이었다. 그중에서도 중환자실. 콜이 오거나 해서는 아니었다.

"잉. 웬일이에요? 아까 나가셨잖아요."

"내가 병원에 있는 게 뭐 어때서."

"아니, 그게…… 이런 일 잘 없지 않나?"

우연히 마주친 재원이 고개를 갸웃거렸다.

"할 일 하러 온 거야."

"여기로요? 아까 뭐 방송 준비한다고…… 하지 않았나?"

"어. 그 준비."

"그걸 중환자실에서……?"

"너 할 일 없냐?"

"아, 아뇨. 많죠."

강혁은 계속해서 교묘하게 길을 막고 선 채 서성거리는 재원을 한쪽으로 밀어내고는 중환자실 안으로 들어섰다. 그가 의도했던 바대로 다니엘은 이미 회복이 다 되어서 두 눈을 끔뻑이고 있었다. 아마 이번에 데려온 쿠트라팔리도 한몫하기는 했을 터였다. 하여간 잘된 일이었다. 강혁은 바로 이 다니엘에게 볼일이 있었으니까.

강혁은 다니엘에게 성큼성큼 다가갔다. 언제나 그러는 강혁이었지만 다니엘에게는 무슨 공포의 마왕같이만 보였다. 오버하는 건 결코 아니었다. 무서울 수밖에 없지 않겠나. 이놈은 자신이 가지고 있던 걸 모조리 앗아 갔을 뿐 아니라, 언젠가 한 번은 차로 친 적도 있었다. 당시에 약에 취해 있었고, 총도 들고 있었으니 할 말 없다는 것이 공식적인 의견이었기는 한데 그렇다고 공포가 어디 가는 건 아니었다.

"섬망이 있나."

이런 내막을 모르는 쿠트라팔리로서는 걱정이 들 수밖에 없었다. 원래 중환자실에 있다 보면 섬망을 자주 보기 마련 아닌가. 그가 볼 때 다니엘 정도면 충분히 발생하고도 남았다. 주로 환각을 보게 되는 게, 중환자실에 돌아다니는 의료진을 악마로 묘사하는 경우도 많았다. 아니, 꽤 흔했다. 때문에 중환자의학과에서는 정신건강의학과와의 협업을 통해 이에 대한 환경적 개선을 꾀하고 있을 지경이었다.

"아니, 아닐걸."

"네? 살려 달라고 하는데…… 백 교수님 같은 훌륭한 분을 보면서요."

"뭐…… 좀 이상한 사람이라고 듣지 않았어?"

"아, 그렇긴 하죠. 아! 설마 약?"

"어, 뭐. 그렇지."

내과 의사가 중환자실의 환자를 예민하게 보는 건 당연히 좋은 일이었다. 하지만 지금 바로 대화를 나눠야 하는데 섬망을 의심해서 약이라도 찔러 넣으면 어떻게 되겠나. 시간 낭비가 될 게 뻔했다. 해서 강혁은 어차피 다니엘의 이미지가 최악인 것을 이용해 더 나쁘게 만들었다.

"어어, 약은……."

다니엘은 억울했지만, 뭐 어쩌겠는가. 지금 안 했을 뿐, 언젠가는 하지 않았나. 별로 할 말이 없는 것도 사실이었다.

"괜찮으니까 잠깐 나가 있어. 할 말이 있어서."

"아······. 네. 무슨 일 있으면 바로 불러주세요. 저도 어차피 일반 병실은 어떤지 보기는 해야 해서요."

"그래. 역시 닥터 쿠트라팔리······ 듬직해."

"아이고, 과찬입니다."

다니엘은 강혁이 방금 지은 표정을 보며 정말이지 아득한 느낌을 받았다.

'이 인간이 왜 이렇게······ 예쁘게 웃지.'

자기 앞에서는 늘 스산한 표정만 짓지 않았나. 아니, 자기 앞에서만이 아니라 그냥 그게 패시브 스킬처럼 깔려 있는 인간이었다. 한데 이런 표정을 지어?

'연기하는 거······? 아, 맞네. 저 인간도 뭔가······ 뭔가 당하고 있구나.'

의심하던 찰나에 쿠트라팔리가 방문을 열고 밖으로 나섰고, 그와 동시에 강혁의 표정이 원래대로 돌아왔다. 그 모습을 보고 있자니 소름이 돋을 지경이었다. 아니, 소름은 아까 돋아서 지금은 비명이라도 지르고 싶었다.

"읍."

하나 강혁의 두툼한 손이 그의 입을 가로막았다. 평소였어도 이러면 목소리가 새어 나가지 못했을 텐데, 다니엘은 무척 아픈 상황이지 않나. 진짜 살짝 누른 것 같은 느낌인데 숨도 안 쉬어지는 느낌이 들었다.

'살려주고 죽이네.'

나도 미친놈이었지만 이놈도 역시 미친놈이다, 이러고 있으려니 강혁이 입을 열었다.

"이번에 내가 시키는 거 잘해주면, 너 공사 현장에서 빼줄게."

아주 솔깃한 제안이었다. 그러나 마냥 기분이 좋아지지는 않았다. 일단 말하는 사람이 강혁이어서 그랬다. 이 인간 입에서 나오는 말은 그 무엇도 신빙성이 없었다. 그런데 이렇게 솔깃하다? 100프로 뭔가 있을 것 같았다.

"이 새끼가 의심을 하네."

대개의 경우라면 그랬을 터였다. 하지만 이번만큼은 강혁도 억울했다. 이번에 보니 다니엘 얼굴이 너무 상하기도 했고, 현장 노동자들에 의하면 이제 나름 용서한 사람들도 있지 않은가. 게다가 부상이 진짜 심하기는 했다. 죽다 살아왔을 지경이었는데, 솔직히 강혁이 2차 수술을 하지 않았다면 죽었을 터였다. 해서 대충 용서해주려던 참이었다.

"아니, 아닙니다. 의심이라뇨. 가당치도 않습니다."

그냥 이대로 갈까 하고 하는데 다니엘이 입을 열었다. 예전 같았으면 상상도 할 수 없을 만큼이나 고분고분한 말투였다.

"그래, 음. 네가 드디어 쓸모가 있게 됐거든? 솔직히 공사장에서 네가 뭘 했겠니."

강혁은 다니엘의 가는 팔을 툭 하고 쳤다. 아파서 더 가늘어지기도 했겠지만, 애초에 굵은 적이 없던 팔이었다.

"근데 너 엄청 놀았잖아."

"네? 아니, 저도 나름 사업을."

"에이, 솔직히 처놀았지. 약도 빨고, 술 처먹고."

"그⋯⋯."

사실이기도 했고, 여기도 또 아니라고 하면 어쩐지 맞을 것 같았다. 강혁이 주먹을 쥐고 있어서 그랬다. 그저 그런 주먹도 아니었다.

"같이 놀았던 친구들 불러."

"네? 걔들 이제 수도에⋯⋯ 부른다고 막 오지는 않을 텐데요. 게다가 제가 이제⋯⋯."

"술집 개업했다고 불러. 한 달쯤 뒤에 싹 모이라고 해."

"네? 아니, 제가 무슨 술집을."

"여기 이게 네 술집이야."

다니엘은 무서워하는 얼굴에서 마침내 황당하다는 얼굴이 되었다. 강혁이 보여준 것은 술집이 아니라 그냥 수풀이어서 그랬다. 그 너머로 보이는 풍광이 끝내주기는 했지만, 아무리 봐도 술집은 아니었다.

"이게⋯⋯ 요?"

"너 기깔나게 놀았다며. 춤추는 애들도 있고, 디제잉 하는 애도 있고. 잘생기고 예쁜 애들 많았다며."

"그거야⋯⋯ 그건 그랬죠."

스리랑카에 주재원으로 오는 이들 중 놀기 좋아하는 사람들은 아마 한 번쯤 다니엘을 본 적이 있기는 할 터였다. 워낙 수도인 콜롬보에서도 다니엘의 누와라엘리야 클럽은 유명해서였다. 때론 19세기 유럽처럼 고풍스러운 사교 모임을 갖기도 했으나, 때로는 또 21세기 클럽 문화를 즐길 수도 있었다. 그 누구의 눈치도 볼 필요가 없었다는 게 가장 큰 장점이었다. 이른바 왕의 연회장이었으니 그럴 수밖에 없었다.

"걔들 다 불러."

"저…… 개털 된 거 다 알 텐데요?"

"그럼 걔들 중에 제일 입 싼 놈 번호 알아?"

"알기는 알죠."

"정말 싼가 보네. 바로 나오네?"

"네, 뭐…… 원래 입 싼 애들이 잘 놀기도 하죠."

다니엘은 착잡한 얼굴로 고개를 주억거렸다. 한때 이놈은 자기 오른팔이지 않았나. 하지만 다니엘이 무너져 내리는 순간 가장 아프게 굴었던 놈이기도 했다. 그간의 치부와 지금의 비참함을 과장까지 해가며 다니엘이 알고 지내던 모든 이에게 떠벌리고 다녔다는 걸 여기저기서 들었다.

"영상 통화 걸어봐."

"네?"

"그리고 나랑 화해해서, 여기 기깔나는 술집 열었다고 해. 지금 공사 중이라고."

"어……. 벌써 눌렀어요?"

"어, 내가 걸었네."

"아니, 그게 할 말…… 어어."

강혁은 원래 막무가내이지 않나. 특히 계획이 있을 땐 망설이는 법을 몰랐다. 지금도 그랬다.

　"웬일? 어 살이 왜 이렇게 빠졌냐?"

　상대는 그야말로 안하무인으로 굴었다. 다니엘이 힘이 있을 땐 그렇게 비굴하더니만, 이제 다른 인간이 된 것 같았다. 어느 정도였냐면 옆에 있던 강혁조차 기분이 나빠질 지경이었다.

　"야."

　"어, 누구……."

　"몰라? 찾아갈까?"

　"아, 백…… 백 교수님. 아, 안녕하세요."

　강혁을 보자마자 다시 비굴해지는 꼴을 보고 있자니 더 부아가 치밀었다.

　'다니엘보다 더 미운 놈이 있네?'

　나중에 여기 오면 어떻게 해야지라고 생각하며 말을 이었다.

　"다니엘 나랑 화해해서 내가 술집 열어주거든? 너 책임지고 한 달 뒤에 한 열흘 동안, 적어도 매일 50명 이상 잘 노는 애들 얼굴 바꿔가며 있게 어레인지 해."

　"네? 아니, 그러면 500명인데."

　"그래야 할 거야."

　"네?"

　"안 그러면 내가 간다."

　'온다고?'

　다니엘의 이전 절친이자, 스리랑카에서는 꽤 유명한 클러버인

빙은 자신도 모르게 강혁을 떠올렸다. 그 순간 식은땀이 주르륵 흘렀다. 비단 강혁의 위압적인 체격 때문만은 아니었다.

'온다…… 온다라.'

다니엘의 뒤통수를 치고 도망갔던 빙이 개 발에 땀나게 뛰기 시작할 무렵, 다니엘은 여전히 자리를 지키고 있는 강혁을 바라보았다.

"저는 그럼 뭘 해야 하죠……?"

강혁은 늘 그렇듯 흔들림 없는 눈동자로 그를 마주했다.

"뭘 하긴."

강혁은 다니엘의 어깨를 툭 하고 두드렸다. 다른 의도가 있을 때처럼 아프게 두드리는 게 아니라 정말로 의사가 환자를 대할 때 하는 그런 두드림이었다.

"일단 낫고 생각해."

"아……. 네, 감사합니다."

"그래."

강혁은 그렇게 다니엘이 있던 병실을 나왔다. 다시 병원에서 나올 땐 차를 타는 대신 오토바이를 탔다. 그리고 곧장 농장으로 가지 않고, 철거 작업이 한창인 술집 예정 부지로 향했다.

"얘 잠깐 빌려 갈게요."

그러곤 데니스를 뒷자리에 태우곤 사라졌다. 임혜란과 단둘이 남게 되어 당황하는 한석준을 보며 윙크를 하면서였다.

'잘해봐.'

'교, 교수님…….'

덕분에 한석준은 애초에 자기 일도 아닌 일을 떠안게 되었음에도 웃을 수 있었다.

데니스는 강혁이 데려간 차밭을 둘러보았다. 강혁이 보여준 영상을 번갈아 보면서였다. 한숨이 절로 나왔다.

"그러니까 여기를…… 가족 체험 농장으로 만들어보시겠다, 이 말이에요. 지금?"

강혁이 띄운 영상에서는 어린아이들이 딸기를 따고 좋아하는 모습이 연신 흘러나오고 있었다. 바로 먹을 수도 있고 하니, 당연히 좋아할 수밖에 없을 것 같았다. 그에 비해 여긴 어떤가.

'여긴 그냥 노동 현장인데……?'

왜 그 많고 많은 밭 중에 여기로 데리고 왔는지는 알 것도 같았다. 대부분의 밭은 언덕에 위치해 오르내리는 것만으로도 힘들지 않은가. 그에 비해 이 밭은 거의 평지였다. 문제가 있다면 그 때문에 햇빛이 모든 차나무에 고루 내리쬐지 못했고, 소출량이 상대적으로 떨어졌다. 품질도 살짝 떨어지는 밭이다보니, 그렇지 않아도 개발이 예정되어 있는 누와라엘리야 상황상 기회가 되면 엎게 될 수도 있는 밭으로 선정되어 있었다. 물론 그렇다고 해서 놀리고 있지는 않았다.

"후, 후."

"후욱."

지금도 노동자들이 머리에 진 바구니에 찻잎을 따서 집어넣고 있었다. 강혁의 제안으로 바구니 크기를 줄여버렸기 때문에 예전처럼 말도 안 될 정도의 고행은 더는 없었으나, 그렇다고 쉬운 일은 아니었기에 여기저기서 거친 숨소리가 들려왔다.

"꺄륵, 꺄르륵."

"애, 하엘아! 딸기 먹어!"

강혁이 틀어둔 영상 속 모습과는 거리가 상당히 있었다. 아니, 아예 다른 광경이라고 봐도 좋았다.

"여기서 이런 게 가능하다고요?"

"당연하지."

"찻잎을 어떻게 따게 할 건데요?"

"머리에 바구니 이고. 물론 저것보다는 훨씬 작게 해야지."

"그걸…… 이거 돈 내고 하는 거잖아요? 여기서도 돈을 내요?"

"당연하지. 딴 찻잎은 가져갈 건데."

"아니, 이걸……. 돈을 내고 이런 노동을 한다고요?"

예전보다 노동 환경이 비할 수 없을 만큼 좋아진 것은 사실이었다. 하지만 데니스는 여전히 이곳에서 일하고픈 마음은 전혀 없었다. 그렇지 않나. 뙤약볕에서 찻잎을 골라 따는 작업이라니. 돈 받고 하기에도 힘든 일인데, 이걸 돈을 주고 해?

"넌 상상력이 부족하구나."

말도 안 된다는 생각에 고개를 젓고 있으려니 강혁이 기다렸다는 듯 비난을 해왔다. 이 정도는 익숙한 일이었다. 최근엔 타깃이 한석준이나 최윤섭, 강성지 등으로 확대되어 직접 겪은 지 좀 되기는 했지만 한때는 주요 타깃인 적도 있지 않던가. 덕분에 데니스는 전혀 충격받지 않은 얼굴로 강혁을 바라보았다.

"교수님이 현실성이 부족한 건 아니고요?"

"넌 애가 없어서 몰라."

"그건 교수님도 마찬가지……."

"내 친구들은 꽤 있거든?"

"친구가 있어요?"

"아는 사람으로 정정할게."

"그래요, 그럼 인정."

이렇게 당당하게 나오면 제아무리 강혁이라고 해도 계속 뻔뻔하게 나가기는 어려운 법이었다. 해서 빠르게 친구에서 지인으로 정정한 후 말을 이어 나갔다.

"하여간 애들이 뭐에 제일 목을 매는지 아냐?"

"돈?"

"아니, 새꺄. 애가 있다니까."

"애 키우는 데 돈이 많이 들잖아요."

"그거 빼고."

"음……. 모르겠네."

"체험이야. 체험. 애들한테 이것저것 경험시켜주는 걸 얼마나 중요하게 생각하는데."

"아……. 경험. 음, 좋은 얘기네요."

말은 이렇게 하긴 했지만 데니스는 애가 없을뿐더러 감정이 일부 메마른 사람이기도 해서 머릿속으로는 전혀 엉뚱한 생각이 들었다.

'그렇다고 그 애를 차밭 노동자로 키울 건 아니잖아? 쟤들도

뭐 딸기 농장 할 생각은 없어 보이는데.'

물론 데니스는 강혁을 많이 겪은 데다가, 스스로도 이런 생각이 적절치 않다고 판단했기에 입 밖에 내지는 않았다. 게다가 바로 이어진 강혁의 말을 듣고 보니 말문이 막히기도 했다. 과연 강혁은 뭔가 좀 다른 인간이었다.

"저기 저 건물 보이지?"

"아, 네. 저거 진짜 오래된……."

"응. 식민 통치 시절에 지은 거잖아. 그걸 아직도 쓰고 있어."

"농장들은 그런 곳들이 많던데."

"그렇지. 근데 저렇게 큰 건물이 남은 곳은 별로 없어."

"하긴."

강혁은 원래는 헛간으로 쓰였던, 지금은 노동자들의 휴식처 및 차 저장소로 쓰이는 건물을 가리키며 말을 이었다. 껄껄 웃으면서였는데 정말이지 호탕한 웃음이었다.

"저기에 다니엘이 쓰던 물건 좀 갖다놓으면 뭐가 될 것 같냐."

"창고……?"

"멍청아, 박물관이 되지. 그 새끼 진짜 또라이잖아. 거기에 20세기 초반 물건이 얼마나 많은데."

"아……. 그런가……?"

"그리고 빔프로젝트로 여기 역사를 띄워주는 거야. 기왕이면 가장 큰 죄인인 다니엘이 출연해야겠지."

"아, 네."

이미 마음을 굳힌 것 같았다. 설마 여기 출연시키려고 살려준 건가 싶었다.

'하여간 적으로 만나면 안 돼.'

나쁜 짓만 안 하면 적으로 만날 일은 없을 거라는 게 유일한 위안이라 할 수 있었다. 정말이지 같은 편일 때도 껄끄러운 상대였으나, 적으로 마주하게 되면 지금껏 상상해왔던 최악보다 더 최악의 상대가 되지 않겠나.

"무릎 꿇고 찍으라고 할까……."

"네?"

"아니, 안 되지. 애들도 볼 텐데. 하여간 그렇게 박물관에서 유물도 보고, 빔프로젝터 보면서 교육도 들었어. 그럼 뭐 해?"

"뭘 해요. 그걸로 끝이지."

"아니지! 대한민국 역사랑 비슷하잖아. 이곳의 비참했던 차밭 노동자들이 했던 고생을 일부 겪어 보는거야. 그럼으로써 아이들의 인성도 기르고 공감 능력도 키우고."

"애들이 그걸 원할까요?"

"부모는 원한다. 그럴싸하니까."

"으음."

애는커녕 연애도 못 하고 있는, 그러니까 아예 결혼 생활에 대해 생각해본 적이 없는 데니스로서는 쉬이 동의가 안 되었다. 하지만 확실히 부모라면 그럴 수도 있겠단 생각이 들었다. 긴가민가하고 있으려니 강혁이 비열한 미소를 지으며 말을 이었다.

"스토리만 있으면 돼. 그거야 뭐…… 우리 임혜란 작가님이 그림 잘 나오게 찍어주시겠지."

"그분하고 이런 것도 계약이 되어 있어요?"

"돈 더 줘야지. 그럼 네가 찍을래?"

"네? 아뇨. 아뇨. 안 되죠, 그건."

"그리고 고생만 하고 갈 수는 없으니까…… 딴 찻잎으로 우린 차도 좀 주고, 아이스로. 그리고 녹차 아이스크림 만드는 것도 체험시키지 뭐."

"오……. 녹찻잎으로 바로 만들 수 있어요?"

"몰라. 안 되면 분말가루 타면 되지."

"그럼…… 그건 사기 아니에요?"

"여기서 딴 거라고 말만 안 하면 되는 거 아니냐?"

"어…….

그런가? 정말 말만 안 하면 사기가 아닌가 싶었다. 강혁이 평범한 얼굴을 하고 있었다면 바로 반박할 생각이 들었을 수도 있을 텐데. 워낙에 뻔뻔한 얼굴을 하고 있다보니 그런가 보다 하는 생각만 들었다.

"잘 들었지?"

"네? 아, 네 뭐……. 난청은 없으니까요."

"그럼 이제 네가 알아서 내가 말한 시스템 돌아가게 해놔. 물건들도 좀 그럴싸하게 걸어다 놓고."

"아니, 정말 그렇게 한다고요?"

"그래."

"어, 어디 가요!"

"영상 찍을 준비해야지. 한 달 남았어, 한 달. 진짜 바쁘다고,

인마."

"아."

바쁘다는데 뭐 어쩐단 말인가. 게다가 다른 말을 하려 해도 별 소용이 없을 것 같았다. 강혁이 벌써 차밭을 떠나서였다.

"아씨."

데니스는 황당한 마음에 욕설을 내뱉었다.

'이걸 또 어떻게……. 아오.'

화가 치밀어 올랐다. 방금까지만 해도 예정에 없던 일이 떨어져서만은 아니었다. 애초에 여기 오기로 했을 때부터 모든 일이 임기응변으로 이루어질 거라는 것 정도는 예상하지 않았다. 그보다 데니스를 화나게 만드는 건, 강혁이 시킨 일을 그 누구보다 잘 해내야겠다고 결심하는 자신이었다.

'내가 왜 이렇게 저 인간 말을 잘 듣게 됐지?'

이유는 알기 어려웠다. 한데 이상하게 언제부터인가 강혁이 하는 말은 반드시 잘 해내야겠다는 생각만 들었다. 지금도 그랬다. 벌써 아이들이 오는 시설이 될 거란 생각에 여기저기 산재해 있는 위험이 거슬리기 시작했다.

'그래, 이건 치우고…… 애들이 뛰어다니려면…… 차나무 배치도 좀 바꿔야겠는데. 어차피 엎을 수도 있던 밭이었으니까…….'

14권에서 계속

중증외상센터
골든 아워 XIII

초판 1쇄 인쇄 2022년 8월 17일
초판 1쇄 발행 2022년 8월 30일

지은이 한산이가(이낙준)
펴낸이 김선식

경영총괄 김은영
책임편집 한나래 **디자인** 박수연 **책임마케터** 배한진
콘텐츠사업6팀장 임경섭 **콘텐츠사업6팀** 박수연, 한나래, 정다움, 임고운
편집관리팀 조세현, 백설희 **저작권팀** 한승빈, 김재원, 이슬
마케팅본부장 권장규 **마케팅3팀** 권오권, 배한진
미디어홍보본부장 정명찬 **홍보팀** 안지혜, 김민정, 오수미, 송현석
뉴미디어팀 허지호, 박지수, 임유나, 송희진, 홍수경 **디자인파트** 김은지, 이소영
재무관리팀 하미선, 윤이경, 김재경, 안혜선, 이보람 **인사총무팀** 강미숙, 김혜진, 황호준
제작관리팀 박상민, 최완규, 이지우, 김소영, 김진경, 양지환
물류관리팀 김형기, 김선진, 한유현, 민주홍, 전태환, 전태연, 양문현, 최창우
웹 콘텐츠 작가컴퍼니

펴낸곳 다산북스 **출판등록** 2005년 12월 23일 제313-2005-00277호
주소 경기도 파주시 회동길 490
대표전화 02-704-1724 **팩스** 02-703-2219 **이메일** dasanbooks@dasanbooks.com
홈페이지 www.dasanbooks.com **블로그** blog.naver.com/dasan_books
종이 아이피피 **인쇄·제본** 갑우문화사 **코팅 및 후가공** 평창피앤지

ISBN 979-11-306-9291-3 (04810)
　　　　979-11-306-9288-3 (세트)